Klaus N. Frick

Für immer Punk?

Eine Kurzgeschichten-Sammlung

Originalausgabe

prverlag@jugendkulturen.de
www.jugendkulturen-verlag.de

1. Auflage September 2016

Vertrieb für den Buchhandel:
Bugrim (www.bugrim.de)

Auslieferung Schweiz:
Kaktus (www.kaktus.net)

E-Books, Privatkunden und Mailorder:
shop.jugendkulturen.de

Layout: Conny Agel
Lektorat: Gabriele Vogel

ISBN:
PRINT: 978-3-945398-44-9
PDF: 978-3-945398-45-6
EPUB: 978-3-945398-46-3

Dieses Buch gibt es auch als E-Book –
bei allen Anbietern und für alle Formate.
Unsere Bücher kann man auch abonnieren:
shop.jugendkulturen.de

Klaus N. Frick

Für immer Punk?

Eine Kurzgeschichten-Sammlung

Der Autor

Klaus N. Frick, geboren 1963 in Freudenstadt im Schwarzwald, ist Redakteur in einem Zeitschriftenverlag und lebt in Karlsruhe. Bereits in den frühen achtziger Jahren produzierte er seine ersten Fanzines: zuerst Science Fiction, später Punkrock. Daneben entstanden zahlreiche Kurzgeschichten, die in verschiedenen Zeitschriften und Anthologien veröffentlicht wurden.
Seit den neunziger Jahren veröffentlichte er diverse Bücher, unter anderem die Romane »Vielen Dank Peter Pank« und »Chaos en France« (im Verlag des Archiv der Jugendkulturen) oder die Geschichtensammlung »Das Tier von Garoua – Abenteuer Alltag in Afrika«.

Inhalt

Mehr als dreißig Jahre Punkrock – und ein Haufen Kurzgeschichten

Um es gleich klar zu sagen: Das vorliegende Buch ist weder ein Roman noch ein Sachbuch. Weder ist beabsichtigt, einen historischen Abriss über die Punk-Szene im Deutschland der achtziger und neunziger Jahre zu geben, noch soll das Buch eine romanhafte Handlung über eine erfundene Figur erzählen. Es ist ein Buch mit Kurzgeschichten, von denen jede für sich selbst steht – wer sie in einen inneren Zusammenhang stellen mag, kann das aber gern tun.

Die erste Geschichte spielt »vor« meiner persönlichen Punk-Geschichte, die letzte Geschichte spielt »danach«. Damit geht es um einen Zeitraum von mehr als dreißig Jahren …

Die Texte dazwischen werfen unterschiedliche Schlaglichter auf eine Szene, in der ich mich jahre- und jahrzehntelang bewegt habe. Ich war dabei nie von irgendeiner Bedeutung: Weder habe ich in einer der wichtigen Bands gespielt, noch habe ich in einem der wichtigen politisch-kulturellen Zentren dafür gesorgt, dass die Szene florierte.

Ich war einer von denen, die eben dabei waren – ich ging auf Konzerte und Chaostage, ich lebte meinen eigenen Punk für mich und mit anderen zusammen. Und darum soll es in diesem Buch und seinen Kurzgeschichten gehen. Wie fühlte sich Punk in den frühen achtziger Jahren an, wie in den neunziger Jahren, und wie ist es für einen Mann von über fünfzig Jahren, der den »kleinen Punk im Kopf« bis heute nicht verloren hat?

»Für immer Punk?« enthält Kurzgeschichten und Erzählungen, die teilweise auf wahren Begebenheiten basieren, diese aber stark verändern und bewusst verzerren; als Autor habe ich mir die »schriftstellerische Freiheit« herausgenommen, das jeweils anzupassen, was ich als interessant und spannend genug empfunden habe. Das bitte ich zu beachten … und dann wünsche ich einfach mal viel Spaß bei der Lektüre von »Für immer Punk?«.

Klaus N. Frick

Mein erster Kuss hieß Monika

Mitte der siebziger Jahre machte ich mir ernsthafte Sorgen, eine fiese Depression zu bekommen. Ich war noch nicht mal dreizehn Jahre alt, es war eine fürchterlich traurige Zeit für mich, und der Winter mit all seinem schönen Schnee, der alles zudeckte, wollte überhaupt nicht kommen. So hockte ich zu Hause in meinem kleinen Zimmer unter dem Dach, las dicke Bücher, die ich aus der Dorfbücherei ausgeliehen hatte, und stierte in den Pausen zwischen den Kapiteln aus dem Fenster hinaus in den andauernden Regen.

»Was soll nur aus dir werden, Bub?«, fragte meine Mutter nicht nur einmal, wenn sie mich mit einem dicken Buch erwischte. Ich verstand diese Frage und ihre ganze Reaktion nicht. Hatte ich mich mit zehn Jahren im Wald herumgetrieben und mit einer eigenen Bande einen Kleinkrieg gegen die Bande von der anderen Seite des Dorfes geführt, war ihr das ebenso wenig recht gewesen. Und was sollte ich in diesem Herbst tun – außer lesen und aus dem Fenster starren?

Es regnete den ganzen Herbst über, ich bekam Pickel im ganzen Gesicht, und ich spürte, wie sich mein Körper langsam veränderte. Ein weiterer Grund, sich so richtig mies zu fühlen. Der zweite Grund war die finanzielle Situation zu Hause. Meine Eltern hatten sich nämlich richtig gründlich übernommen.

Das Haus war alt, und seit mein Großvater es in den zwanziger Jahren gekauft hatte, musste ununterbrochen darin gearbeitet werden – so entstand ein komplettes Provisorium. Irgendwann war das meinem Vater zu viel geworden: Als Toilette diente ein uraltes Plumpsklo, und als Badezimmer-Ersatz besaßen wir einen hölzernen Waschzuber im Keller. Also rissen wir jene Hälfte des kleinen Hauses, die vor Jahrzehnten noch als Kuh- und Ziegenstall gedient hatte, mit Hilfe einiger Bekannter ab und ließen stattdessen einen angemessenen Anbau hinstellen.

Nur rutschte ausgerechnet in diesem Jahr die Fabrik, in der mein Vater arbeitete, in die Krise. Die einsetzende Kurzarbeit verringerte das Einkommen drastisch, und die Arbeitslosigkeit stand drohend am Horizont. Tagelang gab es nur Kartoffeln und anderen Billigfraß zu futtern; wie Schokolade schmeckte, wusste ich schon gar nicht mehr.

Zu allem Überfluss sah ich völlig bescheuert aus. Das wusste ich; ein Blick in den Spiegel oder in die Augen der Mitschüler genügte. Eine langweilige Durchschnittsfrisur, ein Durchschnittsgesicht, ein klapperdürrer Körper und dazu Klamotten, denen man ansah, dass sie Geschenke von Verwandten waren. Kein Mensch auf dem Gymnasium konnte mich so richtig ernst nehmen – und den Jungs vom Dorf kam ich mit meinem Bücherkonsum extrem merkwürdig vor.

So saß ich an den Nachmittagen am Fenster, las oder blickte hinaus, stierte in den Regen und kam mir genauso grau und langweilig vor wie das Wetter, das mit monotonem Gepladder Einlass in meine Gedankenwelt gefunden hatte. Ich hatte keine Lust, etwas zu unternehmen. Meine Welt war grau und düster; ich merkte, dass ich ein neuer Mensch wurde, ahnte aber nicht, wohin das Ganze gehen sollte.

Mir war allerdings schon in diesem Alter klar, dass ich aus unerklärlichen Gründen keine Lust hatte, so zu werden wie meine Altersgenossen. »Der Bub ist einfach anders«, hieß es auf den Familienfeiern, die meine Eltern mit mir im Schlepptau besuchten.

Und wenn ich auf eines am allerwenigsten Lust hatte, waren das Familienfeiern. Der Geburtstag des einzig verbliebenen Großvaters, die Hochzeit einer grässlichen Tante oder Weihnachten bei Vettern und Cousinen – für mich waren solche Besuche eine Tortur aus Schokolade, Kaffee, geheucheltem Lächeln und merkwürdigen Gerüchen. Stets trug ich ein dickes Buch mit mir herum, gern eines, von dem ich wusste, dass es weder meine Verwandten noch ich verstanden, beispielsweise Döblins »Alexanderplatz«; damit setzte ich mich in eine Ecke und wollte von niemandem gestört werden.

Den Mut, einfach »Nein« zu sagen, besaß ich noch nicht. Also fuhr ich auch an Allerheiligen mit, um bei einer Cousine den 14. Geburtstag zu feiern. Allerheiligen – das war der 1. November; im christlich-katholischen Südwesten Deutschlands ein Feiertag, an dem auf jeden Fall frei war. Murrend setzte ich mich auf die Rückbank des roten VW-Käfers, mein Vater fuhr meine Mutter, meine Schwester und mich in die Kreisstadt und setzte uns dort ab.

Mein Vater verfolgte damit einen schlauen Plan: Zum Wohnhaus gehörte eine Tankstelle, dort konnte er mit den in der Nachbarschaft wohnenden Arbeitern sprechen und mit Freunden einen Schnaps oder zwei trinken. Meine Schwester durfte mit den jüngeren Kindern spielen, und meine Mutter setzte sich mit ihren Schwestern zu Kaffee und Kuchen in die Küche.

Und ich? Ich fand alles doof, wollte mich eigentlich mit meinem dicken Buch in eine Ecke verdrücken und die Welt ignorieren. Da stellte sich aber meine Cousine Patricia dagegen.

»Spinn nicht rum!«, schnauzte sie mich an. »Das ist kein Kindergeburtstag mehr, das ist jetzt eine Teenie-Fete.«

Teenie-Fete ... Das klang so erwachsen und geheimnisvoll. Meine Cousine las regelmäßig die »Bravo«, und sie besaß sogar zwei Schallplatten mit Pop-Musik, eine von den BAY CITY ROLLERS und eine von ABBA. Zudem ging sie schon ins Jugendzentrum, was ich mich bisher nicht getraut hatte.

Meine Eltern waren dagegen. Gegen das Jugendzentrum und erst recht gegen die Pop-Musik. Das war für sie »Negermusik«, gelegentlich sagte mein Vater auch »Urwald-Sinfonien« dazu, ein Ausdruck, den er in der Kirche gehört hatte.

Meine Cousine schleppte mich ins Kinderzimmer, in dem verschiedene »Bravo«-Poster an den Wänden hingen. Vier andere Mädchen im Alter von zwölf und dreizehn Jahren schauten mir erwartungsvoll entgegen. Zwei kicherten gleich los, als ich verunsichert in das Zimmer trat.

Ich ließ mich zwischen zwei blonden Mädchen – die eine hieß Monika, die andere Susanne – auf dem Sofa nieder. Dann bekam ich einen Kaffee, es gab Kekse zu essen, und es wurde weitergekichert. Die Mädchen redeten gar nicht so viel, sie lachten vor allem und machten Faxen. Fünf Gören an einem Tisch und dazwischen ich, ein schüchterner Junge vom Dorf, der nicht einmal wusste, was man mit Mädchen sprechen konnte.

Die Mädchen fragten mich nach meinem Alter, ich stammelte ein »zwölf Jahre«, verzichtete auf ein mutigeres »bald dreizehn« und blieb die nächsten Minuten ruhig. Während ich meinen Kaffee trank, hörte ich ihrem Gerede zu. Es ging um Pop-Musik, da hatte vor allem Monika unglaublich viel Ahnung. Namen populärer Bands und Sänger wie SMOKIE und HARPO gingen ihr leicht über die Lippen; ich kannte nicht einmal die Stücke, von denen sie sprach. Sie war sogar schon im Schallplattengeschäft an der Hauptstraße gewesen, wo sie einer Schallplatte über Kopfhörer gelauscht hatte. Ich war gebührend beeindruckt.

»Und was hörst du für Musik?«, fragte Susanne nach einiger Zeit.

»Na ja, was eben so im Radio läuft«, würgte ich hervor, und damit war das Thema erledigt. Ich hatte damit angefangen, den »Pop-Shop« zu hören, eine Musiksendung im dritten Programm des Südwestfunks, und mir gefielen schon einige Bands ganz gut – einen eigenen Geschmack hatte ich aber noch lange nicht entwickelt.

Das weitere Gespräch verlief größtenteils ohne mich. Die Mädchen wechselten ohnehin das Thema. Es ging um Kleidung und Frisuren, später sogar um Schminke. Sie alle hatten bereits mit Nagellack und Lippenstift experimentiert, sie alle wussten Bescheid, was Duftwässerchen und Gesichtscremes anging, aber sie benutzten diese Dinge noch nicht.

»Meine Mutter erlaubt es nicht.« Simone seufzte. »Dabei würde ich mir so gerne einen Lippenstift kaufen. Meine Mutter sagt, das dürfe man erst ab sechzehn.«

»Meine Mutter sagt dazu gar nichts«, behauptete Susanne. »Sie benutzt ja selbst keinen Lippenstift, warum soll ich dann einen benutzen?«

»Mein Gott! Eure Mütter sind ja spießig!«, rief Monika und warf die Hände in die Luft. »Wenn ich will, darf ich das Schminkzeug meiner Mutter benutzen. Die meint, man müsse halt früh anfangen.« Sie schaute mich direkt an. Ihr blonder Pferdeschwanz wippte keck. »Und deine Mutter?«

»Ähm, ja, äh«, stotterte ich, »die ... die ... sagt gar nichts dazu.«

Es war eine glatte Lüge. Meine Mutter hatte sich nicht nur einmal über »angeschmierte Weiber« und »schamloses Aussehen« aufgeregt, wenn sie mit ihren Freundinnen beim Kaffeeklatsch zusammensaß. Aber ein solches Bekenntnis hätte hier nun gar nicht gepasst.

Für die Mädchen war das Gestotter Grund genug, in schallendes Gelächter auszubrechen. Wahrscheinlich lief ich in diesem Augenblick knallrot an; auf jeden Fall hätte ich mich am liebsten metertief in irgendwelchen Erdhöhlen versteckt. Ich fühlte mich wie der letzte Depp.

Meine Cousine legte eine ABBA-Kassette in ihren Rekorder ein. Ich beneidete sie glühend um dieses Gerät, das Mitte der siebziger Jahre eine echte technische Neuerung war. Mit einem Kassettenrekorder wäre ich auch unabhängig gewesen und hätte nicht die ganze Zeit die Musik hören müssen, die meinen Eltern gefiel und vorzugsweise im ersten Programm des Süddeutschen Rundfunks oder des Südwestfunks gespielt wurde: volkstümliche Lieder und deutsche Schlager, bei denen mir regelmäßig der Mageninhalt hochkommen wollte.

Die Musik klang gut, der mehrstimmige Gesang gefiel mir ebenso wie den Mädchen, die sich jetzt über die Jungs in der Schule unterhielten. Sie sprachen vor allem über ältere Jungs aus der achten Klasse. Da mich das nicht sonderlich interessierte, trank ich lieber meine Tasse Kaffee aus und futterte einige Kekse.

»Wir könnten ja was spielen!«, rief Simone auf einmal und sprang von ihrem Sitz auf. »Irgendwas Spannendes ...«

»Au ja!« Monika stimmte sofort zu. »Am besten Flaschendrehen! Das spielen die Großen auch immer!«

Die Mädchen klatschten begeistert in die Hände. Sie lachten vor Vorfreude. Patricia und Monika hatten dieses Spiel schon betrieben, für die anderen war das ebenso neu wie für mich, aber sie alle kannten den Begriff.

»Aber wir haben nur einen Jungen«, fiel Susanne in diesem Augenblick ein. »Dann wird's ein bisschen blöd.«

Wieder lachten die Mädchen; alle Blicke richteten sich auf mich. Verunsichert schluckte ich den Keks hinunter, den ich gerade kaute.

»Ich weiß zwar nicht, worum's geht«, versicherte ich, »aber ich spiele ein lustiges Spiel immer gern mit.«

Patricia kicherte. »Das Spiel ist auf jeden Fall sehr lustig«, behauptete sie.

Eine Flasche konnte sie nicht besorgen, ohne dass ihre Eltern Fragen stellten, auf die sie umständliche Antworten suchen musste. Also nahm sie eine Haarspraydose, zog den Deckel ab und legte sie auf den kleinen runden Tisch, um den wir alle saßen. Wir packten Teller, Tassen und Keksdose zur Seite. Erwartungsfroh schauten wir alle auf Patricia.

»Dreh mal die Musik auf!«, sagte meine Cousine zu Susanne, die direkt neben dem Rekorder saß. »Waterloo« erklang jetzt deutlich lauter als wenige Minuten zuvor die anderen Stücke. »Dann merken die Alten nicht so schnell, was los ist«, meinte sie mit verschwörerischer Miene.

Sie beugte sich nach vorne und sah zuerst mich und dann die anderen an. »Es ist ganz einfach«, erläuterte sie. »Ich drehe die Flasche, also in diesem Fall die Dose. Und wenn sie anhält, zeigt sie mit der Spitze auf jemanden. Und der darf sich jemand anders aussuchen und ihn küssen. Ist doch alles ganz logisch.«

Zwar fühlte ich mich überrumpelt, aber die Spielregel leuchtete mir sofort ein. Allerdings: Ich war der einzige Junge am Tisch. Da ich mir nicht einmal ausmalen konnte, dass sich Mädchen untereinander küssten, blieb ich als derjenige übrig, der alle küssen musste. Mir lief es kalt und heiß zugleich über den Rücken. *Ich und ein Mädchen küssen? Wie das?* Wenn es etwas gab, das ich mir nicht vorstellen konnte ... Natürlich hatte ich in Filmen gesehen, wenn sich Männer und Frauen küssten. Selbstverständlich hatte ich schon in vielen Büchern darüber gelesen. Aber ich selbst – das war bisher undenkbar. Ich konnte mir darunter nicht viel vorstellen, obwohl in den Büchern immer alle möglichen Gefühle beschrieben wurden.

Patricia packte die Dose fester und gab ihr den entscheidenden Stoß: Die Dose drehte sich tatsächlich auf dem Tisch, eierte mehr herum, als dass sie sich richtig drehte, rollte aber immerhin nicht herunter und blieb nach zweieinhalb Umdrehungen liegen. Es war absolut eindeutig: Ihre Spitze zeigte auf Monika.

»Hey!«, rief sie, grinste übers ganze Gesicht, hob die Hände. »Ich bin dran.« Sie lachte laut und schaute sich auffällig um. »Jetzt stellt sich nur die Frage, wen ich mir aussuche.« Ihr Blick wanderte über die Mädchen und über mich, ging einmal komplett die Runde durch. »Es ist schwer«, seufzte sie.

Mach doch einfach! dachte ich, während jetzt im Rekorder ein Lied von den BAY CITY ROLLERS kam, das ich nicht kannte. *Das kann doch nicht so schwer sein.*

Monikas Blick fiel erneut auf mich. »Ich glaub, ich nehm dich«, sagte sie und grinste. Sie beugte sich nach vorne, über den Tisch herüber, während die anderen gespannt zuschauten.

Mir war klar, was ich zu tun hatte, und erst in diesem Augenblick nahm ich wahr, dass Monika schon »richtig entwickelt« war, wie es in der »Bravo« immer hieß: Ich sah in ihren Ausschnitt und bemerkte den Ansatz ihrer Brüste. Und dann war sie auch schon heran, drückte ihren Mund auf den meinen.

Ich war verblüfft und wusste nicht so recht, was ich machen sollte. *Darüber* gaben die Bücher keine Auskunft. Die informierten nur darüber, wie sich beispielsweise wackere Westernhelden nach erfolgreicher Abwehr des Indianerangriffs der schönen Jungfrau nähern konnten. Aber wie zum Teufel machte das ein durchschnittlicher deutscher Jugendlicher aus einem Schwarzwalddorf?

»Du musst deinen Mund ein wenig öffnen«, kam ein Ratschlag von der Seite. Patricia – meine liebe Cousine wusste wieder einmal alles besser.

Immer noch drückte Monika ihren Mund auf den meinen; sie

hatte ihre Augen geschlossen, es war sicher noch nicht eine Sekunde vergangen, aber es kam mir vor wie eine halbe Stunde; ich hörte das Gekicher der Freundinnen, ich sah ihre angespannten Gesichtsausdrücke aus den Augenwinkeln, und ich öffnete meinen Mund ein bisschen, spürte Monikas weiche Lippen auf den meinen und ... es war ein seltsames Gefühl, das ich noch nie zuvor verspürt hatte.

»Was ist denn das für eine Sauerei?«, ertönte in diesem Augenblick die Stimme meiner Mutter.

»Und dann noch dieser Krach!«, fügte meine Tante in derselben Lautstärke hinzu.

Monika und ich fuhren auseinander. *Dass die immer zur falschen Zeit erscheinen muss*, dachte ich wütend, während ich knallrot anlief und in halbgebückter Haltung über dem Tisch stehen blieb. Monika war geistesgegenwärtig genug, sich in ihren Stuhl zurückfallen zu lassen und die Unschuld zu mimen.

Der Rest des Nachmittags verlief ziemlich angespannt. Wir mussten uns gemeinsam eine Strafpredigt der beiden Mütter anhören, die von der »Unzucht der heutigen Zeit« sprachen und uns an den lieben Gott erinnerten. Damit »so etwas« nicht wieder vorfiel, wurde ich aus dem Mädchenzimmer verbannt und musste mich zu den Erwachsenen in die Stube setzen. Immerhin konnte ich da mein Buch lesen und musste mich nicht am Gespräch beteiligen.

Auf der Heimfahrt ins Dorf hielt mir mein Vater eine zusätzliche Standpauke. »Dass du mir ja nicht gleich so ein Weib ins Haus schleppst!«, tobte er. »Das hat noch Zeit. Werd du erst mal ein paar Jahre älter und klüger!«

Ich nickte zu allem und sagte nichts. Es war in solchen Fällen die beste Taktik, wie ich seit Jahren wusste. Aber ich vergaß nie jenen Augenblick, in dem mich Monika geküsst hatte, vor allem nicht jene winzig kleine Sekunde, in der ihre Zunge in meinen Mund gehuscht war. Nie.

Ein Abend mit dem Mossad

Der Lärm hatte sich in einen Sound verwandelt, der wie Blei auf meinen Gehörgängen lag: viel zu viele junge Leute in einer überfüllten Wohnung, in der die Heizung auf Hochtouren bollerte, laute Musik aus unterschiedlichen Richtungen, das Klirren von Flaschen und Gläsern. Ich war seit gut drei Stunden auf dieser Party, ich wollte mich ordentlich besaufen und vielleicht mit einem Mädchen herummachen, und bisher hatte ich erst das Gefühl, mit dem Konsumieren von Chips und Alkohol weit genug gekommen zu sein. Es roch nach billigem Wein und viel Bier, nach Zigaretten und nach jenem charakteristischen Rauch, den ich erst seit wenigen Monaten kannte: dem nach Marihuana und Haschisch.

Mit einigen anderen saß ich im Flur auf dem Fußboden, keiner in der Runde war älter als achtzehn. Wir ließen eine Flasche mit billigem Apfelkorn kreisen, aus der wir abwechselnd tranken. Der Fusel war süß, aber er schmeckte erstaunlich süffig, und ich hatte nach jedem Schluck sofort Lust auf einen weiteren. Bisher hatten wir erst die Hälfte der Flasche vernichtet; danach wollte ich auf Wein umsteigen. Von Wein hatte ich zwar keine Ahnung, aber nach der süßen Plörre brauchte ich sicher etwas mit »mehr Kante«, wie es die Weintrinker in der Verwandtschaft nannten.

Matze kam durch den Flur auf unsere Gruppe zu, groß und breit und schon reichlich besoffen; auf dem Weg zum Klo blieb er vor mir stehen und schaute auf mich herab. »Deine Haare wachsen ja schnell«, sagte er. »Du siehst bald wieder richtig brav aus.«

»Ich bin brav«, sagte ich und lachte übertrieben laut. Damit wollte ich klar machen, dass ich selbstverständlich nicht »brav« war und mich nur als anständiger Jugendlicher tarnte. »Und die Haare wachsen, weil Winter ist.«

»Na gut.« Er winkte großspurig ab und ging weiter. Ruckartig öffnete er die Klotür, ebenso ruckartig zog er sie hinter sich zu. Bei Matze ging alles mit viel Kraft und viel Ruck; jede raumgreifende Geste bei ihm war eine Spur zu mächtig und zu groß. Aber es funktionierte offensichtlich, die Mädchen liefen ihm scharenweise nach.

»Was meint er denn mit deinen Haaren?«, fragte Simmi, die neben mir saß: ein dünnes Hippie-Mädchen mit ebenfalls dünnen blonden Haaren, die strähnig bis auf den Rücken fielen. Eine verbeulte Jeans und ein handgestrickter Pullover in allen möglichen Farben schienen ihr angewachsen zu sein; ich sah sie seit einem halben Jahr in diesen Klamotten, egal welche Tages- oder Nachtzeit war oder welche Temperatur herrschte. Sie hörte DOORS und LED ZEPPELIN und malte Herzchen in ihre Schulhefte, in die sie »Jimmy« schrieb.

Ich winkte ab und versuchte, möglichst lässig zu wirken. »Ich hab mir im Sommer die Haare abgeschnitten«, erzählte ich. »Mit der Schere meiner Mutter. Ganz allein, mit allen Löchern, die es dann gibt. Sie hat immer gemault, weil ich so lange Haare hatte. Als sie dann runter waren, mochte sie's auch nicht. Und jetzt lasse ich sie wieder wachsen.«

»Wieso das denn?« Sie schaute mich mit großen Augen an. »Wieso machst du so was? Die Haare so blöd abschneiden, meine ich.«

»Das ist Punk«, antwortete ich. »Da müssen die Haare runter. Und dann ist es egal, wie man sie trägt.« Ich gestand ihr nicht, dass ich seit einem halben Jahr in die Lehre ging, in eine Firma, in der ich die Chefs hasste und die Kollegen entweder bemitleidete oder verabscheute. Mit zerlöcherten Haaren hätte ich dort noch mehr Probleme gehabt, als ich sowieso schon hatte.

»Punk.« Simmi musterte mich abschätzig. »So was aber auch.« Es schien ihr weder sonderlich zu imponieren noch sie in Panik zu versetzen. »Deine Haare stehen aber gar nicht ab.«

»Nein, das tun sie nicht.« Ich kannte wie sie die Bilder von Punks aus allerlei Medien: bunte Haare, abstehende Stacheln und Hahnenkämme, allerlei schräge Frisuren eben, idealerweise zerzaust. »Aber das ist egal. Punk ist man vom Herzen her.« Ich hatte so gut wie keine Ahnung von Punk, aber in meinem Dorf und in der Kleinstadt war ich der Einzige, der überhaupt in die Richtung tendierte. Also konnte ich entsprechende Sprüche klopfen.

Überzeugt wirkte Simmi nicht, aber sie gab zumindest Ruhe. Ohne ein weiteres Wort reichte sie mir die Flasche Apfelkorn, die sie in der Hand hatte. Ich nahm sie und trank einen Schluck, genoss zum wiederholten Mal, wie die Brühe in Richtung Magen rutschte.

»Schmeckt dir das?«, fragte sie.

»Geht so. Aber es macht besoffen, das ist am wichtigsten.«

»Hat das auch was mit Punk zu tun?«

Nein, hätte ich am liebsten gesagt, *ich saufe, weil es alle machen und weil ich damit erwachsener und toller wirke.* Die älteren Jugendlichen durften in den Kneipen schon Schnäpse trinken, und zwar völlig legal, unsereins musste schauen, dass er ein Bier bekam. Da war ein Apfelkorn auf einer Party eine echte Bereicherung. Ich schaute Simmi an, die Flasche in der Hand, und mir fiel nichts Schlaues ein.

Assi half mir aus der Verlegenheit. Er kam aus der Küche, schwankend und betrunken, klapperdürr und mit einem viel zu weiten Hemd bekleidet, das ihm fast bis auf die Knie herunterhing. »Klaus, wir brauchen dich«, sagte er und stach mit seinem Zeigefinger in meine Richtung. »Jetzt!«

Eigentlich hieß er Oliver Assendorf, aber Assi klang einfach viel aufrührerischer, und so hatte sich der Spitzname schnell eingebürgert. Seine Eltern waren ohne ihn weggefahren, weil sie irgendwo im Rheinland bei Kollegen seines Vaters feierten – also hatte Assi uns »sein« Haus für die Silvesterparty zur Verfügung gestellt. Eine nette Geste von ihm, und deshalb hatte sich eine Bande orientierungsloser Jugendlicher bei ihm eingefunden, alle darauf aus, Spaß zu haben, mit dem anderen Geschlecht anzubandeln und Drogen zu nehmen.

Ich schaute ihn an und wusste im ersten Augenblick nicht, was er von mir wollte. »Für was braucht ihr mich denn?«

»Für die Band natürlich!«

Ich erhob mich langsam aus meiner sitzenden Position. Die Flasche ließ ich nicht los, und ich merkte bei jeder Bewegung, dass ich schon angesoffen war. Kein Wunder, ich vertrug nicht viel, und Apfelkorn hatte ich bislang so gut wie nie zu mir genommen. »Welche Band denn?«

»Komm schon!«, forderte Assi. »Darüber haben wir doch schon geredet. Wir spielen jetzt mal, in der Küche ist alles aufgebaut.«

Ich nickte nur. Jetzt fiel mir alles wieder ein. »Ach so. Die Band.«

In einer Bierlaune hatten wir eine Woche vor Weihnachten jedem im Jugendzentrum erzählt, dass wir eine Punk-Band gründen wollten. Wir hatten schon einen Namen dafür gefunden: MOSSAD, benannt nach dem israelischen Geheimdienst. Das fanden wir unglaublich rebellisch. Aber mehr als das Getue bei einer Disco im Jugendzentrum und bei irgendwelchen Treffen in der großen Pause hatten wir seitdem nicht auf die Reihe bekommen, und ich hatte das Thema schon völlig verdrängt.

»Ja!« Assi sah mich stur an, er wirkte angespannt, als müsste er unbedingt etwas tun. »Lass uns loslegen. Jetzt!«

»Jetzt schon? Wir wollten doch warten, bis das neue Jahr da ist.«

»Kann sich nur noch um Stunden handeln.« Er lachte laut und schaute dabei Simmi an. »Aber wer weiß, was die Zukunft bringt? No Future, du weißt schon.«

Ich wusste, was er meinte. Wir kannten die Stücke der SEX PISTOLS und der RAMONES, fanden die rotzigen Texte ebenso gut wie die knallige Musik; und dass es in »No Future« vor allem um unsere Zukunft angesichts eines drohenden Atomkrieges ging, war jedem klar. Lange konnte das schließlich nicht mehr gutgehen mit dieser Welt; da konnten die Science-Fiction-Autoren, deren Bücher ich so gern las, noch so viele Ideen für eine spannende Zukunft liefern.

»Okay, ich komme mit.« Ich nickte Simmi zu, drehte mich um und folgte Assi. Unterwegs nahm ich erneut einen kräftigen Schluck Apfelkorn. Wenn ich so weitermachte, war die Flasche bald leer.

In der Küche hatte Assi ein Mini-Schlagzeug in die Ecke gepackt, hinter dem er sich niederließ. Zwei Boxen standen auf dem Kühlschrank und dem Herd, einen kleinen Verstärker hatte er auf der Eckbank deponiert. Überall lagen Kabel. Für mich gab es einen Hocker, neben dem der Bass lehnte, der bereits eingestöpselt war – Assi wies darauf und gab mir einen Stoß. Ede hielt eine Gitarre in den Händen, als warte er nur darauf, dass es losgehen sollte; im Mundwinkel klebte eine glimmende Zigarette, genau die Pose, die Belmondo immer in seinen Filmen draufhatte.

»Ich hab keine Ahnung, wie man so ein Ding spielt«, sagte ich, während ich zu dem Bass trat.

»Scheißegal«, sagte Assi. »Das ist Punk, da kommt es nicht darauf an, dass man gut spielt, sondern dass das Bewusstsein stimmt.«

Er hatte gut reden. Sein Vater bezahlte ihm seit zwei Jahren den Unterricht bei einem stockseriösen Schlagzeuglehrer; er hatte auch die hochwertigen Teile gekauft, aus denen das Schlagzeug normalerweise bestand. An diesem Abend hatte Assi nur Becken und kleine Trommeln hingestellt, für die Basstrommel hatte der Platz wohl nicht gereicht.

Ich sah mich suchend um. Einige andere Jugendliche drückten sich an die Wände der Küche oder saßen auf der Eckbank. »Und wer singt?«

»Du vielleicht?« Assi grinste, als er meinen entsetzten Gesichtsausdruck sah. »Nein, schon klar, du sicher nicht. Wir probieren's ohne Sänger, wir machen jetzt Punk, und da ist es eh egal, ob es gut klingt oder gut ist, Hauptsache ist ja, dass wir überhaupt was machen.«

Ich nickte, stellte die Flasche zur Seite und setzte mich auf den Hocker. Nachdenklich nahm ich den Bass zur Hand. Wie man sich so ein Ding vor den Bauch packte, hatte ich oft genug gesehen: auf Bildern, im Fernsehen und bei den wenigen Rock-Konzerten, die man bei uns in der Kleinstadt besuchen konnte. Nachdem ich die Hände an den richtigen Stellen hatte, fühlte ich mich richtig professionell. Probeweise zupfte ich über die Saiten. Es schepperte und wummerte.

»Gar nicht mal schlecht.« Assi grinste und kletterte auf den Hocker hinter dem improvisierten Schlagzeug. »Dann können wir's ja mal probieren. Ich zähle auf vier, dann fangen wir an.«

»Einfach so?«, fragte ich.

»Einfach so.« Er nickte Ede zu, den ich bislang nur vom Sehen her kannte. Ede war zwei Jahre älter als ich und konnte angeblich schon richtig Gitarre spielen; seine Haare fielen über die Ohren und bis in den Nacken hinunter. Sein gestrickter Pullover sah nicht gerade so aus, wie ich mir die Klamotten eines Punk-Gitarristen vorstellte, aber das machte jetzt nichts.

Assi hob seine Stöcke an. »One two three four«, zählte er, wobei er das »th« wie ein gedehntes »s« aussprach, dann trommelte er los. Es schepperte zwar reichlich, kein Wunder bei dem improvisierten Schlagzeug, klang aber nicht mal schlecht. Er hielt ein gleichmäßiges Tempo bei, schlug die Becken immer wieder an, bewegte dabei den Kopf auf und ab, als sei dieser ein Taktgeber.

Ede fiel ein, seine Finger glitten über das Griffbrett der Gitarre und die ersten verzerrten Laute wurden hörbar. Er hielt den Rhythmus des Schlagzeugs problemlos mit, wenngleich das, was er zustande brachte, mit einer Melodie nichts zu tun hatte.

Jetzt war ich an der Reihe. Eigentlich sollte das alles kein Problem sein, schließlich wusste ich, wie Gitarristen und Basser spielten. Mit zwei Fingern der linken Hand drückte ich irgendwelche Saiten, was mir erstaunlich schwerfiel, mit der rechten Hand haute ich auf die Saiten ein, die über den Klangkörper gespannt waren. Fast hätte ich aufgeschrien, weil die Saiten verdammt hart waren, sich wie Drähte anfühlten und die schnelle Berührung mir einen stechenden Schmerz durch die Finger jagte.

Aber ich gab nicht auf, schlug weiter auf die Drähte, wechselte die Finger der linken Hand, benutzte den Daumen und versuchte wenigstens einigermaßen, dem Rhythmus des Schlagzeugs zu folgen. Ich kam kaum mit und holperte buchstäblich hinterher. Und mit jeder Berührung schmerzte mir die rechte Hand mehr.

»Okay«, rief Assi, »wir brechen ab!« Er hielt die Stöcke in die Luft.

»Bevor sich Klaus die Finger blutig spielt.« Er lachte trocken, während Ede und ich in der Bewegung innehielten. »Du brauchst nachher ein Plektrum, sonst geht das nicht weiter.«

Einige der Umstehenden lachten, andere applaudierten kurz. »Ihr spielt aber nachher noch einmal?«, fragte ein Junge mit dünnem Flaum auf den Oberlippen, dem die Haare bis auf die Schultern fielen.

»Na klar«, sagte Assi mit einem großspurigen Unterton. »Das ist heute das erste Konzert von MOSSAD, klar gibt es eine Fortsetzung.« Er lachte laut. »Vielleicht kriegen wir sogar ›Sheena Is A Punkrocker‹ hin.«

Ich winkte ab. »Schauen wir mal.« Vorsichtig stellte ich den Bass in die Ecke, wo ich ihn so zwischen einem Schrank und der Wand einkeilte, dass er garantiert nicht umfallen konnte. Ich schaute auf meine Finger, die tatsächlich gerötet waren. »Wenn ich das noch mal mache, hab ich hinterher keine Haut mehr drauf.«

»Aber das war doch geil?« Assi strahlte mich an.

»Hm. Ja.« Ich hob die Schultern. »So eine Punk-Band wäre schon klasse. Aber ob ich das lernen kann?«

Er lachte dröhnend. »Deshalb spielst du ja den Bass. Bass spielt immer der, der am wenigsten kann. Dann fällt es nicht auf, wenn er nur gleichmäßig wummert.«

»Haha«, machte ich und stand auf. Mit einem Griff schnappte ich mir die Flasche. Als ich einen erneuten Schluck nahm, kam ich mir vor wie ein routinierter Säufer.

In den Geschichten des amerikanischen Underground-Schriftstellers Charles Bukowski, die ich seit einiger Zeit für mich entdeckt hatte, wurde das Saufen immer recht cool beschrieben: Einerseits waren die dauernd besoffenen »Helden« der Bukowski-Geschichten durch die Bank von einer kaputten Art, die ich eigentlich widerwärtig fand, aber sie wurden andererseits so beschrieben, dass ein solches Leben reizvoll klang: immer besoffen, immer auf der Suche nach Abenteuern, vor allem ohne eine feste Arbeit und ohne ein klares Lebensziel. So kam ich mir ständig vor, und das Gefühl kannte ich schon in nüchternem Zustand.

Von der Küche aus begab ich mich ins Badezimmer, wo ich mich vor die Kloschüssel stellte, einigermaßen ordentlich traf und dabei meinen Blick über die Parfüm- und Rasierwasserflaschen wandern ließ, die auf dem Regal über dem Waschbecken aufgereiht waren. Wieso brauchten Erwachsene so viel Zeug, was sollte diese Ansammlung von Schönheitstinkturen und Cremes? Danach steuerte ich das Wohnzimmer an, das nach dem bürgerlichen Geschmack eingerichtet war, den sich meine Unterschicht-Eltern wahrscheinlich immer dann wünschten, wenn wir am Samstag durch ein Möbelhaus streunten: Polstergarnitur, Couchtisch, Schrankwand und dicke Teppiche mit exotisch wirkenden Mustern.

Im Hintergrund lief ein Fernseher, in dem sich zwei Menschen in flimmernder Farbe unterhielten; jemand hatte den Ton abgestellt und niemand schaute hin. Auf der Couch und den Sofas saßen Leute, auf dem Fußboden lungerten einige herum, an der Schrankwand standen einige Jungs und probierten unter viel Geschrei die Getränke in der Hausbar von Assis Eltern durch, und über alledem schwebte eine Wolke, die würzig und intensiv roch. Man musste nicht selbst kiffen, um genügend Marihuana einzuatmen.

Ich ließ mich zu der Gruppe auf dem Fußboden treiben, trank wieder aus der Flasche und setzte mich zwischen Simmi und ein anderes Hippie-Mädchen, das ich nur vom Sehen her kannte. Das Mädchen war ganz schön rundlich und roch intensiv nach Patchouli, jenem Duft, den viele Mädchen zwischen der neunten und elften Klasse bevorzugten, den ich nicht mochte, der aber im Jugendzentrum aus manchen Sofas zu quellen schien, als würde er dort literweise vergossen.

»Hey«, sagte ich höflich. »Ich bin Klaus.«

»Weiß ich schon«, gab das Mädchen mürrisch zurück. »Klaus, der Dorfpunk. Ich bin Betty.« Betty drehte sich so zur Seite, dass sie mich nicht anzusehen brauchte.

»Na gut.« Ich tat locker und nahm einen weiteren Schluck aus der Flasche. Ich merkte, dass Simmi mich anschaute, und reichte ihr die Flasche. »Willst du auch?«

»Du bist ja immer noch am Apfelkorn.« Sie schüttelte den Kopf. »Darauf hab ich keine Lust. Ich halte mich an Bier, und ich rauche was.«

Jetzt erst bemerkte ich, dass ich direkt bei den Kiffern gelandet war. Ein großer Joint machte die Runde, ein Tabakbeutel mit Marihuana-Krümeln lag in der Mitte. Viel geredet wurde nicht, alle starrten vor sich hin, rauchten oder hingen ihren Gedanken nach. Ich fand das sofort langweilig: junge Leute mit toten Augen.

So stell ich mir nicht eine krachige Party zum Jahreswechsel vor, dachte ich, aber da ich schon auf meinem Hintern saß, blieb ich. Als der Joint bei Simmi ankam, war er so gut wie erledigt. Sie nahm einen letzten Zug, kicherte dann albern und zeigte mir den kärglichen Rest. Ohne ein weiteres Wort drückte sie ihn in den Aschenbecher. Da ich keine Zigaretten drehen konnte und keine Lust darauf hatte, mir das Hirn mit Rauchwaren zuzunebeln, tat ich nichts, um einen neuen Joint zu bauen. Stattdessen nahm ich einen weiteren Schluck aus der Apfelkornflasche.

Matze drängte ins Wohnzimmer. Wie er es schaffte, immer eine Bugwelle an Aufmerksamkeit vor sich herzuschieben, fand ich stets unfassbar. Während sich um mich kein Mensch geschert hatte, blickten alle auf, als er an den Rand der Runde trat und seinen Blick schweifen ließ. Dann ließ er sich mit einem ächzenden Laut zu uns heruntersinken, quetschte sich zwischen Simmis Rücken und einen Polstersessel.

»Bequem ist anders«, sagte er mit aufgesetztem Seufzen und legte seine große Hand auf Simmis Rücken. »Aber wenn nette Leute da sind, freut's mich auch an einem engen Platz.«

Ich verdrehte die Augen, sagte aber kein Wort. Verwundert stellte ich fest, dass Simmi nichts gegen seine Hand einzuwenden hatte. Sie ließ sie auf ihrem Rücken, wehrte sich nicht im Geringsten. Nicht dass ich Simmi sonderlich toll fand, aber sie war das einzige Mädchen, das auf der Party mit mir redete. Bei Simmi sah ich zumindest die Chance, mit ihr ins neue Jahr zu knutschen – und da kam Matze daher und räumte wieder alles ab.

Matze bewegte seine Hand auf Simmis Rücken auf und ab, beugte sein Gesicht zu ihrem Ohr hinüber und laberte irgendwas. Ich verstand kein Wort, aber es schien witzig zu sein, denn sie lachte leise.

Frustriert wollte ich einen erneuten Zug aus der Flasche nehmen. Erstaunt stellte ich fest, dass sie leer war. Es war noch nicht einmal zehn Uhr abends, und ich war schon besoffen. Ich brauchte Nachschub, und ich wollte Matzes Balzspiel neben mir nicht länger zusehen. Zudem wurde bereits ein neuer Joint gedreht, in den ordentlich »Ladung« gepackt wurde, und darauf hatte ich noch weniger Lust.

Ich stellte die Flasche so hinter den Sessel, an dem Matze lehnte, dass sie nicht gleich umfallen würde, und zog mich an der Lehne hoch. Während der Bewegung spürte ich bereits, dass ich nicht nur ein bisschen besoffen war. Wenn ich nicht aufpasste, fiel ich um; also entfernte ich mich vorsichtig aus der Kifferrunde, hielt an einem Tisch an, auf dem eine geöffnete Flasche Rotwein stand, und nahm diese an mich.

Nach dem Apfelkorn schmeckte der erste Schluck Rotwein eher bitter, aber ich bekam ihn hinunter. In meinem Mund machte sich ein pelziges Gefühl breit. Trotzdem schmeckte das Getränk ganz gut. Vielleicht sollte ich öfter mal andere Weine probieren als die, die sich im Keller meiner Eltern fanden; die standen eher auf süße Weine aus der württembergischen Provinz.

Langsam ging ich in den Flur hinaus und nahm einen zweiten Schluck aus der Flasche. Ich merkte, dass ich nicht mehr gerade gehen konnte. Die Wände wirkten verschwommen, die Jacken an der vollgepackten Garderobe kamen mir vor wie eine wabernde Masse aus Stoff und Wolle. Aus dem Wohnzimmer drang jetzt LED ZEPPELIN; die Band mochte ich nicht, aber nach wie vor standen viele Leute auf sie. Wie konnte man Ende 1980 eine Band hören, deren große Zeit schon zehn Jahre vorüber war? Das verstand ich nicht. Punk war neu, die Neue Deutsche Welle war neu, New Wave war neu, meinetwegen sogar Reggae und Ska – und deshalb hörte ich lieber aktuelle Musik, nicht den Kram, der junge Leute vor zehn Jahren begeistert hatte.

Auf einmal stand Assi vor mir, er hielt etwas vor meine Augen und sagte einige Worte, die ich nicht verstand. Er lachte, dann sprach er akzentuierter. »Hey, Klaus«, sagte er, »wir wollen mit MOSSAD noch mal spielen. Und hier hab ich dir sogar ein Plektrum, damit du dir die Finger nicht komplett blutig spielst.«

Ich nickte und nahm ihm das Stück Kunststoff ab. »Super.« Vorsichtig, damit ich nicht gegen die Wand fiel, folgte ich ihm in die Küche.

Ede wartete schon auf uns, die Gitarre in der Hand. Wieder drückten sich einige Zuschauer an die Wände. Assi plumpste hinter das Schlagzeug auf den Stuhl, während ich mich an der Spüle abstützte und mich dann vorsichtig auf den Stuhl niederließ. Die Weinflasche stellte ich auf dem Fußboden ab. Alles schwamm vor meinen Augen, jemand reichte mir den Bass. Fast wäre ich nach vorne gefallen, aber ich hielt mich mühsam auf dem Stuhl.

»Der ist fertig«, hörte ich jemanden sagen. Es war nicht Assi, vielleicht Ede, aber ich konnte die Stimme nicht exakt zuordnen.

»Egal.« Das war jetzt eindeutig Assi. Als ich meinen Blick in die Richtung der Stimme konzentrierte, sah ich sein grinsendes Gesicht vor mir wie einen Ballon, viel zu groß und aufgequollen. »Wir spielen.« Er zählte los, dann begannen er und Ede. Ich saß da, schaute die beiden an, hielt den Bass in der Hand und konnte meine Hände nicht bewegen. Nichts ging. Weder schaffte ich es, meine Finger an die Saiten zu packen, noch hielt ich den Griff so, dass ich irgendwie greifen konnte. Kraftlos ließ ich das Plektrum auf den Boden fallen.

Assi brach ab. »Scheiße. So wird das gar nichts. Hey, Klaus, lass das mal, so kriegen wir MOSSAD nicht zum Laufen.«

»Hast ja recht.« Mit beiden Händen legte ich den Bass auf die Spüle, dann stemmte ich mich hoch. »Später vielleicht noch mal.«

»Sicher nicht«, sagte Ede. Einige lachten beifällig.

Mühsam bückte ich mich, um die Flasche hochzuziehen. Es fiel mir schwer, aber ich schaffte es, die Küche aufrecht zu verlassen. Hinter mir hörte ich, wie Assi ein wenig trommelte, während andere laut lachten. Galt das mir? Es war mir gleichgültig.

Im Flur nahm ich erneut einen kräftigen Schluck. Den Rotwein hatte ich schon zur Hälfte in mich hineingekippt. Ob es eine schlaue Entscheidung war, den trockenen Wein auf den pappsüßen Apfelkorn zu schütten? Ich lehnte mich gegen die Wand und versuchte nachzudenken. In meinem Magen rumorte es, als ob die zwei Getränke miteinander Krieg führten. Das ging eifrig hin und her, alles wurde gründlich umgewälzt, und erste Spritzer hüpften nach oben, gerieten in meine Speiseröhre. Kurzerhand schluckte ich eine Ladung saurer Flüssigkeit hinunter, die sich auf einmal in meine Kehle verirrt hatte – aber dann war es zu spät.

Ich hatte noch genügend Geistesgegenwart, die Weinflasche auf den Boden zu stellen, ins Badezimmer zu eilen und hinter mir die Tür zu schließen, als ich auch schon über dem Waschbecken hing und loskotzte. Der Ekel schüttelte mich, während ich immer mehr aus mir herauswürgte: die Reste von schnell gegessenen Chips und Süßigkeiten, vermischt mit Apfelkorn und Rotwein, eine widerlich riechende Brühe in rot und weiß, die innerhalb kürzester Zeit das Waschbecken zur Hälfte füllte.

Genügend Hirn war mir geblieben, um zu erkennen, dass ich daran etwas ändern musste. Kurzerhand beugte ich mich zur Seite, hielt den Kopf über die Badewanne und kotzte direkt auf den Abfluss, ging langsam in die Knie und legte meinen Oberkörper auf den Rand der Wanne. Das Prasseln der Kotze klang in meinen Ohren überlaut, und als ich das Gefühl hatte, es komme nichts mehr nach, blieb ich in meiner kauernden Position. Ich fühlte mich elend und würdelos; es war nicht das erste Mal, dass ich mich erbrechen musste, aber ich hatte noch nie zuvor nach Bier oder dem einen oder anderen Schnaps so gereihert.

Es klopfte an der Tür. »Hey, ich muss auch mal!«, schrie eine barsche Stimme, die ich nicht erkannte.

Ich ruckte hoch. Geistesgegenwärtig wischte ich mit dem Handrücken über meinen Mund, bevor die schmierigen Reste auf meine Kleidung tropften. »'tschuldigung«, gab ich undeutlich zurück, »ich brauch noch 'ne Weile.«

Es kam keine Antwort. Wenn ich Glück hatte, ging der Typ vor der Tür einfach in den Garten und erleichterte sich an einer Hecke. So schnell kam ich nämlich nicht aus dem Bad heraus. Mühsam erhob ich mich und betrachtete zuerst das Waschbecken, das immer noch zur Hälfte gefüllt war, dann das Bad, und noch während ich schaute, kam mir erneut die Kotze hoch.

Diesmal knallte ich direkt mit dem Oberkörper auf den Rand der Badewanne. Was jetzt noch kam, war widerwärtig und kratzte an meiner Speiseröhre, jeder Schluck und jeder Brocken, den ich hervorpresste. Röchelnd blieb ich danach auf dem Wannenrand. Wie sollte ich da jemals wieder herauskommen? Alles verschwamm, mir wurde buchstäblich schwach, und ich wäre am liebsten an Ort und Stelle eingeschlafen.

Einige Sekunden war ich wohl weg, denn als ich die Augen wieder aufriss, war die Kotze um meine Mundwinkel schon fast trocken. Ich beugte mich über die Badewanne, ließ Wasser laufen, wusch mir notdürftig das Gesicht und sah zu, wie sich das Wasser mit der Kotze vermischte und sie so gleichmäßig über den Wannenboden verteilte, ein Meer aus rötlichen und weißen Schlieren, die wie Algen auf dem Wasser trieben.

Später stand ich am Waschbecken, ließ Wasser laufen und rührte in der Kotze, um sie so in den Abfluss zu drücken. Es ging nicht, die schmierige Flüssigkeit trieb auf dem Wasser und verschwand nicht. Wieder klopfte jemand gegen die Tür, wieder gab ich eine Antwort, diesmal völlig unartikuliert, dann wusch ich mir die Hände und drehte mich kopfschüttelnd zur Seite. Irgendwann stand ich vor der Haustür, meine Jacke in der Hand. Es war schneidend kalt, der Schnee lag watteweich auf dem Dorf. Als ich langsam ausatmete, tanzte der weiße Dunst in kleinen Wolken vor meiner Nase.

»Das wird wohl nichts mit dir und dem neuen Jahrzehnt«, sagte jemand zu mir. Ich brauchte einige Zeit, bis ich erkannte, wer zu mir sprach; vor meinen Augen verschwammen erneut die Konturen. Dann sah ich, dass es Matze war, der den Arm um Simmi gelegt hatte und mich breit angrinste. »Der Start ist schon mal echt mies.«

»Scheiß drauf«, gab ich zurück. Ob er überhaupt ein Wort verstand, war mir egal. »Das Ende der achtziger Jahre erleben wir sowieso nicht mehr.«

»No Future oder was«, sagte Simmi und lachte hell.

Ich schüttelte den Kopf. »Scheiß drauf. Sagte ich doch schon.«

Während ich die beiden anschaute, versuchte ich meine Jacke anzuziehen. Ich merkte, dass ich taumelte und fast hingefallen wäre, aber den Gefallen wollte ich Matze nicht tun. Ich brauchte eine Ewigkeit, bis ich die verdammte Jacke anhatte, aber ich schaffte es allein. Dann drehte ich mich ohne einen Gruß um und ging los; jeder Schritt war mühsam, der Schnee und das Eis auf der Straße machten es nicht einfacher.

Als ich über die Dorfstraße wankte, schoss einer eine Rakete ab. Kein Auto war zu sehen, auch kein Spaziergänger traute sich in die Kälte. Hinter den erleuchteten Fenstern sah ich Menschen, die sich im Licht der Deckenlampen bewegten; überall sah es feierlich und festlich zugleich aus. Nicht mehr lange und das Jahr 1981 würde beginnen.

Ich hatte einen Kilometer zu Fuß, bis ich daheim war. Wenn ich es geschickt anstellte, bekamen meine Eltern nicht mit, dass ich mich durch die Haustür schlich und in meinem Zimmer ins Bett legte. Der nächste Tag war mir egal, das ganze Jahr 1981 war mir egal, und was in den achtziger Jahren passieren würde, interessierte mich keinen Millimeter weit.

Prosit Neujahr!, dachte ich.

Nazi Weißbart

Es sah noch nicht nach Weihnachten aus, nicht nach Schnee und dem kühlen Knistern, das man in der Dunkelheit machte, wenn man durch die Straßen ging, nur nach einer weiteren Verlängerung des Herbstes. Regen peitschte über den Platz vor der Hauptpost, schleuderte die letzten Blätter von den Bäumen und über die Straße.

»Schläfst du?« Iwan schlug mir gegen den Oberarm. »Spiel deine Karten aus! In den Regen kannst du stieren, wenn du im Bus sitzt.«

»Ich weiß«, sagte ich halblaut. »Aber es könnte sein, dass wir bald Ärger bekommen.« Angestrengt spähte ich durch die Scheibe nach draußen. Hatte ich gerade einen langen hellen Mantel und einen weißen Bart unter den Arkaden gesehen, oder bildete ich mir das nur ein?

»Egal.« Iwan blieb immer stur, ich kannte ihn jetzt seit zwei Jahren. »Wir spielen hier um Geld, da ist mir Ärger völlig egal.«

Ich drehte den Kopf. Wieder kam ein Schwall von Menschen in das Postamt, sie brachten feuchte Luft, Dreck und Lärm mit sich. Der gesamte Vorraum stand voll. Dutzende von Menschen warteten auf die Busse, die sie zu den umliegenden Ortschaften bringen sollten; im Freien gab es derzeit keinen Schutz gegen den Wind und den Regen, der auch unter das Vordach des Postamtes pfiff.

Überall standen und saßen Menschen: auf Tischen, an den Telefonzellen, zwischen den Schaltern des eigentlichen Amtsgebäudes. Den Schließfachraum hatten wir besetzt: gut zwanzig Jugendliche zwischen 15 und 17 Jahren, alle aus der Kleinstadt und den Dörfern des Umlandes. Die meisten saßen auf den niedrigen Fensterbänken, auf den Ablagetischen oder auf dem Boden; einige lehnten gegen die gelb lackierten Türen der Schließfächer. Wahrscheinlich war um diese Zeit in der Post mehr los als im Jugendzentrum.

Mit Iwan und Kneule saß ich in der Ecke und spielte eine muntere Runde Fuffzich: ein einfaches Kartenspiel, das in diesem Spätherbst sehr beliebt unter den Jugendlichen geworden war. Man musste Karten ablegen und Punkte sammeln, und wer es richtig machte, gewann ein bisschen Geld. Ich lag in Führung, hatte gerade erst eine Pik-Sieben abgelegt und damit meinen Punktestand auf 49 hochgeschoben.

Kneule war im Zugzwang, er kaute auf seiner Unterlippe herum, während Iwan noch ruhig wirkte und sich deshalb um die Umgebung kümmern konnte. Kneule hatte wahrscheinlich nur eine brauchbare Karte, einen Zehner, sonst nichts. Ich hatte ihm vorhin kurz in die Karten geschaut und beobachtete ständig sein Mienenspiel; bei ihm hatte sich nicht viel verbessert. Knurrend legte er seinen Zehner ab, hob eine neue Karte auf, verzog das Gesicht; also hatte er tatsächlich keine passende Karte erhalten.

Wieder ließ ich meinen Blick schweifen. Durch das Fenster sah ich, wie Menschen ihre Regenmäntel zusammenhielten und ihre Schirme unter den Arm klemmten; bei dem Wind brauchten sie erst gar nicht zu versuchen, einen Schirm aufzuspannen. Eine Krähe flog kreischend über den Platz, ein schwarzer Schatten, dessen Konturen in Wind und Regen zu verschwimmen schienen.

»Hey, Klaus«, sagte Iwan. »Du bist dran.«

Ich ignorierte ihn und konzentrierte mich weiter auf den regennassen Platz. »Ich glaub, der Nazi kommt.« Ich schmiss meine Karten offen hin. »Außerdem hätte ich sowieso gewonnen.« Das stimmte. Ich hatte zwei Zehner, zwei Neuner und ein As auf der Hand. Ein unschlagbares Blatt in diesem Spiel.

Jeder warf einen beiläufigen Blick auf die Karten, dann sahen sie zum Fenster hinaus. In militärischem Tempo, aufrecht und mit wehendem Mantel, kam der Mann mit dem weißen Vollbart auf das Postamt zumarschiert, den wir alle nur den »Nazi Weißbart« nannten.

»Gehen wir in Stellung«, sagte Iwan, packte die Karten zusammen und steckte sie in die Brusttasche seines Blousons. »Heute kriegt er's mal zurück.« Wir erhoben uns, blieben aber in der hinteren Ecke des Raums. Traditionell fing der Nazi in dieser Ecke mit seiner Säuberungsaktion an, hier hatte er sein eigenes Schließfach.

»Der Nazi kommt!«, rief ich laut und zeigte auf den Eingang.

Im Nu verwandelte sich die ruhige Atmosphäre in dem Raum in ein Durcheinander von Stimmen, von aufspringenden Jugendlichen, von Jacken, die angezogen, und Taschen, die zur Hand genommen wurden. Einige Jungs in unserem Alter setzten sich provokant auf einen Tisch, einige Mädchen, die wohl nicht Bescheid wussten, schauten sich verständnislos um.

Dass wir einen alten Mann pauschal als »den Nazi« oder auch als »Nazi Weißbart« kannten, hatte seinen Grund. Manche hatten ihn anfangs nur als »Nikolaus« bezeichnet oder als den »Weißbart«; manche hatten behauptet, er hieße »Stoltenberg«, worauf das als Spitzname benutzt wurde. Konkret wusste es keiner.

Seit etwa einem Jahr brachte der alte Mann mit den wallenden weißen Haaren und dem weißen Vollbart das Leben in unserer Kleinstadt durcheinander. Er war auf einmal dagewesen, niemand hatte ihn vorher gekannt, und er sprach ein Hochdeutsch, das extrem klar war; kein Vergleich zu unserem Schwäbisch oder dem abgeschliffenen Deutsch, das die »besseren Leute« benutzten, wenn sie versuchten, sich verständlich auszudrücken.

Der alte Mann hatte klare Meinungen, und die äußerte er lautstark und vor allem in der Gegenwart von Jugendlichen. »Ab ins Arbeitslager!«, forderte er beim Anblick von Punks und Ökos, von Ausländer-Kids und allen, die nicht in sein Weltbild passten. Jugendliche galten für ihn pauschal als faul und arbeitsscheu, wir taugten nichts und sollten erst einmal »richtig rangenommen werden«, was immer er damit auch genau meinte. So war irgendwann mal die Bezeichnung »Nazi Weißbart« für ihn aufgekommen, die seit Monaten an ihm klebte.

Angeblich war ihm offiziell bescheinigt worden, er sei geistesgestört. Manche behaupteten, dass Anzeigen gegen ihn von der Polizei nicht verfolgt wurden, weil für ihn der »Idiotenparagraph« gelte.

Also konnte und wollte kein Erwachsener etwas gegen den Mann unternehmen – und er prallte mit seinen Ansichten und Aussagen ungebremst auf die Jugendlichen.

In einer Kleinstadt im Schwarzwald, in der Abweichungen von der Norm immer kritisch beäugt wurden und junge Leute unter Generalverdacht standen, aufrührerische Gedanken zu verbreiten, passte ein solcher Mann mit seinem Gedankengut wie die sprichwörtliche Faust aufs Auge. Es gab genügend Leute, Einheimische wie Zugereiste, die mochten, wie er vorging: Sah er beispielsweise ein Mädchen auf der Straße, das eine Zigarette rauchte, stellte er sich in den Weg, beschimpfte es als »Hure« und schrie es aufgebracht an. Er riss die Zigarette aus dem Mund, drohte mit Prügeln und zertrampelte den Glimmstängel wütend. Er sei vom Jugendschutz, und er müsse über die Jugend wachen.

Sah er Jugendliche, die sich ganz harmlos an den Händen hielten, wollte er es ihnen verbieten; das sei in der Öffentlichkeit verboten, vor allem, wenn sie jünger als 17 Jahre seien. Jeans würde er am liebsten verbieten, weil sie »die Geschlechtsorgane zum Orgasmus reizen«. Im Stadtpark scheuchte er Jugendliche vom Rasen und holte die Polizei zu Hilfe, wenn er den Verdacht hatte, irgendwo würde gekifft.

Ausgerechnet im Postamt war er besonders aktiv. Es stand mitten in der Stadt und wurde vor allem bei regnerischem und kaltem Wetter als überdachte Bushaltestelle genutzt. Der alte Mann besaß ein Schließfach, und im Schließfachraum hielten sich vor allem die Jugendlichen auf, die aus den umliegenden Dörfern kamen. Es war ein permanenter Kleinkrieg mit Drohungen des alten Mannes, er würde uns verprügeln, mit Anrufen bei der Polizei, mit anrückenden Polizeistreifen und nervtötenden Befragungen.

Jetzt schob sich der massige Mann durch die Eingangstür des Schließfachraums. Wie immer war er mit einem langen Mantel in olivgrüner Farbe bekleidet und trug einen breitkrempigen Hut; das machte den gut zwei Meter großen Mann noch wuchtiger und eindrucksvoller. Ich konnte mir vorstellen, dass ihn in seiner Jugend keiner so schnell einschüchtern konnte und er mit seinen Fäusten nicht zurückhaltend war. Sein Gesichtsausdruck war streng, jede Falte auf seinen Wangen und auf der Stirn wirkte, als hätte er sie selbst in die Haut gemeißelt.

Er kam direkt auf Iwan, Kneule und mich zu. Wir standen in der Ecke des Raums, in der er sein Schließfach hatte, und warteten nur auf einen entsprechenden Satz. Einen Plan hatten wir nicht, aber wir waren uns einig darüber, dass wir sein Gerede nicht länger ertragen wollten.

»Bitte verlassen Sie diesen Raum!«, rief der alte Mann mit seiner volltönenden Stimme. »Er ist ausschließlich für die Schließfachbesitzer gedacht, nicht für Leute, die auf den Bus warten.« Ohne sich um uns zu kümmern, ging er an uns vorüber und trat an sein Schließfach. Er öffnete es und sah hinein. Wie immer war es leer; wir vermuteten seit langem, dass er es nur besaß, um andere Leute schikanieren zu können.

Ich stand keinen Meter von ihm entfernt und roch sein Rasierwasser; es war ein scharfer Geruch, wesentlich intensiver als der meines Vaters nach der Rasur. Der Mann hielt sich aufrecht und gerade, er war sicher um die siebzig Jahre alt. Wahrscheinlich hatte er den Ersten Weltkrieg als Kind erlebt und den Zweiten Weltkrieg als erwachsener Mann mitmachen müssen. Aber das gab ihm kein Recht, sich gegenüber Jüngeren wie ein Haufen Scheiße zu verhalten.

Einige Jugendliche hatten sich schon erhoben und wollten den Raum verlassen. Das war üblich: Meist gingen die Leute hinaus, nachdem der Nazi sie angeschnauzt hatte, eingeschüchtert von seiner Größe und seiner Stimme, und sie kamen wieder zurück, nachdem er den Raum verlassen hatte.

»Bleibt bloß da!«, rief Kneule. »Der Kerl lallt eh bloß Scheiße.«

Die Jugendlichen blieben stehen, sahen zu uns herüber. Einige Erwachsene, die im Vorraum der Post gewartet hatten, traten zum Eingang des Schließfachraums; ich kam mir vor wie auf einer Bühne, die gleich ein Schauspiel der besonderen Art bieten würde.

Langsam verriegelte der alte Mann sein Schließfach, dann fuhr er auf dem Absatz herum. »Du!«, brüllte er Kneule direkt an. »Du und deine verdammte Frisur. Du siehst aus wie ein Lagerhäftling! Schäm dich!« Er wies mit dem Finger auf Kneules schlecht rasierte Glatze, die an den unmöglichsten Stellen nachwuchs, so dass sein Kopf aussah wie ein billiger Flickenteppich. »Ich kenne dich, und du hast hier nichts verloren. Das ist Privateigentum, also hau sofort ab.«

Selbstverständlich kannte er Kneule; es war nicht das erste Mal, dass er uns hinauszuwerfen versuchte. »Ich hau nicht ab.« Kneule blieb ruhig und sah ihm fest ins Gesicht. »Es wäre besser, wenn du abhaust. Wir sind hier, und wir bleiben hier.«

»Raus mit dir!«, schrie der Nazi und rückte Kneule auf den Pelz. Er wies auf Iwan. »Scheiß-Ausländer raus!« Er zeigte mit dem Finger auf mich. »Punker sofort raus! Alles asoziale jugendliche Gesindel muss sofort raus. Ab ins Arbeitslager mit euch, damit ihr endlich mal arbeiten lernt.« Er schob seinen Bauch auf Kneule zu, drückte ihn damit gegen die Wand.

»Lass meinen Freund Kneule in Ruhe«, sagte Iwan von der Seite her, wobei er seinen jugoslawischen Akzent absichtlich verstärkte.

Der Nazi fuhr herum, schaute auf Iwan hinunter, fast einen halben Meter größer als er. »Halt deine freche Klappe! Du wärst nicht der erste Itaker oder Polack, den ich umhauen würde. Arbeitsscheues Gesindel, ihr alle, ihr gehört alle vergast, und zwar auf der Stelle! Raus mit euch! Sofort! Raus!« Sein Geschrei wurde lauter, jedes Wort brüllte er mit noch mehr Wucht auf den kleinen Iwan hinunter.

Ich sah mich um. Gut ein Dutzend Erwachsene standen jetzt im Vorraum und schauten unserer Konfrontation zu. Und alle Jugendlichen, die sich im Schließfachraum aufhielten, standen wie eine Mauer zwischen unserer Gruppe und den Erwachsenen, die Arme verschränkt und ohne sich zu rühren.

»Ich geh nicht raus«, gab Iwan zurück, wütend bis in die Haarspitzen. »Hau doch du ab, alter Sack.«

Der alte Mann gab ihm einen Stoß gegen die Schulter. »Du freche

Sau! Was meinst du, wer du bist? Ein dreckiger Ausländer, der sich als Herr aufspielen möchte!«

»Du willst 'ne Schlägerei?« Iwan gab den Stoß zurück. »Kannst du haben. Gehen wir raus, tragen wir's aus. Ich hab ein Messer, kann dich aber auch so erledigen.«

Der Nazi holte aus und knallte seine freie Hand gegen Iwans Schulter; es war kein Versuch, eine Schlägerei anzufangen, sondern eher eine Drohung. Iwan konterte: Mit beiden Händen stieß er flach gegen den Bauch des alten Mannes. Irritiert wich dieser einen halben Schritt zurück; mit Gegenwehr dieser Art hatte er in den vergangenen Monaten nicht zu tun gehabt.

»Jetzt reicht's!«, schrie ich und zerrte den Alten an der Schulter; auch Kneule rückte näher.

Als sich der Nazi jetzt umdrehte und so aus der Ecke herauskam, in die er sich durch seinen Angriff auf Iwan manövriert hatte, sah er wohl erst, was sich in dem Schließfachraum abspielte. Unserem Trio stand er zwar direkt gegenüber, aber gut zwei Dutzend Jugendliche hatten sich im Raum aufgebaut, traten teilweise näher.

»Scheiß-Nazi!«, schrie ein Mädchen mit dünner Stimme, das ich vom Schulbus her kannte und das aus einem winzigen Dorf mitten im Wald kam.

»Raus mit dir!«, fiel ein Junge ein, der sonst eher zu den schnöseligen Neureichen der Nordstadt gehörte.

Immer mehr Jugendliche riefen Beleidigungen und Drohungen; von den Erwachsenen im Vorraum traute sich keiner zu uns herein. Es musste ein seltsamer Anblick sein: der großgewachsene Mann mit dem Hut und den weißen Haaren, um ihn herum eine Horde schreiender und tobender Jugendlicher, außerhalb des Raumes eine schweigende Menge, die sich nicht rührte.

»Raus, raus, raus!«, schrien immer mehr Jugendliche. Von irgendwo kam ein angebissener Apfel geflogen und traf den Nazi an der Schulter.

Endlich reagierte er. Noch einmal schaute er Kneule, Iwan und mich an, als wollte er uns ernsthaft verprügeln – und wir hätten wohl kaum eine Chance gegen ihn gehabt –, dann musterte er die Menge, die ihn umgab. Erst dann bewegte er sich: Mit voller Wucht rannte er gegen die Jugendlichen an, die den Schließfachraum versperrten, und erreichte den Vorraum des Postamtes.

Abfälle flogen durch die Luft, eine halbvolle Büchse mit Cola traf ihn am Rücken, die Brühe versaute ihm den Mantel. Dutzende von Jugendlichen brüllten durcheinander, während der alte Mann zwischen den schweigenden Erwachsenen hindurch ins Freie rannte.

Auf dem Platz vor dem Postamt hielt er noch einmal an, hob drohend die Faust und schrie etwas zu uns herüber. Der Wind zerriss die Worte, wir verstanden nichts. Mit eilenden Schritten verschwand er, als wollte er vor uns weglaufen.

Wir hatten gesiegt. Der Schließfachraum verwandelte sich in ein einziges Chaos. Sonst harmlose Jugendliche sprangen auf und ab und jubelten, der Inhalt eines Mülleimers flog durch die Luft und wurde zerfetzt. Ein Junge, den ich nicht kannte, holte seinen Kaugummi aus dem Mund und stopfte ihn auf das Schlüsselloch des Postfachs, das der Nazi benutzte. Innerhalb weniger Augenblicke ähnelte der Raum einem Schlachtfeld.

Aus der schweigenden Menge löste sich eine kleine, pummelige Frau mit Kopftuch. Ich kannte sie, weil sie aus demselben Dorf kam wie ich und als Putzfrau arbeitete wie meine Mutter. Sie wedelte mit den Armen und versuchte, uns Einhalt zu gebieten. »Um Himmels Willen, hört doch auf! Die rufen sonst die Polizei. Es war ja richtig, dass ihr euch gewehrt habt, aber jetzt müsst ihr aufhören. Sonst landet ihr alle im Gefängnis.«

»Dann werden Sie mitverhaftet!«, schrie Kneule, der vor Begeisterung ein gerötetes Gesicht hatte. »Sie sind ja jetzt bei uns, dann sind Sie eine Mittäterin.«

Die Frau winkte ab, sie wirkte verzweifelt. »Dann lasst es halt«, sagte sie und ging zu den anderen Erwachsenen hinaus.

»Wir sollten uns echt verziehen«, sagte ich zu Kneule und Iwan. »Der Alte wird wirklich die Bullen alarmieren, und dann gibt's auf jeden Fall Ärger.«

Iwan grinste. »So schön ist's hier drin sowieso nicht.« Er stieß mich und Kneule an. »Dann nichts wie raus.«

In dem Augenblick fuhr ein gelber Postbus auf den Platz. »Wenn ich mich nicht täusche, ist das eh meiner.« Weitere Busse folgten. Es war wie immer: Nachdem man eine halbe Ewigkeit gewartet hatte, kamen alle Busse nacheinander, und die Leute fuhren mit ihnen zu ihren Dörfern.

Ich verabschiedete mich von den Freunden, eilte durch den Regen, stellte mich vor die Eingangstür des Busses. Sie öffnete sich zischend, ich trat ein und zeigte dem Fahrer meine Fahrkarte, dann suchte ich mir einen Platz im hinteren Teil. Schnell füllte sich der Bus mit Schülern und Erwachsenen, darunter viele Frauen, die vormittags stundenweise in der Stadt arbeiteten.

»War das nötig?«, fragte mich die rundliche Frau von vorhin, als der Bus anfuhr.

Ich überlegte. »Keine Ahnung«, sagte ich und schaute in den Regen hinaus. »Ich glaube schon. Irgendwann muss man so einem Arschloch auch mal sagen, was man von ihm hält.«

»Ihr wart so viele, und er war allein.« Sie seufzte. »Er tat mir leid.«

»Mir nicht«, behauptete ich. »Ab und zu muss man sich gegen solche Arschlöcher wehren.« Danach ignorierte ich die Frau und betrachtete die Stadt im Dauerregen. Ich wusste, dass sie recht hatte – aber das wollte ich nicht zugeben.

Wir hatten gesiegt. Und das war das Einzige, was in dem Moment für mich zählte.

Der alte SS-Mann

Der alte Nosinski winkte mich zur Seite. Er bewegte theatralisch den Mund, aber ich verstand nicht, was er von mir wollte. Lautmalerisch wollte er mir etwas mitteilen. Aber was meinte er?

Verwirrt stand ich mitten im Lager, umgeben von Paletten und Gitterboxen, Getränkekisten und Bananenkartons. Der graue Kittel hing mir bis auf die Knie herunter, darunter schauten die nackten Waden und die geflickten Turnschuhe hervor. In der Rechten hielt ich eine Kiste mit Obst, das nicht mehr für den Verkauf geeignet war und in den Container sollte. Was wollte der Alte von mir?

Als ich die Stimme hinter mir hörte, wusste ich, was Nosinski gemeint hatte. »Na, Herr Frick!«, rief Ertner laut. »Sie sehen heute ja wieder mal aus, als ob Sie in eine Steckdose gegriffen hätten.«

Ich wandte mich um. Der stellvertretende Marktleiter kam quer durch das Lager auf mich zu, hinter ihm klapperte noch die Folientür. Ertner war knapp über dreißig Jahre alt, hatte ein feistes Gesicht unter schmierig-schwarzen Haaren und einen kräftigen Schnauzer. Sah man davon ab, dass er den Willen der obersten Etage eisern bis nach unten – also bis zu uns ins Lager – durchdrückte, war er in Ordnung.

»Geht doch noch«, meinte ich, grinste und griff mit der Linken an meine Haare. Sie standen nicht mehr ab als sonst. Ich hatte weder Kreide noch Bier in sie hineingeschmiert, aber wenn ich sie nicht kämmte, sah ich für manche Leute so aus, als hätte ich einen Wischmopp auf dem Kopf.

Der stellvertretende Marktleiter klopfte mir jovial auf die Schulter. Ich roch sein Rasierwasser, das für meinen Geschmack ein wenig zu streng war. »Sie machen sich gut, hat man mir gesagt. Sowohl im weißen Kittel in der Drogerieabteilung als auch hier im grauen Kittel oder an der Tankstelle.« Er strahlte mich an. »Sie sind ein pfiffiger junger Mann, wir sollten uns einmal über Ihre berufliche Zukunft unterhalten.«

»Ähm, ja«, stotterte ich. Was meinte er denn damit? »Gerne.«

»Schauen Sie doch gegen Feierabend bei mir vorbei«, schlug er vor. »Einfach hoch ins Marktleiterbüro und gegen die Tür klopfen. Sie wissen ja, wo Sie mich finden.«

»Ja«, gab ich zurück.

»Dann ist ja alles klar. Tschüssle.« Grüßend hob er die Hand. Als er sich umdrehte, wehten seine Krawatte und sein Jackett geradezu hinter ihm her. Mit eilenden Schritten verließ er das Lager.

Zwischen den zwei Paletten, hinter denen er sich buchstäblich versteckt hatte, kam der alte Nosinski hervor. »Das ist schön.« Er lachte breit, der eisgraue Vollbart schien zu vibrieren. »Die Chefetage hat ein Auge auf dich geworfen.«

»Was meint er denn?«

Nosinski lachte erneut. »Ich nehme an, die wollen dir eine feste Anstellung anbieten, vielleicht eine Lehrstelle oder so.«

»Darauf hab ich aber keine Lust. Ich finde das Jobben hier okay.«

»Ja ja, aber wenn du mal alt wirst ...« Damit spielte er wohl auf die Rente an, an die ich sowieso nicht glaubte.

»Werde ich eh nicht.« Ich hob die Kiste an. »Die muss in den Müll, dann können wir weiterreden.«

Nosinski winkte ab. »Du kannst machen, was du willst, das ist deine Sache.« Meist war er für sein Alter erstaunlich tolerant. Er war um die sechzig Jahre alt, ein kleiner Mann mit krummen Beinen und eisgrauem Bart, immer einen guten Spruch und einen schlechten Witz auf Lager. »Was sagen deine Eltern dazu? Dein Vater?«

»Mit dem hab ich gerade Krach.«

»Wieso das?«

»Ich hab ihm vorgeworfen, er hätte 1944 und 1945 doch Auschwitz verteidigt. Das fand er nicht lustig.«

»Kann ich mir vorstellen.« Seine Augen verengten sich. »Trag den Müll raus, dann komm zur Bierkiste. Ich sag dir mal was.«

Ich trug den Müll zum Container hinaus und warf ihn in die Schütte. Es roch unangenehm, zermatschtes Obst, Altpapier, Glas und aller mögliche Unrat vermengten sich zu einer schmierigen Masse. Sicherheitshalber drückte ich den Knopf, damit startete ich den Schieber. Unter kreischendem Lärm wälzte sich eine Metallplatte über den Müll, packte ihn und schob ihn weiter nach hinten in den Container hinein; Stahl kratzte über Stahl, Holz splitterte lautstark.

Nach gut dreißig Sekunden endete der infernalische Krach so schnell, wie er gestartet hatte. Ich ging zu Nosinski zurück. Zwischen den Paletten hatte er sein Bierversteck eingerichtet, in einer Ecke, die man nur fand, wenn man sich zwischen den Stapeln hindurch bewegte. Als ich dort ankam, saß er auf einer umgedrehten Bierkiste und hielt eine Flasche »Alpi« in der Hand.

»Setz dich!«, sagte er und wies auf eine andere Bierkiste. Das war sein Versteck: zwei Bierkisten zum Sitzen, eine Bierkiste zum Leertrinken. Hier hielt er sich manchmal eine halbe Stunde auf, gelegentlich sogar eine Stunde, ohne dass ihn einer der Vorgesetzten fand. Nur Leute wie ich, die im Lager tätig waren, wussten davon.

Er reichte mir eine Bierflasche. »Da, nimm!«

Ich nickte, öffnete die Flasche mit einem Feuerzeug, das ich stets – obwohl ich Nichtraucher war – in der Kitteltasche mit mir herumtrug. Wir stießen die Flaschen gegeneinander, ich nahm einen Schluck. Alpirsbacher war das Bier der Region, das tranken praktisch alle, und wahrscheinlich war das ein Grund, warum ich es so mochte.

»Gute Zeit für ’nen Schluck«, sagte ich ruhig und schaute auf meine Uhr. Es war kurz nach der offiziellen Mittagspause.

»Keine Sorge.« Nosinski grinste. »Die Chefs machen jetzt Pause und sitzen im Restaurant. Und sonst stört uns hier niemand.«

Das war mir bewusst. Bereits seit einem Jahr arbeitete ich in dem Supermarkt, anfangs täglich, nachdem ich meine Lehre geschmissen und ein Jahr Pause eingelegt hatte; seitdem ich wieder zur Schule ging, tanzte ich an zwei, drei Tagen pro Woche an, ließ mich im Lager, an der Tankstelle oder in der Obstabteilung einsetzen. Am liebsten war ich bei Nosinski im Lager; da hatte man zwar ab und zu mal eine Kiste zu schleppen, schob ansonsten aber eine ruhige Kugel.

»Wo war dein Vater im Krieg?«, fragte Nosinski unvermittelt.

Ich musterte sein faltiges Gesicht, die grauen Haare, die schwieligen Hände. Wahrscheinlich war er gut zehn Jahre älter als mein Vater. »Ostfront«, gab ich zur Antwort. Ich sprach langsam, weil ich nicht wusste, was er von mir wollte.

»Bei der Wehrmacht?«

Ich nickte. »Soweit ich weiß, ja. Im Mittelabschnitt, sagte er. Er redet nicht viel davon.« Ich überlegte kurz. »Eigentlich nie. Aber wir haben ein Buch darüber, er war bei der Sturmdivision. Und ... das mit Auschwitz stimmt natürlich so nicht, aber die haben im Prinzip doch nichts anderes getan.«

»Das haben wir alle.« Seine Stimme klang spröde. »Ob wir wollten oder nicht. Ich war bei der SS.«

Ich starrte ihn an, sagte kein Wort. Langsam nahm ich einen weiteren Schluck Bier.

»Keine Sorge«, sagte er weiter. »Nicht in einem Lager, kein Totenkopf-Verband. Waffen-SS, am Ende war ich in Italien stationiert.«

»In Italien«, echote ich. In meinem Hirn wurden all die Bilder wach, die ich mit dem Begriff »SS« assoziierte: die Leichenberge in den Konzentrationslagern, die Stacheldrahtverhaue, die Eisenbahnwaggons, die Totenköpfe und Runen auf Helmen und Jacken, die Tätowierungen.

Nosinski schien zu ahnen, was durch meinen Kopf ging. »Hey, ich war ein ganz gewöhnlicher Soldat, keiner von diesen Mördern. Ich habe meine Pflicht getan, ich habe geschossen, wenn es mir befohlen wurde.« Er stocherte mit dem Zeigefinger durch die Luft. »Wir hatten Erschießungskommandos, ja, hatten wir, aber die Wehrmacht hatte sie auch. Dein Vater, hat der vielleicht auch Zivilisten erschossen?«

»Weiß ich nicht. Glaube ich nicht. Ich hab ihn gefragt, und er sagte, er hätte es nicht getan. Er sei vorne an der Front gewesen, und die Zivilisten hätte man hinter der Front ermordet.«

»Oder dazwischen«, sagte er bitter. »Ich erzähl dir jetzt was, und das schreibst du dir hinter die Ohren.« Er nahm einen kräftigen Schluck Bier. »Ende '44 irgendwo in Norditalien. Wir lagen in unseren Stellungen auf einem Hügel. Zwischen uns und den Amis auf dem anderen Hügel war ein Tal, und da war ein Bauer unterwegs. So ein italienischer Bauer halt, allein und mit einer Hacke. Sah verdammt harmlos aus.«

Im Lager ertönten Schritte, ich zuckte zusammen und wandte mich um. Einen Augenblick lang überlegte ich, die Flasche zu verstecken. Dann hörte ich, wie die Schritte an den Paletten vorbei und ins Freie gingen. Es klang schlurfend, als könnte die Person die Füße nicht richtig heben.

»Die alte Lifferstein«, sagte Nosinski trocken. »Die geht eine rauchen, die kümmert sich nicht um uns. Die alte Schachtel ist froh, wenn man sie bis zur Rente in Ruhe lässt.«

Erleichtert grinste ich ihn an. Er schien es nicht zu bemerken, blickte auf den Boden, als könnte er von dort die Fortsetzung seiner Geschichte holen.

»Wir haben also den Bauern beobachtet, so ein Mann um die fünfzig oder sechzig Jahre alt, sicher kein Soldat oder so. Dann kam mein Sturmführer zu mir, also der Leutnant bei der Waffen-SS, und sagte mir, ich solle den Bauern erschießen. Das sei ein Spion, und der solle weg. Das hab ich nicht gemacht, ich hab gesagt, auf Zivilisten schieße ich nicht.«

Ich starrte ihn an. Von meinem Vater kannte ich die Aussage, dass er keine Gefangenen erschossen habe. Aber dass er es getan hätte, wenn ihm jemand den Befehl erteilt hätte. »Wenn man sich geweigert hat, konnte man sich gleich dazustellen«, hatte er mir erklärt, »und lag dann im selben Massengrab.«

Mich schüttelte es noch immer, wenn ich daran dachte, wie gefühllos er das gesagt hatte.

»Was hat dein Sturmführer dann getan?«

»Nichts Besonderes.« Nosinski zuckte mit den Achseln. »Er hat sein eigenes Gewehr genommen, hat angelegt ...« Er machte mit den Händen eine entsprechende Geste. »... und peng!, dann war der Bauer einfach tot.«

»Einfach tot«, echote ich.

»Einfach tot«, wiederholte er.

Den Rest der Bierpause verbrachten wir schweigend. Ich sprach den alten Nosinski nie wieder auf den Krieg an, und er wurde wieder der wortkarge Lagerarbeiter, als den ich ihn kennengelernt hatte. Zum Marktleiter ging ich an diesem Tag auch nicht mehr.

An der croisette

Der Stoß in meine Seite war fast sanft, wie ein nett gemeintes Anstupsen. Ich schlug die Augen auf, blinzelte und schloss sie gleich wieder. Der blaue Himmel war zu grell, die Luft zu warm, und es war einfach zu schön, in der Sonne zu dösen und nichts zu tun. Und vor allem wollte ich nichts sehen: Hatte ich die Augen geschlossen, konnte ich mich ganz meinen Träumen hingeben und musste mich nicht der Realität stellen, musste nicht an politische Umtriebe in Deutschland, allerlei Stress mit Punks und anderen Leuten sowie mangelnde Perspektiven denken.

Ein zweiter Stoß folgte, ebenfalls nicht grob. Ich hörte eine Stimme, die etwas auf Französisch sagte, und ich benötigte einige Augenblicke, bis ich die wenigen Worte übersetzt hatte. »Was tun Sie hier?«, sagte die eine Stimme; sie klang barsch und knurrig. »Ihre Papiere bitte!«, forderte die andere Stimme, die einen höflichen Unterton hatte.

Offensichtlich würde man mich nicht in Ruhe lassen, die zwei Männer sahen wohl nicht ein, dass ich das brauchte. Ich öffnete erneut die Augen, diesmal nur zur Hälfte, damit ich nicht geblendet wurde, und blickte nach oben. Über mir erkannte ich zwei Gesichter, die auf mich heruntersahen: ein rundliches, recht dunkelhäutiges, das zur Hälfte von einem Vollbart bedeckt wurde, und ein schlankes, helles, auf dessen Oberlippe ein sauber ausrasierter Schnauzbart zu sehen war. Hellblaue Uniformhemden mit dunkelblauen Schulterstücken – ich hatte die Polizei vor mir.

Die französischen Flics verhielten sich nicht immer so nett wie die beiden, das wusste ich. Wer nicht aufpasste, bekam am helllichten Tag eine Tracht Prügel. Oftmals saßen die Knüppel locker, und wer auf der Wache landete, kassierte auf jeden Fall seine Schläge.

»Einen Moment bitte«, sagte ich höflich, eine der wenigen Floskeln auf Französisch, die ich einigermaßen fehlerfrei hinbekam. Schwungvoll drehte ich mich auf der hölzernen Bank, die ich als Lager genutzt hatte, stellte die Füße auf den Boden und drückte meinen Rücken gegen die Lehne.

Jetzt saß ich perfekt: Mein Gesicht war der Sonne zugewandt, die schräg von oben auf mich herunterschien, und ich blickte direkt hinaus ins Blaue. Zwischen mir und dem Mittelmeer lagen nur zwei Meter Fußgängerweg, dann kam eine kleine Mauer, und unterhalb von dieser begann der weiße Sandstrand, der sich entlang der Küste erstreckte. Weiße Segel tanzten auf den Wellen, und im Hintergrund sah ich die sanften Konturen vorgelagerter Inseln. Ein herrlicher Anblick; kein Wunder, dass die Hotelzimmer in der Stadt zu den teuersten der gesamten Mittelmeerküste gehörten.

Vollständig herrlich wäre der Ausblick allerdings nur gewesen, hätten sich nicht rechts und links von mir die zwei Polizisten aufgebaut. Sie wirkten nach wie vor nicht unfreundlich, wenngleich der eine einen Hund an der Leine mit sich führte und der andere seinen Schlagstock gezückt hatte. Mit diesem hatte er mich wahrscheinlich angestoßen und geweckt. Eigentlich hätte ich mich über diese Unverschämtheit beschweren sollen, aber weder war mein Französisch gut genug, noch hätten die zwei Polizisten dafür viel Verständnis aufgebracht.

»Gefällt es Ihnen in Cannes, Monsieur?«, fragte der dunkelhäutige Polizist mit dem Vollbart, der den Hund an der Leine hatte. Er lachte kurz auf, als hätte er einen Witz gemacht.

»Es gefällt ihm bestimmt«, fügte der andere hinzu. Er hob seinen Schlagstock und schlug sich zwei-, dreimal in die linke Handfläche; jedes Mal klatschte es ein wenig. »Cannes ist schön, im Sommer wie im Winter.« Er lachte ebenfalls. Die beiden schienen sich köstlich zu amüsieren, und ich hatte das ungute Gefühl, dass ich ihren Humor im Augenblick nicht teilen würde.

»Guten Tag, die Herren«, gab ich höflich zurück, blieb aber sitzen. »Mir gefällt es sehr gut. Cannes ist eine schöne Stadt.« Ich blickte zuerst nach links, dann nach rechts. »Die Croisette ist schön, der Strand auch, und mir gefällt es in der Altstadt.«

»Das freut mich, Monsieur«, sagte der Dunkelhäutige. Sein Blick wanderte von meinen Springerstiefeln über meine kurze, zerschlissene Hose und das selbstgedruckte DEAD-KENNEDYS-T-Shirt bis hinauf zur Stachelkette, die ich um den Hals trug, und den zerzausten blondierten Haaren. Er grinste, als bereite ihm mein Anblick ein gewisses Vergnügen. »Aber Sie wohnen sicher nicht in der Stadt.«

Ich verstand. Wenn ich jetzt antwortete, nur als Besucher an der Croisette herumzugammeln, würden sie mich schnappen, in ihr schickes Bullenmobil packen, das garantiert um die Ecke stand, mit mir an den Stadtrand fahren und mich dort mit einem ordentlichen Tritt aus dem Wagen werfen. Zwar sahen die beiden nicht aus, als seien sie Sadisten oder Schlimmeres, aber wenn ich Pech hatte, bekam ich nicht nur den hundertprozentig zu erwartenden Tritt, sondern zudem eine fiese Tracht Prügel. Man mochte keine Punks in den südfranzösischen Badeorten, man mochte dort generell keine Leute, die arm aussahen oder den Eindruck machten, die Schickimicki-Atmosphäre an der Strandpromenade zu stören.

»Ich bin aus Deutschland und zu Besuch hier«, sagte ich höflich und wies zur rechten Seite. »Ich wohne in der Rue James Grant-Milne.« Wie immer hatte ich meine Probleme, den Namen der Straße korrekt auszusprechen. »Auf der anderen Seite der Halbinsel, nicht weit entfernt von der Straße nach Antibes.«

»Eine attraktive Gegend«, spottete der schlanke Polizist. Wieder schlug er den Knüppel gegen seine Handfläche. »Sind Sie dort gemeldet?«

»Nein. Ich bin nur zu Besuch.«

Die beiden wechselten einen Blick. »Ihre Papiere bitte!«, sagte der Mann mit dem Vollbart. Jetzt klang seine Stimme nicht mehr so nett, sondern hatte einen barschen Unterton.

In Deutschland hätte ich an einem solchen Tag garantiert keinen Ausweis mit mir geführt; da ich aber seit zweieinhalb Wochen unterwegs war, hatte ich mich daran gewöhnt, immer die Papiere bei mir zu haben. Ich griff in die Seitentasche meiner kurzen Hose, wo ich auch meinen Geldbeutel mit den französischen Münzen und Geldscheinen wusste, und fischte den Personalausweis hervor, sorgsam in eine Plastikfolie eingewickelt. In der anderen Hosentasche hatte ich den Reisepass – man wusste ja nie –, aber den zeigte ich nur in Not- und Ausnahmefällen.

Der Polizist ließ die Hundeleine für einen Moment los und wechselte sie von der rechten in die linke Hand, dann griff er nach meinem Ausweis. Als er sah, dass er verpackt war, hielt er inne. »Aufmachen!«, befahl er.

Ich nickte. Vorsichtig schälte ich das Dokument aus der Folie und reichte es so dem Polizisten hinüber, dass er direkt mein Foto vor sich hatte. Er betrachtete abwechselnd das Foto und mich, bevor er den Ausweis seinem Kollegen weiterreichte. Dieser steckte seinen Schlagstock weg – immerhin! – und sah ebenfalls sehr interessiert das Bild an. Dann reichte er mir den Ausweis zurück.

»Wir sehen es nicht gern, wenn Leute an unserer Promenade herumlungern«, sagte der hellhäutige Polizist mit dem Schnauzer scharf. Er sprach schnell, ich verstand nicht jedes Wort, kapierte aber genau, was er sagte. »Das hier ist Cannes, und wir legen auf unseren guten Ruf sehr viel Wert. Die Bänke sind für die Touristen, nicht für ...« Er spuckte das Wort fast aus. »... Herumtreiber.«

»Wenn wir Sie noch einmal sehen, wie Sie auf einer Bank liegen«, ergänzte der vollbärtige Kollege, »oder wenn wir Sie beim Betteln erwischen, bekommen Sie sofort ein Stadtverbot.« Er grinste. »Oder wir stecken Sie für eine Nacht mit einem Haufen Araber in eine Zelle.«

Der Polizist mit dem Schnauzer notierte sich meine deutsche Anschrift sowie die Adresse, die ich für Cannes angegeben hatte; dann bekam ich noch einige Ermahnungen, und ich durfte gehen. Die beiden Polizisten blieben an der Bank stehen, als seien sie stolz, mich von diesem Platz vertrieben zu haben, und sahen zu, wie ich die Straße überquerte. Ich blickte mich nicht um, als ich zwischen parkenden Autos in eine Seitenstraße einbog, die auf die andere Seite der Halbinsel führte.

Kaum war man nur hundert Meter von der Croisette entfernt, dem Tummelplatz der Schönen und Reichen, und hatte die Einkaufsstraßen hinter sich gelassen, veränderte Cannes in rasender Geschwindigkeit seinen Charakter.

Ich ging durch einige Straßen, die von mehrstöckigen Häusern gesäumt wurden: graue Fassaden, fleckige Fenster, dazu Balkone, die aussahen, als würden sie gleich in die Tiefe stürzen. Wäsche hing an den Gestellen vor den Fenstern oder auf den Balkonen, zerkratzte Kleinwagen parkten am Straßenrand. Einige auffällige Baustellen machten schon klar, wohin die Reise bald gehen würde: Die Mehrfamilienhäuser, in denen vor allem arme Leute wohnten, wurden abgerissen, und an ihrer Stelle wollte man Appartementgebäude für Touristen errichten, gerne auch für Leute aus dem französischen Binnenland, die viel Geld für eine Ferienwohnung an der Mittelmeerküste bezahlen wollten.

Um einigen Baustellen auszuweichen, folgte ich der Bahnlinie. Hier hatte ich Gelegenheit, alte Villen zu bewundern, die ihre guten Zeiten allerdings schon Jahrzehnte hinter sich hatten. Hinter hohen Zäunen wucherten das Gras und die Sträucher, blätterte die Farbe von den Wänden und schimmelte der Morast in den Swimmingpools. Die Gebäude sahen so aus, wie man sich Domizile von Filmstars vorstellte: mondän und großzügig, mit einem Blick auf das Meer und auf der anderen Seite auf die Hügel von Cannes, das alles aber schon mit einer Patina des Verfalls überzogen.

Zuletzt bog ich in eine Nebenstraße ein, vorbei an einer Grünfläche, auf der man vor lauter Hundescheiße keinen Rasen mehr sah, und dann erneut in eine schmale Straße. Das Haus, das ich ansteuerte, lag ein wenig verborgen; ich öffnete das Gartentor und folgte einem Gang, der breit genug für ein Auto war und rechts und links von den Hecken und Sträuchern der Nachbargrundstücke begrenzt wurde. Dahinter kam das zweistöckige, schon reichlich heruntergekommene Gebäude, das wie ein Sperrriegel zwischen den gepflegten Gärten der Nachbarn lag. Aus dem Erdgeschoss direkt vor mir drang das hektische Kläffen des kleinen Hundes, der dem dauernd besoffenen Ehepaar dort gehörte, aber ich war daran gewöhnt und ignorierte es.

Ich eilte die Steintreppe hoch, dann klopfte ich an die verschlossene Holztür; wir hatten einen bestimmten Rhythmus vereinbart. »Ist offen«, kam es von innen in deutscher Sprache.

Ich zog die Tür auf, eine Wolke aus Zigarettenrauch und Marihuana-Dämpfen kam mir entgegen. »Boah«, sagte ich und wartete am Eingang, bis ich etwas sehen konnte. Nur langsam verzog sich der Qualm, dann erst trat ich ein. »Hier drin stinkt's ja, als hättest du einen Haufen Plastik verbrannt«, maulte ich.

Die quadratische Wohnung bestand aus einem Raum, in den eine winzige Küche und ein abgetrenntes Klo mit Dusche integriert waren. Weil überall Qualm waberte, kam mir der Raum noch beengter vor, als ich ihn unter normalen Umständen empfand. In zwei hohen Gläsern, die auf der Spüle in der hinteren Ecke standen, glommen Räucherstäbchen vor sich hin; ihre Spitzen schimmerten in einem orangefarbenen Rot durch den Nebel. Auf dem Bett, das gleich rechts der Eingangstür kam, direkt unter dem großen Fenster zum Hof, lag Mao, die Augen halb geschlossen, einen halb gerauchten Joint in der Hand. Im Aschenbecher auf dem Nachttisch lagen zwei Zigaretten, nicht zu Ende geraucht, die zusätzlich die Luft verpesteten.

Vorsichtig atmete ich durch die Nase ein und aus, ich wollte nicht zu viel Rauch in die Lunge bekommen. Mit beiden Händen wedelte ich vor dem Gesicht herum, als brächte das ernsthaft eine Linderung, bevor ich näher an das Bett herantrat. »Wie kannst du's in dem Qualm aushalten?«, fragte ich.

Mao grinste mich an, in seinen Mundwinkeln klebte eingetrockneter Speichel. Die Augen waren nur zur Hälfte geöffnet, seine Lider schien er kaum heben zu können. »Ich ertrage die Stadt nicht mehr«, flüsterte er undeutlich. Ich verstand ihn nur mit Mühe, der badische Dialekt verschluckte sowieso einige Silben, und die Kifferei gab ihm wohl den Rest. »Das ist alles so schön hier, so sauber und adrett, so warm und sonnig, das ertrage ich alles nicht, das ist zu viel für mich.« Er nahm einen tiefen Zug. »Zurück zum Beton!«, stimmte er ein zwei, drei Jahre altes Lied von SYPH an. »Zurück zum Beton, zurück zur U-Bahn, zurück zum Beton.«

»Und weil du's nicht mehr erträgst, hängst du in der Bude herum und kiffst dir die Birne zu?«, fragte ich. »Mensch, draußen scheint die Sonne, es ist herrliches Wetter. Wir sind in Cannes, Millionen von Menschen würden uns beneiden. Komm, wir gehen raus und an den Strand!«

»Kein Bock.« Immerhin drückte er den Joint in den Aschenbecher, um dann den Rest sorgfältig zur Seite zu legen. Mao war sparsam, und einen Joint rauchte er bis zum letzten Milligramm hinunter. »Da vorne am Strand sind irgendwelche Bonzenkinder, deren Papas auf den Booten herumgammeln. Und wenn du nicht aufpasst, schlägt dir der örtliche Abschaum die Fresse blutig, weil du nicht ins Bild passt.«

Er spielte auf den kleinen Strandabschnitt an, der keine hundert Meter von der Wohnung entfernt begann. Er war nicht tief, einige Meter Sand zwischen dem Wasser und der Strandmauer, und er zog sich auch nur ein kurzes Stück entlang der Straße, praktisch von einem kleinen Hafen zum nächsten, aber eigentlich war es kein schlechter Platz. Vor allem, weil dort keine Polizei kontrollierte – die Flips konzentrierten sich auf die Croisette, weil dort die Touristen waren und das Geld ausgegeben wurde.

Ich zog die Rollläden hoch und öffnete das breite Fenster direkt am Bett. Sonnenlicht fiel in den Raum und schlug Schneisen durch den Qualm. Von Sekunde zu Sekunde wurde es heller, umso schmuddeliger wirkte die kleine Wohnung. Ich ging an der Matratze vorbei, die zwischen dem Bett und der winzigen Küchenzeile auf dem Boden lag und auf der ich die Nächte verbrachte. In der Küche fischte ich einen Hocker unter der Spüle hervor, stellte mich darauf und zog die Klappe knapp unter der Decke auf, die ihre Existenzberechtigung als Dunstabzugsloch unter Beweis stellen konnte. Ich konnte nur hoffen, dass sich gerade niemand in dem Gartengrundstück direkt nebenan aufhielt und den intensiven Geruch nach Marihuana und Räucherstäbchen in die Nase bekam.

Als ich zu Mao zurückkehrte, hatte dieser sich aufgerichtet und sah mir entgegen. Maos Gesicht war von Bartstoppeln überwuchert, die seinen dunklen Teint so sehr verstärkten, dass er jederzeit als Araber durchging. Die ehemals roten Haare waren verblichen und sahen nach einem schmierigen Orange aus. Die Augenlider hatte er nur halb geöffnet, seinem Mund entströmte ein strenger Geruch.

»Wie war's in der Stadt?«, fragte er schleppend. »Hast du gut geschnorrt?«

»Ich hab's versucht. Aber dann haben mich die Bullen gestoppt und hierher vertrieben.« Ich verschwieg, dass ich das Schnorren gleich unterlassen hatte, sondern lieber durch die Nebenstraßen der Altstadt gestromert war, durch schmale Gassen bis hoch zum Berg, von dem ich einen beeindruckenden Blick über das Häusermeer gehabt hatte. »Deshalb bin ich wieder hier.«

»Dreck.« Er räusperte sich, zog Rotz aus seiner Lunge und spuckte in eine Ecke neben dem Bett. Ich sah nicht hin, wusste auch so, dass dort genügend Schleim an der Wand klebte. Wie das jemals irgendjemand wegputzen sollte, wusste ich nicht. »Das ist nicht gut. Uns geht die Kohle aus. Und das war der Deal, schon vergessen?«

»Natürlich nicht.« Wir hatten vereinbart, dass ich einige Tage bei ihm wohnen und die warme Luft genießen konnte. Dafür besorgte ich Geld, das ich auf der Straße erbettelte. Aber ich war schon in Deutschland kein guter Schnorrer gewesen, wie sollte das in Südfrankreich klappen? »Ich versuch's später noch mal. Oder morgen.«

»Heute ist es zu spät«, sagte er. »Die guten Läden haben zu und ich hab keine Lust, durch die Stadt zu eiern. Vielleicht machen wir heute Abend etwas ganz anderes.«

Ich nickte. Leider verstand Mao unter »etwas ganz anderes« kein sonderlich spannendes Programm. An den zwei Abenden, die ich schon mit ihm verbracht hatte, war er rauchend und trinkend auf dem Balkon gesessen, hatte in den Himmel gestarrt und gelegentlich einen Satz von sich gegeben, ohne auf eine Antwort von mir zu warten. »Aber jetzt werd du erst mal richtig wach.«

Er nickte und erhob sich. Mit wackeligen Beinen stand er neben seinem Bett. »Wird Zeit, dass ich eine Dusche kriege.« Er verschwand hinter dem Vorhang, der die winzige Dusche mit ebenso winzigem Klo von der Wohnung abtrennte.

Ich vernahm, wie er den Klodeckel hochklappte, eilte zum Kühlschrank, holte eine Dose Kronenbourg heraus und verließ mit raschen Schritten die Wohnung. Wenn sich Mao erst einmal setzte, dauerte es einige Zeit, bis er wieder aus dem Klo herauskam – und was sich jetzt an Gerüchen mit dem Marihuana-Dunst mischte, wollte ich nicht in vollem Umfang abbekommen. Als ich die Außentreppe hinuntereilte, hörte ich ihn laut stöhnen und ächzen.

Nahm man die Treppe vor Maos winziger Wohnung und hielt sich nicht zur Seite, um in den Hof zu gelangen, kam gleich wieder eine Treppe, die zu einem betonierten Quadrat hinaufführte, dem Dach eines winzigen Gebäudes aus Betonwänden. Wer immer sich diese Architektur ausgedacht hatte, hatte wohl das Dach sinnvoll eingeplant. Es gab eine Art Brüstung um das Dach, und so war eine Terrasse entstanden, die zwar recht hässlich aussah, für mich aber an diesem späten Nachmittag einem kleinen Paradies entsprach.

Ich öffnete die Dose, genoss den Anblick des hervorsprudelnden Schaums und setzte sie an. Kronenbourg war kein herausragendes Bier, aber es war das beste, das man in Frankreich bekommen konnte. Erhielt man es in Form von Dosen, die gut gekühlt waren, schmeckte es auf jeden Fall. Während ich die ersten Schlucke den Hals hinunterlaufen ließ, setzte ich mich auf einen Stuhl aus Kunststoff.

Der kleine Balkon hatte verschiedene Besitzer hinter sich, sie alle hatten versucht, etwas an ihm zu verändern. Kümmerliche Pflanzen wuchsen aus Blumenkästen, die halb zerborsten waren; auf dem Betonboden zeigten Reste von Kreidemalereien, dass sich hier einmal Kinder getummelt hatten. Ich lehnte mich zurück, richtete das Gesicht zum Himmel aus, schloss die Augen und genoss die Sonne.

Selbstverständlich war es in diesem Hinterhof nicht so schön wie an der Croisette, aber wenn ich keine Umgebung wahrnahm, fühlte es sich dennoch gut an. Cannes war angenehm, hier ließ es sich leben, und sogar Mao gefiel es hier, obwohl er ständig maulte. Er hatte am Vorabend erzählt, dass er wegziehen wollte und die Chance habe, in Avignon in eine Wohngemeinschaft einzuziehen.

Wie er seine Miete, das Essen und das Marihuana bezahlte, wusste ich nicht. Mao arbeitete nichts, aus Überzeugung schon, und das hatte er bereits in Deutschland so gehalten. Von der Sozialhilfe bezog er kein Geld, also vermutete ich, dass er von seinen wohlhabenden Eltern eine regelmäßige Unterstützung erhielt. Mir sollte es gleich sein: Seine winzige Wohnung war alles andere als attraktiv, aber ich hatte ein Dach über dem Kopf und besuchte eine faszinierende Stadt mit zahlreichen Gegensätzen zwischen stinkreichen Bonzen und bettelarmen Alkoholikern.

Wenn ich so auf der Terrasse saß, die Augen geschlossen und ein kaltes Bier in der Hand, war Cannes wirklich klasse. Irgendwo kreischten Möwen, die vom Strand her über die Straße hinwegflogen; vor dem Haus rollte ein Auto im Schritttempo vorüber, und ganz weit entfernt erklang ein unaufhörliches Brummen, das wahrscheinlich von den Autos auf der Croisette erzeugt wurde. Das war nicht die Ruhe des Schwarzwalds, nicht die Gemütlichkeit der Schwäbischen Alb – das war Cannes im Sommer, und ich fühlte mich weit entfernt von der Heimat.

Ich wusste, dass in diesen Tagen in Hannover die Chaostage abliefen, dass die Versöhnung zwischen Skinheads und Punks quasi öffentlich stattfinden sollte, aber ich hatte keine Lust auf das große Punk-Treffen gehabt. Stattdessen hatte es mich in die Ferne getrieben, und ich war nach Marokko gefahren, quer durch Südfrankreich und Spanien und zurück, eine Abfolge kurioser Abenteuer und Erlebnisse: nächtliche Fahrten mit der Bahn, Schlafen in überfüllten Abteilen, zugekiffte Nächte auf dem Campingplatz von Marrakesch und seltsame Begegnungen mit Haschischbauern in den Dörfern des Rif-Gebirges, ein schmutziges Hotel in Essaouira, besoffene arabische Männer auf der Fähre, Aufenthalte in Tanger und Mèknes und anderen Städten, dann die Rückfahrt durch Spanien. Und jetzt eben Cannes ...

Die Chaostage waren weit entfernt, Hannover schien auf einem anderen Planeten zu liegen, und das alles interessierte mich in diesen Tagen überhaupt nicht. Ich war 19 Jahre alt, ging noch zur Schule und steuerte auf das Abitur zu, ich hatte keine Lust, hinterher in einem geregelten Arbeitsleben zu stehen, wollte weder studieren noch erneut eine Lehre antreten, glaubte nicht, dass ich von dem Jahr 1983 und den folgenden Jahren noch viel zu erwarten haben würde, hatte keine großen Erwartungen an das Leben und die Zukunft, obwohl ich ständig Science-Fiction-Romane las, und so saß ich jetzt in Cannes auf einem Balkon, trank kühles Bier und sinnierte vor mich hin.

Nobbe, einer meiner Kumpane aus dem Stuttgarter Umfeld, hätte mich in meinem aktuellen Zustand als »Hippie« bezeichnet, und ich hätte ihm nicht einmal grundsätzlich widersprechen können. Irgendwelche Musikstücke wechselten sich in meinem Hirn ab, die meisten weit davon entfernt, Punk zu sein, eher Gute-Laune-Pop, der nach Sommer und Meer roch und nach fröhlichen jungen Menschen. Mao hatte einen Haufen Kassetten nach Südfrankreich mitgenommen, auf denen Neue Deutsche Welle, David Bowie und frühester Punk in einer bizarren Mischung vertreten waren, und so hörten wir abends THE WIRTSCHAFTSWUNDER und MARKUS, ULTRAVOX und WIRE, MOTT THE HOOPLE und David Bowie in einer kunterbunten Reihenfolge.

Zu meinen Füßen wurde es lauter, und ich öffnete die Augen. Der dickleibige Mann, der mit seiner ebenso dicken Frau im Erdgeschoss wohnte, trat in den Hof, der kleine Hund mit ihm. Kaum war das Tier im Freien, flitzte es sofort in den Schatten einer Hecke, wo es das Bein hob und ins Gebüsch pisste. Sein Herrchen schlurfte währenddessen über den Hof, jeder Schritt ein Scharren auf den kleinen Kieseln. Grüßend hob ich die Hand, lethargisch hob er ebenfalls seine Rechte und ging weiter. Immerhin verzichtete er darauf, mich in ein Gespräch zu verwickeln; mein Französisch war nach wie vor mies, und der Kerl benutzte zudem einen Dialekt, von dem ich höchstens ein Zehntel verstand.

Als das Bier leer war, ging ich zurück in die Wohnung. Die geöffneten Fenster hatten Wunder gewirkt, der Gestank nach Zigaretten und Marihuana war nur noch gering zu spüren, mittlerweile überlagert von einem intensiven Raumspray, das Mao offensichtlich reichhaltig benutzt hatte. Aus der kleinen Dusche drang das Prasseln von Wasser.

Ich schmiss die leere Dose in den Müllsack, der neben dem Hocker unter der Spüle eingequetscht war, und nahm mir vor, den Sack bei nächster Gelegenheit zur Hauptstraße zu tragen. Dort würde ich ihn zu den anderen Säcken stellen, die von den Anwohnern abgelagert und in regelmäßigen Abständen von der Stadtreinigung eingesammelt wurden. Vorsichtig schob ich den Vorhang zur Seite, Ketten aus dünnen Plastikperlen, die bei jeder Berührung klimperten. Durch die Milchglasscheibe sah ich Maos nackten Körper, warmes Wasser dampfte um ihn herum.

»Brauchst du noch lange?«, fragte ich.

»Garantiert. Ich habe eben erst mit dem Duschen angefangen, und jetzt muss ich mir den ganzen Dreck auf einmal abwaschen.« Mao war der reinlichste Kiffer, den ich kannte; wenn er nicht kiffte oder Musik hörte, schien er sich zu waschen oder zu duschen.

»Ich habe Hunger!«, rief ich. »Wenn ich was zu futtern mache, willst du dann auch was?«

»Nein!«, rief er zurück. »Ich hab im Moment keinen Appetit, aber das kommt wieder. Es ist eh nicht mehr viel da. Du musst schauen, was im Kühlschrank ist.«

Das kannte ich schon. Mao kiffte zu viel, das schlug auf seine Essgewohnheiten. Manchmal nahm er einen ganzen Tag lang nichts zu sich, dann schaufelte er sich Berge von Weißbrot und Käse oder irgendwelchen Dosenfraß, den er schnell aufwärmte, in unglaublicher Geschwindigkeit in den Bauch. Für ihn waren Kühlschränke mit einem Gefrierfach ein großer Segen, ohne sie wäre er wahrscheinlich verhungert.

Im Kühlschrank fand ich nicht viel. Ein wenig Käse und Wurst, alles noch abgepackt, alles nicht sonderlich ansprechend, ein Glas mit einer Art Remoulade, sonst aber nichts. Im Schrank daneben, wo Mao gelegentlich Grundnahrungsmittel aufbewahrte, lag eine Packung mit Tortellini, die man einfach im heißen Wasser aufzukochen brauchte, um sie dann mit einer Soße zu verspeisen.

Ratlos hielt ich die Tortellini-Packung in den Händen. Sollte ich Mao noch einmal fragen? Andererseits hatte er klar gesagt, dass er nicht wollte, und ich hatte Hunger. Ohne weitere Überlegung goss ich Wasser in einen Topf, schaltete das Gas ein und stellte den Topf auf die Flamme. Während sich das Wasser erhitzte, öffnete ich die Plastikpackung. Es war eine ordentliche Menge, aber ich würde das alles locker schaffen. *Dazu die Remoulade, und ich hab fast eine vollwertige Mahlzeit*, überlegte ich.

Durch das geöffnete Fenster drang das Kläffen des Nachbarhundes herein, es wurde lauter und hektischer. Ich kippte die Tortellini in das kochende Wasser, schüttete ordentlich Salz dazu und eilte an die Tür. Von der obersten Stufe der Außentreppe aus sah ich auf das bizarre Schauspiel im Hof hinunter: Der schnauzbärtige Franzose lief hinter dem kleinen Hund her, sichtlich vom Alkoholgenuss gezeichnet und durch seinen Wanst reichlich behindert, und versuchte den Kläffer einzufangen.

Da ich kurz zuvor das Außentor hinter mir zugezogen hatte, konnte der Hund nicht aus dem Hof entkommen, aber schnappen lassen wollte er sich auch nicht. Er rannte zwischen den Zäunen hin und her, die das Gelände begrenzten, versteckte sich hinter den Mülltonnen, flitzte zwischen alten Fahrrädern hindurch, die an einem improvisierten Ständer lehnten, und zog die ganze Zeit seine Leine mit sich. Stolpernd, schimpfend, zeternd und schreiend torkelte sein Besitzer hinter ihm her, ohne jegliche Chance, auch nur in die Nähe der Leine zu kommen. Wie der Kläffer es schaffte, so schnell zu rennen und so viele Finten zu schlagen, ohne dass sich die Leine verhedderte und ihn erdrosselte, war mir schleierhaft.

Amüsiert ging ich zu den Tortellini zurück. Das heiße Wasser dampfte und sprudelte, aus der Dusche drang weiterer Dampf; ich kam mir vor wie in einer Dampfgrotte, in der einem die Sicht genommen wurde. Probeweise piekste ich mit einer Gabel nach den kreisförmigen Nudeln, stellte fest, dass sich alles recht weich anfühlte, und zog ein Sieb aus dem Küchenschrank, das ich mithilfe von Wasser notdürftig säuberte. Dann kippte ich die Tortellini ab, noch mehr Dampf stieg auf. Einen Teil der Nudeln gab ich in einen Teller, den Rest ließ ich im Sieb; mit dem Löffel schüttete ich mir ordentlich Remoulade über die Tortellini. Nachdem ich noch eine Bierdose aus dem Kühlschrank geholt hatte, ging ich mit dem Teller und der Dose ins Freie.

Der Hundebesitzer rappelte sich gerade vom Boden auf, offensichtlich war er gestürzt. Er stützte sich auf beide Hände und verfluchte lautstark seinen Hund. Dieser saß auf dem Boden, das Maul geöffnet, als ob er den Mann auslachte. Die Tür zur Erdgeschosswohnung öffnete sich, die Frau kam heraus. Ohne jegliche Ankündigung feuerte sie eine rasende Flut von Beschimpfungen auf den Mann ab. Ich verstand praktisch gar nichts, so schnell redete sie, aber der Tonfall und die wenigen mir bekannten Begriffe machten klar, dass sie ihren Mann als unfähigen Trottel darstellte, der nicht mal in der Lage war, einen kleinen Hund zu erziehen.

Fasziniert sah ich weiter zu. Den Teller stellte ich auf den Tisch, öffnete die Dose, nahm einen Schluck Bier und amüsierte mich. Jetzt rannte der kleine Hund wieder los, der dicke Mann folgte ihm stolpernd und schimpfend. Die Frau blieb an der Tür stehen und rief Verwünschungen.

Ohne auf den Teller zu schauen, schob ich mir einen Löffel mit Tortellini in den Mund. Ich kaute geistesabwesend. Es schmeckte ein wenig seifig, aber nicht schlecht. Bei Fertiggerichten erwartete ich sowieso nichts, was wirklich gut mundete, und ich hatte im Verlauf der letzten Jahre genügend Sachen in mich hineingestopft, die nicht sonderlich lecker waren. Ein Schluck Bier beruhigte die Geschmacksnerven, und ich schob einen weiteren Löffel Tortellini in meinen Mund.

Erst dann blickte ich auf den Teller hinunter. Zwischen der Remoulade, die ich großzügig auf den Teller geklatscht hatte, schimmerten die Tortellini hervor. Teilweise waren die Ringe aufgeplatzt und zwischen dem Teig ringelten sich kleine weiße Tiere, die wie Würmer oder Maden aussahen. Mit schwächlichen Bewegungen kroch sogar ein geflügeltes Tier zwischen den Tortellini hervor ... und mir wurde schlecht.

Wie es die Tiere geschafft hatten, das kochend heiße Wasser zu überleben, interessierte mich im Augenblick überhaupt nicht, seit wie vielen Jahren sie in der Packung darauf warteten, endlich aus den Tortellini ausbrechen zu können, wollte ich ebenso wenig wissen. Auch das Schauspiel im Hof war auf einmal nicht mehr so spannend. In mir kamen das Essen und das Bier hoch und ich rannte los. Aus dem Hof drang ein »Quoi?«, das offensichtlich mir galt, aber ich achtete nicht darauf.

Mao stand in dem winzigen Badezimmer vor dem Spiegel. Wortlos drängte ich ihn zur Seite, öffnete den Klodeckel und hielt meinen Kopf über die Schüssel. Das Kotzen war widerwärtig, aber nötig. Mich schüttelte es richtiggehend, während ich alles aus mir hinauswürgte, was ich aus dem Magen bekommen konnte.

»Du bist echt eklig«, zeterte Mao und bückte sich zu mir herunter. »Ich mach mich sauber und du reiherst neben mir los. Was soll das?«

»Frag nicht!«, flüsterte ich. Erneut spuckte ich in die Schüssel, viel kam nicht mehr. Hoffentlich hatte ich alles aus mir herausgepresst. Mich schüttelte es immer noch. Mit dem Handrücken wischte ich mir den Mund ab, dann kam ich langsam hoch und betätigte den Druckknopf der Klospülung.

Mao stand in der Ecke, splitternackt und mit Rasierschaum im Gesicht, eingekeilt zwischen der Dusche, dem Waschbecken und mir; an der Stelle konnte er nicht mal richtig Luft holen, so eng war es. Ich drehte den Wasserhahn auf, wusch meine Finger, spülte den Mund aus, wusch ihn mit Seife ab, alles in einer fließenden, schnellen Bewegung, schlug mir die nassen Hände so stark ins Gesicht, dass es auf den Wangen schmerzte. Mao redete auf mich ein und tippte mir auf die Schuler, aber ich ließ mich nicht stören. Erst nachdem ich den Ekel ein wenig zurückgedrängt hatte, wich ich zur Seite.

»Entschuldige«, sagte ich leise, »ich musste das tun, und ich ...«

»Was ist denn los?«, fragte Mao noch einmal. »Ich dachte, du wolltest kochen und dann essen.«

»Hab ich ja.« Ich wies auf die Spüle und den schmalen Gasherd direkt daneben. »Wo hast du denn die Scheiß-Tortellini her?«

»Die?« Er winkte ab. »Keine Ahnung. Die sind schon älter. Ich glaub, die sind von dem arabischen Händler, der da vorne an dem kleinen Platz am Bahngleis seinen Laden hat.«

Ich kannte den Laden, ein düsteres Loch, das aussah, als verirrte sich nur einmal im Jahr ein Sonnenstrahl zwischen die zugemüllten Regale, in denen Nahrungsmittel und Spielzeug, Waschmittel und Getränke standen und lagen. Der Araber hatte praktisch rund um die Uhr geöffnet, und ich wusste, dass Mao dort gern Konserven und Wasserflaschen holte, wenn er einen Fressanfall hatte.

»Der hat echt altes Zeug«, sagte ich leise und schüttelte mich zum wiederholten Mal. »Kauf dort nichts mehr, echt.«

»Wieso das denn?«

Ich packte ihn am Handgelenk und zerrte ihn aus dem Verschlag. »Da schau!«, sagte ich und wies auf das Sieb. Auch hier ringelten sich zwischen den Tortellini allerlei Würmer, während geflügelte Tiere tot dazwischen lagen.

»Boah, ist das eklig«, flüsterte Mao, das ganze Gesicht eine Maske des Ekels und des Abscheus. »Das war bei mir im Schrank?«

Ich nickte. »Kauf da nie wieder was«, redete ich mit Betonung auf ihn ein.

»Du hast doch hoffentlich nichts davon gegessen.«

»Nein, nein«, log ich, »ich hab's noch rechtzeitig bemerkt, aber ekelhaft ist es trotzdem.«

Mao wandte sich ab, ging zurück in die Dusche und ließ mich mit dem verdorbenen Essen allein. Ich holte meinen Teller vom Balkon, wo sein Inhalt in der Sonne garte, und kippte den ganzen Dreck in den Müllsack; die Tortellini aus dem Sieb schüttete ich dazu. Während mich immer wieder der Ekel packte, putzte ich Sieb, Teller, Löffel und Kochtopf gründlich aus und trug anschließend den Müllsack hinaus ins Freie, wo ich ihn zu den Mülleimern im Hof stellte.

Das französische Ehepaar und der kleine Hund waren nirgends zu sehen, aber ich hörte sie durch die geschlossenen Fenster ihrer Erdgeschosswohnung. Die Frau keifte, der Mann jammerte lauthals, der Hund kläffte – es war wie immer. Ich würde sie nicht vermissen, wenn ich in absehbarer Zeit verschwinden würde.

Für den Abend nahm ich mir aber ein klares Programm vor. Ich würde mein letztes Geld zusammenkratzen und zu einem halbwegs ordentlichen Laden gehen, um dort irgendwas zu essen zu kaufen; es sollte einigermaßen frisch sein, alles andere war mir gleichgültig. Und dann würde ich so schnell wie möglich Cannes verlassen. Von Südfrankreich hatte ich fürs Erste die Nase voll.

Der King vom Ziegeltal

Woher Dobbs seinen Spitznamen hatte, wusste niemand. Weder zu seinem Vor- noch zu seinem Familiennamen gab es einen Bezug. Jeder nannte ihn Dobbs, wahrscheinlich nach einer Nebenfigur aus einer Fernsehserie, aber er selbst hätte sich viel lieber »King« nennen lassen.

»Toll, dass du auch da bist.« Er stand vor mir und überschwemmte mich mit einem Wortschwall, der mir fast den Atem nahm. »Ich kenne hier niemanden, und jetzt bist du da, wenigstens einer ausm Dorf, mit dem ich ein Bier trinken kann.« Er wirkte bereits angetrunken, sein rundes Gesicht glänzte unter der schlecht gebauten Tolle im Licht der Festbeleuchtung, die Lederjacke umspannte den Bauch, als müsste sie eine Presswurst bändigen.

»Ich ...« Kurz überlegte ich, was ich sagen wollte. Zu unhöflich wollte ich nicht sein, denn eigentlich war Dobbs ein netter Kerl, wenngleich arg anstrengend. »Ich hab mich hier mit Klassenkameraden verabredet, welche aus der Stadt.« Ich grinste. »Und mit Mädels«, fügte ich hinzu.

»Mädels? Stark. Ich komme mit.«

Ich hob die Schultern. »Wenn's denn sein muss.« So war ich zumindest nicht allein. Und wenn Dobbs von den anderen verarscht wurde, mit denen ich mich treffen wollte, war es nicht mein Problem. Vielleicht war er für einige Lacher an diesem Abend gut?

Wir kamen an einer Gruppe von Hauptschülern vorbei, die ich entfernt von der Schule her kannte, Jungs mit Mittelscheitel und halblangen Haaren, die Aufnäher mit STATUS QUO und DEEP PURPLE auf den Jacken trugen. Ich grüßte sie nachlässig, sie grüßten zurück, und dann stand ich mit Dobbs auch schon am Eingang zum Festzelt.

»Wer ist denn das?«, fragte einer der Jungs hinter mir einen anderen. »Der sieht komisch aus.« Ob sie mich mit meinen abstehenden Haaren oder Dobbs mit seiner Tolle meinten, war unklar, aber es interessierte mich nicht. Die Antwort verstand ich sowieso nicht mehr, denn in dem Augenblick fing die Band auf der Bühne an, ihre Blasmusik ins Zelt zu schmettern. Wahrscheinlich war es eine Bemerkung zu mir, zu meiner Frisur, zu meiner zerrissenen Hose, der dünnen Jacke und den kaputten Turnschuhen. Ich wusste, dass ich anders aussah als die anderen, und das war absolut beabsichtigt.

Meine struppigen Haare fielen mir über die Ohren und in den Nacken; manchmal bändigte ich sie mit einem Stirnband oder einer Krawatte, manchmal standen sie in alle Richtungen ab. An diesem Abend ließ ich sie ganz normal, ich hatte keine Lust auf Ärger.

»Im Ziegeltal sind manchmal seltsame Leute«, hatte Fieve gesagt, einer meiner Klassenkameraden. Allein wäre ich nicht auf das Fest gegangen, ich hatte weder an Menschenmassen noch an Volksmusik viel Spaß; ich war nur da, weil Fieve und die anderen sich in dem Zelt treffen wollten.

Ich schaute auf die Uhr. Es war kurz nach 20 Uhr, und eigentlich waren wir jetzt verabredet. Wahrscheinlich waren die anderen früher eingetroffen, hatten sich ein Bier besorgt und saßen irgendwo an einem Tisch.

Das Ziegeltalfest war ein typisches Volksfest, bei dem Volksmusik gespielt, Bier getrunken und viel getanzt wurde. Meist gingen Leute auf das Fest, die älter waren als vierzig, und hörten dort die Musik, die sie mochten. Da in der Stadt sonst wenig los war, blieb einem als Jugendlicher nicht viel übrig, als ebenfalls solche Veranstaltungen zu besuchen und dort seine Freunde zu treffen. An diesem Samstagabend hätte ich ansonsten ins Kino gehen oder Freunde daheim besuchen können, nicht einmal im Jugendzentrum wurde etwas geboten.

»Ich sehe niemanden«, sagte ich. »Da ist keiner von denen, mit denen ich mich verabredet hatte.« Vom Eingang her hatte ich den direkten Blick auf die Bühne, wo eine Volksmusik-Kapelle mit

Blasinstrumenten und in bayerischer Mundart ein Stück schmetterte, das ich nicht mochte, das aber recht schmissig war. Einige hundert Leute saßen im Zelt, nicht alle Bierbänke waren besetzt, aber ich erkannte keines der Gesichter.

»Dann gehen wir jetzt rein und hocken uns hin«, drängelte Dobbs. »Ich geb dir auch gleich mal ein Bier aus.«

»Damit kriegst du mich«, konterte ich. »Gehen wir.«

Wir suchten uns einen Platz im hinteren Bereich des Festzeltes und ließen uns an den Enden einer Bank nieder, wo wir uns gegenübersaßen. Da waren wir nahe genug am Bierausschank und vor allem weit genug von der Band entfernt. Ich war mir sicher, dass Fieve und die anderen hierherkommen würden; spätestens dann, wenn einer Bier holte, musste ich ihn sehen. Der Platz war eigentlich hervorragend, ich hatte fast alles im Blickfeld: haufenweise Köpfe, teilweise schon grau, und weiter vorne eine Reihe von Händen, die in der Luft rhythmisch zusammengeschlagen wurden. Dobbs genoss den klaren Blick auf den Bierstand.

Auf der Bühne war kurz Pause. Der Sänger trat nach vorne und stellte seine Band vor. »Wir sind die lustigen Kreuztaler«, erzählte er, »und wir heizen euch heute Abend so richtig ein.« Der bayerische Akzent, mit dem er vorher gesungen hatte, war spurlos verschwunden; seine Stimme klang jetzt, als sei er aus unserer Region.

»Klingt ja spannend«, maulte ich. »Wie soll ich das heute Abend ertragen?«

Dass kein Punk und kein Ska laufen würde, war mir klar, nicht einmal Neue Deutsche Welle oder aktuelle englischsprachige Popmusik hätte ich erwartet. Aber eine Kapelle, die in klassisch deutscher Manier von Wein und Mädchen sang, das konnte ich nur in besoffenem Kopf ertragen. Also wurde es Zeit, dass ich loslegte und das Geld unter die Leute brachte, das ich in den vergangenen Tagen an der Tankstelle verdient hatte.

»Ich geh dann mal los und hol uns zwei Bier«, sagte Dobbs. Während er aufstand, wischte er mit beiden Händen seine Haare so nach hinten, dass sie wenigstens einigermaßen nach einer Tolle aussahen.

Was für ein Trottel!, dachte ich nur. Seit etwa drei Jahren schwebte Dobbs im Elvis-Presley-Himmel; manchmal hatte ich das Gefühl, dass er sich selbst für eine Inkarnation des »King« hielt. Ich sah ihn vor mir, wie er in jenem Sommer vor etwa drei Jahren seine erste Tolle hinschmierte, mithilfe eines Taschenspiegels, während wir mit dem Bus aus der Kreisstadt in das Dorf zurückfuhren, aus dem wir beide stammten. Es war eine schwierige Arbeit für ihn gewesen, denn seine Haare schimmerten in einem leichten Rot und waren eher von der krausen Sorte; er benötigte Gel in Unmengen, um wenigstens ansatzweise eine Frisur hinzubekommen, die der von Elvis Presley glich.

»Wir bringen euch mal ein wenig in Bewegung«, gab der Sänger auf der Bühne bekannt. »Wir machen die Musik, und ihr macht mit.« Er lachte laut und falsch; es klang durch das Mikrofon schauderhaft. »Wer nicht mitmacht, der ist ein ...« Jetzt gluckste er sogar vor Lachen. »... der ist ein Volksschädling«, ergänzte er.

Ich erstarrte, die Leute im Zelt lachten harmlos. Anscheinend war das einer der Witze, die man von dieser Volksmusik-Kapelle schon kannte. Hier in der Kleinstadt gab es keine Nazis, zumindest wurde die NPD nur von wenigen Dutzend Leuten gewählt. Man war konservativ, man wählte die CDU mit erschütternder Regelmäßigkeit und mit ebenso erschütterndem Stimmenanteil, aber man war nicht rechtsradikal.

Der Sänger stimmte kein Volksmusiklied an, wie ich befürchtet hatte, sondern startete direkt mit einem Schunkellied, das vor allem in Faschingszeiten sehr beliebt war. »Auf und nieder!«, skandierte er, und die ersten Leute standen auf und setzten sich wieder auf die Bierbänke. »Auf und nieder, immer wieder, so haben wir's gestern g'macht, so macht man's heut'.« Immer mehr folgten seinem Beispiel, die Kapelle fiel ein, und weitere Verse folgten. »Nach vorne, nach hinten, nach links, nach rechts ...«, sang er, und dann kam wieder das »Auf und nieder, immer wieder!«

Am Biertisch vor uns, den ich direkt vor der Nase hatte, quietschten die Leute vor Begeisterung. Die Frauen und Männer waren alle um die vierzig, wie ich schätzte, die Männer meist mit Schnauzer, alle recht korpulent. Sie schunkelten, dass die Bierbänke wackelten, sie bewegten sich hin und her, standen auf und setzten sich wieder, und vor allem sangen sie mit, lautstark und falsch. Es schüttelte mich vor Entsetzen.

Hoffentlich kam Dobbs bald zurück. Mir fiel ein, wie er in seinem ersten Jahr als Elvis-Fan im Schulhof aufgekreuzt war. Wir hatten Mathe oder sonst ein langweiliges Fach, ich starrte wie so oft zum Fenster hinaus und ignorierte den Lehrer, der etwas von der »Kurvendiskussion« erzählte, von der ich nicht das Geringste verstand. Dobbs kam auf den Platz, allein und mit ruhigem Schritt. Ob er wusste oder ahnte, dass ihm jemand zuschaute, war mir nicht klar; wahrscheinlich fand er sich selbst sehr überzeugend und hoffte auf Publikum.

Er stellte sich vor das große Klettergerüst, an dem bei schönem Wetter und in der Pause die Kids aus den unteren Klassen herumturnten. Breitbeinig stand er da, die frisch geputzten Stiefel wirkten eindrucksvoll; sogar seine Lederjacke schien er mit etwas eingeschmiert zu haben. Er zog die Schultern nach hinten, und durch die halb geöffnete Jacke hindurch wurde der Blick auf das »Elvis«-T-Shirt frei, das er darunter trug. Aus der hinteren Hosentasche zog er einen Kamm, und während er seinen Blick auf die Wolken richtete, die am Himmel vorbeizogen, strich er gleichmäßig den Kamm durch seine Haare.

Ich kicherte, biss mir auf den Handrücken, kicherte dann aber weiter, konnte einfach nicht aufhören. Meine Klassenkameraden, die mitbekamen, auf was ich schaute, guckten ebenfalls zum Fenster hinaus und begannen zu lachen. Dobbs, der im Hof stand und für ein Publikum posierte, das ihn komplett albern fand, bekam davon wahrscheinlich nichts mit. Er stand gut zehn Minuten so da, kämmte sich die Haare und schaute so cool wie möglich in die Weltgeschichte, der peinlichste Rockabilly, den ich in meinem ganzen Leben sehen sollte.

Am Ende der Unterrichtsstunde, die unser Lehrer nur mit Mühe hatte weiterführen können, bekam ich eine Strafarbeit aufgebrummt, weil ich »zum wiederholten Male die Klasse aufgehetzt« hätte. Es war weder die erste noch die letzte Strafarbeit in dieser zehnten Klasse, und ich wollte sowieso nicht länger in die Schule gehen. Das war jetzt drei Jahre her, und Dobbs war auf seinem Weg als Elvis-Fan ein gutes Stück weitergekommen.

Mit seiner Schwester hatte ich die Grundschule besucht, er war zwei Jahre jünger als ich und seit einem Jahr Lehrling in einer Schreinerei. Über seine Elvis-Schwärmerei hatte ich nicht nur einmal gelacht, aber ich fand es tapfer, dass er so eisern dabeiblieb. Elvis Presley wäre mir an diesem Abend hundertmal lieber gewesen als die Musik, die von der Bühne ins Publikum geschmettert wurde.

»Eigentlich könnte man dazu Pogo tanzen«, sagte ich, als er wieder da war und die zwei Biere vor uns abstellte. »Wenn's nicht so scheißblöde Texte wären ...«

»Pogo?« Dobbs schüttelte den Kopf. »Was ist das?«

»So was wie Rock'n'Roll. Nur viel schneller. Und ohne Anfassen, eher mit Anrempeln.«

»Aha.« Ich merkte ihm an, dass er nichts verstand.

Ich wies auf die Band. »Das ist ja eigentlich Tanzmusik.«

»Schon klar. Aber richtiger Rock'n'Roll ist es nicht.«

»Nein. Ist es nicht.« Es war nicht sehr einfach, mit Dobbs eine längere Unterhaltung zu führen. Das war schon früher im Schulbus so gewesen. »Aber eigentlich tanzen die Leute gerne dazu. Und würde man das ein wenig schneller spielen, könnte man dazu tanzen, als ob es eine Punk- oder Rock'n'Roll-Kapelle wäre.« Ich machte den Rhythmus von der Bühne mit. »Merkst du's? Das ist immer eins-zwei-drei oder eins-zwei-drei-vier, dann geht es wieder von vorne los. Dazu kann man auch auf- und abhüpfen.«

»Aber warum sollte man das tun?«

Ich winkte ab. Das war zwecklos. Es wurde Zeit, dass ich Gesellschaft bekam, mit der ich mich ein wenig unterhalten konnte. Wo blieben Fieve und die anderen?

Seit zwei Jahren gingen wir in dieselbe Klasse, im nächsten Jahr würden wir das Abitur machen. Fieve wollte danach zur Bundeswehr und sich dort für zwei Jahre verpflichten, anschließend winkte eine Lehre als Bankkaufmann und der unaufhaltsame Aufstieg in der Hierarchie der örtlichen Sparkasse. Ich hatte nicht den Schimmer einer Ahnung, was ich nach der Schule machen sollte – einen regulären Job wollte ich nicht haben, am liebsten hätte ich gar nicht gearbeitet. Aber ich wusste schon jetzt, dass ich keine Lust hatte, anderen Leuten auf der Tasche zu liegen und mich durchzuschnorren. Also würde ich mir nach dem Abitur irgendeine Arbeit suchen, egal was es war; auf eine weitere Lehre oder gar ein Studium hatte ich wenig Lust.

Nicht dass ich mich mit Fieve und den anderen über Punkrock, meine anders gelegene Weltanschauung oder über ernsthafte Themen unterhalten konnte; aber sie bekamen einige Sätze aus der Klappe, die intelligent und witzig klangen. Mit ihnen konnte ich über die Schule lästern, unnötig viel Bier trinken und ansonsten viel Unfug reden. Ich hatte mich längst damit abgefunden, der absolute Fremdkörper in dieser Kleinstadt zu sein und mindestens einmal im Monat den Schwarzwald per Anhalter verlassen zu müssen.

Immerhin stieg die Stimmung im Zelt, wenngleich ich nur mit einsilbigen Bemerkungen auf das aufgeregte Gerede meines Gegenübers einging. Neue Besucher kamen ins Zelt, die meisten zwischen zwanzig und vierzig Jahre alt, junge Erwachsene also, wie man das in der überalterten Kleinstadt nannte. Ich registrierte viele Schnauzbartträger, aber ich sah niemanden, der so aussah, als wollte ich mit ihm am Tisch bleiben.

Die Kapelle heizte die Stimmung weiter an. »Jetzt haben wir euch warm gespielt«, freute sich der Sänger auf der Bühne. »Jetzt machen wir euch noch richtig heiß, und dann gibt's in neun Monaten hoffentlich viele neue deutsche Kinder.« Der Saal tobte vor Begeisterung, und die Kapelle stimmte ein neues Lied an, in dem es um Tirol und junge Frauen ging; es wurde geschunkelt, in die Hände geklatscht und mitgesungen.

Mit einem kräftigen Schluck leerte ich mein Glas. »Willst du auch noch eins?«, fragte ich Dobbs, der bisher erst die Hälfte geschafft hatte. Er nickte, und ich stand auf.

Auf dem Weg zum Bierausschank kam ich an einem Tisch vorbei, an dem junge Männer saßen, die knapp über zwanzig Jahre alt waren. Sie trugen kurze Haare, die meisten hatten Schnurrbärte, und sie sahen alle aus, als ob sie schon völlig besoffen seien. Ich kannte diese Art von Männern: Bierproleten, vor denen man sich immer in Acht nehmen musste, streitlustige Typen, die vor allem in der Gruppe unangenehm wurden und bei Volksfesten zu später Stunde unweigerlich nach Ärger suchten. Wer da nicht in ihr Bild des korrekten Deutschen passte – und als Punk passte ich hundertprozentig nicht dazu –, war stets ein dankbares Ziel.

Die Hosenträger, die sie trugen, waren längs gestreift: manche in schwarzweißrot, manche in schwarzrotgold. Ich verbiss mir die spöttische Bemerkung, die mir auf der Zunge lag, ging schneller und machte, dass ich an dem Tisch vorbeikam.

»Hey, du Assi!«, schrie mir eine betrunken klingende Stimme nach. Ich reagierte nicht darauf, das wäre jetzt sicher ein Fehler gewesen. Aber ich nahm mir vor, auf einem anderen Weg zu unserem Tisch zurückzugehen. Meine große Klappe hatte mir zu oft in meinem Leben zu viel Ärger eingebracht, darauf hatte ich keine Lust.

Als ich am Bierstand angekommen war, hörte die Volksmusik auf der Bühne auf. Ich hörte, wie der Lärm der Stimmen hinter mir anschwoll, und wusste, dass jetzt Dutzende von Leuten aufstehen und Bier kaufen würden. Schnell bezahlte ich die zwei Mark pro halben Liter mit Alpirsbacher Klosterbräu plus Pfand, schnappte mir die schnell eingeschenkten Glaskrüge und eilte in Richtung Tisch.

Dobbs hatte mittlerweile Gesellschaft gefunden. Zwei andere junge Leute aus dem Dorf, die ich vom Schulbus her kannte, saßen bei ihm; ich wusste, dass sie ebensolche Blitzbirnen waren wie er selbst. Er gestikulierte wild, erzählte ihnen offensichtlich irgendwelche Geschichten. Ohne ein Wort zu sagen, stellte ich die zwei Gläser ab und setzte mich.

Die Jugendlichen beäugten meine wirren Haare, mein T-Shirt und die eingerissene alte Jeansjacke, beschlossen dann wohl, mich ebenso zu ignorieren wie in den vergangenen Jahren, und wandten ihre Aufmerksamkeit wieder Dobbs zu. Das war mir recht. Ich trank Bier, schaute mich um, wartete weiter auf Fieve und die anderen und hörte mir das Gerede am Tisch an.

»Wusstet ihr, dass man den King auch als ›Elvis The Pelvis‹ bezeichnete?«, erzählte Dobbs stolz, als handle es sich dabei um eine Information, die er sich mühsam hatte besorgen müssen, idealerweise direkt aus den Staaten. »Das heißt nämlich so viel wie ›Elvis, das Becken‹, und so haben sie ihn genannt, weil er auf der Bühne immer so einen Hüftschwung hatte, den sonst niemand zeigte; dafür haben ihn die Spießer angegriffen, aber er war einfach cooler als die anderen.«

So ging es in einer Tour weiter, ein Spruch und noch ein Spruch, eine Elvis-Geschichte folgte auf die andere. Ich kannte die meisten von den gemeinsamen Fahrten im Schulbus her, wollte sie eigentlich nicht mehr hören und versuchte sein Gerede zu ignorieren.

Ich erinnerte mich vor allem an Dobbs, wie er im Wohnzimmer seiner Eltern posiert hatte: ein nicht eben schlanker junger Mann vor der Elvis-Fototapete, der sich in den Hüften wiegte, einen Stock in der Hand hielt und so tat, als wollte er ernsthaft singen, das Gesicht verzogen, als sei er in kompletter Verzückung. Ich war höflich und ruhig geblieben an dem Tag, weil ich ihm seinen Traum nicht verderben wollte und vor allem wusste, wie albern meine Träume von der Schriftstellerei oder dem Anarchismus auf jeden anderen im Dorf wirkten – aber es hatte einfach nicht gepasst.

»Das ist mein Traum«, erzählte Dobbs den zwei Jugendlichen. »Ich will als Elvis-Imitator auf Tour gehen. Ich will selbst berühmt werden, und ich will das Andenken an den King auf diese Weise am Leben erhalten.«

»Mit der Figur sicher nicht«, wollte ich sagen, aber ich verkniff es mir. Die beiden Jugendlichen fanden seine Sprüche gut, und er war ein netter, wenngleich nerviger Kerl, warum also sollte ich seinen Traum zerschießen? Dobbs war ein wenig pummelig, und er war viel zu klein für eine echte Elvis-Show, vom Gesicht ganz zu schweigen; seine Bewegungen waren unrhythmisch, und er bekam es nicht hin, seine Hüften so zu wiegen, dass es einigermaßen zur Musik passte.

Aber es war sein Traum, und ich wollte ihm diesen Traum nicht nehmen. Nicht ich, dessen Träume im Dorf und in der Kleinstadt von niemandem verstanden wurden.

Ich trank mein Bier und schaute zu, wie sich das Zelt immer weiter füllte. Es war nur eine Frage der Zeit, bis alle Bierbänke komplett besetzt waren. Am Bierstand wurde die Schlange immer länger. Männer taumelten zu ihren Tischen, Frauen kreischten, und als die Kapelle wieder auf die Bühne kam, stieg die Stimmung noch weiter an. Bierkrüge wurden in die Luft gehoben, ein unaufhörliches Tosen schien zwischen den Zeltwänden, dem Boden aus Sägespänen und dem Zeltdach zu wabern.

»Geht's euch allen gut?«, schrie der Sänger in das Zelt, und ein einstimmiges »Ja!« folgte dieser Frage. Der Sänger wiederholte die Frage mehrmals, und jedes Mal wurde das »Ja!« noch lauter.

»Ich muss mal pissen«, sagte Dobbs und stand auf. »Jetzt ist da draußen keine Schlange mehr.« In öffentlichen Toiletten genierte er sich, weshalb er lieber vor der Tür wartete, um allein an der Pissrinne zu stehen; an einen Baum zu pinkeln, traute er sich allerdings auch nicht.

Weil ich das wusste, störte ich mich nicht daran. »Komm bald zurück«, sagte ich und wies auf sein Glas. »Wenn das Bier verdunstet, war ich's nicht.«

Er reagierte nicht auf meinen schlappen Scherz und zwängte sich durch die Schlange am Bierstand. Ich blieb sitzen, ignorierte die zwei Jugendlichen ebenso, wie diese mich ignorierten, und beobachtete, wie die Stimmung im Zelt immer lauter und fröhlicher wurde.

»Es ist so ruhig im Zelt!«, schrie der Sänger. »Da muss ich Stimmung machen, damit ihr nicht einschlaft. Wollt ihr das?«

Hunderte von Leuten schrien ein begeistertes »Ja!«, dann trommelten die Bierkrüge auf die Tische, zuerst durcheinander, dann in einem gleichmäßigen Rhythmus; es klang wie Marschmusik. Die Band fiel ein, als ob es ein abgesprochenes Spiel wäre: Das Schlagzeug schloss sich dem Klopfen der Bierkrüge an, der Sänger klatschte auf der Bühne mit, das ganze Zelt vibrierte im Gleichklang.

»Zicke-zacke-zicke-zacke-hoi-hoi-hoi!«, schrie der Sänger in sein Mikrofon, und die Leute fielen begeistert in den Ruf ein.

Ich sah mich um. Die Gesichter waren rot vor Begeisterung, der Schweiß klebte auf der Stirn, die Münder wurden weit aufgerissen. Ich merkte, wie mir ebenfalls der Schweiß herunterlief, und ich wusste in diesem Augenblick nicht, ob es von der Wärme im Zelt kam oder von der Energie, die auf einmal alle zu erfüllen schien.

»Zicke-zacke-zicke-zacke-hoi-hoi-hoi!« Es ging weiter und weiter. »Zicke-zacke-zicke-zacke-hoi-hoi-hoi!« Die Leute schrien lauter, die Bierkrüge trommelten wilder. »Zicke-zacke-zicke-zacke- hoi-hoi-hoi!« Dann machte der Sänger eine kurze Pause, das Klopfen verstummte. »Sieg!«, brüllte er, und »Heil!« schrie das ganze Zelt mit. Und noch einmal: zuerst »Sieg!«, dann »Heil!« Nach mehrfacher »Sieg Heil!«-Wiederholung lachten alle, mehrere hundert Leute aus der Region, und der Sänger stimmte wieder sein »Zicke-zacke-zicke-zacke-hoi-hoi-hoi!« an.

Ich saß da, fassungslos vor Entsetzen und starr vor Angst. Auf einmal wurde mir bewusst, dass ich mit meinen schlecht gefärbten Haaren, die ich notdürftig mit Seife in die Höhe gestellt hatte, völlig falsch aussah. Ich gehörte nicht hierher, ich musste hier raus, egal, mit wem ich mich zu welcher Zeit verabredet hatte.

Langsam stand ich auf, griff nach meinem Bier. Mein Glas war halbvoll, ich wollte das Bier nicht verschwenden, und zudem konnte ich das Glas notfalls als Waffe benutzen. Mir war heiß und schlecht zugleich, und ich wollte nur noch schreien und wegrennen. Irgendeine Schwäche wollte ich in diesem Zelt aus Dorfdeppen und Nazis aber nicht zeigen.

Die begeistert singende und trinkende, johlende und schunkelnde Menge ignorierte mich komplett. Der dürre Typ mit der zerrissenen Jeans, der ausgebleichten Jacke und den struppigen Haaren fiel ihnen nicht auf, und das war mir recht. Während ich an den feiernden Menschen vorbeiging, ließ ich meinen Blick über sie schweifen. Ich sah rote Gesichter, aufgerissene Münder und Augen, und ich hörte den trommelnden Rhythmus der Biergläser auf den Tischen, das Klatschen der Hände und das Johlen, das zur Musik auf der Bühne passte.

Als ich das Zelt verließ, das Bierglas in der Hand, atmete ich erleichtert auf. Ich holte tief Luft, genoss es, die Frische und die Kühle zu spüren, dann trank ich in durstigen Zügen. Der Himmel war wolkenlos, Sterne glitzerten durch die Nacht, die Äste der Bäume bewegten sich sanft im Sommerwind. Ich wollte nur noch heim, und bis zu meinem Fahrrad, das ich unweit der Zugangsstraße zum Ziegeltal abgestellt hatte, waren es keine 300 Meter. Mit dem Bier in der Hand bummelte ich den Weg entlang; im Licht der Laternen zappelte mein Schatten auf dem Schotter.

Als ich den Toilettenwagen erblickte, wurde mir bewusst, dass ich dringend pissen musste. Um diese Zeit war der Wagen eine Kloake aus Urin und Kotze, zumindest in der Hälfte, die für die Männer vorgesehen war. Ich ging einige Meter zur Seite, stellte das Glas, in dem immer noch Bier schwappte, hinter mir ab, und pisste gegen eine Hecke.

Die dünne Stimme hätte ich kaum wahrgenommen. »Hey, lass das«, hörte ich.

Kurz glaubte ich an einen Scherz, dann drehte ich mich zur Seite und pisste in die Wiese, nicht mehr ins Gebüsch. »Was soll das?«, fragte ich neugierig, ohne zu ahnen, mit wem ich es zu tun hatte. »Wieso bist du da drin?«

Es raschelte zwischen den Zweigen und Ästen, dann kamen zwei Hände zum Vorschein. Jetzt erst erkannte ich, dass das Strauchwerk lädiert war, als ob man jemanden mit Wucht hineingeworfen hätte. Ich machte meine Hose zu, beugte mich nach vorne und griff zu, hielt den Fremden an den Händen und zog. Der Fremde war nicht fremd: Es war Dobbs, aber er sah übel aus. Das eine Auge war verschwollen, der Mund und die Nase wirkten blutig. Ich half ihm aus dem Gebüsch und stützte ihn. Er zitterte und stierte vor sich hin, als hätte er einen Geist gesehen, sagte aber kein Wort. Aus meiner

Hosentasche fischte ich ein halbwegs sauberes Taschentuch und wischte ihm das Gesicht ab. »Was ist passiert?«, fragte ich.

Er brauchte eine Weile, bis er die ersten Worte hervorbrachte. »Die Typen ... die von ... von vorhin«, stammelte er, »die am Eingang, mit den Jeansjacken und den QUO-Aufnähern, die waren es. Und ein paar ältere, die schon aus der Hauptschule raus sind. Ob ich ... ob ich schwul sei, haben sie mich gefragt, und bevor ich was sagen konnte, hab ich schon gekriegt ...«

»Wo war das?«

»Hier.« Er zeigte auf den Toilettenwagen. »Direkt am Eingang. Da haben mehrere Leute zugesehen, alles Erwachsene, die fanden das wohl echt witzig. Und nachdem sie mir einige verpasst hatten, haben sie mich ins Gebüsch geschmissen.«

»Wann?«

»Gerade eben, keine fünf Minuten her.«

»Scheiße.« Ich drehte mich um. »Dann sind die noch hier. Ich hab keine Lust, von denen auch was abzukriegen.« Ich stützte Dobbs, der immerhin verstand, dass er in Gefahr schwebte, ein zweites Mal verprügelt zu werden. Gemeinsam wankten wir vom Festplatz weg, hielten uns abseits des Weges und gingen langsam über die feuchte Wiese.

Ungeschoren erreichten wir den Schotterplatz, auf dem die Autos parkten. Dobbs hatte sein Moped neben den Autos abgestellt, ich brachte ihn hin. Schwerfällig setzte er sich auf den Sattel und stützte sich auf den Lenker. Er wirkte erschöpft, die Schmerzen und der Schrecken setzten ihm zu.

»Kannst du fahren?«, fragte ich.

Er nickte. »Kein Problem. Und du?«

»Mein Fahrrad steht dort drüben.« Ich wies auf einen Baum, der als verzerrter Schatten aus der Streuobstwiese wuchs.

»Du bist sicher, dass du fahren kannst? Sollen wir lieber zur Telefonzelle und einen Krankenwagen rufen? Oder ...« Ich überlegte. »Ich frage einen der Rotkreuzhelfer, die im Zelt stehen. Das können ja nicht alles Nazis und Arschlöcher sein.«

Er schüttelte den Kopf. »Echt kein Problem. Weißt du ...« Er verzog das Gesicht. »Das Schlimmste für mich war ja, dass sie auch Elvis beleidigt haben. Der King wär schwul gewesen, hat der eine gesagt, eine schwule Sau, und dann hat er mir in die Eier getreten.« Er startete sein Moped, das schaffte er immerhin; er fuhr ohne Helm, wie viele aus unserem Dorf, die den Schleichweg durch den Wald nahmen.

»Fahr gut, Dobbs«, sagte ich und schlug ihm leicht gegen den Oberarm.

»Ja. Mach ich. Und ...« Er sah mich an. »Egal, was die sagen: Elvis ist und bleibt der King.«

»Ja sicher.«

Die Revolution startet vor dem hotel Post

»An einem der wenigen warmen Tage im Frühjahr 1983, kurz bevor Helmut Kohl endgültig zum Bundeskanzler gewählt wurde, plante ich mit Maurice, dem führenden Intellektuellen unserer Stadt, die Revolution. Mein Iro war frisch gefärbt, auf meiner Lederjacke glänzten neue Sprüche in weißem Lack, und ich trank das siebte Weizenbier ...«

So müsste diese Geschichte beginnen, so wäre es klasse, so käme sie garantiert in eine popkulturelle Anthologie, in der Männer Anfang der vierzig damit beginnen, ihre Jugend zu beschönigen und nachträglich alle Taten zu revolutionieren. Leider klappt das bei mir nicht so gut, da es viel zu viel schriftlichen Kram von mir und über mich gibt – also bleibt es dabei, dass ich meine Jugend so weit in ein verklärtes Licht rücke, wie es angesichts der verstrichenen Jahre auch nachvollziehbar ist.

Die Wahrheit ist einfacher, und sie hat viel mit Maurice, mit Helmut Kohl und der beginnenden Revolution zu tun. Nur trug ich weder Iro noch Lederjacke, und Weizenbier gab es ebenfalls keines.

Dieses Bier war 1983 in Freudenstadt extrem unüblich, man war in dieser Zeit noch schwer traditionell, auch in sogenannten subkulturellen Kreisen. Man bestellte sich, wenn man ein echter Kerl sein wollte, »a Halbe«, also einen halben Liter Export, üblicherweise Alpirsbacher Klosterbräu, wechselweise »Rosen-Bier«, auch »Rosenplotz« genannt, oder »Schwanen« – sowohl die übel am Marktplatz herumstinkende Brauerei mit dem blümeranten Namen als auch die Brauerei mit dem Tiernamen gibt es längst nicht mehr –, die meist schlecht eingeschenkt wurden und rasch getrunken werden mussten, damit sie nicht abstanden.

Und an einem sonnigen Nachmittag im Frühjahr reichten mir zwei Bier, um einen sitzen zu haben. Wie viel Maurice schon intus hatte, wusste ich nicht. Aber deutlich mehr als ich, genug, um einen fiesen Mundgeruch zu haben und fleißig durch die Gegend zu spucken, während er sprach.

Maurice war eine Nummer für sich: Schätzungsweise Anfang dreißig und Sohn wohlhabender Eltern, hieß er in Wirklichkeit Moritz, fand aber, dass sich »Maurice« revolutionärer anhörte. Deshalb trug er auch lange Haare, einen verfilzten Vollbart und stets eine Baskenmütze, um wie ein französischer Film-Revoluzzer auszusehen. Ich mochte ihn, weil er ab und zu ein Bier ausgab und einer der wenigen Erwachsenen war, die mit mir redeten.

»Wenn Helmut Kohl an die Regierung kommt, wird dieses Land brennen!«, schrie er. Ich wandte mich ein wenig ab, um aus der Reichweite der Wasserspritzer zu kommen, aber es nutzte nichts. Er rückte näher und schrie lauter. »Das gibt einen Aufstand, da werden die in Bonn erzittern!«, mundgeruchte er mich voll.

Resignierend hielt ich die Hand übers Bier und atmete möglichst flach durch den nur leicht geöffneten Mund; so bekam ich nicht gar so viel ab. Es war beängstigend, wie viel Wut und Hass, Gestank und Feuchtigkeit einem so kleinen Mann entströmen konnten. Ich nahm an, dass er sich seinen Weg bis zu den Barrikaden in der Bundeshauptstadt einfach freistinken oder mit Hilfe von Bier freisaufen konnte.

»Was willst du denn machen, Maurice?«, wagte ich einen vorsichtigen Einwand, während ich auf der Mauer saß und meinen Rücken im modisch-bunten Hemd von der Frühlingssonne bestrahlen ließ.

Die letzten Schneeberge gammelten vor der Hotel-Veranda vor sich hin, und auf der Stuttgarter Straße standen die Autos, ein VW Käfer und ein Kadett nach dem anderen, dazwischen gelegentlich ein Mercedes oder ein größerer Opel. Die laufenden Motoren röchelten im Chor und schickten schmierige Rauchwolken in die Luft, der süßliche Gestank drang bis auf die Veranda, wo neben Maurice und mir eine bunte Mischung aus Jugendlichen, jung gebliebenen Erwachsenen und einigen eher verunsichert wirkenden Kurgästen saß. Man konnte es aushalten vor dem Hotel Post.

»Das ist geheim!«, sagte Maurice deutlich leiser. »Aber du kannst davon ausgehen, dass wir viele Aktionen geplant haben. Nach diesen Aktionen wird der Landkreis anders aussehen als vorher. Ach was, der ganze Schwarzwald wird sich verändern, das wird bis nach Bonn durchgehen, und die werden sich hüten, so was noch einmal zu machen.« Er holte tief Luft. »Diese Faschisten!«, schrie er, den Kopf in die Luft gereckt.

Fasziniert sah ich zu, wie die feinen Speicheltropfen im Schein der Sonnenstrahlen einen Lichterglanz formten, bevor sie sich in der Höhe auflösten. Auch die anderen Leute am Tisch schwiegen, schauten teils respektvoll, teils besoffen auf ihre Biergläser hinunter. Es war ein gemütlicher Tag vor dem Hotel Post.

Nur essen wollte ich dort niemals etwas. Davon hatte mir mein Vater schon vor Jahren abgeraten. »Ich hab da mal gearbeitet«, hatte mein Herr Papa erzählt, der als Elektriker schon auf allen Baustellen im Landkreis geschuftet hatte, »und in der Küche sah's aus, dass es der Sau graust.« Und so würde ich nie etwas im Hotel Post essen.

Wobei das Hotel ohnehin schon bessere Zeiten gesehen hatte, ebenso wie das Kino nebenan, die sogenannten Post-Lichtspiele, deren einer Kinosaal bald – wie es hieß – einem neuen Supermarkt weichen sollte. Wie sehr das Hotel im Niedergang befindlich war, ließ sich sehr leicht daran erkennen, dass Leute wie Maurice und ich zu den neuen Stammgästen in diesem Frühjahr 1983 gehörten.

Es gab Gründe, warum Helmut Kohl nach seinem Misstrauensvotum gegen die sozial- und freidemokratische Regierung die »geistig-moralische Erneuerung« des Landes ausgerufen hatte. Wenn ehemals gutbürgerliche Hotels für das asoziale Pack von der Straße Bier ausschenkten, stand es wirklich nicht mehr gut um das Abendland.

Mich interessierte das nicht sonderlich. Im März 1983 sollte ich zum ersten Mal in meinem Leben wählen dürfen. Bis zu diesem Jahr hatte ich die SPD scheiße gefunden, aus einem eher unreflektierten Gefühl heraus. Kernkraftwerke fand ich doof, Helmut Schmidt sah dauernd griesgrämig aus, und die Nachrüstung mit immer fieseren Atomraketen war nicht dazu geeignet, mir einen guten Schlaf zu besorgen. Ich hörte Punkrock, schrie fleißig »Anarchie!«, aber das war nicht sonderlich »unterfüttert«.

Hätte es eine vernünftige »linke« Alternative gegeben, hätte ich wohl die gewählt; aber aus dem Projekt der »Deutschen Sozialisten« ehemaliger SPD-Mitglieder war nichts geworden, und die Grünen erschienen mir als Ansammlung von Hippies, Studienräten, angehenden Rechtsanwälten und den Kindern der reichen Industriellen. Allerdings trieb mir die Aussicht, künftig von einem Helmut Kohl und seinen Lakaien regiert zu werden, rund um die Uhr den Speichel in den Mund. Zähneknirschend richtete ich mich darauf ein, bei der ersten Wahl in meinem Leben mein Kreuzchen bei der SPD zu machen.

Oder ich nahm an der Revolution teil, die gerade lustig vor sich hin brüllte. Maurice hatte sich in Rage geredet. Nicht dass er Argumente gehabt hätte, das war nicht so wichtig – aber er wusste, was er nicht gut fand, und das schrie er lauthals hinaus. »Das sind doch alles Arschlöcher! Die wissen doch nicht, was gut ist für dieses Land. Wenn die an die Macht kommen, hat der deutsche Arbeiter nichts mehr zu lachen und die Revolution wird weiter verhindert.«

»Als ob die Revolution von dir nicht besser verhindert werden könnte«, spottete Hans-Peter, der seinen Zivildienst im Jugendzentrum ableistete und stets über alles Mögliche zu lästern pflegte. »Wenn dein alter Herr stirbt, bist du Millionär.«

Glücklicherweise hörte ihn Maurice nicht, sonst hätte er einen Streit losgetreten. Er war zu beschäftigt damit, die aktuelle Regierung zu verfluchen: die »Schweine« von der CDU, die »Nazis« um Franz-Josef Strauß bei der CSU und die »Schleimer« von der FDP. Und überhaupt »alle in diesem Scheiß-Bonn«, was sich bei ihm stets wie »Scheißbaum« anhörte. Kolossales Kabarett also, und an diesem sonnigen Freitag war dies ein Höhepunkt der Woche, die ansonsten bloß die lästige Schule und den dauernden Hickhack zu Hause für mich bereitgehalten hatte.

Später gingen wir alle miteinander ins Jugendzentrum, nachdem wir zuvor im »Anuschka-Grill« etwas gegessen hatten, fettige Würste und Pommes frites die meisten. Die alle vier Wochen stattfindende JuZ-Disco lockte mit lauter Musik, preiswertem Bier und – ganz wichtig für mich! – mit Mädchen, die ich noch nicht kannte.

Wir Jungs saßen in unserer Ecke im abgedunkelten Kleinkunstforum, wie der Konzertraum des Jugendzentrums hieß, wo wir herumalberten und ansonsten unter uns blieben, nur um gelegentlich aufzustehen, an der Theke ein neues Bier zu holen oder im Tanzraum, der eigentlichen Disco, zu schauen, wie sich die Mädchen zur Musik bewegten. Zwar war nicht so viel los wie bei den Discos, die regelmäßig in der örtlichen Turn- und Festhalle veranstaltet wurden, aber dafür war alles preiswerter, und die Wahrscheinlichkeit, von den »Green Berets« aus dem Murgtal oder sonst einer der Banden aus den umliegenden Landgemeinden auf die Fresse zu bekommen, pendelte sich bei Null ein. Mit den Türken gab es gelegentlich Stress, aber diese Jungs hatten die Sozialarbeiter erstaunlich gut im Griff.

Irgendwann tauchte Maurice, der vorhin verschwunden war, wieder auf. Er schwankte bereits, und er trug eine dunkle Tasche mit sich, die er so an sich gedrückt hielt, dass sie keiner sehen sollte, aber jeder bemerkte. Zielstrebig steuerte er auf mich zu. »Du!«, speichelte er lautstark und richtete seinen ausgestreckten Zeigefinger auf mich. »Dich brauch ich!«

Fast hätte ich mich am letzten Schluck Bier verschluckt. »Wofür?«, gab ich verdutzt zurück. »Für die Revolution etwa?«

»Genau.« Gut ein Dutzend Leute schauten zu, wie sich Maurice vertrauensvoll zu mir herunterbeugte und mir den Inhalt seiner Taschen präsentierte. Er flüsterte so, dass ich ihn über den Lärm der Disco hinweg verstehen konnte, die anderen um uns herum selbstverständlich ebenso. »Das hier ist die Bombe, mit der wir den Spießern in der Stadt heute Nacht endlich mal zeigen können, was Sache ist.«

Interessiert betrachtete ich, was er mir präsentierte. In der Tasche schaukelten verschiedene Spraydosen durcheinander, dazu ein schon angerosteter Farbeimer und ein Pinsel. Sehr revolutionär wirkte das nicht, aber ich hielt die Klappe. Stattdessen versicherte ich Maurice ohne viel Worte, dass ich ihm jederzeit helfen würde.

»Heute Nacht«, zischte er weiter auf mich ein. Ich hatte bereits das Gefühl, der Speichel bildete auf meinem Gesicht wahre Bäche, die über meine Wangen bis zum Kinn liefen, um dann auf den Kragen meiner Winterjacke zu träufeln. »Heute Nacht ziehen wir zwei los, und wir werden aufrührerische Parolen an die Wände bringen. Das wird die Stadt in Aufregung versetzen, aber das ist erst der Anfang.«

Er stellte die Tasche zu meinen Füßen ab. »Pass da mal drauf auf! Ich bin gleich wieder da.« Maurice stand auf, ging zur Theke, wo er ein Bier bestellte und sofort in eine Diskussion über Sinn und Unsinn von Geschwindigkeitsbegrenzungen im Wald verwickelt wurde.

Nachdenklich schaute ich mir die Tasche an. Eigentlich war es keine schlechte Idee, mit einer Spraydose alle möglichen Parolen an die Wände zu bringen. Witzig sollten sie sein, das war meine Vorstellung, weil das die Menschen zum Lachen brachte. Nur fiel mir um diese Zeit kein Spruch ein, der gut genug wäre, dass ich selbst hätte grinsen können.

Als Maurice nach einer halben Stunde immer noch nicht zurückgekommen war und ich mein Bier leer hatte, steckte ich kurzerhand eine Dose in die Innentasche meiner Jacke. Ich wusste nicht, was ich damit anfangen wollte, konnte mir aber vorstellen, dass mir bald etwas einfiele. Geld für ein weiteres Bier hatte ich keines, also brachte ich die leere Flasche zur Theke zurück. Auf der Tanzfläche schaute ich eine Weile den Mädchen zu, aber die Blondine, an der sogar die Latzhose gut aussah und auf die ich mich gefreut hatte, war leider nicht da.

Mit einem leichten Gefühl von Frust ging ich zu den Toiletten. Dort stieß ich wieder auf Maurice. Er lehnte an dem Stück Wand zwischen Toilette und der Treppe, die hoch in den ersten Stock des Jugendzentrums führte. Ihm gegenüber lungerte eine Horde dreizehn- bis fünfzehnjähriger Türken herum und hatte offensichtlich Bauchschmerzen vom Lachen.

»Die Revolution wird kommen!«, schrie Maurice mit überschnappender Stimme. »Und Helmut Kohl wird nie ein echter Kanzler in diesem Land werden, das lassen die Arbeiter und die Revolutionäre nicht zu.« Er tat mir leid, und ich wollte nicht auch noch über ihn lachen. Als ich die Treppe hinunterging, hörte ich ihn schreien. »Die Arbeiter und die Intelligenz müssen zusammenhalten, um der Bourgeoisie die Macht wegzunehmen.«

Es schüttelte mich. Von Politik hatte ich nicht sonderlich viel Ahnung, und ich hielt Franz Josef Strauß ebenfalls für einen Faschisten. Aber die Vorstellung, von einem Revolutionär wie Maurice regiert zu werden, bereitete mir nicht gerade eine wohlige Vorfreude. Allerdings, und das beruhigte mich sogar in angesoffenem Kopf, würde das so schnell nicht eintreffen.

Das Letzte, was ich hörte, als die Tür des Jugendzentrums hinter mir zufiel, war ein »Nie Helmut Kohl!« und das laute Lachen der türkischen Jugendlichen. Ich schüttelte den Kopf und ging zwischen den Resten der Schneehaufen hindurch. Der Himmel war klar, eine kalte Nacht legte sich über die kleine Stadt im Schwarzwald. Wenn ich rasch ging, brauchte ich vielleicht fünfzig Minuten für den Marsch durch die Stadt und durch den Wald, kam so noch kurz vor Mitternacht heim. Um diese Zeit nahm mich, wenn ich zu trampen versuchte, garantiert niemand mit.

Helmut Kohl als Bundeskanzler – da hatte Maurice recht: Das war wirklich eine grausige Vorstellung. Mich tröstete nur, dass sich ein Mann wie Kohl angesichts seiner offensichtlichen Dummheit nicht lange würde halten können. Ein beruhigender Gedanke ...

Start ins Erwachsenenleben

Ich bog um die Ecke, wobei ich mir alle Mühe gab, so gelassen wie möglich zu wirken, und sah die anderen vor mir. Einige Köpfe wandten sich zu mir um, mehrere Gespräche verstummten, Dutzende von Menschen starrten mich an. Ich tat so, als merkte ich es nicht, schlenderte weiter und stellte mich zu einer Gruppe von Mitschülern.

Sie hatten sich schick gemacht. Die Jungs trugen meist Anzüge, manche hatten eine Krawatte umgebunden und sich die Haare ordentlich zur Seite gekämmt. Viele Mädchen hatten Kleider an, durchaus luftig und ein wenig sexy, aber im Rahmen der Konventionen. Der Geruch nach Rasierwasser und Parfüm hing in der Luft. Ich wusste, dass ich ihn durch den Geruch nach Seife in den Haaren und Bier auf der Jacke ergänzte.

Der Erste, der mich nicht nur anstarrte, sondern auch etwas hervorbrachte, war Mutsch. »Wie siehst du denn aus?«

»Das Gleiche könnte ich dich fragen«, konterte ich. »Wo ist deine Motorradjacke?«

Normalerweise trug Mutsch eine verwaschene enge Jeans zu Cowboystiefeln, T-Shirts von Heavy-Metal-Bands und einer Motorradjacke. Immerhin konnte er sich schon ein Motorrad leisten, kam seit einem Jahr mit einer gebrauchten Kawasaki aus seinem Heimatdorf in die Schule gefahren und drehte gerne mal einen Kreis auf dem Marktplatz. An diesem Abend aber steckte er in einem Anzug.

»Ich sehe aus, wie man halt an dem Tag aussieht, an dem man sein Abi-Zeugnis kriegt«, sagte er.

»Na ja. Ich auch.« Das stimmte nicht, und das wusste ich. Meine Haare standen ab, meine Jacke war zerrissen, meine Jeans sowieso; im Revers der Jacke steckten Sicherheitsnadeln und Anstecker mit den Logos irgendwelcher Bands, die sicher keiner meiner Mitschüler kannte. »Ein Abi gibt's schließlich nur einmal im Leben.«

»Und deine Eltern?« Suchend sah Mutsch sich um. »Wo sind die denn?«

»Keine Ahnung. Die interessieren sich einen Scheiß für die Schule. Und die deinen?«

»Da hinten.« Mit dem Kopf nickte er zu einer Gruppe älterer Männer und Frauen hinüber, alle weit über vierzig. Sie wirkten wichtig und schienen in ein ernsthaftes Gespräch vertieft zu sein. »Mein Alter bahnt schon wieder irgendwelche neuen Geschäfte an.«

Mir fiel nichts ein, worüber ich weiter reden wollte. Eigentlich wollte ich nur so schnell wie möglich aus dem Gebäude verschwinden. Offiziell war ich noch Schüler, aber wenn man sein Abitur in der Tasche hatte, standen einem angeblich alle Türen offen. Keine Ahnung, um welche Türen es sich dabei handelte; für meine Begriffe waren in dieser Gesellschaft die meisten Türen ganz schön verrammelt.

Mutsch stieß mich an, er grinste. »Träumst du?«

»Wieso?«

»Ich hab dich was gefragt. Was machst du eigentlich nachher?«

Ich hob meine Schultern. »Arbeiten. Ich brauche Geld, wenn ich im Sommer auf Reisen gehen will, und meine Eltern haben selbst keins. Also gehe ich arbeiten.«

»Wir gehen feiern. An der Grillhütte im Wald da oben, du weißt schon.«

»Keine Zeit, kein Interesse. Ich muss arbeiten.«

Hoffentlich klang meine Stimme so gleichgültig, wie sie es sollte. Gegen Mutsch hatte ich nichts, mit ihm hatte ich in den vergangenen Jahren manches Bier getrunken. Aber wenn ich ihn ab diesem Tag nicht mehr sehen würde, wäre das für mich kein Verlust.

Achselzuckend wandte er sich ab; er sagte kein Wort, das war auch nicht nötig. Mutsch verstand mich nicht, niemand verstand mich, und manchmal verstand ich selbst nicht so genau, was ich dachte und tat.

Ich hatte keine Lust mehr auf die Schule. Weder auf die Mitschüler noch auf die Lehrer, weder auf die Gebäude noch die gesamte Umgebung. Ich wollte einfach nur noch hinaus, ohne dass ich auch nur ansatzweise einen Plan dafür hatte, was danach kommen sollte.

In diesem Sommer 1984 war ich ohne Illusionen. Ich hatte mein Abitur in der Tasche, es war – trotz meiner andauernden Fehlzeiten – erstaunlich gut ausgefallen, aber ich hatte nicht die geringste Lust, eine berufliche Laufbahn einzuschlagen. Weder wollte ich studieren noch hatte ich ein Interesse daran, in eine Lehre einzusteigen. Ich konnte lesen und schreiben, mehr wollte ich nicht, und irgendwie würde ich mich mit Jobs und Schreiberei schon durchschlagen können. Wenn ich angesichts der aktuellen Politik das Ende der achtziger Jahre erlebte, war ich sowieso froh.

Eine Weile stand ich allein herum. Noch war die Tür zur Aula geschlossen, weshalb alle vor dem Eingang herumlungerten und sich unterhielten. Hätte ich das gewusst, wäre ich später gekommen. Ich fingerte den Heftroman aus der Innentasche meiner Cordjacke und schlug ihn auf. Lieber tauchte ich in phantastische Abenteuer ab, die in einer fernen Galaxis spielten, als dass ich unnötig Zeit mit langweiliger Warterei verbrachte.

Eine Mitschülerin schlenderte zu mir; sie war in einer Parallelklasse gewesen, aber wir hatten uns immerhin bei der Schülerzeitung ab und zu unterhalten. Ich fand sie nicht ganz so langweilig wie die anderen, obwohl sie mit ihren langen blonden Locken aussah wie das Traumbild eines jeden strammen Deutschen.

»Na, nervös?«, fragte sie und strahlte mich an.

»Nein. Wieso?«

»Weil du schon wieder am Lesen bist.« Sie wies auf den Roman in meiner Hand. »Das machst du immer, wenn du dich ablenken willst – und in diesem Fall wär's doch wegen der Nervosität.«

»Na ja, geht so«, gab ich zu und steckte den Heftroman weg. Zur weiteren Lektüre kam ich sicher nicht. »Lesen lenkt gut von der tristen Realität ab. Wo sind deine Eltern?«

»Ach die.« Eine wegwerfende Geste. »Die sind noch mal raus an die frische Luft. Wahrscheinlich haben sie mal wieder Streit.« Sie lachte, und es klang falsch.

Wir standen nebeneinander und schwiegen, beide unschlüssig darüber, wie wir das Gespräch fortsetzen sollten. Zumindest wusste ich es nicht, und bei ihr ging ich davon aus, dass sie ähnlich empfand. Ich fragte mich sowieso, warum meine Noch- oder Ehemals-Mitschüler überhaupt mit mir redeten. Hatte ich ihnen nicht oft genug klargemacht, dass ich mit ihnen nichts anfangen konnte?

»Wolltest du nicht die Abitur-Rede halten?«, fragte sie mich unvermittelt.

»Garantiert nicht!« Abwehrend hob ich die Hände.

»Aber das wurde erzählt.«

»Die Leute reden viel, wenn der Tag lang ist.« In der Tat hatte man mich gefragt; sowohl Schüler als auch Lehrer hatten mir angeboten, auch etwas an diesem »wichtigen Tag« zu verkünden. Ich sollte gewissermaßen die Opposition spielen, hätte also kritische Worte verlieren können, als Einziger. Aber ich hatte abgelehnt.

Ich wollte keine Rede halten, ich hatte mich nicht an der Abitur-Zeitschrift beteiligt, ich war auf keinem der veröffentlichten Klassenfotos zu sehen, und ich war in der ganzen verdammten Abi-Zeitschrift nicht einmal namentlich erwähnt. Ich hatte mich selbst gestrichen. Die sollten mir das Zeugnis verpassen und mich gehen lassen, und dann wollte ich diesen Bau nie mehr von innen sehen.

Das Stimmengewirr vor uns wurde lauter. »Es geht los!«, rief das Mädchen neben mir. »Ich hole meine Eltern rein.«

»Mach das!«

»Wir sehen uns später!«, rief sie und wandte sich um, sie verschwand in der Menschenmenge.

»Wohl kaum«, murmelte ich, aber das hörte sie nicht mehr. Ich ließ mich vom Strom der Leute mitziehen und schwappte mit ihnen in die Aula: Wände in Beton-Optik, wie man sie Anfang der achtziger Jahre gerne baute; helles Holz, das die wuchtigen Wände auflockerte; große Fenster und ein grauer Fußboden; Stuhlreihen aus Holz und Metall.

Ich setzte mich in die Mitte, neben einen pickeligen Jungen aus einem der Dörfer außerhalb des Landkreises. Er war auch ohne Eltern gekommen, ich kannte nicht einmal seinen Namen, wusste aber, dass er unsportlich war, wie ein Besessener gelernt hatte und nie Alkohol trank. In meinen Augen war er eine komplette Spaßbremse, bei ihm wusste ich aber, dass er mir kein Gelaber reindrücken würde.

Auf der Bühne begannen die Reden. Der Direktor, den ich in drei Jahren zu hassen gelernt hatte, schwafelte von den großen Chancen, die auf uns warteten. Wir seien »die Elite der Nation«, wir stünden am »Anfang unseres Erwachsenenlebens«, die Welt stehe uns »sperrangelweit offen«. Ich erwartete schon, dass er damit anfangen würde, uns von einem Paradies vorzuschwärmen, in dem Milch und Honig flössen – aber ganz so weit ging er dann doch nicht.

Auch der Schülersprecher und die Elternsprecherin schlossen sich diesem Sermon an. Ich starrte auf das Rednerpult, beäugte kritisch die Seiten des Holzteils. Irgendwann, so dachte ich, müsste sich der Schleim doch manifestieren, müsste man doch sehen, wie eine widerlich stinkende Soße rechts und links herunterfloss.

»Die hören heute gar nicht auf.« Das Gemurmel meines Nebenmanns riss mich aus dem Dösen, in das ich mittlerweile versackt war.

Ich schaute ihn an. Der Kerl war ja zu kritischen Äußerungen fähig, das hätte ich ihm nie zugetraut. »Das ist wohl Pflicht«, gab ich zurück und lächelte humorlos. »Viel reden, wie Politiker und ihre Lakaien im Staatsdienst.«

Nacheinander wurden die Abiturienten auf die Bühne gerufen. Zuerst wurde der Nachname genannt, dann der Vorname – und das war das Zeichen, aufzustehen, durch die Reihen nach vorne zu spazieren; dort bekam man ein Zeugnis mit zwei, drei netten Worten, durfte ein »Danke« stammeln und wieder zurückgehen.

Ich saß da und ließ meine Gedanken wandern. Die aktuelle Ausgabe meines Fanzines musste produziert werden, ich hatte eine neue Kurzgeschichte angefangen, und mit all diesen Dingen beschäftigte ich mich. Dabei schaute ich zum Fenster hinaus, während die ganze Veranstaltung an mir vorüberrauschte.

Als ich aufgerufen wurde, hätte ich es fast verpeilt. Mein Nebenmann stieß mich an, ich grinste zurück. »Na dann mal los«, murmelte ich mir selbst Mut zu.

Als ich nach vorne spazierte, starrten mich die Eltern, die Lehrer und ein großer Teil der Schüler an. Für einen Jugendlichen aus Hannover oder Berlin wäre ich in diesen Augenblicken nichts anderes als ein Pseudo-Punk gewesen, für die Leute in meinem Heimatkaff war ich ein abstoßender Anblick.

Meine Hose war löcherig, die Turnschuhe ausgelatscht, jeder Schritt quietschte. Die zu dieser Zeit recht langen Haare standen so gut, wie ich es hinbekommen hatte; es waren keine Stacheln, aber es sah wild und unordentlich aus, und das genügte mir.

Der Direktor ließ sich nichts anmerken, er hatte mich in den vergangenen drei Jahren in schlimmeren Zuständen gesehen und war vielleicht ganz froh, wenn er mich los war. Er überreichte mir mein Zeugnis, es gab einige salbungsvolle Worte, die an mir vorüberrauschten, dann gab er mir die Hand.

Während ich mich umdrehte und zu meinem Platz zurückging, hörte ich, dass einige Leute tatsächlich klatschten. Es klang eher ironisch, ebenso wie das halblaute Stimmengewirr, das durch den Raum brandete. Spontan bog ich nicht zu meinem Platz ab, sondern verließ den Saal. Ich konnte die Blicke von Lehrern, Mitschülern und Eltern geradezu spüren, die sich angesichts dieser Missachtung der anderen Abiturienten in meinen Rücken zu bohren schienen.

Als ich vor der Tür stand, in genau dem Flur, in dem ich vor höchstens einer Stunde die anderen getroffen hatte, atmete ich durch. »Abitur«, murmelte ich und blickte auf das Papier in meiner Hand hinunter. »Und jetzt?« Was fing ich mit diesem Wisch an, wenn ich sowieso nicht studieren wollte?

Ich ging weiter, den langen Flur entlang. Am Ende glitzerte die Sonne durch die Glastür, draußen war es warm, und auf dem Parkplatz stand mein Fahrrad.

Irgendetwas würde mir schon einfallen, überlegte ich und verstaute das Zeugnis in meiner Tasche.

Das Jugendzentrum war noch zu, meine Eltern waren bei der Arbeit und interessierten sich sowieso nicht für die Schule. Es blieb nur der Stadtpark. Um diese Zeit saßen dort sicher einige Leute, mit denen ich ein Bier trinken und die Sonne genießen konnte: keine Ex-Mitschüler, keine Lehrer, keine Eltern.

Bei Bernhard zu Hause

»Schöne Wohnung«, sagte ich, und ich meinte es nicht einmal ironisch. Der Fußboden vor meinen Stiefeln sah aus, als könnte man von ihm essen, und es roch überall nach frischem Scheuermittel. Der Schuhabstreifer im Flur lag im rechten Winkel zur Tür, alles hatte seine Ordnung, und die Schlüssel, die an einem kleinen Brett an der Wand hingen, waren beschriftet. »Alles sauber«, fügte ich mit starkem Schwanken in der Stimme hinzu.

So richtig konnte ich mich nicht erinnern, wie ich an diesen Ort gekommen war. Direkt von einer Party kam ich, dort hatte ich zu viel Bier getrunken und später die Orientierung verloren. Aber ich brachte die Wohnung nicht so recht mit der Party vor einer Stunde in Einklang; ich kam mir vor wie in einem falschen Film.

Schwankend stützte ich mich gegen eine weiße Wand, Raufaser, wie es der Schwabe liebte, weil es so schön pflegeleicht war, hielt meinen Brechreiz zurück und stierte auf die Bilder vor der Nase. Sie wirkten geometrisch, alle sehr aufgeräumt, und sie sahen aus, als habe man sie erst am Vortag aufgehängt.

»Schöne Wohnung«, sagte ich erneut, wobei mir bewusst war, dass es mehr ein Lallen als eine konkrete Aussage wurde. Aber mein Gegenüber würde mich auch so verstehen, nahm ich an. Ich nahm ihn nur verschwommen wahr: ein grobschlächtig wirkender Typ mit blonden Haaren, die ihm über der hohen Stirn schon zu einem großen Teil ausgefallen waren. Er trug ein rot-weiß kariertes Hemd, dazu eine braune Cordhose, und er sah auf den ersten Blick aus wie ein alternder Hausmeister irgendeiner Provinzschule.

»Gefällt sie dir wirklich?«, gab der Kerl zurück.

»Na klar!«, sagte ich lauter, als es nötig gewesen wäre. »Super-Einrichtung, super-ordentlich, sicher gibt's auch Super-Bier.«

Er schüttelte den Kopf. »Das ist jetzt aus. Aber dass dir die Wohnung gefällt, hätte ich nicht gedacht. Ich dachte, als Punk braucht man Dreck.«

»Ich doch nicht. Ich mag's ordentlich. Ich pinkle sogar im Sitzen, wenn's sein muss, und ich trenne täglich den Müll.« Das war nicht einmal gelogen, nur ein bisschen, aber er schien die Aussage zu schlucken.

»Das ist gut.« Sein breites Lächeln verriet mir, dass er mir glaubte. Seine Stimme klang nicht mehr sonderlich fit, wenngleich die Worte nicht ganz so schwammig aus seinem Mund kamen wie bei mir. »Dann werden wir auch keine Probleme miteinander haben, wenn du heute Nacht hier übernachtest.«

Jetzt fiel mir wieder ein, wo ich war und mit wem ich es zu tun hatte. Der Mensch hieß Bernhard, und er galt als schrecklicher Langweiler. Immerhin hatte er es auf die Party geschafft, die Stoffer veranstaltete, und er hatte mich in gewisser Weise gerettet. Ohne Bernhard, der mich nun mit seinem Kartoffelgesicht erwartungsfroh anschaute, wäre ich garantiert eine Treppe hinuntergefallen und in Glasscherben gepurzelt, oder ich hätte mit einem der versammelten Hippies eine Hauerei angefangen, die meinen schlechten Ruf in der Kleinstadt unterstrichen hätte.

Ich erinnerte mich an die zwei, drei Minuten, in denen mir klar geworden war, dass mich jemand aus dem Sumpf ziehen musste, bevor etwas passierte. Selbst konnte ich mich nicht mehr retten, ich war verloren, und ich schaute mit trieligen Augen zu, was um mich herum passierte, nahm es wahr in einem Nebel aus Rauchschwaden und billigem Bier in meinem Hirn. Wenn ich die Augen zusammenkniff, sah ich das Bild vor meinen Augen, als stünde ich erneut mitten im Geschehen.

Matze flog die Treppe hinunter: schreiend, zugleich lachend, um sich schlagend und mit einem fürchterlichen Lärm, der alle aufschrecken ließ. Mit einem krachenden Geräusch traf er im Flur des alten Bauernhauses auf, blieb eine Sekunde lang liegen, brüllte ein vom Alkohol verzerrtes »ist schon okay« zu uns hoch und rollte sich zur

Seite, um dann langsam aufzustehen. Der Anblick reichte meinem ohnehin schon reichlich benebelten Hirn. Ich musste mich bereits mit beiden Händen am Geländer festhalten, damit ich nicht umfiel, aber mir war klar, dass ich unter Umständen der Nächste sein würde, dem etwas passierte. Sicher würde ich keine so gute Figur bei einem Sturz machen, sicher würde ich wie eine Leiche liegen bleiben, und ebenso sicher würde sich kein Arsch um mich scheren.

Unglücklich Verliebte neigen dazu, die ganze Welt als ihren Feind zu betrachten und davon auszugehen, dass sie niemand versteht. Ich gehörte dazu, hatte ein Auge auf eine junge Frau geworfen, die nicht einmal zu dieser Party erschienen war, die ich aber vergötterte, ohne jegliche Chance allerdings, jemals von ihr »erhört« zu werden. Mein Alkoholkonsum war ihr zuwider, und aus reiner Frustration darüber trank ich umso mehr, Wochenende für Wochenende, Party für Party, und vor allem immer öfter unter der Woche in irgendwelchen Kneipen.

Wohlmeinende Freunde sagten mir schon, es würde kein gutes Ende mit mir nehmen, ich würde sterben, bevor ich 25 wurde, aber das störte mich nicht: Ich ging ohnehin davon aus, das Ende der achtziger Jahre nicht zu erleben. Entweder wegen des anstehenden Atomkrieges oder wegen Drogen und Alkohol.

An diesem Abend beschloss ich irgendwann, dass es an der Zeit war, die Notbremse zu ziehen. Zumindest an diesem Abend. Ich brauchte einen Pennplatz und zwar gleich, bevor schlimme Dinge passierten. Bevor ich das nette Bauernhaus, in dem die Party stattfand, in Schutt und Asche legte oder mal wieder ein Waschbecken vollkotzte. Gehfähig war ich immerhin noch, wenngleich nicht sonderlich gut.

Ich sprach den nächsten Typen an, der neben mir stand. Ob er bald heimgehe, ob ich bei ihm pennen könne und ob er mir nicht einen Schluck von seinem Bier geben wolle. Ich bekam eine dumme Antwort, die ich nicht verstand, und die leere Bierflasche, die ich lasch auf den Boden fallen ließ, während der andere einfach davonging, zerplatzte nicht einmal.

Dann stand ich allein am Treppengeländer; eine gefährliche Situation. Die Party hatte sich in die einzelnen Räume des Bauernhauses verlagert, vor allem in der Küche schien mittlerweile der Teufel los zu sein. Rauchschwaden drangen durch die halb geöffnete Tür, die nach einer strengen Mischung aus Haschisch, irgendwelchen anderen Kräutern aus dem Schwarzwald sowie ordinärem Tabak rochen.

Nicht ganz allein, fiel mir auf einmal auf. Um die Ecke stand ein Typ, den ich nicht einmal vom Sehen her kannte, mit dem aber auch niemand zu reden schien. Er blickte mich an, schenkte mir ein verlorenes Lächeln, das immer wieder über sein breites Gesicht flog.

So lernte ich Bernhard kennen. Der gute Mann langweilte sich auf der Party, was daher kam, dass er nur die Gastgeber kannte und sonst niemanden. Und er besaß die Art von Langweiler-Ausstrahlung, die jeden dazu bewegte, einen möglichst großen Bogen um ihn einzuschlagen. Nur nicht mich, aber ich war eh schon zu zugedröhnt, um noch klare Gedanken fassen zu können.

Er fragte mich irgendwas und ich antwortete darauf. So kamen wir in ein Gespräch, das ich sofort wieder vergaß, das sicher völlig unerheblich war. Ich fand heraus, dass er um die Ecke wohnte – was weitaus besser für mich war, als durch die kalte Nacht in die Stadt zu marschieren, fünf, sechs Kilometer über den Berg und durch ein Stück Wald. Immerhin schien ihm die Unterhaltung so gut behagt zu haben, dass er nicht »Nein« sagte, als ich ihn fragte, ob er mir einen Pennplatz anbieten könne.

»Hauptsache, du benimmst dich«, sagte er, und ich nickte nur, weil ich davon ausging, dass er es ohnehin ironisch meinte. Ich erwartete in diesem Moment, den üblichen Saustall vorzufinden, den ich von Wohnungen alleinstehender Männer oder Männer-WGs her kannte.

Auf den Anblick, der sich mir nun bot, hatte mich weder die Party noch der nächtliche Gang durch das eisig kalte Dorf vorbereitet. Ich war sicher, dass Bernhards Schlafzimmer ebenso ordentlich aussah wie der Flur; wahrscheinlich hatte er sogar seinen Joghurt im Kühlschrank alphabetisch oder nach Datum sortiert.

Vorne im Flur hingen zwei Pinnwände, beide sehr korrekt mit weißen A4-Blättern bestückt. Ich erkannte Listen aller Art, deren Sinn sich mir nicht erschloss. Mein Hirn brachte nicht die Energie auf, alles genau anzuschauen, und die zahlreichen Abkürzungen, die ich erkannte, benötigten garantiert eine umfangreiche Dechiffrierung.

»Was ist das?« Ich wies mit einem Kopfnicken auf die zwei Pinnwände.

Bernhard wandte den Kopf. »Ach das?« Er lächelte, wie mir schien, ein bisschen verlegen. »Das sind Listen. Die führe ich eben, weil ...«

»Dass das Listen sind, sehe ich ja selbst. Aber für was, und warum so viele?«

»Ach?« Bernhard machte eine Handbewegung, deren Sinn mir nicht klar wurde. »Damit ich mein Leben besser im Griff hab. Damit die vielen Dinge, die ich täglich zu erledigen hab, auch wirklich gut werden. Und ...«

»Und du schreibst dir alles auf?«

»Na ja, nicht gerade alles. Aber viele Dinge. Schau mal ...« Auf einmal wurde Bernhard richtig lebhaft. »Ich hab mich als Kind schon mit Zahlen beschäftigt. Die bauen so schön aufeinander auf, die betrügen dich nicht, und die sind so schön.«

Und vor allem reden sie keine Scheiße, dachte ich, hielt aber die Klappe. Ich bemerkte, dass ich schon die ganze Zeit dringend aufs Klo musste. In dieser Wohnung konnte ich mir allerdings nicht vorstellen, wie ich auf einer Schüssel saß und eine Wurst aus mir herausdrückte. Aber ich konnte mir auch nicht vorstellen, wie ich meine schmuddelige Lederjacke auszog und irgendwo in eine Ecke pfefferte. *Wahrscheinlich hat der Kerl sogar einen Kleiderbügel für die Jacke*, dachte ich.

»... und so kam eben eines zum anderen, die Liste, die Zahlen und ich, und ich vergaß den Stress mit meinen Eltern, mit der Schule und alles.« Ich hatte Bernhards Vortrag an mir vorüberziehen lassen, zwei Drittel davon erst gar nicht gehört und den Rest in derselben

Zehntelsekunde wieder vergessen. »Mein Leben ist seitdem richtig ordentlich, und ich fühle mich total wohl dabei.«

»Aha.« Ich überlegte kurz, während ich von einem Fuß auf den anderen trat. Hingesetzt hätte ich mich gerne, oder ich hätte mich gerne an die Wand gelehnt. Das traute ich mich aber nicht, weil ich nicht wollte, dass Bernhards piekfeine Raufaser an der Wand verschmutzt wurde. »Sag mal, was bist du denn eigentlich von Beruf?«

Er lächelte erneut. »Ich arbeite im Staatlichen Vermessungsamt. Kein sehr revolutionärer Beruf, ich weiß. Auch nicht sehr spannend.« Er richtete sich ein bisschen auf. »Aber ich kann dir sagen, dass man da ganz schön subversiv sein kann. Subversives Denken hat schließlich nichts mit dem Aussehen zu tun.«

Du mich auch, dachte ich und rotzte ihm in Gedanken vor die Füße. Die Sorte Gerede kannte ich zu Genüge. Leute, die zu feige waren, sich einen Iro schneiden oder sich die Haare färben zu lassen, erzählten mir seit Jahr und Tag gerne, dass sie ja die wahren Revoluzzer seien, weil sie im Geheimen wirkten, während man mir meine Gesinnung auf tausend Meter ansah. Fragte man solche Leute allerdings, was sie denn wirklich Subversives täten, kamen meist blöde Antworten oder gar keine. Ich verzichtete deshalb darauf, eine entsprechende Frage zu stellen.

»Sag mal«, fragte ich stattdessen lahm, »kann ich bei dir mal aufs Klo gehen?« Ich grinste. »Wie schon gesagt, ich pinkle sogar im Sitzen.«

»Das wäre mir sehr recht«, gab er mit ernster Miene zurück. Er gab mir einen Wink. »Komm, da ist es.« Bisher hatte er mir den Blick auf den Rest der Wohnung dadurch verstellt, dass er mitten im Flur stand und hinter ihm nur verschlossene Türen zu sehen waren. Ich folgte ihm die drei Meter zu einer Tür, in deren oberen Drittel eine Milchglasscheibe eingelassen war. »Das ist meine Toilette«, sagte er und wies einladend auf die Klinke. »Toilette und Badezimmer in einem. Also bitte nicht zu lange besetzen.«

»Keine Sorge«, sagte ich und wollte schon meine Hand auf die Klinke legen.

»Halt!«, rief er und stoppte mich, indem er mich am Ärmel meiner Jacke festhielt. »Musst du groß oder klein?«

»Was?«

»Ob du kacken musst, meine ich damit.«

Ich nickte. »Ich glaub schon. Geht das etwa nicht?« Ich sah mich schon in irgendeinem Vorgarten sitzen, mit heruntergelassenen Hosen und das Gesicht im eiskalten Nieselregen. Eine Super-Aussicht für ein ohnehin verkorkstes Wochenende.

»Das ist es nicht.« Ich sah Bernhard an, dass irgendwas nicht stimmte. Wahrscheinlich bereute er schon, mich mitgenommen zu haben. »Du musst einiges beachten. Würd's dir viel ausmachen, wenn du mir hinterher sagen würdest, wie es war? Das Kacken, meine ich.«

Ich stierte ihn an, als sei er ein Außerirdischer mit grünen Fühlern und einer rot blinkenden Nase in der Fresse. *Ob das ein Perverser ist?*, schoss es mir durch den Kopf. Ich hatte irgendwann mal gelesen, dass es wirklich Leute gab, die darauf standen, dass man ihnen ins Gesicht kackte. Das war nicht meine Auffassung von Spaß und Unterhaltung. Auf einmal gewann die Tatsache, dass der so überaus ordentliche Bernhard einen nicht gerade sehr sauber aussehenden Punkrocker mit zu sich genommen hatte, an außergewöhnlicher Bedeutung.

»Warum? Soll ich dir hinterher etwa einen Bericht schreiben? Für deine Listen an der Pinnwand?«

»So ähnlich.«

»Was?« Der Außerirdische vor mir wurde noch seltsamer. Und ich bemerkte, dass der Alkoholdunst in meinem Gehirn ein bisschen wich. »Was bitte soll ich tun?«

Bernhard seufzte. »Ich versuch's dir zu erklären.« Er holte tief Luft. »Du siehst anhand der Listen, dass ich mein Leben sehr stark strukturiert habe. Und wenn du bei mir übernachtest, musst du dich eben anpassen. Als Punkrocker bist du daran gewöhnt, dass die Gesellschaft nicht so tickt, wie du es gerne hättest.«

»Und das heißt konkret?«

»Ich geb dir ein Beispiel.« Bernhard griff nach der Türklinke. Er sah aus, als müsste er genau überlegen, wie er mir welche Informationen geben sollte.

Es war eine absolut bescheuerte Situation. Wie zwei Deppen standen wir uns vor der Klotür gegenüber. Wenn ich wollte, konnte ich eintreten; körperlich war mir das Kartoffelgesicht garantiert unterlegen. Und der Druck in meinem Darmtrakt war mittlerweile stark genug; lange warten wollte ich nicht.

»Weißt du, heute geht es mir nicht so gut mit der Scheißerei. Das ging schon los, bevor ich auf die Party ging.« Bernhard deutete auf die Klotür. »Es war so ein feuchter Schiss heute, fast flüssig, eher so hellbraun, nicht steif und fest, wie es sein sollte, keine eindeutige Wurst, wie ich sie gestern hatte.« Er hob die Schultern. »Es stank bestialisch, aber was will man machen? Ich trag dann in meine Liste die Farbe und die Beschaffenheit ein. Also hellbraun und halb flüssig. Bei den Farben geht es in allen Abstufungen bis dunkelbraun oder fast schwarz, während es bei der Beschaffenheit auch noch kleine Kügelchen, dicke Würste oder ganz flüssig gibt – neben anderem Zeug.«

»Was ist mit dem Geruch?«, fragte ich.

Er lachte. »Das ist nicht ganz so einfach. Dafür habe ich in meiner Tabelle natürlich auch Platz, wie sich das gehört. Das geht dann von geruchlos bis mörderisch; manchmal schreibe ich sogar Tiere rein. Wenn ich Katze reinschreibe, stinkt es wirklich bestialisch.«

»Gutes System. Klingt vernünftig.«

»Und richtig gut wird es, wenn ich auch noch genauere Untersuchungen anstellen möchte.« Er hob den Zeigefinger der rechten Hand. »Manchmal kann ich die genaue Beschaffenheit und den exakten Geruchsunterschied nur feststellen, indem ich den Finger in die Kacke drücke, ein bisschen herumreibe und dann vorsichtig mit der Nase daran rieche.« Er holte tief Luft und lächelte freundlich. »Du glaubst gar nicht, wie fein die Unterschiede sein können.«

»Ich glaub, ich will's gar nicht so genau wissen.« Ich wies auf eine der Listen an der Pinnwand. Es war ein A4-Blatt wie die meisten anderen Listen, in einer Art Dachzeile stand »WC«, und ich erkannte auf den ersten Blick eine Reihe von Daten, dazu einige Kürzel. »Ist das dein Hilfsmittel dazu?«

Er nickte. »Genau. An manchen Tagen muss ich ja zweimal scheißen, an anderen wiederum nicht. Das macht dann schon einen Unterschied, und ich kann mir das nicht immer gleich merken. Also schreib ich mir diese Notizen hier an die Wand, dann weiß ich es noch am nächsten Tag, wenn ich mich an den Computer setze.«

»Du hast einen Computer?«

»Ja.« Er nickte stolz, »Der steht in meinem Arbeitszimmer, war sündhaft teuer – aber ich kann ihn sinnvoll einsetzen. Im Amt haben wir zumeist noch keinen.«

»Und wenn du im Amt aufs Klo musst?«

»Das mach ich nicht!« Bernhard wirkte ernsthaft empört. »Ich vermeide es, auf öffentliche Toiletten zu gehen. Da weiß man ja nie, was man sich holt.«

»Aha.« Ich wies auf die handschriftlichen Notizen. »Ich nehme an, du erfasst das am Computer in einer anständigen Tabelle.«

»Klar. Computer sind schon eine tolle Sache. Viel besser als früher mit Karteikarten und so 'nem Scheiß. Mit so einem Computerprogramm gibt's einfach schöne Querverbindungen.«

Nach dieser kurzweiligen Diskussion durfte ich das Klo endlich betreten. Sonderlich wohl fühlte ich mich nicht dabei, als ich die Tür öffnete und den ganz in weiß gehaltenen Raum sah, das blitzende Bad, die ebenfalls blitzende Kloschüssel, die blankweißen Platten an der Wand und auf dem Boden, das vor Sauberkeit glitzernde Waschbecken.

Ganz sachte schloss ich hinter mir die Tür, drehte den Schlüssel, so dass Bernhard mir auf gar keinen Fall folgen konnte. Ebenso vorsichtig zog ich meine Lederjacke aus, packte sie auf einen stabil wirkenden Kleiderhaken an der Wand, bewegte mich behutsam auf die Kloschüssel zu, um mich dann mit dem nackten Hintern auf die Brille zu setzen. Es war mir ein bisschen unangenehm, denn auf einem so sauberen Klo hatte ich zuletzt bei meinen Eltern gesessen.

Nein, nicht einmal das, machte ich mir klar. Selbst meine ordentliche Mutter hatte nie so sauber geputzt.

Ich schaute auf meine heruntergelassene Hose und die Unterhose, stellte fest, dass meine Stiefel bereits eine Spur schwarzer Schlieren auf dem weißen Plattenboden hinterlassen hatten, und überlegte, wie ich das hinterher unauffällig sauber machen konnte. *Der spinnt total*, dachte ich, und zum ersten Mal in dieser Wohnung dachte ich darüber nach, das Angebot des Pennplatzes auszuschlagen.

Während ich noch auf der Schüssel saß, klopfte es bereits an der Tür. »Siehst du den Block und den Bleistift neben dir?«, rief Bernhard.

Es gab einen kleinen Tisch, keinen halben Meter vom Klo entfernt, und darauf lagen ein blütenweißer Schreibblock und ein Bleistift, mit einer Schnur verbunden. *Damit es auch ja niemand stiehlt*, dachte ich und überlegte, ob ich in hysterisches Geschrei ausbrechen sollte.

Als ich bejahte, fügte Bernhard hinzu: »Bitte benutze beides. Es reicht, wenn du in kurzen Notizen deine Ergebnisse aufschreibst. Ich frage dich hinterher eh noch mal genauer ab, um es exakt zu erfassen. Wenn du dir aber vorher Gedanken machst, wird es besser gehen.«

»Ja ja«, gab ich zurück, ignorierte Bernhard, den Block und den Bleistift und konzentrierte mich auf das, was wichtiger war.

Nach etwa fünf Minuten wurde er offensichtlich misstrauisch. »Kommst du gut voran?«, rief er mir durch die verschlossene Tür zu.

»Ja! Bin fast fertig.«

»Hast du deine Notizen schon gemacht?«

»Ja ja«, log ich. Verzweifelt schaute ich nach einem Comic oder einer Zeitschrift, die ich lesen konnte. Saß ich normalerweise auf dem Klo, hatte ich immer Lektüre dabei. Ein Punk-Fanzine oder einen Heftroman, ein Comic-Buch oder die Zeitung. Irgendwas eben. Es gab für mich wenige Dinge, die entspannender waren, als auf dem Klo zu sitzen und in aller Gemütsruhe vor mich hin zu kacken. Die meisten Menschen verstanden das nicht, und Bernhard gehörte offensichtlich zu dieser Art von Ignoranten.

»Wenn du bald fertig bist«, fügte er hinzu, »hab ich noch eine Bitte.«

Ich verkniff mir eine Nachfrage. Es war klar, dass er ohnehin alles haarklein erklären würde. Und garantiert würde es einen Streit geben, weil ich mich nicht korrekt in die Liste eingetragen hatte. Darauf hatte ich mittlerweile keine Lust mehr. Nachdem ich gekackt hatte, fühlte ich mich schon gar nicht mehr so besoffen wie zuvor. Meine Sinne hatten sich geklärt. Ein Spaziergang würde mir mittlerweile guttun.

»Spül anschließend bitte gründlich ab und nimm dazu die Bürste«, ordnete Bernhard an. »Ich will verhindern, dass es zu Vermischungen zwischen deinen und meinen Fäkalien kommt.«

»Warum?«, schrie ich zurück.

»Es könnte die Statistik verfälschen!«, behauptete er. Es klang nicht so, als ob er mich verarschen würde.

Nachdem ich mein Geschäft beendet, die Hose hochgezogen und die Finger gewaschen hatte, öffnete ich – wie es sich gehörte – das Klofenster hinter mir. Mein Blick fiel auf einen kleinen Garten mit Blumenbeeten, Hecken und einer Sitzecke, dahinter erhob sich das nächste Haus. Typische Dorf-Idylle; das Einzige, was fehlte, waren Gartenzwerge. Ich spuckte hinaus, ließ das Fenster offen und drehte mich zu meiner Jacke um. Dem Dreck auf dem Boden widmete ich einen kurzen Blick, dann aber ignorierte ich ihn. Wenn Bernhard eine gewisse Freude daran hatte, seine Ordnung bis hin zur Kacke zu treiben, würde er auch mit Freuden den Dreck wegwischen, den ich ihm hinterließ.

Während ich die Tür öffnete, drückte ich einen kräftigen Furz aus dem Hintern. Auch bei geöffnetem Fenster würde der Gestank eine Weile in dem jetzt nicht mehr ganz so sauberen Badezimmer hängen bleiben. Was Bernhard dazu in seine Liste eintragen würde?

Mein Gastgeber ließ mir keine Zeit zum Überlegen. Kaum hatte ich die Toilette mit Badezimmer – oder andersrum – verlassen, stand er auch schon vor mir. »Ging alles gut?«, fragte er. Die Aufregung stand ihm ins Kartoffelgesicht geschrieben.

Als ich nur nickte, schob er sich an mir vorüber – »der Gestank!«, wollte ich ihn warnen, aber es war zu spät –, und dann war er im Klo drin, verschloss die Tür von innen und ließ mich auf dem Flur stehen, wo ich nicht genau wusste, was ich tun sollte.

»Kannst ja schon mal deinen Pennplatz beziehen!«, rief er von innen. »Ich brauch jetzt 'ne Weile, muss mir erst mal deine Notizen anschauen.« Er redete weiter, aber ich beachtete ihn nicht.

Ich schaute mir die Küche an, die genauso blitzsauber war wie das Bad. Dazu kamen zwei weitere Zimmer. Eines war sehr klein, bestand im Prinzip aus einem Schreibtisch, auf dem ein riesiger Computer stand, einem Stuhl und zwei Bücherregalen, in denen die Bücher nach Farbe und Größe geordnet schienen. Im größeren Zimmer gab es ein schmales Bett auf der einen Seite, einen Kleiderschrank, diverse kleinere Möbel und einen Fernseher sowie eine Matratze, die so auf dem Fußboden ausgebreitet war, dass mir klar war, wie sehr Bernhard auf einen Besucher für diese Nacht gehofft hatte.

Der Abstand von der Matratze zum Bett war groß, also hatte er keinerlei wie auch immer geartete sexuelle Absicht verfolgt. Als merkwürdig betrachtete ich den aufgeschlagenen Schreibblock, der auf dem Nachttisch neben dem Bett lag und auf dem ich mehrere Listen mit seltsamen Kürzeln erkennen konnte, und ebenso irritierend fand ich den Anblick der Plastikfolie, die Bernhard über die Gästematratze sowie das Kopfkissen gezogen hatte. *Wie ein riesiges Kondom*, dachte ich und verkniff mir ein lautes Lachen.

Es schüttelte mich: Ich hatte keinerlei Lust, das Experimentieropfer für einen Forscher der besonderen Art zu werden. Der Typ hatte noch mehr den Arsch offen, als ich es mir schon vorher gedacht hatte. *Ist wohl besser, wenn man ihn für einen Langweiler hält*, dachte ich, *die Wahrheit ist ja richtig bescheuert.*

Ich ging. Ohne mich um Bernhards Gezeter aus dem verschlossenen Klo zu kümmern, ohne darauf zu achten, was er mir zum Thema »korrekte Statistik« hinterherschrie, ohne seine Beleidigungen wie »Feigling« weiter zu beachten.

Was zu viel war, war jetzt doch zu viel. Dann doch lieber irgendwo auf der Straße schlafen. Oder durch den Nieselregen die ganze Strecke nach Hause gehen. Dann war ich wenigstens nüchtern, wenn ich ins Bett fiel. In diesem verdammten Jahr 1985 sicher nicht das Dümmste.

Klare Statements

Ein kalter Wind pfiff durch die Straßen der Kleinstadt. Wenn ich aus dem Fenster blickte, sah ich die grauen Wände auf der anderen Straßenseite und die schmutzigen Reste der Schneeberge, mit denen ich mich in den vergangenen Wochen herumgeschlagen hatte. Eigentlich hatte ich keine Lust, mich ins Freie zu wagen. In meiner Zwei-Zimmer-Wohnung unweit des Marktplatzes war es gemütlich.

»Gehen wir jetzt los?«, übertönte hinter mir eine Stimme die WIPERS, die aus den Boxen wummerten. »Ich dachte, wir wollten ein wenig Spaß haben.«

»Könnten wir eigentlich auch hier haben.« Ich drehte mich um. »Bier ist noch vorhanden, die Musik ist besser als auf der Straße, und wärmer ist es sowieso. Aber klar, ziehen wir los.«

Wir alle zogen die dicken Pullover, die Jacken und die Stiefel an, dann traten wir auf die Straße. Wir waren eine Handvoll Punks, die einzigen in unserer Kleinstadt, und es störte uns wenig, dass wir in einer Großstadt größtenteils kaum als Punks aufgefallen wären. In einer kleinen Stadt im Schwarzwald zählte man bereits zu den Sonderlingen, wenn man zerzaust wirkte und mit einer angewiderten Miene durch die Stadt ging.

An diesem windigen Tag Ende Februar hatten wir nichts anderes vor, als zumindest einigen Teilen der Stadt unseren Abscheu zu verkünden. Mit viel Punkrock und einigen Bieren hatten wir uns angewärmt, jetzt zogen wir zum Marktplatz. Während wir durch die Nebenstraße gingen, spürte ich geradezu die Blicke der Passanten in meinem Rücken.

Ich trug eine schlichte Lederjacke: einfach nur schwarz, keine Aufnäher, keine Aufschriften, nur eine einzige Sicherheitsnadel am Revers. Meine mehrfach geflickte Jeans war schwarz, meine

Stiefel sowieso, und der Kapuzenpullover hatte zumindest mal eine schwarze Farbe besessen. Nichts an mir deutete auf Fröhlichkeit und gute Laune hin; meine dunkelbraunen Haare stachen in alle Himmelsrichtungen.

Auch meine Begleiter zeigten wenig von der Bierseligkeit, zu der Deutschpunk Ende der achtziger Jahre verkommen war: lange Haare und Dreads, kurze Stoppeln und ein schlecht sitzender Iro, dazu schwarze Klamotten oder zumindest eine Kette von Killernieten auf einem Mantel, der vor Jahren einem seriösen Geschäftsmann gehört hatte.

Schweigend gingen wir über die untere Hälfte des Marktplatzes. Rechts erhob sich die alte Stadtkirche, links parkten einige Reisebusse. Es war wenig los in diesem Bereich, alles konzentrierte sich an diesem Tag auf die obere Hälfte. Dort teilte eine Mauer den Marktplatz in zwei Hälften: Hinter uns lag das, was im Sommer als Park genutzt wurde, vor uns kam eine Bundesstraße, links das Stadthaus und rechts das alte Hauptpostgebäude.

Über die Bundesstraße wälzte sich ein Faschingsumzug. Hunderte von Narren in bunten Kostümen feierten den Beginn des Frühlings und das Ende des Winters, auch wenn das an diesem Tag wirklich nicht danach aussah. Rechts und links der Straße standen die Passanten und jubelten den Narren zu. Süßigkeiten flogen in die Menge, ab und zu rannten einige Hexen mit ihren Besen los und scheuchten junge Frauen aus dem Publikum. Großes Gejohle und Kreischen folgten solchen Attacken.

»Was für ein Scheißdreck!«, murmelte ich und kletterte auf die Mauer. Hinter mir fiel sie gut drei Meter in den Park ab, nach vorne waren es nur einige Dutzend Zentimeter.

Vom Fenster des Stadthauses aus, das weit offen stand, grüßte ein offensichtlich wichtiger Mann die Narren. Er trug einen Hut und rief »Helau« – dann riefen von unten die Leute im Chor »Helau« zurück. Oder er rief »Narri«, und sie antworteten in vorgeschriebener Fröhlichkeit mit einem lautstarken »Narro«.

Mich widerte das alles an. Ich hatte nichts gegen Fasnet, Fasching oder Karneval. In vielen Städten und Dörfern meiner Heimat zählte das zur Tradition. Die Stadt, in der ich lebte, galt allerdings seit Jahrhunderten als Fasnets-freie Zone; sie war lange protestantisch-langweilig gewesen. Erst seit einigen Jahren hatte sich der Unfug auch hier breitgemacht. Und ich verstand immer weniger, wie man auf Befehl fröhlich und glückselig sein sollte.

Wir Punks hatten uns nicht abgesprochen, wir waren ohne jeglichen Plan losgelaufen. Wir wollten einfach nur auf den Marktplatz spazieren, uns den »beschissenen Umzug« anschauen und darüber öffentlich ärgern. Niemand von uns hatte vor, auch nur ansatzweise darauf zu reagieren; in meinen vorherigen Tagträumen standen wir auf der Mauer, guckten schlecht gelaunt und gingen wieder heim. Das klang nicht nur sinnlos, das war auch in meinen Augen alles andere als klug – aber ich wollte wenigstens einmal diesen Umzug sehen, obwohl ich wusste, dass ich ihn hassen würde.

Irgendjemand von uns fing an. Der Obernarr vom Stadthaus rief »Helau«, und während die Narren vor uns mit ihrem donnernden »Helau« antworteten, brüllte er ein »Sieg Heil!« dazwischen.

Wir blieben auf der Mauer stehen, als seien wir allesamt wie erstarrt. Der kalte Wind zerzauste die Haare und zerrte an den Jacken, vor uns zogen die Narren vorbei, und in der Luft schien noch der »deutsche Gruß« zu hängen wie eine Wolke schmierigen Rauches. Von den Narren hatte es keiner mitbekommen; nach wir vor marschierten sie vor uns vorüber, ohne auch nur von uns Notiz zu nehmen.

»Stimmt eigentlich«, meinte ich trocken. »Wenn schon, denn schon.« Auf das nächste »Helau« der Narren vor uns brüllte ich jetzt auch ein ebenso lautes »Sieg Heil«, schön parallel zu dem Geschrei des Mannes im Stadthaus.

Meine Begleiter lachten verhalten, einige sahen sich um. War das jetzt korrekt? Sicher nicht. Es war aus gutem Grund in Deutschland verboten, mit Nazi-Sprüchen an die Öffentlichkeit zu gehen. Aber eigentlich gab es keine bessere Möglichkeit, die Normalbürger zu schockieren und zu provozieren.

Beim nächsten »Helau«, das aus dem Fenster des Stadthauses geschmettert wurde, waren wir mit einem lauthals gebrüllten »Sieg Heil!« dabei. Das wiederholte sich ein paar Mal. Wir wurden immer lauter, wir schrien den Nazi-Gruß so energisch über den Platz, dass er deutlich zu vernehmen war und – zumindest für unsere Ohren – das »Helau« vom Stadthaus übertönte.

Ich war gespannt, wie die guten Bürger der Stadt reagieren würden. Wann kreuzte die Polizei auf, wann war es für uns schlauer, von der Mauer zu springen und durch den verschneiten Park zu verschwinden? Lust auf eine Anzeige wegen Volksverhetzung oder sonst einem Nazi-Paragraphen hatte ich wirklich nicht.

Aber niemand kam. Die Narren brüllten »Helau«, der Obernarr im Stadthaus antwortete mit demselben Ruf, und wir fielen mit »Sieg Heil!« ein. Die Narren in dem Umzug, der sich direkt vor uns über die Straßen wälzte, bemerkten uns, aber sie reagierten nicht auf unsere Provokation.

Einmal scherte eine Gruppe von Hexen – maskierte Männer mit geschnitzten Masken, buntem »Häs« und langstieligen Besen – aus dem Umzug aus und rannte auf uns zu. Näher als bis auf fünf Meter kamen sie aber nicht an uns heran; auf einen Zuruf aus der Menge hin drehten sie um und eilten zurück.

Ich wunderte mich, warum niemand etwas tat. Entweder waren die Narren schon alle so besoffen, dass sie nicht mitbekamen, was wir machten, oder sie fanden uns alle so unwichtig, dass sie uns bereitwillig ignorierten. *Oder das sind alles Nazis, und sie finden klammheimlich unser Geschrei gut*, dachte ich irgendwann deprimiert.

Nach etwa fünf oder sechs Minuten verloren wir den Spaß an der Konfrontation, die nicht funktionierte. Es war kalt auf der Mauer, und weder der Umzug noch der schreiende Obernarr im Stadthaus wurden interessanter. Nacheinander hörten wir damit auf, »Sieg Heil« zu schreien. Stumm betrachteten wir den Umzug, ein Häufchen Punks auf einer Mauer, vom Wind zerzaust und in Ablehnung vereint.

Als ich wortlos von der Mauer sprang, weil ich keine Lust mehr hatte, folgten mir die anderen. Ohne eine einzige Bemerkung verließen wir unseren Beobachtungsposten und gingen durch den Park zurück zu meiner Wohnung. Wir waren alle stumm und hingen unseren Gedanken nach.

»Hätten wir ›Viva La Revolucion‹ gebrüllt, hätten wir aufs Maul gekriegt«, sagte einer aus unserer Gruppe. »Aber ›Sieg Heil‹ störte die nicht.«

Ich widersprach nicht. Niemand widersprach. Wir hatten einen alten Punk-Trick durchgezogen: Man provoziere mit möglichst plumpen Methoden und ärgere so die Spießbürger. Aber wie ein Erfolg fühlte es sich nicht an, eher wie eine Niederlage – und ich konnte nicht einmal klar sagen, warum ich es als Niederlage empfand.

Chaos am Schlossplatz

Reini war tierisch nervös, er zitterte förmlich vor Anspannung. Verkrampft saß er neben mir und starrte durch die Windschutzscheibe auf die Autobahn. Der Verkehr war dicht, ein typischer Samstag im Umland von Stuttgart, ein Mercedes nach dem anderen, dazwischen gelegentlich ein Porsche. Mein kleiner Fiat sah aus, als gehöre er nicht dazu, als bewege sich ein Fremdkörper zwischen all den wuchtigen Fahrzeugen.

Ich gab Reini einen Stoß. »Na, aufgeregt?«

»Ich doch nicht.« Mit beiden Händen wehrte er ab. »Wird eh nicht viel los sein.«

»Das allerdings glaube ich auch. Chaostage in den neunziger Jahren. Und dann auch noch in Stuttgart.« Ich schüttelte den Kopf. »Völlig absurd.«

»Ja ja, das sagst du seit Tagen. Und warum fahren wir dann hin?«

»Weil ja doch die Chance besteht, dass in Sachen Punkrock in Stuttgart noch was geht.«

Ich drehte den Kassettenrekorder lauter. »Sieger sind die Helden« lief, ein Stück von den CROWDS aus den achtziger Jahren, und es passte. Nachdem in Stuttgart jahrelang wenig los gewesen war, was Punkrock anging, und sich die spannenden Ereignisse in den Städten ringsum abgespielt hatten, in Sindelfingen und Geislingen, in Schwäbisch-Gmünd und Filderstadt, hatten einige Punks ausgerechnet für dieses Wochenende Chaostage ausgerufen. Der Flyer, den ich bei einem Konzert eingesteckt hatte, nannte den Schlossplatz als Treffpunkt; später wollte man gemeinsam auf den »Wasen« gehen, zum Volksfest also, worauf ich wenig Lust hatte.

»Meinst du, dass wir überhaupt bis zum Schlossplatz kommen?«, fragte Reini. »Was ist, wenn die Bullen alle Straßen abriegeln?«

»Das glaube ich nicht. Die können nicht alle Straßen absperren, die ins Zentrum führen. Und wenn die Bullen anfangen, alle Passanten und Fahrzeuge zu kontrollieren, bricht die Innenstadt zusammen. Das werden die nicht machen. Ich glaube ja eh nicht, dass da mehr als hundert Leute sind.«

»Und wenn doch?«

»Dann werden wir's sehen.«

Richtig große Chaostage waren in diesem August 1992 ein reiner Mythos geworden. Was ich in den vergangenen Jahren davor als Chaostage erlebt hatte, waren harmlose Punk-Treffen von wenigen Dutzend oder knapp über hundert Beteiligten gewesen. Noch vor einigen Jahren hatten Chaostage in Ulm mit einer Verhaftung aller Teilnehmer geendet, einige Punks waren in Polizeigewahrsam brutal zusammengeschlagen worden; die Polizei im Südwesten griff gegen Punks gerne auch mal hart zu. Von den großen Chaostagen der achtziger Jahre in Hannover oder den Punk-Treffen in Bonn und anderen Städten konnte man in Stuttgart und Umgebung nur träumen; immerhin gab es gelegentlich Punk-Konzerte in der Innenstadt.

Ich lenkte meinen Fiat weiter über die Autobahn, verließ sie an der richtigen Stelle und rollte über den sogenannten Schattenring auf die Bundesstraße, über die ich in die Innenstadt kam. Stuttgart war mir seit Jahren ein Rätsel: eine Stadt in einem Talkessel, in dessen Zentrum kilometerweit die Gleise des Bahnhofes lagen, umgeben von Hügeln, auf denen die Besserverdienenden wohnten. Der Talkessel gehörte der Einkaufsstraße, dem Smog und den Leuten, die sich keine bessere Wohngegend leisten konnten.

»Wir halten uns aber zurück, wenn es Randale gibt«, fing Reini wieder an.

»Na klar. Ich hab auch keine Lust, schon wieder im Bau zu landen.« Allerdings ging ich davon aus, dass es direkt in der Stadtmitte ruhig bleiben würde. Zwischen all den einkaufenden Bürgern würde sich die Polizei der Landeshauptstadt einigermaßen benehmen und nicht blindwütig alles verprügeln und verhaften, das bunte Haare, zerrissene Klamotten und eine Lederjacke hatte. »Da wird schon nichts passieren. Wir sind in der Hauptstadt des schwäbischen Spießertums, hier benehmen sich alle.«

»Und hinterher fegen die Punks sogar den Schlossplatz«, ergänzte Reini und lachte.

Ich lachte auch. »Da kannst du sicher sein. Mit besonders feinen Besen, die uns die Stadtreinigung zur Verfügung stellen wird.«

Die Kassette ging zu Ende, ich schaltete das Radio aus und konzentrierte mich auf den Verkehr. Wir kamen erstaunlich durch, der sonst übliche Stau an der steilen Zufahrtsstraße in den Talkessel blieb aus. Ich fädelte mich rechtzeitig auf die Linksabbiegespur ein und fuhr direkt zur Tiefgarage. Es gab in der Innenstadt von Stuttgart praktisch keine Möglichkeit, irgendwo preisgünstig oder gar kostenlos am Straßenrand zu parken; also nahm ich seit Jahren eine öffentliche Garage, wenn ich schon in die Stadt musste.

Reini wirkte noch nervöser als vorher. Zappelig bewegte er sich hin und her, wippte auf den Füßen und schien es kaum abwarten zu können, auf die Straße zu gelangen. Seine Blicke verfolgten die Passanten, die mit gefüllten Einkaufstaschen an uns vorbei zu ihren Fahrzeugen eilten.

Der Geruch der Abgase waberte durch die Luft, ich rümpfte die Nase. »Na, komm schon!«, sagte ich. »Wir gehen gemütlich raus und schauen uns vorsichtig um. Die Jacken lassen wir am besten gleich mal im Auto.«

»Wieso das denn?«

Ich verdrehte die Augen. »Damit uns die Bullen nicht gleich als Punks erkennen«, erläuterte ich. »Zudem ist es eh viel zu warm. Willst du die Jacke die ganze Zeit spazieren tragen?«

»Ein Punk jackt nicht ab«, zitierte er einen alten Spruch.

Ich seufzte. »Dann lass die Jacke an und schwitz dich tot. Ich mach das nicht.« Ich fischte meine Jacke vom Rücksitz und warf sie in den winzigen Kofferraum meines Autos. »Komm schon!«

Manchmal bereute ich, Reini mitgeschleppt zu haben. Aber ich hatte nicht die geringste Lust gehabt, allein nach Stuttgart zu fahren. Also war ich von der Kleinstadt, in der ich wohnte, über diverse

Landstraßen gefahren, hatte Reini unterwegs in seinem Dorf aufgelesen und war dann erst auf die Autobahn gewechselt. Der Umweg hatte mich keine fünf Minuten Zeit gekostet, aber ich überlegte schon, ob ich mir ohne Reini nicht einiges an Nervenkraft hätte sparen können.

Wir verließen die Tiefgarage und gingen in Richtung Schlossplatz. Noch auf dem Weg ließ ich meine Phantasie spielen: Hunderte von Punks, die sich auf dem Platz versammelt hatten, ein wildes Trinkgelage auf den Sitzbänken, auf den Grünanlagen und direkt am Brunnen, wo man sonst auch zu jeder Zeit irgendwelche Punks antreffen konnte.

Tatsächlich wiesen uns Polizisten den Weg. Zwischen all den Menschen in ganz normaler Kleidung, die den Platz im Zentrum der Landeshauptstadt überquerten, fielen die Beamten geradezu auf. Ich sah Mannschaftswagen, die mitten auf der Königstraße standen, der Einkaufsmeile von Stuttgart, und Gruppen von Uniformierten, die sich vor dem Königsbau gesammelt hatten. Keiner von ihnen trug Kampfausrüstung oder Schild und Knüppel, die Beamten wirkten auf die Entfernung entspannt.

»Da muss dann wohl das Punk-Treffen sein«, sagte Reini. Amüsiert nahm ich zur Kenntnis, dass er den Begriff »Chaostage« gleich gestrichen hatte.

Auf den Treppen, die den klassizistischen Königsbau vom eigentlichen Platz und der Fußgängerzone abtrennten, saßen einige Dutzend Punks, mehr nicht. Nahm ich alles zusammen, was sich versammelt hatte, kam ich auf höchstens hundert Personen. Einige Skinheads am Rand sowie ein großer Typ im New-Wave-Outfit – ganz in schwarz und mit spitzen Schuhen, die in der Sonne funkelten – vervollständigten die harmlos und gemütlich wirkende Gruppierung.

Während wir an den Polizisten vorbeigingen, die uns nur musterten, aber keinen Ton sagten, löste sich aus der Gruppe der Sitzenden ein Punk mit blonden Stoppeln und schlenderte auf uns zu. Es war Torte aus Sindelfingen, den ich seit einigen Jahren kannte. Wir umarmten uns kurz.

»Nicht viel los, was?«, sagte ich und wies auf die Gruppe.

Er grinste. »Das wird heute noch. Es ist ja früh am Tag, die meisten werden wohl im Verlauf des Nachmittags kommen.«

Ich schaute auf meine Uhr. »Na ja ... Es ist schon eins.«

»Da schlafen die meisten noch. Im Ernst: Die meisten Leute aus Göttingen und Reutlingen sind noch nicht da, und aus Tübingen ist auch noch kein Schwein eingetroffen. Das wird schon.« Der letzte Satz klang fast tröstend. Torte winkte mir. »Komm schon! Ich hab ein Sixpack gekauft, kriegst ein Bier ab.«

»Ich bin mit dem Auto da.«

»Eins geht immer.«

Er hatte recht, das wussten wir beide. Reini folgte mir, und ich folgte Torte. An der Treppe begrüßte ich einige Leute, die ich kannte, Punks aus anderen Städten rings um Stuttgart, aus Reutlingen und Filderstadt, aus Waiblingen und Böblingen, die Bunthaarigen, die noch nicht zum Hardcore »übergelaufen« waren. Torte reichte jedem von uns ein Bier, und wir ließen uns auf den Treppen nieder.

Von den Treppen des Königsbaus aus hatten wir einen schönen Blick über den eigentlichen Schlossplatz bis hinüber zur Fassade des Schlosses, das mit seinen Erkern und Fenstern aussah, als sei es direkt aus einem Märchenreich in die Schwaben-Metropole gezerrt worden. Links von uns war das alte Kino, in dem ich selbst schon Filme angeschaut hatte, rechts ging es in Richtung Weststadt.

Wann immer ich in Stuttgart war, kamen in mir die Erinnerungen hoch: an die frühen achtziger Jahre, an die unbeschwerte Jugend, an den Unfug, den ich mit Vik und einigen anderen in den Straßen der Stadt getrieben hatte.

Das war lange her, und vom Aufbruchsgeist, den Punk Anfang der achtziger Jahre in der Stadt versprüht hatte, war nicht mehr viel übrig. »Stuttgart Kaputtgart« hatten ÄTZER 81 damals schlecht gereimt, und wir hatten das ernst genommen. Doch dann hatten zu viele Leute von zu vielen Drogen gefressen und sich über den Jordan gespritzt, so dass die Hardcore-Welle zum Ausgang der achtziger Jahre für die Szene in den Kleinstädten rings um Stuttgart wie eine

Befreiung gewirkt hatte. Zwar gab es immer noch Punks und eine Handvoll Punkrock-Bands in Stuttgart, und ich freute mich stets, die alten Freunde zu treffen – aber wenn ich mir den harmlosen Haufen anschaute, der sich auf den Treppen versammelt hatte, war das kein beeindruckender Anblick.

Kein Wunder, dass die Polizei so locker auftrat. Wenn ich alles zusammenzählte, standen vielleicht drei Dutzend Beamte bereit. Kein Vergleich zu dem Aufgebot, das die Polizei normalerweise auffuhr, wenn man ein sogenanntes Störer-Potenzial witterte. Ich sprach Torte darauf an.

Er winkte ab. »Die Bullen haben einfach nicht genügend Leute«, sagte er. »Einen Teil mussten sie auf den Wasen abstellen und ein Teil der Bullen von hier ist ja in Rostock.«

Ich erinnerte mich: An diesem Tag war in Rostock eine große Demonstration von Antifaschisten und Autonomen angekündigt. Nachdem dort über Wochen hinweg ein Mob von Nazis und braven Bürgern gemeinsam Ausländer angegriffen hatte, waren zuerst die sogenannten Asylanten evakuiert worden. Dann hatten die Nazis auch ein von Vietnamesen bewohntes Wohnheim angegriffen und angezündet – und jetzt stand die große Gegendemonstration gegen die Nazi-Umtriebe in der Stadt an der Ostsee bevor. Ich hätte eine Mitfahrgelegenheit gehabt, wollte aber nicht zu einer Demo quer durch die frisch vereinigte Republik eiern.

»Hast du schon was von der Geschichte dort gehört?«, fragte ich.

Torte schüttelte den Kopf. »Nichts bislang.« Er grinste. »Aber hier gilt auch: Der Tag hat ja erst angefangen. Vielleicht gibt's Feuer und Flamme für Rostock.« Er spielte auf den Autonomen-Spruch an, der gerne bei Demos gebrüllt wurde: »Feuer und Flamme für diesen Staat!«

Der Tag entwickelte sich ruhig weiter. Die Bürger, die auf der Königstraße an uns vorübergingen, nahmen kaum Notiz von den Punks. Einige Punks schnorrten, immer in Sichtweite der Polizei, die sich abwartend verhielt. Die Sonne schien auf uns herunter, aus einem Kassettenrekorder drangen irgendwelche Deutschpunk-Stücke, aber in einer Lautstärke, die nicht einmal auf der Treppe von allen verstanden werden konnte. Der Chaostag in Stuttgart war zu diesem Zeitpunkt nicht mehr als ein gemütliches Beisammensein von jungen Leuten, die sich vor allem durch Kleidung und Haartracht von den anderen Leuten in der Stadt unterschieden.

Mit Torte und einigen anderen ging ich los, etwas zu essen und neues Bier zu organisieren; Reini ließ ich auf der Treppe zurück, wo er sich mit einigen jungen Punks angefreundet hatte. Im »Zum Zum«, einer nahegelegenen Imbissbude, futterte ich Pommes frites mit einem Spritzer Mayonnaise, wurde ein wenig für meinen neu entdeckten Vegetarismus verspottet, und trank erneut eine Flasche Bier – danach musste ich auf jeden Fall eine Pause einlegen, wenn nicht sogar ganz mit dem Alkohol aufhören.

»Gestern Abend haben wir übrigens die Hool-Kneipe plattgemacht«, erzählte Nobbe, einer der Stuttgarter, der seit Jahren zwischen Punkrockern und Autonomen wechselte. Er nannte den Namen einer Kneipe, den ich noch nie gehört hatte. »Dort treffen sich immer die VfB-Hools, und weil die immer Punks verprügeln, haben wir uns gestern gedacht, dass wir denen auch mal gründlich einschenken könnten.«

Ich starrte ihn an. »Heute ist VfB-Spiel«, sagte ich. »Da wimmelt es in der Stadt von Hooligans. Und am Abend davor fangt ihr mit denen Stress an?«

Nobbe wirkte aufrichtig stolz. »Stress haben wir mit denen seit Jahren, und jetzt haben sie halt auch mal was abgekriegt. War ja nicht schlimm, es gab nur einige aufs Fressbrett.«

»Was genau war denn los?«, fragte ich, während wir langsam zurück zum Schlossplatz gingen.

»Wir sind halt rein, alle auf einmal, und alle mit einem Stück Holz in der Hand«, erzählte Nobbe. »Innen drin waren vielleicht zwanzig, dreißig Leute, also nicht weniger als wir, und dann haben wir sie ein wenig verdroschen, dazu eine Ladung Tränengas, und dann sind wir wieder raus, bevor die Bullen da waren.« Er lachte. »Der eine war besonders lustig. Ich bin Kroate, ich bin doch Ausländer, hat er geschrien, ich bin doch auch gegen Nazis, und da hab ich ihm für seine Doofheit gleich noch einmal einen eingeschenkt.«

»Na ja, ein Hool ist ja kein Nazi.«

»Nicht unbedingt. Stimmt. Aber sie hassen uns, und sie verprügeln uns, wenn sie uns kriegen.«

»Meinst du nicht, das gibt dann heute Ärger?«

»Ach was, die sind doch feige.« Nobbe grinste und nahm einen Schluck aus seiner Flasche.

Als wir zurück zu den Treppen kamen, war die Zahl der Punks angewachsen. Es waren jetzt weit mehr als hundert Personen, und nicht nur auf den Treppen lagerten jetzt Punks; sie standen auch auf dem Platz in Gruppen.

Reini kam auf mich zu. »Das wird heute doch noch ein Chaostag!«, freute er sich lautstark.

Ich nickte. »Hoffentlich.« Ich verspürte ein ungutes Gefühl. Aber als eine Gruppe von Punks auftauchte, die vom Bodensee angereist war, war ich erst einmal damit beschäftigt, alle zu begrüßen. Wir standen auf der Straße, gut zwei Dutzend Punks, und rings um uns flutete der Strom der Einkaufenden. Ich bemerkte mit einiger Irritation, dass keine Polizisten mehr zu sehen waren.

Ein Schrei riss mich herum. »Scheiße, die Hools!«, brüllte jemand von der Treppe. Von dort aus hatte er wohl einen besseren Überblick.

Ich drehte mich auf dem Absatz herum. Auf einmal war die Königstraße voll mit jungen Männern in sportlicher Kleidung, mehrere Dutzend rannten in unsere Richtung. Sie hatten weite Jeans und Turnschuhe an, darüber T-Shirts oder Kapuzenjacken, keiner von ihnen trug eine Waffe, und sie waren erstaunlich ruhig. Keiner brüllte, keiner schrie, sie rannten in gespenstischem Schweigen. Passanten wurden zur Seite gestoßen, einige Frauen und Männer gingen zu Boden, Kinder rannten kreischend durch das sich entwickelnde Gewühl.

»Wo sind die Scheiß-Bullen, wenn man sie braucht?«, schrie Torte und bückte sich. Als er wieder hochkam, hatte er eine leere

Bierflasche in der Hand. Er hielt sie einen Moment lang unschlüssig in der Hand, dann zielte er und schleuderte sie.

Die Flasche wirbelte durch die Luft, über die Köpfe einiger Männer hinweg, die mit ihrer braunen Hautfarbe und kräftigen Schnauzern wie Türken aussahen und gerade zur Seite flitzten. Mit einem Knall zerplatzte die Flasche direkt vor den Angreifern, Scherben klirrten in alle Richtungen.

Wir alle bückten uns nach Flaschen und anderen Dingen, die auf dem Boden lagen und als Wurfgeschosse benutzt werden konnten. Weitere Flaschen sowie Dosen und Gläser flogen in Richtung der angreifenden Hooligans. Die ersten Flaschen trafen, Angreifer gingen blutend zu Boden. Ich hörte das nervtötende Geräusch von Sirenen, die näherkamen; ob es Polizeifahrzeuge oder Krankenwagen waren, konnte ich nicht erkennen.

Der Angriff der Hooligans geriet ins Stocken. Einige von ihnen transportierten Verletzte zur Seite, die anderen schienen sich zu beraten. Aber noch während ich überlegte, woher ich auf die Schnelle einen Knüppel nehmen sollte, um mich ernsthaft wehren zu können, ertönte aus dem Königsbau heraus wildes Geschrei.

Die Hools, die durch die Passage auf uns losstürmten, brüllten vor Wut und Hass. Es waren nicht so viele wie eben auf der Straße, vielleicht zwei, drei Dutzend, aber es reichte, um mich aufspringen zu lassen. Ohne nachzudenken, rannte ich die Stufen hinauf, schnappte mir erneut eine Bierflasche. Ich sah, dass ich nicht allein war; mit mir kamen die Punks aus Sindelfingen und vom Bodensee, direkt neben mir war Torte. Einige Punks, die schon total besoffen waren, hingen wie betäubt auf der Treppe herum, als bekämen sie gar nicht mit, was im Augenblick um sie herum vorging.

Wir schleuderten unsere Flaschen auf eine Entfernung von fünf bis zehn Metern. Ein Hooligan bekam eine Flasche direkt ins Gesicht, sie zersplitterte, und schreiend brach er zusammen. Andere Flaschen wurden gegen die Wände und gegen die Decke der Passage geschleudert, Splitter prasselten durch die Luft, trafen mehrere Angreifer.

»Auf sie!«, brüllte Torte und rannte auf die Liegenden los.

Doch da kam endlich die Polizei, gut ein Dutzend Männer in Kampfausrüstung. Plexiglasschilde bildeten eine Mauer vor den liegenden Hooligans, Knüppel prasselten auf die Köpfe der Punks herab, die zu weit vorne waren. Wir wichen zurück, erleichtert darüber, dass es zu keinem direkten Angriff der Polizei kam, und holten auf den Treppenstufen erst einmal Atem.

Sanitäter rannten mit Tragen hinter den Polizisten herum, über den Platz kurvten auf einmal mehrere Krankenwagen. Die Hools, die vorher über die Königstraße gerannt waren, hatten sich verzogen, und die Passanten nahmen lieber einen Umweg in Kauf. Überall standen Polizisten mit Schild und Knüppel, die einen weiten Halbkreis vor den Treppen gebildet hatten, ein lockerer Kessel für die knapp über hundertzwanzig Punks. Zerborstene Scherben glitzerten in der Sonne, an einer Stelle glaubte ich eine Blutlache erkennen zu können.

Nervös ging ich auf und ab, betrachtete dabei die Polizisten und die paar Handvoll kampffähiger Punks, die zwischen den Besoffenen auf der Treppe standen. Ich fühlte mich eingesperrt, in mir kämpften Angst und Aggression miteinander. Gegenüber Reini und anderen Jung-Punks gab ich mich abgeklärt, aber am liebsten hätte ich mich verzogen und wäre aus der Stadt geflüchtet. Das wurde kein schöner Samstag, und ich hatte weder Lust, von Hooligans halbtot geprügelt noch von der Polizei aus irgendwelchen Gründen verhaftet zu werden. Probeweise wollte ich den Kessel verlassen.

Ein Polizist stieß mich mit dem Knüppel zurück. »Bleib auf deinem Platz!«, schnauzte er.

»Was soll das?«, fragte ich. »Darf ich nicht zu meinem Auto?«

»Du bleibst jetzt hier, bis wir neue Befehle erhalten.« Der Tonfall des Polizisten blieb barsch, aber er ließ den Knüppel sinken. »Hier ist es im Augenblick sicherer für dich und deine Kumpane.«

Es hatte wenig Sinn, mit dem Mann zu diskutieren. Ich hätte einfach losrennen können, dann wäre ich schnell an ihm vorbeigekommen. Und mit seiner Ausrüstung war er sicher nicht so gut zu Fuß wie ich in Jeans, T-Shirt und Stiefeln. Aber auf den Stress hatte ich keine Lust, und wahrscheinlich hatte er sogar recht: Wenn es in der näheren Umgebung des Schlossplatzes gerade von VfB-Hooligans wimmelte, war ich mit meinem blonden Stachelkopf ein auffallendes Ziel. Achselzuckend wandte ich mich um.

An der Treppe saß ein Punk, keine 17 Jahre alt, mit einem Gesicht, das aussah, als bestünde es allein aus Pickeln, umgeben von leeren Bierdosen. Lachend sahen andere Punks zu, wie er in die Dosen pinkelte.

»Was gibt das denn?«, fragte ich.

Der Jungpunk blickte auf. »Das sind Wurfgeschosse«, erklärte er ernsthaft. »Was meinst du, was passiert, wenn die so ein Scheißhool an die Fresse kriegt?«

Lachend ging ich weiter. Ich unterhielt mich mit zwei Skinheads, die ich aus den achtziger Jahren kannte, und plauderte mit dem großgewachsenen Waver, der immer noch bei den Punks herumstand, ein Fremdkörper in der Versammlung junger Leute mit bunten Haaren. Überall herrschte Spannung, alle warteten auf die Fortsetzung des Hooligan-Angriffs. Einige Stöcke lagen jetzt auf der Treppe bereit; keine Ahnung, woher die stammten.

Die Kassette im Rekorder war gestoppt worden, jetzt hörten einige Punks die Nachrichten. Bis ich dazukam, waren die wichtigsten Neuigkeiten bereits vorüber. »In Rostock sind es jetzt zehntausend«, sagte einer aus der Gruppe staunend. »Zehntausend von uns. Zehntausend schwarze Lederjacken. Eine riesige Demonstration, und das sind alles nur Autonome und Punks, keine Bürger.«

»Wow.« Ich war ebenso beeindruckt wie alle anderen. »Bisher friedlich?«

Der Punk lachte. »Eine solche Demo greifen die Bullen nicht an, da holen sie sich zu viel Prügel ab.« Er spuckte auf die Treppe. »Feiges Pack.«

»Und wir sitzen hier mit einigen Dutzend Leuten«, sagte ein anderer Punk nachdenklich, »und schlagen uns mit den Hools und den Bullen herum.«

Er hatte recht, und ich fühlte mich fehl am Platz. Ich war angespannt, ich wartete auf die nächste Aktion und wusste, dass bald etwas passieren würde. Ob mir das schmecken würde, wusste ich nicht. Langsam trottete ich wieder die Treppenstufen hinunter und trat zu Torte. Ohne dass jemand etwas gesagt hätte, bildete sich eine Gruppe von vielleicht zwei Dutzend Leuten, die locker beieinander standen, Stöcke und Flaschen in der Hand, notfalls bereit, sich mit allem zu wehren, was bereitstand.

»Wenn die Scheiß-Bodenplatten nicht so stabil und so groß wären, könnte man die auseinanderreißen«, maulte Torte. »Das wären brauchbare Steine.«

»Träum du nur.« Ich lachte humorlos. »Dann hast du eine Anzeige wegen Sachbeschädigung und Missbrauch eines Denkmals am Hals.«

Die Polizisten, die den Halbkreis um die Treppe geformt hatten, ließen immer weniger Punks durch; sie machten einen nervösen Eindruck. Wir selbst waren ebenfalls nervös. Auf der Treppe grölten einige Besoffene irgendwelche Sauflieder; man hatte ihnen untersagt, weiteres Bier zu kaufen, und jetzt saßen sie auf dem Trockenen. Aber wahrscheinlich wäre eine Gruppe besoffener Punks auf dem Weg zum nächsten Supermarkt schnell von umherstreifenden Hooligans aufgemischt worden.

Das Lied brach ab, Gebrüll brandete auf, ich drehte mich herum.

Es war fast derselbe Anblick wie vorher: Dutzende von Hooligans rannten durch die Königstraße auf uns zu. Die überraschten Polizisten, die an dieser Stelle standen, wurden umgeworfen und erhielten gezielte Tritte in die Gesichter und Weichteile.

Wie erstarrt blieb ich stehen, ich konnte mich nicht rühren. Ich schätzte, dass es gut 200 Hooligans waren, eine Meute, gegen die wir keine Sekunde standhalten konnten. *Scheiße Scheiße Scheiße*, ging es mir wie ein Mantra durch den Kopf.

Der Einzige, der in diesem Augenblick reagierte, war Torte. »Wir rennen denen entgegen!«, schrie er. »Alle Mann! Damit rechnen die nie.« Er stieß mich und einige andere an. »Na los!«

Wir schnappten uns Flaschen und Stöcke, warfen mit allem auf die Angreifer, was wir hatten. Ich sah, wie einige Bierdosen durch die Luft surrten. Sie drehten sich im Flug und streuten gelbe Flüssigkeit über den Platz. Meine erste Bierflasche zerplatzte zwischen den Hools auf dem Boden, dann hatte ich die zweite in der Hand und rannte mit Torte und den anderen los.

Bewusstes Denken war jetzt ausgeschaltet. Die Meute vor mir verschmolz zu einem Muster aus bunten T-Shirts und blauen Jeans, aus kurzen Haaren und hellen Gesichtern. Ich fixierte einen Hooligan, der direkt auf mich zukam, einen dunkelblonden Typen mit breiten Schultern. *Den schnappe ich mir, dem trete ich direkt in die Fresse*, dachte ich. Meine Rechte umkrampfte die Bierflasche. Und wenn ich zehnmal keine Chance hatte, ich würde es zumindest versuchen.

Ein wuchtiger Schlag traf mich von oben, direkt auf der linken Schulter. Noch während ich gar nicht verstand, was vor sich ging, erhielt ich einen weiteren Schlag, diesmal ins Genick. Ich stolperte, konnte nicht mehr weiterrennen, sah auf einmal das Pferd neben mir aufragen, die Stiefel eines Uniformierten direkt auf Gesichtshöhe, das Sattelgeschirr, den Knüppel, der erneut auf mich herunterfuhr.

Ich ging in die Knie, stürzte nach vorne, knallte zuerst auf die Ellbogen und dann komplett auf die Straße, konnte meinen Sturz aber abfangen und schlug mir so nicht die Fresse auf. Die Flasche fiel mir aus der Hand, rollte über den Platz, heil noch, und ich rollte mich zu ihr hinüber, schnappte sie mir, wollte mich aufrichten. Überall waren jetzt berittene Polizisten, die alles zusammenschlugen, was nicht wegkam. Die Hooligans rannten weg, die Punks lagen meist auf der Straße.

Als ich mich aufrichten wollte, die Flasche erneut in der Rechten, die Linke dazu bereit, mich abzustützen und aus der knienden Haltung aufzuspringen, stoppte ein Polizist zu Pferd direkt vor mir. Die Spitze des Knüppels zeigte auf mein Gesicht. »Lass sofort los!«, drohte er. »Oder du bist fällig.«

Ich ließ die Flasche stehen und blieb auf den Knien, senkte die Hände in Richtung Boden. Der Polizist beugte sich weit zur Seite, schwenkte seinen Knüppel, und mit einer schwungvollen Bewegung traf er die Flasche, die Splitter klirrten in alle Richtungen; dann trieb er sein Pferd zur Seite.

Seit die Hooligans ihren erneuten Angriff gestartet hatten, waren sicher keine zwanzig Sekunden vergangen, doch mir kam es vor wie mehrere Minuten. Langsam stand ich auf, blickte mich um. Jetzt spürte ich den Schmerz in meiner Schulter und im Nacken, wo mich der Knüppel dreimal getroffen hatte. Vorsichtig dehnte ich die Rückenmuskeln; das würde mir große blaue Flecken bescheren.

Der Schlossplatz hatte sich erneut verwandelt. Überall hielten nun Polizeifahrzeuge mit blinkendem und blitzendem Blaulicht. Krankenwagen standen bereit, weißgekleidetes Personal transportierte Menschen mit blutigen Köpfen ab, Punks und Hooligans wild durcheinander.

Überall waren jetzt Polizisten: hoch zu Ross, die Knüppel immer noch in der Hand, oder mit Schild und Knüppel und gleich mit mehreren Mann in einem Pulk. Mannschaftswagen rollten an und spuckten weitere Beamte aus, vom Schloss her näherte sich ein großer Bus mit vergitterten Fenstern.

»Scheiße!«, murmelte ich. »Jetzt werden wir auch noch eingelocht.« Nervös sah ich mich um, erblickte Freunde und Bekannte, die teilweise auf dem Boden lagen und erst langsam hochkamen.

Reini kam von der Treppe herunter auf mich zu, er hatte sich offenbar verzogen und traute sich jetzt erst wieder auf den Platz. Torte sah frisch und munter aus, er grinste übers ganze Gesicht und diskutierte wild gestikulierend mit zwei Polizisten, die ihn grimmig musterten. Der Polizist, der mich niedergeschlagen hatte, ritt einige Meter zur Seite und gesellte sich zu anderen Berittenen. Der Geruch von frischen Pferdeäpfeln verbreitete sich auf dem Platz.

»Und jetzt?«, fragte Reini. Sein Gesicht war gerötet, er wirkte immer noch angespannt.

»Wir hauen ab«, sagte ich finster. »Sofort. Wenn du jemanden kennst, den wir mitnehmen sollten, gib Bescheid und schlepp ihn oder sie her.«

»Und die Hools?«

»Die haben erst mal genug. Es wimmelt jetzt überall von Bullen, da kommen wir problemlos zum Auto. Und dann nichts wie raus aus der Stadt. Ich hab nämlich auch genug, mir reicht's für heute.«

»Und wenn wir bleiben?«

»Ich würde sagen: Entweder wir hauen ab oder die lochen uns für eine Nacht ein.«

»Also weg von hier.«

Ich nickte. »Das war's für heute mit Chaostagen. Und wenn ich das richtig sehe, war's das auch für die nächsten Jahre mit Chaostagen.« Mein Blick schweifte über die Krankenwagen und die Polizeifahrzeuge, die Uniformierten und die Punks, die Sanitäter und die Hunderte von Schaulustigen, die jetzt auf der Treppe standen und auf uns herunterblickten, sich dabei nicht im Geringsten um die Punks kümmerten, die besoffen zu ihren Füßen saßen oder lagen. »Zumindest in Stuttgart.«

Reini riss die Augen auf. »Aber vielleicht gibt's mal wieder in einer anderen Stadt Chaostage. So richtig friedlich.«

»Davon träumst du noch lang.« Ich gab ihm einen Stoß gegen die Schulter und winkte Torte. »Komm, wir gehen jetzt endgültig.«

Blueschis

»Irgendwie leuchtet mir das alles nicht ein«, sagte die junge Frau mit den kurzen Haaren, die sie in einem Hennarot eingefärbt hatte. Ihr Blick war kritisch, sie musterte mich von oben bis unten. »Du arbeitest also jeden Tag, und das tust du in einem Verlag, der zu einem multinationalen Konzern gehört. Das halte ich aber für eine politisch schwache Leistung.«

Ich wusste nicht, wie ich reagieren sollte. »Keine Ahnung, ob und wie man das politisch einordnen kann«, sagte ich. »Von irgendwas muss ich leben. Ich hab nichts gelernt, ich hab nicht studiert, ich kann nur lesen und schreiben. Da bleibt mir nichts anderes übrig, als in einem Verlag zu arbeiten. Und so viele gibt's da nicht, die hundertprozentig sauber sind.« Ich lachte. »Es gibt eh so gut wie keine Arbeit, die richtig sauber ist.«

»Du könntest ja von Sozialhilfe leben«, wandte Schnubbe ein, »und vom Schnorren. Das wäre auf jeden Fall so richtig Punk.«

»Stimmt.« Wieder lachte ich. Ähnliche Gespräche führte ich seit Jahren. »Dann bettle ich die Bürger an, die ich verachte, und lasse mich zum Ausgleich von ihnen verachten. Das klingt nicht sonderlich logisch.«

»Eh alles egal.« Er winkte ab und wollte etwas hinzufügen. Aber die Zunge war an diesem Abend wohl doch schon zu schwer. Schnubbe schüttelte den Kopf. »Dann doch lieber Punk.« Er hielt mir seine Flasche entgegen.

Ich stieß dagegen, es schepperte leicht. »Punk«, wiederholte ich nur. Dann tranken wir beide einen kräftigen Schluck.

Die Frau mit den roten Haaren verzog das Gesicht. »Punks«, sagte sie, und es klang, als wollte sie vor uns ausspucken. »Und Männer. Gleich doppelt gestraft. Ihr kriecht dem Kapitalismus in den Arsch, das ist alles, was ihr tut. Mit euch kann man keine Revolution machen.«

Wir saßen auf dem Marktplatz von Heidelberg und hielten Bierflaschen in der Hand, die wir aus dem »Wienerwald« an der Ecke geholt hatten. Gegen zehn Uhr abends war es immer noch warm genug, mit leichter Kleidung in den Straßen der Universitätsstadt herumzulungern. Das Autonome Zentrum hatte an diesem Abend kein Programm, das mich ansprach: kein Konzert, keine Lesung, keine Disco. Irgendwelche Arbeitsgruppen trafen sich bestimmt in einem der vielen Nebenräume, sicher wurde irgendwo ausgiebig diskutiert und politisch geplant.

Aber auf die Leute im Autonomen Zentrum, die permanent damit beschäftigt waren, eine Revolution vorzubereiten, hatte ich wenig Lust. Warum die Frau mit den roten Haaren sich unserer kleinen Gruppe aus Punks und wenig dogmatischen Autonomen angeschlossen hatte, wusste ich nicht.

»Ich will ja auch keine Revolution«, sagte ich, ohne eine ernsthafte Diskussion führen zu wollen. »Ich bin Punkrocker, ich finde alle Regierungen scheiße. Und wenn Leute wie du an die Macht kommen würden, wäre das auch nix.«

»Leute wie du gehen mir echt auf den Zeiger!«, sagte sie lauter. »Ihr geht schön arbeiten, haltet mit euren Steuern das Drecksystem am Laufen und seid ansonsten unpolitisch. Zum Erbrechen ist das!«

»Ich bin gern unpolitisch.« Langsam geriet ich in Fahrt. Es macht mir Spaß, die Frau zu provozieren. Dogmatiker nervten mich, auch auf der Seite der Autonomen gab es davon viel zu viele. »Ich finde Politik halt scheiße und trinke gerne Bier.«

Sie wollte schon zu einer wütenden Entgegnung ansetzen, als ich den unterdrückten Ruf vernahm. »Burschis!«, meldete einer der Jung-Autonomen. »Gleich eine ganze Gruppe.«

Ohne dass jemand etwas sagen musste, erhoben wir uns. Ich trank den letzten Schluck aus der Flasche und stellte sie geleert zurück; im Verlauf der Nacht würde sie garantiert jemand beim »Wienerwald« abgeben. Auch die anderen ließen ihre Flaschen am Platz.

Wir waren ein halbes Dutzend Leute, allesamt schon ein wenig angetrunken, aber immer noch abenteuerlustig genug.

Schräg über den Platz ging eine Gruppe junger Männer. Ihre Schärpen, die sich quer über den Bauch zogen, hoben sie ebenso von anderen Passanten ab wie ihre bunten Mützen. Sie gingen aufrecht und gemessenen Schritts, sie wirkten auf eine schwer fassbare Weise arrogant, obwohl sie sich nicht anders verhielten als andere Leute. Vielleicht lag es an der Art, wie sie sich bewegten, an den ruhigen Worten, mit denen sie sprachen, an den gelassenen Gesten, die ihre Aussagen begleiteten.

Jemand in meiner Gruppe kannte sich aus. Anhand der Mützen und Schärpen erkannte er, zu welcher Studentenverbindung die jungen Männer gehörten. Er sagte einen Begriff, den ich noch nie zuvor gehört hatte; ich hatte mich weder in Tübingen noch in Heidelberg je mit dem Netzwerk patriotischer oder christlicher Verbindungen beschäftigt, die sich in den Universitäten und ihrer Umgebung seit Jahrhunderten breitmachten. Für mich waren diese Verbindungen allesamt suspekt, egal welcher politischen Richtung sie angehörten.

»Alles widerliche Sexisten und Chauvis«, murrte die Rothaarige. »Und rechtskonservativ bis zum Erbrechen, glauben an die deutsche Rasse und so einen Scheiß. Die schnappen wir uns.«

Die Burschenschaftler bemerkten nicht, wie wir uns gruppierten, wie wir auseinanderschwärmten, wie wir – ohne dass jemand eine Anweisung gab – eine breite Linie bildeten. Dann rannten wir los. Stiefel polterten über das Kopfsteinpflaster, die schnellen Schritte hallten zwischen den Häusern wider.

Erst als wir direkt bei den jungen Männern waren, merkten sie, was ihnen blühte. Einige versuchten sich zu wehren, doch es ging zu schnell. Es gab ein kurzes Handgemenge, Mützen wurden von den Köpfen gerissen, an den Schärpen wurde gezogen, aber keine davon gab nach, einige Ohrfeigen wurden verteilt. »Hilfe, Polizei!«, schrie einer, andere brüllten Beschimpfungen. Aber bevor die Burschenschaftler richtig reagieren konnten, bogen wir bereits in eine Seitengasse ein, die zum Neckar hinunterführte.

Wir rannten durch eine Gasse, die von dieser Gasse abführte, nahmen erneut eine Ecke und erreichten die breite Straße, die die Altstadt vom Fluss trennte. Lachend und prustend überquerten wir die Straße, eilten über die Wiese und liefen einige hundert Meter am Fluss entlang.

An einer Stelle, wo die Wiese flach war, wo man bequem sitzen und auf die andere Seite schauen konnte, hielten wir an. Gemeinsam betrachteten wir unsere Beute. Schärpen hatte keiner erbeutet, hierfür hätte man Messer oder Schere einsetzen oder echte Gewalt anwenden müssen. Dafür hatten wir vier Mützen. Es wären mehr gewesen, wären wir mit mehr Plan vorgegangen. Aber alles war so spontan verlaufen, dass niemand geplant hatte.

Amüsiert sah ich zu, wie die Mützen zerfetzt und die Teile auf einem winzigen Lagerfeuer verbrannt wurden. Schnubbe steckte sich die Mütze, die er erbeutet hatte, unter die Lederjacke. »Die behalte ich«, versicherte er lauthals. »Die kommt in meine Sammlung obskurer Dinge.«

Jemand besorgte Bier von einer nahegelegenen Tankstelle, irgendwann verschwanden die »knallhart Politischen«, noch später kamen einige Punks vorbei sowie Bewohner des Wagenplatzes. Joints kreisten, Bierflaschen kreisten. Es war ein gemütlicher Abend in Heidelberg, der ehrwürdigen Universitätsstadt, und eigentlich wäre ich am liebsten eingeschlafen.

Doch Schnubbe brachte irgendwann das Thema wieder auf die Politik. »Weißt du«, sagte er nachdenklich und ohne mich anzuschauen. »Du bist sehr wohl politisch. Das war doch jetzt klar gegen die Rechten, gegen die Nazis.«

Ich schüttelte den Kopf. »Ach scheiß drauf. Natürlich finde ich Nazis scheiße, das war schon immer so, und das wird auch so bleiben. Gegen die muss man antreten, denen darf man nicht zu viel Raum geben. Ob das jetzt blöde Glatzen sind oder so Schlauköpfe mit Schärpe und Mützchen. Aber mit diesen Superlinken, die einem von morgens bis abends erklären wollen, wie die Welt läuft und wie man sich da bitteschön eingliedern soll, kann ich auch nicht viel anfangen. Da bleibe ich dann doch lieber der doofe Punkrocker, dem die Politik zu schwierig ist.«

»Na ja. Wenn es etwas gibt, was links ist, dann ist das wohl Humanismus.«

Ich richtete mich auf und starrte ihn an. Anscheinend hatte das lange Studieren, bei dem ich immer den Verdacht gehabt hatte, dass es für ihn nur eine Tarnung für ein gemütliches Leben war, doch zu etwas geführt: Er schwang intellektuelle Reden. »Wie meinst du denn das?«

»Wenn du humanistischen Idealen verpflichtet bist, wenn du also die Menschlichkeit im Zweifel über andere Dinge stellst, bist du kein Rechter. Du bist dann auch kein unpolitischer Oi!-Trottel. Dann muss man dich wohl als Linken bezeichnen.« Er grinste. »Beweis erbracht. Eindeutig.«

Ich war mir nicht sicher, ob das in diesem Augenblick als Provokation gemeint war, als Kompliment oder als Beleidigung. Aber es war mir egal. Das Bier schmeckte, die Luft war warm, der Neckar zu meinen Füßen war eine träge Masse, die auf ihrem Weg in Richtung Rhein vor mir dahinschwappte. Und in diesem Sommer 1993 wollte ich mich nicht zu sehr mit intellektuellen Gedankengängen beschäftigen.

Direkte Aktion

Die Stiefel krachten in Türen und gegen Scheiben. Ich drehte mich, nahm Schwung und trat zu, noch einmal direkt in die Seitenscheibe der beigefarbenen Mercedes-Limousine. Die Scheibe hielt und splitterte nicht, alles andere hätte mich überrascht.

Ich sah vier Gesichter vor mir, durch die getönten Scheiben wirkten sie blass und verzerrt: zwei Männer um die dreißig, beide mit Schnauzbärten, zwei Männer weit über die sechzig, beide mit grauen Haaren. Sie schrien, ob vor Wut oder vor Angst konnte ich nicht sehen. Und hören konnte ich gleich zweimal nichts, so sehr toste mein Herzschlag. Durch die Augenschlitze meiner Hasskappe sah ich die Straße wie durch ein Fernglas: trockener Asphalt, von der Sonnenhitze schon angegraut, rechts und links die hohen Gebäude des Postplatzes, die Post selbst, die alte Brauerei, dahinter die Pagodenburg und die Badnerlandhalle, davor die Kette der Polizisten, eine Reihe aus weißen Helmen und Plexiglasschilden.

Rechts und links von mir waren weitere Vermummte, die ebenfalls auf Autos eintraten und einschlugen. Es ging rasend schnell, eine Kette dumpfer Schläge; ein Seitenspiegel splitterte, unterdrückte Flüche ertönten, jemand betätigte in Panik eine Hupe, blechern dröhnte sie durch die Straße. An der Badnerlandhalle kam Bewegung in die Polizei, die dort ihren Kordon gegen die vereinzelten Demonstranten errichtet hatte.

»Die Bullen!«, schrie ich. »Zurück!«

Wir ließen von den Autos ab, der Angriff hatte keine Minute gedauert. Langsam rollten die Wagen weiter, einige mit Beulen, keines richtig zertrümmert. Wahrscheinlich hatten wir vor allem den Stolz der Insassen beschädigt.

»Sammeln!«, schrie jemand in meiner Nähe. »Zusammenbleiben!«

Ich erkannte den Kurpfälzer Akzent, wahrscheinlich einer der Autonomen aus Mannheim.

Einige Dutzend Polizisten stürmten in unsere Richtung. Helme, Schilde, Knüppel – eine Armada von Robocops, bestens geschützt und uns meilenweit überlegen. Wir trugen Lederjacken und Springerstiefel, manche auch Lederhosen, die gegen Knüppelschläge nur wenig halfen, dazu die Hasskappen und Kapuzen auf dem Kopf, aber wir hatten keine Waffen, keine Schilde, keine Helme – wenn es zu einem heftigen Zusammenstoß mit den Polizisten kam, zertrümmerten sie unsere Knochen.

»Scheiße, Scheiße, Scheiße«, murmelte ich, während ich langsam zurückging. Hinter uns war der leere Postplatz, und die Schaulustigen, die von dort aus unsere Attacke verfolgt hatten, flüchteten gerade auf die Treppe direkt vor der Hauptpost. Wie vor drei, vier Stunden, als wir an der Stelle schon einmal versucht hatten, den Bundesparteitag der Republikaner anzugreifen.

Ein Tag im Herbst 1993, eine Kleinstadt in Angst. Rastatt brodelte geradezu vor Aufregung. Angeblich waren 1700 Polizisten in der Stadt, die Presse hatte im Voraus fabuliert, dass man mit »Tausenden von Autonomen« rechnete, die aus der ganzen Republik in die kleine Stadt in Nordbaden fahren würden. Tatsächlich war es eine größtenteils bürgerliche Demonstration gegen die Republikaner gewesen; die vielleicht 800 Autonomen und Punks waren aus dieser Demo ausgeschert und hatten an der Post einen ersten Angriff auf die Polizeiketten versucht, waren aufgehalten und zurückgedrängt worden.

Jetzt waren wir vielleicht noch fünfzig Leute, mehr nicht, der harte und entschlossene Kern von Leuten, die den Nazis und Halbnazis ordentlich auf die Fresse schlagen wollten. »Wir müssen die auch mal das Klima der Angst spüren lassen, das sie im ganzen Land verbreiten«, hatte Ralf aus Stuttgart die Devise ausgegeben.

Nach Dutzenden von Toten, die es seit der sogenannten Wiedervereinigung gegeben hatte, einem Straßenterror in zahlreichen Städten der Republik und dem steigenden Einfluss der Nazi-Propaganda auf bürgerliche Medien und Parteien war mein Hass so gewachsen, dass ich keinen Unterschied zwischen prügelgeilen Kameradschaftsnazis und bürgerlichen Rassisten wie den Republikanern mehr sehen wollte. Ich hasste sie alle, und in diesem Jahr hatte ich mich an jedem zweiten Wochenende in körperliche Auseinandersetzungen auf der Straße gestürzt.

Jetzt aber war ich nervös. Wenn wir uns länger auf dem Platz vor der Post aufhielten, liefen wir Gefahr, dass uns die Polizei von hinten angriff. »Wir müssen von der Straße weg«, drängte ich. »Wenn die aus der Fußgängerzone kommen, haben sie uns im Sack.«

Die anderen folgten meinem Vorschlag, wir zogen uns weiter zurück. Ich war fürchterlich angespannt, mein ganzer Körper fühlte sich an, als wollte jeder Muskel explodieren. Mein Atem ging angestrengt und schnell, ich war erhitzt und hätte mir am liebsten die Hasskappe vom Gesicht gezerrt. Aber das war jetzt nicht sinnvoll: Auch wenn ich keine Kameraleute in den Reihen der Polizisten vor uns entdeckte, hatte ich keine Lust darauf, demnächst Besuch vom Staatsschutz zu erhalten.

An dem Park, der sich entlang des Schlosses erstreckte, hielten wir an. Die Mauern des Schlosses wirkten in der Sonne des späten Nachmittags wie eine Trutzburg aus gelber Farbe, klar und kantig und mit zahlreichen Fenstern. »Was für ein Symbol«, spottete einer, den ich nicht kannte und hinter der Maske auch nicht identifizieren konnte. »Am Schauplatz der badischen Revolution schützen deutsche Polizisten die Leute, die uns sofort in Lager sperren würden.«

Die Polizei rückte nicht näher. Ich schätzte, dass es gut eine Hundertschaft war, auf jeden Fall mehr als wir. Nervös blickte ich mich um. Wohin sollte ich rennen, wenn sie angriffen? Ich rief mir die Straßen der Stadt in Erinnerung, die wenigen echten Möglichkeiten, sich vor einem Zugriff der Polizei zu verstecken.

Einige Polizisten bildeten eine Kette, als ob sie die Straße gegen uns abschirmen wollten. Hinter ihnen rollten weitere Autos vorüber, Mitglieder und Delegierte des Republikaner-Bundesparteitages, die aus der Tiefgarage fuhren, gefolgt von einem Reisebus, hinter dessen

Scheiben wir verschwommen Gesichter, erhobene Stinkefinger und ausgestreckte rechte Arme erkannten.

»Was für ein Pack!«, presste ich zwischen den Lippen hervor. »Und keine Chance, ihnen aufs Maul zu hauen.«

»Vielleicht kriegen die Kids vorne noch was hin«, sagte ein Autonomer aus Heidelberg. »Auch wenn da mehr Show als ernsthafte Aktion zu erwarten ist.«

Er meinte die türkischen Jugendlichen, die in Gruppen in der Stadt unterwegs waren. Sie hatten lauthals getönt, die »Faschisten angreifen und schlagen« zu wollen; in die Demo einreihen oder sich an unseren Aktionen beteiligen hatten sie aber nicht gewollt. Zuletzt hatten wir eine Gruppe von ihnen gesehen. »Wir gehen zur Tankstelle vor«, hatte einer von ihnen angekündigt. »Wenn die Nazis tanken wollen, greifen wir an.«

Ob die Jugendlichen das wirklich tun würden, wusste keiner. Wir hatten uns nicht abgesprochen, die Unterschiede zwischen uns und ihnen waren zu stark.

Unschlüssig standen wir am Rand des Postplatzes, keine fünfzig Meter von den Polizisten getrennt. Ständig kamen weitere Polizisten dazu, einen weiteren Angriff auf die Republikaner konnten wir uns abschminken. Ein Auto nach dem anderen verließ vor uns die Stadt; ohnmächtig schauten wir zu. Die Autonomen aus weiter entfernten Städten – wenn ich es kapiert hatte, waren es Leute aus Mainz, Koblenz und Frankfurt – standen im Kreis zusammen und berieten sich; wahrscheinlich sprachen sie darüber, wie sinnvoll es war, noch länger auszuharren.

Eine Gruppe von Jugendlichen schlenderte auf uns zu, keiner älter als vierzehn. Einer von ihnen schien der Wortführer zu sein, über einen Kopf kleiner als ich und recht schmächtig, mit langen blonden Haaren und einem wachen Gesichtsausdruck. »Hammer!«, sagte er. »So was hab ich noch nie gesehen. Ihr geht auf die Bullen und Nazis los, ihr versteckt euch nicht.«

Ich wusste nicht, was ich sagen sollte, und sah ihn nur an. Er blieb ruhig und begegnete meinem Blick. »Irgendwann lernt man halt, sich zu wehren«, sagte ich. »Irgendwann sind die Zumutungen durch all die Arschlöcher so groß, dass du um dich schlägst.«

»Hammer«, sagte er noch mal. Er schüttelte den Kopf, als könnte er es nicht glauben. »Seid ihr eigentlich Punks oder Autonome?«

Ich zog meine Hasskappe bis zur Stirn hoch und zeigte mein Gesicht. Da sich von den Polizisten nach wie vor niemand näherte, konnte ich mir das erlauben – trotz aller Paranoia. Noch gab es die kleinen Kameras nicht, von denen manche faselten. »Ich bin Punkrocker, die anderen sind alles Mögliche. Und ihr?«

»Wir sind hier aus Rastatt, direkt aus diesem Scheißkaff, und wir haben keinen Bock auf Nazis. Auf Bullen auch nicht.«

Ich lachte leise. »Dann müsst ihr halt was machen. Euch organisieren oder Kampfsport machen, um euch wehren zu können.«

Ein weiterer Jugendlicher trat nach vorne, wahrscheinlich auch erst dreizehn Jahre alt: kurze blonde Haare über einem runden Gesicht mit rosigen Wangen. »Die Bullen da vorne, die haben Angst vor euch«, sagte er, und seine Stimme kippte fast vor Aufregung.

»Was?« Ich wies auf die Polizisten auf der anderen Seite des Platzes. »Die da?«

»Genau die. Ich war vorhin da drüben und hab mir angehört, was die so sagen. Und da sagte einer der Bullen. ›Die da vorne, die waren das, die haben die Autos angegriffen. Da müssen wir hin.‹ Und dann sagte der andere: ›Wenn wir das machen, sind wir verloren.‹ Und deshalb stehen die immer noch dort drüben.«

Ich lachte erneut. »Ich glaub, du willst mich verarschen.«

»Nein, nein. Das haben die Bullen wirklich gesagt. Vielleicht warten die auf Verstärkung, aber die trauen sich nicht, euch anzugreifen.«

»Feiges Pack«, sagte ich, war aber heilfroh über die Aussage. Ich war seit dem frühen Morgen auf den Beinen, hatte zwischendurch nur eine Kleinigkeit gegessen und fast nichts getrunken, war mehrmals durch die Innenstadt gerannt, war an einer Barrikade zurückgeschlagen worden und hatte ein Auto mit Republikanern attackiert. Eigentlich reichte es.

»Wir ziehen ab«, rief der Mann mit dem starken Kurpfälzer Akzent, dessen Stimme ich immer noch keinem Gesicht zuordnen konnte. »Hier geht nichts mehr.«

Innerhalb kürzester Zeit schmolz unsere Gruppe zusammen. Während wir uns weiter in den Schlosspark zurückzogen, verschwanden die Autonomen aus den anderen Städten. Auch die Jugendlichen aus Rastatt zogen sich zurück. Zuletzt waren wir zu siebt: Männer zwischen zwanzig und dreißig Jahren, alle mit langjähriger Punkrock-Erfahrung, alle mit ordentlich Wut im Bauch, alle aus unterschiedlichsten Städten in Süddeutschland.

An diesem Tag erreichten wir nichts mehr. Während wir durch die Stadt stromerten, zuerst auf der Suche nach möglicherweise versprengten Republikaner-Anhängern, später auf der Suche nach einem Polizeiauto, das wir entglasen konnten, folgten uns irgendwann auffällige Männer in ziviler Kleidung. Gingen wir an einer Straße entlang, war innerhalb kürzester Zeit ein weißes Auto mit zivilen Kennzeichen zur Stelle, das stets in unserer Nähe blieb. Es nervte.

Nach einer weiteren Stunde gaben wir auf und verließen die Stadt, nach einem spannenden Tag mit Höhepunkten und Tiefschlägen. Einer der Höhepunkte allerdings, den ich mein Leben lang nicht vergessen würde, war die Begegnung mit den Jugendlichen aus Rastatt, an die auffallend wachen Gesichter und die Begeisterung im Blick, an das Staunen darüber, dass es Leute gab, die weder vor Nazis noch vor der Polizei den Schwanz einzogen.

Nachts am Euro

Ein skeptischer Blick durch das Fenster ins Freie: Die Scheiben waren beschlagen, Wasser lief an ihnen hinunter, draußen regnete es. Der Asphalt glänzte schwarz und feucht, und die erleuchteten Fenster auf der anderen Straßenseite strahlten wie viereckige Augen durch die Nacht. Es war mein erster »echter« Abend in Karlsruhe, und ich wollte unbedingt etwas erleben.

Noch einmal blickte ich durch das Zimmer, frisch in Schwarz und Weiß gestrichen und erfüllt vom Duft neuer Farbe. Schlichter, grauer Teppichboden, den ich vor einer Woche verlegt hatte, eine Matratze in der Ecke, ein Regal für die Schallplatten und eins für die Bücher, ein Kleiderschrank und ein kleiner Ecktisch für die Stereoanlage. Außer Comics, Bücher und Musik mochte ich in diesem Herbst 1994 so gut wie gar nichts.

Nicht einmal Politik interessierte mich, und das war in diesem Jahr auffällig. Ich war Punkrocker, ich hasste diesen Staat, obwohl ich beim Fußball immer für Deutschland war, und noch mehr hasste ich Nazis – aber viel mehr gab es nicht. An diesem Abend wollte ich mich ausnahmsweise an einer Demo beteiligen: Es war der Vorabend des 3. Oktober, Deutschland feierte die sogenannte Wiedervereinigung, die ich immer noch als den »Aufkauf« bezeichnete, und in Karlsruhe war eine Demonstration unter dem Motto »Nie wieder Deutschland« angekündigt.

Auf der Straße, die zu meinen Füßen im Licht der Straßenlaterne glitzerte, rollte ein Polizeifahrzeug vorbei, langsam, als beobachteten die Beamten, was sich auf den Gehsteigen abspielte. Doch dort gab es nichts zu sehen, weil kein Mensch unterwegs war. Aber jetzt wollte ich selbst hinaus in den Regen. Während ich zur Tür ging, überprüfte ich meine Kleidung. Lederjacke, Lederhose, Springerstiefel, alles so weit wie möglich wasserfest, dazu dünne Handschuhe, die die Finger frei ließen. Meine Hasskappe ließ ich daheim, sicherheitshalber hatte ich einen Personalausweis eingesteckt. Um den Hals trug ich ein Tuch, das ich vors Gesicht ziehen konnte, falls eine Vermummung notwendig sein sollte, und als ich die Wohnung verließ, schlug ich bereits die Kapuze meines Pullovers hoch.

Auf der Straße kam mir der Regen noch unangenehmer vor; nicht kalt und nicht stark, aber eine ununterbrochene Folge feiner Tropfen, die ins Gesicht peitschten und die Kapuze durchnässten. »Dreck!«, schimpfte ich und ärgerte mich zum wiederholten Mal darüber, ein halbes Dutzend Kapuzenpullover mit allerlei Punkrock-Aufdrucken zu haben, aber keine einzige vernünftige Regenjacke.

Das schwere Tor, das den Innenhof des Mietshauses zur Straße hin abschirmte, fiel mit einem knirschenden Geräusch hinter mir ins Schloss. Ich schaute zu den Fenstern hoch. Meine Wohnung war dunkel, darüber fiel schwaches Licht auf die Straße; die tunesischen Nachbarn schienen also anwesend und noch wach zu sein.

»Na dann los«, sagte ich mir selbst und wandte mich nach rechts. Von meiner Wohnung aus waren es vielleicht 500 Meter bis zum Europaplatz, einem der zentralen Plätze der Stadt, und dort sollte die Demonstration beginnen. Nicht zufällig traf man sich dort: Das besetzte Haus, die »Steffi«, lag ganz in der Nähe, und dort sollte es nach der Demo eine lautstarke Party geben.

Ich hatte noch keine zweihundert Meter zurückgelegt und war gerade über die kleine Kreuzung um die Ecke gegangen, als ich merkte, wie hinter mir ein Auto langsamer wurde. Alarmiert wandte ich den Blick – *wer ist das?*, dachte ich in einem Anflug von Panik, hinter mir könnten Nazis auftauchen – und sah, dass ein VW-Bus in Polizeigrün heranrollte. Irritiert griff ich an die Stelle der Lederjacke, wo ich meinen Personalausweis wusste: Wenn die Polizisten mich jetzt stoppten, konnte ich mich immerhin ausweisen.

Das aber taten sie nicht. Der Bus verlangsamte seine Geschwindigkeit, bis er neben mir weiterfuhr. Der Fahrer gab sich Mühe, sein Tempo an das meine anzupassen. *Was soll das denn?*, dachte ich und ging mit gleichmäßigen Schritten weiter. Ich lief aber nicht hektisch los, und ich verschwand auch nicht in einer Seitengasse. *Von den Bullen lasse ich mich nicht verrückt machen!* Wenn die Cops meinten, mir eine persönliche Eskorte zu geben, sollte es mir recht sein; ich hatte nichts verbrochen und ging schlicht und ergreifend durch die Straße, in der ich jetzt offiziell wohnte.

Aus den Augenwinkeln blickte ich auf den Bus. Durch die Scheiben sah ich nicht viel, aber der Bus war voll besetzt. Mindestens sechs Polizisten: Dunkle Konturen bewegten sich hinter den Scheiben, und im hinteren Teil erkannte ich die ordentlich aufgestellten Schilde.

»Blöde Knüppelbullen«, murmelte ich und unterdrückte den Impuls, ihnen den Stinkefinger vor die Nase zu halten. Gegen ein halbes Dutzend von Uniformierten wollte ich nicht antreten. Und irgendwie schmeichelte es meiner Eitelkeit, von einer kompletten Eskorte begleitet zu werden; wie gefährlich sah ich denn eigentlich aus, wenn ein Polizistenbus neben mir herfuhr?

Die nächste Straße überquerte ich zwar, wandte mich aber nach rechts. Die Lichter der Aral-Tankstelle glitzerten blau durch den Regen, als tanzten sie langsam hin und her. Das feuchtkalte Wetter hatte sogar die Prostituierten vertrieben, die sonst am illegalen Straßenstrich bei der Tankstelle auf und ab gingen. Bei Aral standen einige türkisch aussehende Jugendliche neben einem Auto, aus dem Techno-Musik dröhnte.

Als ich an der nächsten Kreuzung wieder nach links abbog, ohne konkreten Plan, mehr aus einem Zufall heraus, bemerkte ich, dass ich meine uniformierten Bewacher nicht mehr auf den Fersen hatte. *Mir auch recht*, dachte ich und stapfte weiter durch die Pfützen.

Am Europaplatz, im Volksmund nur als »Euro« bezeichnet, schien der Regen noch stärker zu werden; ich merkte, wie meine Kapuze langsam durchnässte. Wie ein schwerer Sack lag sie auf meinem Kopf. Wie gut, dass ich meine Haare nicht gestellt hatte.

Die Straßenbahnen fuhren nicht; wie gelbe Würmer aus Stahl und Glas ruhten sie auf ihren Schienen. Hinter den Scheiben standen Menschen und starrten auf das miese Wetter, ein Mann mittleren Alters zeigte mit dem Finger auf mich und ich starrte wütend zurück. Wenn die Bahnen nicht weiterkamen, lag das daran, dass irgendwo eine Sperre war. Die Sperre sah ich, als ich näherkam: Über die Mitte des Platzes, teilweise auf den Gleisen, erstreckte sich ein Polizeikessel. Der ganze Euro schien voller Knüppel und Schilde zu sein, überall standen Mannschaftswagen der Polizei, deren Blaulicht aggressiv durch die Nacht blinkte.

Aus dem Polizeikessel drangen Parolen: »Nie – nie – nie – nie wieder Deutschland!« Sie klangen dünn, ich hatte das Gefühl, anhand der einzelnen Stimmen die Menge der Eingekesselten abzählen zu können. Einige Polizisten hieben mit ihren Knüppeln gleichmäßig auf ihre Schilde, was die Parolen mit Leichtigkeit übertönte.

Unschlüssig blieb ich stehen. Was sollte ich tun? Das sah nicht nach einer erfolgreichen Demonstration aus, sondern mal wieder nach einer Polizeischikane. Die »Steffi«, das besetzte Haus in der Stephanienstraße, war keine 500 Meter vom Euro entfernt, und die Polizei nutzte jede Chance, die Bewohner und Besucher des Hauses zu drangsalieren. Da die Demonstration von Hausbewohnern angemeldet worden war, sahen die Beamten dies wohl als Gelegenheit, mitten in der Stadt eine Eskalation voranzutreiben.

Ich trat einige Schritte auf die Gruppe zu. Dutzende von Menschen standen unter den Vordächern des großen Kaufhauses und der Sparkasse, betrachteten von dort aus die Szenerie. Einige trugen schwarze Klamotten und Lederjacken; sie sahen aus wie Demonstranten, die es geschafft hatten, dem Kessel zu entrinnen.

»Wird wohl besser sein, du gehst zu deinen Kumpeln«, ertönte hinter mir eine Stimme; sie klang ölig und voller Ironie.

Ich brauchte mich nicht umzudrehen, um zu wissen, dass hinter mir mindestens ein Polizist stand. Die Spitze eines Knüppels traf mich im Rücken. Es war nicht schmerzhaft, kein brutaler Schlag, mehr so ein Stoß in die gewünschte Richtung. *Wie ein Stück Vieh, das man auf die Weide treibt*, dachte ich, während ich den nächsten Stoß bekam.

Der Druck erreichte seine Wirkung: Ich ging über den Platz, hinter mir die Polizisten; vor mir öffnete sich der Polizeikessel, ich erhielt einen kräftigen Tritt in den Hintern, und mehr taumelnd als gehend durchquerte ich die Reihe der Polizisten.

Eigentlich war ich da, wo ich sowieso hinwollte: bei der deutschlandkritischen Demonstration in Karlsruhe. Leider hatten mich die Knüppel der Polizisten zu Leuten getrieben, die ich nicht kannte. Einige bärtige Männer musterten mich unter den Kapuzen ihrer Parkas hervor; die Blicke waren grimmig, als ob sie mich für einen Polizeispitzel hielten.

»Scheiße – und jetzt?«, murrte ich und wandte mich an einen der Männer. »Wie lange geht das schon?«

Er starrte mich an, als wollte er mich mit seinen Blicken durchdringen. Dann dachte er sich wohl, ich sei nicht unbedingt von der Gegenseite, und bequemte sich zu einer Antwort. »Wir stehen jetzt seit gut einer halben Stunde im Regen. Die Demo hat's nicht mal zehn Meter weit geschafft.«

Einige Demonstranten in einheitlich schwarzer Kleidung schrien wieder Slogans: »Aufruhr – Widerstand – es gibt kein ruhiges Hinterland!« Es kam mir dünn und kläglich vor, und es hörte sich überhaupt nicht an, als begänne hier am Euro im Zentrum von Karlsruhe gleich der große Aufruhr oder gar nur der Widerstand gegen die lästige Staatsgewalt. Zum wiederholten Mal stellte ich fest, dass die meisten Parolen nur dann wirklich gut klangen, wenn man sie mit mehreren hundert oder gar tausend Leuten brüllte.

»Geh weiter!«, knurrte neben mir ein Polizist und schubste mich mit dem Schild. Sein Gesicht, unter der Plexiglasscheibe seines Helms nur verschwommen wahrnehmbar, wirkte wütend, sein buschiger Schnauzbart glänzte feucht. Wasser lief ihm über den Helm und in den Kragen seiner Uniformjacke; der Mann hatte sichtlich keine Lust auf diesen Einsatz.

Seinen Kollegen ging es nicht anders als den Demonstranten. Es war die wahrscheinlich blödeste Idee der jüngeren Karlsruher Polizeigeschichte: Staatsschützer und Staatsgegner standen im

Dauerregen, wurden gemeinsam nass und hatten gleichermaßen schlechte Laune.

Hätten sie die Demo laufen lassen, wäre das ganze Theater nach einer Stunde rum gewesen, dachte ich und trat einen Schritt weiter in den Polizeikessel hinein. Wenn sie den Kessel wenigstens unter das Vordach des großen Kaufhauses gedrückt hätten, stünden wir im Trockenen, die meisten zumindest. Wir waren vielleicht hundert und ein paar Dutzend Leute, nicht mehr, ein erbärmlicher Haufen, von dem sicher keine Gefahr für irgendjemand ausging, und um mich herum machten alle den Eindruck, als seien sie mit Wasser bis in die Knochen vollgesogen.

Auf der anderen Seite des Kessels entstand Bewegung: Menschen drängten gegen die Polizisten, als ob sie einen Ausweg suchten, und diese knüppelten zurück. Geschrei brandete auf, der Polizeikessel bewegte sich als eine amorphe Masse von Menschen hin und zurück. Ich verhielt mich passiv, weil ich es für blödsinnig hielt, angesichts einer solchen Unterzahl den Aufstand zu wagen, fand es aber gleichzeitig beeindruckend, dass die anderen nicht stillhielten.

Ein junger Punkrocker mit Nietenlederjacke torkelte durch die Reihen der Demonstranten, beide Hände gegen das blutige Gesicht gepresst. Wasser lief aus den Haaren seines Iros, der wie ein schlapper Zopf auf der Schulter klebte. Er fluchte vor sich hin und spuckte Blut auf den Boden; zwei Frauen hielten ihn fest und verarzteten ihn.

Ich kannte den Typen vom Sehen her, und ich hatte auch die anderen, die sich gewehrt hatten, schon mehr als einmal wahrgenommen. Es waren Leute, die in der »Steffi« wohnten oder in dieser zumindest regelmäßig verkehrten; bei Konzerten waren sie mir aufgefallen. Ohne weiter nachzudenken, drängte ich mich durch die Menge in Richtung des Gerangels.

Bis ich ankam, war alles schon vorüber. Die Polizisten schlossen ihren Ring, die Plexiglasschilde bildeten eine geschlossene Mauer vor unseren Gesichtern; dahinter blitzten Blaulichter und weitere Plexiglasschilde. Ich schätzte, dass sich mittlerweile gut drei

Hundertschaften auf dem Platz aufhielten, eine komplette Überdimensionierung für die paar Handvoll durchnässter Demonstranten.

Ich kam mit einem Punk ins Gespräch, kein Jugendlicher, sondern ein erfahrener Szenegänger, der seit vielen Jahren dabei war. »Die haben angefangen, uns stärker rumzuschubsen, und dann haben wir uns gewehrt«, sagte er so ruhig wie möglich. Die Wut stand ihm ins Gesicht geschrieben, mit einem Ausdruck voller Hass schaute er immer wieder zu den Polizisten hinüber. »Immerhin haben sie keinen von uns festgenommen, ich will nicht schon wieder eine Nacht in der Akademiestraße verbringen.« Die Wache in der Akademiestraße sei, so erzählte er mir auf meine vor Unwissenheit strotzenden Nachfragen, das zuständige Polizeirevier für diesen Teil der Stadt. Und die Beamten dort hätten eine besondere Freude daran, Punks, Ausländer und andere missliebige Menschen zu misshandeln; er habe schon mehrere Nächte in der Zelle gesessen. »Nimm dich in Acht«, warnte er, »wenn die einen erwischen, gibt's blutige Fressen.«

Na super!, dachte ich. *Da ziehe ich vom Land in das beschauliche Karlsruhe und freue mich auf bunte Punkrock-Aktionen – und dann so was!* Das Wasser hatte meine Kapuze endgültig durchnässt und lief mir längst den Rücken hinunter in Richtung Unterhose. Es war nur eine Frage der Zeit, bis ich komplett durchweicht war; in diesem Fall war die dichte Lederhose eher sogar hinderlich, weil sie das Wasser nicht mehr entweichen ließ.

Immerhin hatte ich jetzt jemanden gefunden, mit dem ich mich unterhalten konnte. Rollo, wie der Punk sich nannte, wohnte zwar in der »Steffi«, hatte aber mit den »Automaten«, wie er die politischen Leute im besetzten Haus nannte, nicht so viel zu tun. »Wegen jedem Scheiß ein Plenum, du glaubst es nicht«, maulte er, »und ständig diese Diskussionen um vegetarisches Essen und so ein Quatsch.«

»Ich bin auch Vegetarier«, sagte ich leise.

»Echt?« Er stierte mich an, einen Ausdruck von Entsetzen im Gesicht. »So siehst du aber gar nicht aus!« Zwei Zahnreihen voller Lücken strahlten mich an. »Und dann trägst du auch noch Lederklamotten.« Er lachte auf.

»Was hat denn das eine mit dem anderen zu tun?«

»Hey!« Er winkte ab. »War doch nur Spaß.«

So verbrachten wir die nächste halbe Stunde mit schlechten Witzen und allerlei Geschichten aus unserer Punkrock-Vergangenheit. Nichts passierte mehr. Die Straßenbahnen fuhren nicht, in der gesamten Innenstadt brach wahrscheinlich der öffentliche Personennahverkehr zusammen. Polizisten und Demonstranten wurden gleichermaßen patschnass, und irgendwann schien das jemand in der obersten Führung zu merken.

Ohne weiteren Kommentar löste sich der Polizeikessel auf, die Demonstration wurde offiziell für beendet erklärt, und wir standen verdutzt auf dem regennassen Europaplatz. Die Polizeifahrzeuge verschwanden ohne Blaulicht, und die Hundertschaften zogen in geordnetem Marsch in die Nebenstraßen ab. Von den Straßenbahnen kam nervöses Klingeln, mit dem die Fahrer anzeigten, dass sie gern ihre Tour fortgesetzt hätten.

Mir war kalt, ich war triefend nass, und am liebsten wäre ich nach Hause gegangen, hätte mich ausgezogen, abgetrocknet und ins Bett gelegt. Gleichzeitig aber hatte ich das Gefühl, an diesem Abend noch etwas erledigen zu müssen.

Ich schaute Rollo an. »Und was jetzt?«

Er grinste. »Bier trinken, was sonst? Ein bisschen aufwärmen müssen wir uns nach dem Scheiß schon, oder?«

»In der ›Steffi‹ oder wo?«

»Bist du verrückt? Da ist jetzt erstmal das Plenum angesagt, dauert garantiert zwei Stunden, bis jeder von den Automaten sein Sprüchle aufgesagt hat. Und während der Zeit ist die Haifischbar im Keller geschlossen, damit sich auch ja niemand amüsiert. Wir gehen um die Ecke!«

Das taten wir dann. »Die Ecke«, das war eine Kneipe, die sich »Ubu« nannte und deren Namen jeder französisch aussprach, wahrscheinlich nach dem Theaterstück »Ubu Roi« benannt, was aber niemanden interessierte. Dort gab es Bier vom Fass, die Heizung verbreitete wohlige Wärme, und durchnässte Punks mischten sich mit bebrillten Studenten in Rollkragenpullovern, die an der Theke oder an kleinen Tischen saßen. Unsere Lederjacken dampften auf Stühlen, und ich hatte das Gefühl, meine Lederhose und meine Stiefel dünsteten eine Unmenge an Wasser aus.

Rollo und ich spielten Karten und tranken Bier, wir redeten dummes Zeug, das immer alberner wurde, je weiter der Abend voranschritt, und als uns irgendwann der Wirt hinaus in die Feuchtigkeit scheuchte, war es schon lange nach Mitternacht, und ich fühlte mich trocken, besoffen und guter Laune.

Es war mein erster Abend in Karlsruhe, ich hatte meine erste Demonstration in meiner neuen Heimat kennengelernt, und ich hatte einen Freund fürs Leben gefunden. Eigentlich konnte mit mir und Karlsruhe jetzt nichts mehr schiefgehen.

Auf Nazis warten

Schon wieder klopfte es. Bevor jemand reagieren konnte, öffnete sich die Tür. Die Mutter der Zwillinge schob ihren Kopf herein. Bevor sie sprach, nahm sie immerhin die Zigarette aus dem Mund.

»Will jemand von euch etwas zu trinken?«, fragte sie. »Ich hab frischen Kaffee gemacht. Aber ich hätte auch Bier anzubieten.«

Niemand sagte etwas. Ich schüttelte den Kopf und deutete auf die Wasserflasche zu meinen Füßen.

»Alles klar, Mama«, sagte Pocke, »wir kommen gut zurecht.« Er wies in die Runde. »Es sind alle gut drauf.«

Es war die Fehleinschätzung des Jahres. Niemand war gut drauf in unserer Runde, und der einzige Mensch in der überfüllten, schlecht gelüfteten und muffigen Wohnung, der nicht voller Anspannung herumsaß, war die Mutter der Zwillinge. Als Einzige war sie nicht bewaffnet, als Einzige schien sie nicht zu verstehen, auf was wir alle warteten oder zusteuerten – je nach Betrachtung.

»Na, dann gehe ich wieder«, verkündete sie fröhlich, winkte uns lächelnd zu und schloss die Tür. Ich hörte ihre Schritte auf dem Flur, dann ertönte wieder die Schlagermusik aus der Küche. Dort saß sie auf einem unbequem wirkenden Stuhl, den Rücken gegen einen Schrank gelehnt, las einen Liebesroman und hörte Radio.

Das Zimmer, das die Zwillinge gemeinsam bewohnten, sah aus wie ein Waffenlager. Zwischen unseren bestiefelten Füßen lagen Knüppel aller Art, mit denen wir uns gegen den Angriff der Skinheads wehren wollten. Ich ließ meinen Blick über das gute Dutzend Punks schweifen, die sich in die kleine Stadt im südlichen Rheinland-Pfalz begeben hatten.

»Bei uns im Kaff haben wir Nazi-Terror«, so hatte man uns berichtet. »Da gibt es zwei Brüder, die ständig von den Nazis überfallen werden.« Und da müsse man etwas dagegen tun, da müsse man als Punkrocker zusammenhalten.

Die Argumente waren stichhaltig gewesen, gegen Nazis war ich immer bereit, in den Kampf zu ziehen – und so war ich über die Rheinbrücke in die kleine Stadt gefahren.

Dort saßen wir nun. Punks aus Karlsruhe und Stuttgart, die sich seit Jahren von Konzerten und »sportlichen Aktionen« her kannten und nun darauf warteten, dass die Skinheads endlich angriffen. Im Augenblick aber nervten zumindest mich viel eher die familiären Zusammenhänge in dem abgewohnten Altbau, der sich am Rand der Innenstadt erhob und in dem die Familie eine Vierzimmerwohnung behauste.

»Wir müssen etwas unternehmen«, sagte Vera auf einmal laut. Sie stand auf, trat ans Fenster, blickte hinaus in die Dämmerung. Ihre langen blauen Haare glänzten im Licht der Wohnzimmerlampe, das rechte Ohr stach als eine sanfte Rundung zwischen zwei Strähnen hervor. »Die haben doch klar angekündigt, dass sie heute angreifen – und jetzt kommt keiner.«

»Ich muss mich nicht unbedingt mit Nazis herumschlagen«, murrte ich und bereute meine Aussage gleich darauf. »Schon klar, wir sind deswegen hier«, verbesserte ich mich. »Die Typen sollen ihre Abreibung kriegen, wenn sie sich hierher trauen – aber wenn sie nicht kommen, fahren wir halt wieder zurück.«

»Und der Terror für uns geht die nächsten Wochen weiter?« Sie sah mich an, das bleiche Gesicht vor Wut verzerrt.

»Na ja«, mischte sich Nobbe ein. »Wir kennen das ja alle ein wenig. Wenn man sich den Nazi-Deppen nie in den Weg stellt, kriegt man ständig Prügel. Wehrt man sich mal gründlich, hat man vielleicht einen dauernden Krieg an der Backe.«

»Deswegen seid ihr doch da«, sagte Vera. Sie war vielleicht 16 oder 17 Jahre alt, und manchmal fand ich ihre Argumentation eher schlicht. »Die Nazis haben angedroht, dass sie uns heute ›besuchen‹ kommen.« Sie malte mit ihren Fingern die An- und Abführungszeichen in die Luft. »Und wenn sie dann kommen, ist das

Hausfriedensbruch und wir können ihnen so richtig aufs Maul hauen. Und das auch noch legal.«

»Schon recht.« Nobbe grinste und hob den Baseballschläger auf, den er gegen sein Knie gelehnt hatte. »Du musst uns nicht erklären, warum wir hundert Kilometer gefahren sind. Wir wissen schon, was wir tun, und es ist nicht das erste Mal.«

Vera blieb am Fenster stehen und atmete schwer. »Aber wir müssen etwas tun. Wenn sie nicht kommen, war alles umsonst.«

»Zumindest gibt's Bier!«, rief Pocke und hob die Flasche mit »Bellheimer« an. Das Bier aus der Region schmeckte erstaunlich gut; ich hatte bisher immer gedacht, in der Pfalz könnte man nur Wein produzieren.

Nobbe wies auf die Mineralwasserflasche, die er vor sich abgestellt hatte. »Wenn's rappelt, sollten wir nüchtern sein. Sonst kommen wir hinterher nicht weg.«

Ich verdrehte die Augen, sagte aber nichts. Mein Aufenthalt in der Wohnung kam mir immer mehr vor, als sei ich ein Statist in einem Film, der gerade gedreht wurde. Und nicht zum ersten Mal überlegte ich mir, ob ich mich nicht einfach verziehen sollte. Selbst wenn die Nazis an diesem schönen Hochsommertag wirklich auftauchen und angreifen würden – was geschah dann? Wir rannten aus dem Zimmer hinaus, prügelten auf sie ein und trieben sie in die Flucht?

Im Idealfall hatten sie danach heftigen Respekt vor den Zwillingen, Vera und dem pickeligen Skinhead, der sich ebenfalls in der Wohnung herumdrückte. Im schlimmsten Fall kamen die Glatzen an einem anderen Tag wieder, und dann war garantiert keiner von uns anwesend. Ich fand es richtig, dass man sich gegen Nazis wehrte, vor allem sah ich ein, dass man ihnen nötigenfalls mit einem Knüppel ein Stück weit Respekt vor anderen Leuten einprügelte – aber diese Mission in der kleinen Stadt in Rheinland-Pfalz fand ich immer suspekter.

»Was ist denn, wenn die Nazis nicht kommen?«, fragte ich so nüchtern wie nötig.

Aus Vera sprudelte es geradezu heraus. »Die kommen garantiert, verlass dich drauf. Die waren schon oft genug hier, sie haben Pocke und Ratte vor der eigenen Haustür verprügelt, und die Bullen haben sich hinterher darüber amüsiert, als ihre Mutter eine Anzeige erstattet hat. Und sie haben in der ganzen Stadt erzählt, dass sie sich heute auf dem Weinfest treffen werden, um dann hinterher mit uns Zeckenpack aufzuräumen. So haben sie's gesagt, und so wird's auch kommen.«

»Es ist Weinfest«, sagte ich nachdenklich.

»Das hab ich gerade gesagt«, spie sie.

Abwehrend hob ich beide Hände. »Ich hab's nur wiederholt, das war keine Kritik. Aber ... vielleicht sollte mal jemand nachschauen, wo beim Weinfest sich die Nazis herumtreiben. Ich meine: Die sammeln sich doch irgendwo, dann laufen sie hierher, und vielleicht gibt's eine vernünftige Möglichkeit, ihnen unterwegs ein wenig Respekt einzuprügeln. Dann machen die Bullen nicht gleich hinterher hier eine Hausdurchsuchung.«

»Gar keine schlechte Idee.« Nobbe wiegte den Kopf. »Bevor wir uns hier auf die Eier gehen, weil wir nichts zu tun haben, spähen wir die anderen aus. Das ist ja fast schon militärisch.« Ein übertriebenes Lachen folgte. Nobbe war in seinen jungen Jahren bei der Bundeswehr gewesen, weil er zu blöd gewesen war, sich als untauglich oder pazifistisch zu verkaufen, und nervte gelegentlich mit seinen Erfahrungen, die er »beim Bund« gesammelt hatte.

»Und wer sollte das tun?« Ich wies auf die Zwillinge, auf Vera und den Skinhead, dessen Namen ich mir nicht gemerkt hatte. »Die hier sind alle bekannt wie bunte Hunde, und wir kennen uns nicht gut genug aus.« Jetzt lachte ich. »Wahrscheinlich finden wir nicht einmal das Weinfest.«

Der Skinhead hob die Hand. Er war dünn, die Pickel in seinem Gesicht schillerten in allen Abstufungen von Rot, und als er zu reden begann, stotterte er ein wenig. »Mich kennen die kaum«, sagte er langsam. »Wenn ich auf das Weinfest gehe und eine normale Jacke überziehe, falle ich nicht auf. Ich hab ja keine bunten Haare.

Oder, Vera, was meinst du?« Er schaute die Blauhaarige an. Vielleicht war er in sie heimlich verknallt, ich wusste es nicht. Aber er passte nicht so gut in die Runde: Vera und die Zwillinge sahen mit den bunten Haaren und den sorgsam aufgenähten Band-Logos auf ihren Jacken und Hosen so aus, wie Vorstadt- oder Dorfpunks eben auszusehen hatten. Er mit seiner Glatze und seiner Bomberjacke, die viel zu weit um seinen dünnen Oberköper flatterte, machte den Eindruck, als hätte er sich dem Trio nur deshalb angeschlossen, weil ihn sonst keiner ernst nahm. Und Vera war für ihn die Anführerin, nicht einer der Zwillinge.

Auf einmal redeten alle durcheinander. Die Punks aus Stuttgart erörterten ebenso die Möglichkeiten eines solchen Ausflugs wie ich oder die Zwillinge; ich merkte geradezu, wie sich die Anspannung in dem Raum in einem unendlichen Gelaber auflöste. Ich spürte ebenso, wie ich langsam Lust auf ein Bier bekam. Wenn ich länger hier herumsaß und nichts tat, wenn ich noch länger auf einen Angriff örtlicher Dorfnazis wartete, der dann vielleicht nicht kam, würde ich irgendwann mal Amok laufen.

»Moment mal, Leute!«, sagte ich laut. Ohne den anderen Gelegenheit zu geben, lange nachzudenken, redete ich weiter, übertönte so ihre Sätze. »Ich finde die Idee von ...« Hilflos sah ich den jungen Skinhead an.

»Poile heiße ich«, sprang er mir zur Seite. Verlegen lächelte er in die Runde, wahrscheinlich merkte er selbst die ungläubigen Blicke, die ihn trafen. »Echt! So heiße ich. Eigentlich heiße ich Paul, aber wegen meiner Glatze sagen alle Poile zu mir. Ihr wisst schon, wegen Oi! und so.«

»Ja ja, schon kapiert.« Ich winkte ab und gab mir Mühe, ein Lachen zu unterdrücken. »Also ... deine Idee finde ich gut, aber sie ist nicht ganz ausgereift. Du gehst los und schaust dir das Weinfest an, aber du gehst nicht allein, sondern einer von uns begleitet dich. Damit dir einer helfen kann, wenn's kracht, und damit auch einer von uns ...« Ich wies auf die Runde der Ortsfremden. »... notfalls Bescheid weiß, aus welcher Richtung die Dorfnazis kommen.«

Vera grinste mich an. »Du willst wohl raus an die frische Luft.«

»Wieso das denn?«

Mit einer großzügigen Geste wies sie auf die Punks im Raum. »Du bist der Einzige von uns, der keine bunten Haare hat.« Sie wies auf die dunkelbraunen Stoppeln auf meinem Kopf. »Mit deiner Stino-Frisur fällst du noch weniger auf als Poile. Also wirst du ihn begleiten.«

Ich schaute sie verdutzt an. Warum ich selbst nicht auf diese naheliegende Überlegung gekommen war, konnte ich nicht sagen – aber selbstverständlich hatte sie recht. Der Einzige, der zwischen roten, blauen und weißblonden Haaren dadurch auffiel, dass er keine Farbe auf dem Kopf hatte, war ausgerechnet ich.

»Einverstanden.« Ich nickte. »Dann gehen wir los, Poile und ich, und schauen nach den Nazis.«

Keine zwei Minuten später standen wir auf der Straße. Ein lauwarmer Wind blies die ersten Blätter durch die Straßen der kleinen Stadt. Noch behaupteten die Wettermänner im Fernsehen, wir seien im Spätsommer, doch ich erkannte an allen Ecken bereits den Herbst. Gelbe Blätter, rote Blätter, ein unaufhörlicher Regen im November und dann irgendwann der Schnee im Winter – mich fröstelte im Voraus. »Wir müssen da lang«, drang Poiles Stimme in meine Gedanken. Der dürre Skinhead wies die Straße hinunter.

Ich nickte nur, und wir gingen los. Anfangs hielt er die Klappe, aber nach höchstens einer Minute fing er zu reden an. »Stimmt es, dass du bei den Chaostagen warst?«, sprudelte es aus ihm hervor. »Auf der Barrikade und in den Straßenkämpfen und …?«

»Die Barrikaden in Hannover habe ich gesehen«, gab ich zurück, »aber gekämpft hab ich nicht auf oder hinter ihnen. Außerdem sind wir hier nicht in Hannover, sondern in der Pfalz – was also sollen die Vergleiche?«

»Weil da alle zusammengehalten haben in Hannover.« Sein Gesicht leuchtete geradezu vor Begeisterung. »Punks und Skinheads und Autonome und Hooligans und Metaller und alle, und dann gemeinsam gegen die Bullen.«

»Ich hab da einiges anders in Erinnerung.« Ich seufzte. »Und so lange ist das ja noch gar nicht her. Warum warst du da nicht dabei? Ich hab genug Kid-Punks und junge Oi!-Skins gesehen.«

Poile lief tatsächlich rot an. Zumindest verfärbte sich die helle Haut rings um seine Pickel jetzt auch, als zöge ihm jemand ein dünnes Tuch über das Gesicht. »Das ist so ...«, setzte er vorsichtig an. »Ich war damals noch sehr jung ...« Er stockte.

»Deine Eltern haben's nicht erlaubt«, schlussfolgerte ich grinsend. »Keine Sorge, das kann ich gut verstehen; meine Eltern hätten mich auch nicht auf Chaostage gelassen.« Dass es zu der Zeit, als ich in seinem Alter gewesen war, die segensreiche Punk-Veranstaltung in Hannover noch nicht gegeben hatte, fügte ich nicht hinzu. Poile schien ein wenig schlicht zu sein, aber sonst in Ordnung.

Immerhin schwieg er jetzt für kurze Zeit. Wir gingen eine Straße hinunter, die auf beiden Seiten von großen Wohnhäusern und Bäumen gesäumt wurde; alles wirkte so, als sei das Viertel in die Jahre gekommen, nicht mehr richtig frisch, aber doch mit dem Charme einer ehemals guten Wohngegend. Die parkenden Autos waren eher von der preiswerten Sorte, viele hatten Beulen oder sahen angerostet aus; durch schräg gestellte Fenster drang der Lärm zu laut aufgedrehter Fernseher auf die Straße.

»Sag mal«, fing ich jetzt an. »Was ist das für ein Ding mit Vera und den Zwillingen? Wie ernst ist das Problem mit den Glatzen hier? Mit den Nazi-Glatzen, meine ich natürlich, nicht mit dir.«

»Das ... das ... das ...« Er hielt inne, holte tief Luft, sah mich entschuldigend an und sprach dann langsam weiter. »So richtig kapiere ich das auch nicht. Die kennen sich teilweise von der Schule her, das ist so eine Geschichte, die in der Schule angefangen hat. Aber mittlerweile ist das ernst, da interessiert die Vorgeschichte nicht. Aber echt nicht.«

»Dann erzähl mal!«, forderte ich ihn auf. »Was geht dann konkret da ab? Ich meine, das hier ist ja nicht Berlin oder Hamburg, mit irgendwelchen Bandenkriegen haben wir in der Gegend doch nichts zu tun.«

»Das glaubst nur du. Die meisten sind keine organisierten Nazis, aber wenn du in so einem Kaff nicht mitspielst, bist du raus, und zwar richtig. Du kriegst vielleicht nicht jeden Tag aufs Maul, aber du hast ständig Stress, weil du dich nicht einordnen willst. Das mögen die hier nicht, und dann gibt es halt welche, die sind besonders stramm, und die schießen sich auf dich ein.«

Das klang nach einer richtig guten Analyse, und das hätte ich Poile nicht zugetraut. Trotzdem war ich nicht zufrieden. »Und wie ging's dann konkret weiter?«

»Es gab irgendwann sehr wohl aufs Maul. Jedes Mal, wenn einer der Zwillinge zur Schule ging, hatte er Ärger. Dann schwänzten sie ständig, damit sie dem Stress aus dem Weg gehen konnten, und das brachte ihnen nur weiteren Stress mit der Schule ein. Drogenscheißdreck kam dazu, und dann standen die Arschlöcher vor der Tür. Das war dann die Zeit, wo sich auch die Mutter einmischen wollte.«

»Was heißt hier ›wollte‹?«

Poile lachte humorlos. »Sie hat in der Schule angerufen und sich beschwert. Dann sagten ihr die Lehrer, die Zwillinge seien selbst schuld, weil sie sich schließlich schlecht benehmen würden. Dann hat sie sich an die Polizei gewandt, dort wurde sie ausgelacht. Klar, Pocke hatte schon Ärger wegen irgendwelchem Drogenkleinkram, die haben sie nicht ernst genommen. Und als die Nazis dann vor der Tür standen und dagegen traten, hat die Mutter in Panik bei den Bullen angerufen, und die sind nicht gekommen. Die haben nur gelacht und aufgelegt.«

»Die Polizei, dein Freund und Helfer«, spottete ich.

»Scheißbullen sind das.« Poile spuckte aus. »Da standen echt zehn Nazi-Arschlöcher vor der Tür und haben randaliert, haben dagegen getreten und gebrüllt. Kein Nachbar hat sich gerührt, klar, die mögen ja alle die Familie nicht, weil es Asoziale sind, wie sie sagen, und niemand hat die Bullen gerufen, und die sind sowieso nicht gekommen, als Pockes Mutter angerufen hat. Und dann kam Vera auf die Idee, sich an Punks aus Stuttgart und Karlsruhe zu wenden, die sie von irgendwelchen Konzerten her kannte. Deshalb seid ihr da.«

»Deshalb sind wir da«, wiederholte ich. So langsam bekam ich ein Bild von den Verhältnissen in dieser Kleinstadt. Hier stimmte einiges nicht; das wurde immer klarer – aber ich konnte mir nicht vorstellen, dass wir das Problem quasi militärisch lösen konnten. Meinetwegen reichte es aus, den Dorftrotteln an diesem Abend gehörig eine vor das Fressbrett zu knallen, aber das würde das Problem nicht lösen. Aber was sollten wir stattdessen tun? Ich hatte keine Ahnung.

Nach dem vergleichsweise ernsthaften Gespräch laberte Poile einfach weiter, ohne sich um mich zu kümmern. Er erzählte vom Stress in der Schule, von seiner Lehre als Automechaniker, die er bald antreten wollte, von Vera, die er wohl ziemlich klasse fand, von den Zwillingen, die mir sowieso nicht als große Lichter vorkamen, und so weiter. Unter anderen Umständen hätten mich die Kleinstadtgeschichten möglicherweise interessiert, schließlich war ich selbst in einer Kleinstadt und einem Dorf aufgewachsen und wusste, wie die Bewohner tickten – aber an diesem Tag nervte es mich.

Ich sagte nichts, bestätigte nur ab und zu irgendwelche Fragen mit einem gemurrten »Hm« und ging ansonsten neben dem pickeligen Skinhead her. Vielleicht war Poile gar nicht so unterbelichtet, wie er wirkte, sondern ganz schön clever, und vielleicht benötigte er nur jemanden, mit dem er reden konnte. Ich hatte allerdings wenig Lust, dieser Jemand zu sein, und ich hatte noch weniger Lust, ihm meine Meinung zu geigen und ihm zu sagen, dass er endlich die verdammte Klappe halten sollte.

Wir erreichten das Gelände des Weinfestes, der Übergang kam abrupt. Ich hatte erwartet, dass das Fest auf einem großen Platz war, hatte mir so etwas wie das Oktoberfest in München vorgestellt, nur kleiner und mit Wein statt Bier. Stattdessen standen wir auf einmal in einer schmalen Straße, die von einem Ende zum anderen mit Bierbänken zugestellt war.

Einige wenige Stände säumten die Straße, überdacht mit Zeltplanen, vor denen sich die Menschen drängten; dort gab es allerlei Kram zu kaufen. Die Häuser waren dicht an dicht gebaut, als müssten sie sich gegenseitig Halt und Schutz geben. Rechts und links gab es immer wieder eine Toröffnung, durch die man in einen Hof treten konnte – das eigentliche Weinfest fand in diesen Höfen statt, die von Winzern oder Vereinen betrieben wurden. Wie wir in diesem Durcheinander von Menschen eine Bande von Nazitrotteln finden sollten, war mir schleierhaft; auf der Straße und in den Höfen trieben sich viele hundert Menschen herum.

»Lass uns erst mal einen Schoppen Wein trinken«, schlug Poile vor. »Danach geht das Suchen leichter.«

»Nein.« Mein Tonfall war laut und garstig, ich merkte es sofort. »Wir schauen uns um und gehen zurück. Saufen kannst du, wenn alles rum ist. Wir werden jetzt garantiert keinen Wein bei irgendwelchen Weinbauern trinken.«

Nebeneinander bummelten wir über das Weinfest. Wir schauten in jeden Hof hinein, wir begutachteten jede Kneipe, wir blieben an jeder Sitzgelegenheit stehen. Nirgends sah ich Skinheads oder Ansammlungen von Rechtsradikalen – wobei mir schon klar war, dass viele der so brav aussehenden Weintrinker sicher eine politische Einstellung hatten, bei der mir schlecht wurde. Aber um die ging es nicht.

Auf einmal blieb Poile stehen. Fast wäre ich in ihn hineingerannt. »Was ist?«, fragte ich.

»Da sind sie!«, zischte Poile. Er zerrte mich am Ärmel in einen Hauseingang.

»Jetzt stress mal nicht so rum«, wehrte ich ab. »Wir sind nicht im Krieg, wir schauen nur, wo die Nasen sind.«

»Aber wenn sie uns hier erwischen, kriegen wir die Fresse voll.« Seine Stimme zitterte vor Anspannung.

Ich seufzte. »Schon vergessen, warum wir hier sind? Weil uns keiner für Punks oder linkes Volk hält. Wir sind unauffällig, uns kann nicht das Geringste passieren. Okay?«

»Schon gut, ist ja recht.«

»Und wo sind die Nazis jetzt?«

Er wies auf eine Kreuzung. Menschen schoben sich in dichten

Pulks vorbei. Rentner in sportlichen Regenjacken, Wanderer mit Kniebundhosen, Familien mit plärrenden Kindern. Alles, nur keine offensichtlich gewaltbereiten Nazis.

»Da ist niemand«, sagte ich. »Das sind alles stinknormale Spießer. So sehen wir auch aus, wenn wir so alt sind.«

»Ich nie«, betonte Poile. »Ich werde immer Skinhead bleiben. Der Spirit of Sixty-Nine, du verstehst?«

»Ja ja, schon gut.« Ich trat aus dem Hauseingang auf die Straße hinaus. »Zeig mir jetzt erst mal, wo du die Nazis gesehen hast.«

Zwei Ecken weiter sahen wir die Gefahr, vor der mich Poile gewarnt hatte. Ein untersetzter Mann mit Glatze, die aber so aussah, als hätte er sie schon seit einem Jahrzehnt, spazierte zwischen den Ständen der unterschiedlichen Vereine hindurch. Der Mann war allein unterwegs, niemand begleitete ihn, und er sah überhaupt nicht so aus, als gehörte er zu einer brutalen und gefährlichen Skinhead-Prügeltruppe.

Ich stieß Poile meinen Ellbogen in die Seite. »Ist das der Kerl, den du gemeint hast?«

Er nickte schuldbewusst. »Ja, das war wohl falscher Alarm.« Ein Hauch von Rot schimmerte in seinem Gesicht; immerhin war es ihm peinlich.

Da ich mich nicht aufregen wollte, bummelte ich mit Poile weiter über das Weinfest. Überall dasselbe Bild: weinselige Menschen in Feierlaune, viele mit roten Gesichtern, einige schon schwankend, manche lauthals singend, die meisten aber harmlos. Keine Spur von irgendwelchen Skinheads, kein Hinweis auf eine Nazi-Bande, die sich in einem Hinterhof sammelte, um eine Familie mit zwei Jung-Punks anzugreifen. Sogar Poile sah nach dem raschen Spaziergang ein, dass es sich nicht länger lohnte, auf dem Weinfest zu bleiben.

»Wir haben jetzt gut eine halbe Stunde verloren«, sagte ich mürrisch. »Wir müssen dringend zurück und den anderen Bescheid sagen. Und dann ...« Mir fiel der Logikfehler ein. »Was ist eigentlich, wenn die Nazis sich in der Zwischenzeit an einem anderen Platz getroffen und ihren Angriff geplant haben?«

Poile erschrak. »Das kann natürlich sein – nichts wie zurück!«

Für den Weg zum Haus benötigten wir nur halb so viel Zeit wie vorhin für dieselbe Strecke – wir rannten zwar nicht, hatten aber einen mörderischen Stechschritt drauf. Mein Gang verlangsamte sich aber sofort, als ich sah, wie locker Nobbe vor der Tür stand und eine Zigarette rauchte.

»Da scheint noch nichts passiert zu sein«, bemerkte ich trocken.

Poile nickte. »Gut so. Ich geh dann gleich hoch zu den anderen und erstatte Bericht.«

»Mach das.« Ich sah ihm zu, wie er klingelte, kurz über die Gegensprechanlage kommunizierte, die Tür öffnete und verschwand. Erst dann trat ich zu Nobbe. »Und? Wie ist die Lage in der Bude drin?«

»Die spinnen alle, echt.« Er nahm einen kräftigen Zug, dann schnippte er die Zigarette zur Seite. Sie flog auf die Straße, ein rötlicher Schimmer durch die beginnende Dämmerung. »Vera hat eben sogar einen von den Nazis angerufen und ihn am Telefon beleidigt.«

»Was? Wo hat sie ihn denn erwischt?«

»Daheim. Keiner von denen ist irgendwo auf der Straße unterwegs, und ...«

»Das habe ich bemerkt«, unterbrach ich. »Auf diesem beschissenen Weinfest wimmelt es garantiert von Dorfnazis, aber keiner von denen gehört zu denen, auf die wir warten; alles unauffällige Bürger und besoffene Trottel.«

»Scheißdreck. Genauso kommt es mir langsam vor. Vera hat den einen Nazi angerufen und beschimpft, sie hat ihn als Feigling bezeichnet und so, wollte ihn wohl aus dem Haus locken. Ich hab's nur mitgekriegt, als ich pissen war; sie hat vom Flur aus telefoniert.«

Ich schüttelte den Kopf »Das glaub ich jetzt nicht. Wollen die hier einen Krieg herbeizaubern? Halten die uns für Söldner oder so was?«

»Keine Ahnung. Die Sache stinkt irgendwie. Es gibt eine konkrete Bedrohung, das hat die Mutter vorhin bestätigt, als ich sie allein erwischt habe. Sie sagt ganz klar, dass die Nazis schon vor der Tür gestanden sind und vom ›Punkerklatschen‹ gefaselt und gebrüllt haben. Die Mutter hat echt Angst, sie kommt mit den Zwillingen nicht klar, sie hat Schiss vor den Nazis, und sie will auch die Bullen nicht im Haus haben. Die ganze Geschichte haben sich weder die Zwillinge noch Vera aus den Fingern gesaugt. Nur ...« Er fummelte eine Zigarette aus seiner Schachtel und zündete sie an. »Was heute angeht, so sieht's langsam so aus, als ob der angesagte Angriff nur eine Einbildung wäre.«

»Und du meinst: Vera hat diesen Arsch von Nazi angerufen, um ihm die Schlägerei mit uns quasi reinzudrücken.«

»Genau so. Punks aus Baden-Württemberg sollen sich mit Nazis aus Rheinland-Pfalz prügeln. Damit wir nicht umsonst unseren Sprit verfahren haben.«

Ich lachte. »Tolle Vorstellung. Ich dachte nicht, dass ich mal als Söldner die Rheinseite wechseln werde. Und dann auch noch ohne Bezahlung.«

Während ich Nobbe zuschaute, wie er rauchte, überlegte ich mir, wie es weitergehen sollte. Wir würden womöglich die Nacht über in dieser Wohnung sitzen und auf einen Angriff örtlicher Skinheads warten, der vielleicht kam, wahrscheinlich aber nicht zu erwarten war. Und dann? Dann würden wir am nächsten Morgen über den Rhein zurückfahren, und alles wäre wie bisher. Ich merkte, wie in mir die Unlust hochkroch. Das war nicht meine Angelegenheit, jetzt nicht mehr; es war vielleicht meine Angelegenheit gewesen, als ich noch geglaubt hatte, es gäbe diesen Angriff gleich am selben Abend. Aber jetzt?

Ich fixierte Nobbe. »Mal ganz ernsthaft«, sagte ich langsam, »ich überlege gerade, ob ich einfach wieder heimfahre. Dann halten die mich vielleicht für einen Feigling, aber ich hab keine Lust, hier meine Zeit zu verschwenden.«

Er warf seine Zigarette, die er zu Ende geraucht hatte, in einen Gully. »Ich kann dich gut verstehen, sehr gut sogar. Ich würd's am liebsten auch so machen.«

»Und warum tust du's nicht?«

»Jeder von uns hat jetzt gut zwei, drei Bier getrunken, einige mehr. Mut antrinken oder Frust wegsaufen, keine Ahnung. Keiner von uns ist mehr so richtig fahrfähig, und auf der Autobahn sollte man nicht mit zu viel Bier im Hirn rumeiern.«

Ich stand auf der Straße und überlegte, was ich tun sollte. Jegliche Euphorie hatte mich verlassen, kein Funken guter Laune oder Spannung war geblieben. »Bier trinken könnte ich auch noch«, sagte ich nachdenklich, »aber das mache ich dann vielleicht in Karlsruhe. Da wird sich schon eine Möglichkeit finden, für die ich dann kein Auto benötige.«

»Schon klar.« Nobbe grinste. »In der ›Steffi‹ oder in der ›Kombe‹ wahrscheinlich.«

»Ziemlich genau.«

Da Nobbe ausgeraucht hatte, verließen wir den Platz an der frischen Luft und gingen zurück in die Wohnung. Schon als wir in die Wohnung traten, wusste ich, dass ich nur noch verschwinden wollte. Es roch nach kaltem Rauch und schalem Bier, nach verschwitzten Körpern und schlechter Laune.

Die Mutter saß wohl immer noch in der Küche; die Tür war verschlossen, aber ich hörte das Gedudel aus dem Radio. Vera stand im Flur, die Fäuste in die Seiten gestemmt, und sah uns entgegen, als wollte sie etwas sagen. Die Zwillinge und Poile saßen mit den Punks aus Stuttgart in dem überfüllten Raum, in dem ich mich vorher ebenfalls aufgehalten hatte; jeder hatte eine Bierflasche vor sich stehen. Das sah nicht mehr aus wie eine Ansammlung von Kämpfern, die auf einen Angriff der Skinheads warteten, sondern eher wie eine kreuzdoofe Party, bei der die Langeweile mit möglichst viel Bier bekämpft wurde.

Ich trat in das Zimmer und fischte meinen Axtstiel unter dem Sofa hervor. »Ich geh dann«, sagte ich in die Runde.

Es wurde nicht viel geredet. Die Stuttgarter verabschiedeten sich freundlich von mir, die Zwillinge sahen mittlerweile aus, als hätten sie zu viel gekifft, und murmelten ein leises »Tschüss« durch die Gegend. Ich verzichtete darauf, bei der Mutter reinzuschauen, umarmte Nobbe und einige andere Freunde – und dann stand ich im Flur.

Vera hatte immer noch die Fäuste in die Seiten gestemmt. »Ich hätte dich nicht für so einen Feigling gehalten«, sagte sie mit viel Anspannung in der Stimme. »Es ist das Allerletzte, uns jetzt mit dieser Bedrohung allein zu lassen.«

Zuerst wollte ich nichts sagen und mich nur an ihr vorbeischieben. Dann überlegte ich es mir anders. »Heute Abend kommt sicher kein Nazi-Angriff mehr. Und da halte ich es für wenig sinnvoll, hier zu sitzen und zu warten, ob vielleicht doch etwas passiert.«

»Du bist nur ein feiger Pisser, der sich vor Angst in die Hosen macht.« Sie ging mit keinem Wort auf meine Aussage ein. »Bei den Chaostagen hast du eine große Lippe riskiert, aber hier, wo es um ernsthafte Sachen geht, da bist du feige.«

Während ich an ihr vorbeiging, ohne sie weiter zu beachten, redete sie sich in Rage. »Feiges Stück!«, schrie sie mir nach, als die Tür hinter mir ins Schloss fiel; eine Reihe von Beschimpfungen folgte.

Ich ging die Treppe hinunter. Durch die Tür hörte ich Vera toben. Es reichte mir tatsächlich. Und als ich im Freien stand, freute ich mich schon auf ein gemütliches Bier bei lauter Musik.

Das Putzfrauengeschwader

Die »Kombe« war brechend voll. Wer aufs Klo wollte oder hinaus an die frische Luft, musste sich durch die Menge quetschen. Rauch waberte über den Köpfen der Besucher und wurde von den Abzugseinrichtungen nur mühsam verarbeitet. Bunte Haare, lange Haare, Glatzen, Lederjacken – das übliche Sammelsurium an Subkulturen hatte sich an diesem Samstagabend in dem Kellerclub am westlichen Stadtrand eingefunden.

Ich stand in der Ecke zwischen dem DJ-Pult und der Tanzfläche, wo sich unsere Clique die meiste Zeit aufhielt, trug die alte Bundeswehrjacke mit dem Aufnäher der »Disco Punx Karlsruhe« am Ärmel und hatte ein Bierglas in der Hand. Der kurzhaarige Typ aus der Pfalz neben mir, der mir irgendwelche Geschichten ins Ohr brüllte, ging mir langsam auf dic Nerven – ich verstand kaum, was er mir erzählen wollte, und fand es von Sekunde zu Sekunde anstrengender.

Der DJ wechselte die Musikrichtung. »Don't Call Me White« bollerte aus den Boxen, der Hit der kalifornischen Band NOFX. Auf der Tanzfläche wechselte in rasender Geschwindigkeit das Publikum. Hatten sich dort bisher eher normale Leute zu HipHop-Metal-Crossover bewegt, hüpften dort jetzt einige Punks. Dann sah ich Ede, der mit weit ausladenden Schritten auf die Tanzfläche sprang.

Meine Rettung!, dachte ich, nahm einen kräftigen Schluck Bier, stellte das fast leere Glas auf der Theke vor dem DJ-Pult ab – wenn es jetzt jemand wegräumte, war es auch egal – und schob mich durch die Menge. Der Kurzhaarige aus der Pfalz merkte zu spät, dass mein Ohr von seinem Mund weg war, und schrie noch einige Sekunden seine Belanglosigkeiten in den Raum, bevor er verstummte.

Das Stück war schnell, ich mochte es, und ich hüpfte wie ein Gummiball auf und ab, während ich die Leute am Rand der Tanzfläche zur Seite drängte. Dann wechselte ich den Stil: Stiefel nach vorne, Arme zur Seite, eine Spur aggressiver und mit mehr Wucht. Ede, der gerade auf der anderen Seite der Tanzfläche einen Skinhead zur Seite schubste, grinste über das bärtige Gesicht. Ich ahnte, was er dachte; wahrscheinlich »endlich ein Gegner«.

Wie zwei Boxer im Ring umkreisten wir uns auf entgegengesetzten Positionen. Er war fast einen Kopf größer als ich, eigentlich mehr Rockabilly als Punk, das Johnny-Cash-Shirt klebte am muskulösen Oberkörper. Ich sprang, ich trat, ich hüpfte, und mit meinen Händen schleuderte ich aus dem Weg, wer nicht schnell genug von der Tanzfläche wegkam. Ein Glas splitterte an der Stelle, wo es zu Boden fiel, ein schlaksiger Skate-Punk knallte auf die Treppe an der Seite, aber es passierte ihm nichts.

Ede war weniger zimperlich, er war kräftiger als ich und scheute nicht davor zurück, die Leute massiv mit Schlägen zu traktieren. Pogo war für ihn Kampf, eine Auseinandersetzung zwischen Männern – und wenn er die wollte, sollte er sie haben. Alles fand ich im Augenblick besser als die nervtötenden Sprüche des Typen aus der Pfalz. Mit einem wuchtigen Schlag wischte ich einen Hardcore-Typen mit Stirnband und langen Haaren zur Seite, dann waren nur noch Ede und ich übrig.

Ich grinste, er auch. Mit zwei Sätzen erreichte ich ihn, sprang, drehte mich im Sprung und knallte ihm mit der Seite gegen die Brust. Er taumelte zwei Schritte nach hinten, einen überraschten Ausdruck im Gesicht, fing sich aber rasch und knallte gegen mich. Bevor ich umkippen konnte, packte ich ihn an den Oberarmen, zog mich mit Schwung an ihm hoch und begann zu springen. Er lachte laut und kollernd, griff nach meiner Jacke, seine Hände verkrallten sich in ihr, und dann sprangen wir gemeinsam über die Tanzfläche, schüttelten uns gegenseitig, zerrten an den Klamotten, traten mit den Füßen aus, und jeder, der in diesem Augenblick in unsere Nähe kam, flüchtete sicherheitshalber.

Mit den letzten Tönen von »Don't Call Me White« stolperte Ede, fiel nach hinten, ich folgte ihm, und dann stürzten wir quer durch den Raum, die Beine wild durch die Luft schlagend, bis wir von den Beinen derjenigen zum Halten kamen, die nicht schnell genug ausgewichen waren.

Aus den Boxen kam jetzt SOCIAL DISTORTION, und während sich die Tanzfläche wieder mit Leuten füllte, die braven Sicherheitspogo tanzten, standen Ede und ich langsam wieder auf.

Erst jetzt sah ich, was sich rings um uns in den vergangenen Sekunden abgespielt hatte. Drei Türsteher hatten sich neben uns aufgebaut, schwere Männer mit langen Haaren und dem »Gremium«-Aufnäher hinten auf der Jacke. Sie wirkten, als wollten sie eine Schlägerei anzetteln, hielten aber noch inne. Der Pächter der »Kombe« redete gestikulierend auf sie ein, dann zogen sie ab.

»Was ist denn los?«, schrie ich ihm durch den Lärm des Punkrock-Stücks ins Ohr.

Er lachte. »Jemand ist rausgerannt zu denen und hat ihnen gesagt, es gäbe eine Schlägerei direkt auf der Tanzfläche. Dann sind die natürlich sofort los, weil sie dachten, sie hätten einen Grund, jemandem eine reinzuhauen.« Er winkte ab. »Hätte man mir gesagt, dass ihr zwei es seid, die ein bisschen Pogo tanzen, hätte ich sie dort gelassen.« Mahnend hob er den Finger. »Nächstes Mal vielleicht nicht ganz so aggressiv, es sind ja auch noch andere Leute da.«

Ede und ich versprachen alles, was er hören wollte, bevor er zu seiner Clique ging, die an der anderen Theke stand und dort vor allem Cocktails trank. Ich erkannte, dass mein Glas verschwunden war, wahrscheinlich hatte es einer der Gläsersammler abgeräumt, und stellte mich in die Schlange an der Theke, die sich direkt an das DJ-Pult anschloss.

Zu warten brauchte ich nicht lange. Die Bedienung mit den dünnen Zöpfen, die ihr bis auf die tätowierten Schultern hingen, stand gerade an der Zapfanlage und füllte Biergläser. Grinsend winkte sie mir zu, und ich nickte. Und noch während die Leute vor mir in der Schlange standen und warteten, eilte sie mit einem gefüllten Bierglas zum DJ-Pult, gewissermaßen an die Seite der Schlange, und reichte mir das Bier rüber. »Geht aufs Haus!«

Ich verstand kein Wort, weil jetzt ein heftiges Mosh-Gewitter aus den Boxen wummerte, aber ich erkannte an ihren Lippenbewegungen, was sie meinte. Grinsend hob ich das Glas, sie winkte mir und eilte zurück zur Zapfanlage. Manchmal bezahlte ich für mein Bier, manchmal nicht, und bei den Türstehern musste ich normalerweise sowieso kein Geld liegen lassen; es hatte seine Vorteile, langjähriger Stammgast zu sein.

Als ich mich durch die Menge quetschte, fiel mir auf, dass es nicht mehr ganz so mörderisch voll war. Ich trug grundsätzlich keine Uhr, weil die beim Pogen sowieso kaputtginge, weshalb ich nicht wusste, wie spät es war. Wenn sich die »Kombe« aber langsam leerte, ging es auf vier Uhr.

Auf einmal stand Ulli vor mir. »Auf, Klaus!«, sagte er. »Wir haben eine Mitfahrgelegenheit in die Innenstadt.«

»Aber ich hab doch ...« Ich wies auf mein Bierglas.

»Mach dir nicht ins Hemd. Du wirst doch so ein blödes Bier wegexen können.«

»Wer fährt denn?«

»Die Pelle und die Weiße.«

Ich schluckte. Wie die beiden Frauen hießen, wusste ich nicht, ich kannte sie nur vom Sehen und fand sie unsympathisch, ohne je ein Wort mit ihnen gewechselt zu haben. Die Weiße nannten wir so, weil sie meist ein knallenges Kleid mit weißem Jäckchen anhatte, oftmals in einer Art Lederimitat. Die Haare trug sie blond gefärbt, und sie tanzte so exakt und akkurat zu irgendwelchen Hardcore-Stücken, dass ich oftmals den Eindruck gewann, sie würde jeden Takt mitzählen, damit die Füße in den Halbstiefeln sauber auf der Tanzfläche aufsetzten. Sie wurde meist von einer Frau begleitet, die einen Kopf kleiner und deutlich rundlicher war, die schwarze Haare hatte und ein schwarzes Lackkleid bevorzugte, das sie meist hauteng trug – damit sah sie aus »wie eine Wurst in der Pelle«, wie es eine Freundin von uns in ihrer gewohnt uncharmanten Art gesagt hatte.

Die beiden waren immer in der »Kombe«, wenn wir auch dort aufschlugen. Sie schienen größtenteils dieselbe Musik zu mögen wie wir, ansonsten aber hatte ich das Gefühl, dass sie unseren stets besoffenen Haufen aus tiefstem Herzen verabscheuten. Und jetzt sollten wir mit den beiden fahren?

»Willst du laufen?«, fragte Ulli, als ich immer noch vor ihm stand, das Glas in der Hand. »Die beiden stehen schon draußen vor der Tür und warten nur auf dich. Lasse ist bei ihnen, der hat die Fahrt klargemacht. Wir gehen noch ins ›Mash‹.«

Ich überlegte. Das »Mash« war eine Diskothek in der Innenstadt, praktischerweise keine 500 Meter von meiner Haustür entfernt, wo wir regelmäßig abstürzten. Die Musik fand ich meist scheiße, aber das Bier schmeckte, und wenn ich mit Lasse und Ulli unterwegs war, gehörte das »Mash« oftmals zur letzten Station, bevor ich entnervt und besoffen in mein Bett fiel. Aber jetzt schon wieder?

»Kannst auch hierbleiben und dann heimlaufen«, sagte Ulli ungeduldig. »Ich geh schon mal raus und stopp die zwei Frauen, bevor die losfahren. Kannst ja nachkommen.«

Er wandte sich um und drängte sich durch die Menge. »Smells Like Teen Spirit« lief jetzt, der Klassiker von NIRVANA, und noch einmal strömten die Leute auf die Tanzfläche; der DJ schien die Verstärker sogar eine Spur lauter aufzudrehen. Skeptisch betrachtete ich mein Glas, dann setzte ich es an und kippte den halben Liter auf einen Zug in mich hinein.

Als ich die schmale Kellertreppe hinaufeilte und die frische Luft spürte, die mir auf einmal ins Gesicht schlug, merkte ich, dass ich ordentlich getankt hatte. Schlagartig war ich froh, eine Fahrgelegenheit in die Innenstadt zu haben. In diesem Zustand wäre es keine Freude, die knapp zwei Kilometer entlang der Kriegsstraße zurückzulegen. Ich sah Ulli, der eben auf ein Mittelklasse-Auto am Rande des Parkplatzes zusteuerte, und machte, dass ich schnell hinter ihm herkam.

Die Weiße musterte mich ungnädig. Wenn sie ihre Stirn so in Falten legte, sah sie auf einmal nicht mehr so jung aus wie auf der Tanzfläche; ich schätzte sie auf deutlich über dreißig Jahre. »Der auch noch.« Sie seufzte. »Wenn's denn sein muss. Aber jetzt macht!«

Sie wies auf die offenen Türen, Pelle saß bereits auf dem Beifahrersitz, eine Handtasche auf dem Schoß, und rauchte durch das offene Fenster.

Ulli und ich verständigten uns kurz. Er quetschte sich hinter die Weiße, ich schob mich hinter Pelles Sitz ins Auto. Lasse saß bereits in der Mitte der Rückbank; auf den ersten Blick erkannte ich, dass er komplett besoffen war.

»Du willst echt noch ins ›Mash‹?«, fragte ich ihn alarmiert. »Das geht doch garantiert schief heute Nacht.«

»Na klar will ich da hin.« Er lallte bereits. »Da läuft super Musik, da gibt's tolle Mädels, und an der kleinen Theke kriegen wir noch ein Bier.«

»Na spitze«, sagte ich und lehnte mich in den Sitz zurück, zog die Tür zu. »Der Abend wird ja noch richtig super.« Es war eng, wir konnten uns auf dem Rücksitz kaum bewegen.

Lasse, der von uns drei Männern auf dem Rücksitz der dünnste war, drehte sich hin und her, während der Wagen vom Parkplatz rollte. Ich folgte seinem Blick und merkte jetzt erst, dass wir nicht in einem herkömmlichen Auto saßen, sondern in einer Art Transporter. Hinter der Lehne des Rücksitzes kam eine kleine Ladefläche, auf der allerlei Eimer standen, sauber vertäut, damit sie nicht hin- und herflogen, dazu Wischer und Schrubber, eine Packung mit Putzlappen und andere Dinge, die man fürs Säubern von Wohnungen, Büros oder Lagerräumen benötigte.

»Was?«, platzte es aus Lasse heraus. »Ihr seid Putzfrauen? Jetzt echt?« Er lachte los, besoffen und albern, und konnte sich innerhalb weniger Sekunden nicht mehr halten, grölte lautstark und bog sich auf dem Rücksitz.

»Nein!«, schnappte die Weiße, während sie ihr Auto vom Parkplatz auf die Straße lenkte, »sind wir nicht. Und selbst wenn, dann wäre das auch egal.«

In meinem benebelten Kopf bekam ich von dem Gespräch nur einen Teil mit. Meine Mutter hatte selbst ihr Geld jahrelang als Putzfrau verdient, und ich fand an dem Beruf überhaupt nichts

Peinliches. Warum Lasse das alles auf einmal so superwitzig fand, erschloss sich mir nicht.

»Wir fahren mit einem Putzfrauengeschwader durch die Stadt. Hoffentlich erkennt mich keiner.« Theatralisch verbarg Lasse sein Gesicht in den Händen, zwischen seinen Fingern unterdrückte er sein Lachen.

Die Weiße fand das überhaupt nicht witzig. »Wir haben vielleicht nicht studiert wie ihr«, schnauzte sie und drehte ihren Kopf so, dass sie nach hinten sehen konnte, »aber wir sind nicht blöd.«

»Hey, piano«, mischte ich mich ein. »Ich hab nichts gegen Putzfrauen. Meine Mutter hat jahrelang als solche gearbeitet.«

»Aber wir sind keine«, konterte sie. Mit quietschenden Bremsen hielt sie vor einer Ampel, die noch rot zeigte und in genau diesem Moment auf grün umschaltete; sie beschleunigte wieder. »Wir sind nicht blöd.«

Dass sie uns nicht einfach aus dem Auto schmiss, wunderte mich. Und weil ich selbst besoffen war, blieb ich dabei, ein ernsthaftes Gespräch zu führen. »Der Einzige von uns, der studiert, das ist der Ulli. Der wird irgendwann mal Doktor von irgendwas, das ist sicher. Lasse hat irgendwas gelernt, ich nichts. Ich bin nur Punkrocker.«

»Aber ich bin ein akkurat ausgebildeter Punkrocker«, sagte Lasse so ernsthaft, wie es nur ging. »Und jetzt fahre ich mit Putzfrauen.« Seine Stimme klang so ernsthaft, so beleidigt, als ob es ein persönliches Problem für ihn wäre.

Die Weiße gab nur ein entrüstetes »Pffff« von sich, Pelle hielt weiterhin den Mund, und ich kam nicht mehr aus dem Lachen heraus. Zwar versuchte ich, mein Lachen unter Kontrolle zu behalten, und biss mir schon in die Hand, aber die Weiße bekam natürlich alles mit. Sie starrte in den Rückspiegel, als ob sie mich durch ihren zornigen Blick dazu bringen könnte, sofort mit dem albernen Lachen aufzuhören – ich schaffte es einfach nicht.

»Ich fahr euch bis vors ›Mash‹, und dann habt ihr mich gesehen«, sagte die Weiße so ruhig wie möglich. »Ich hab's versprochen, und ich halte mein Versprechen.«

»Was mich angeht«, meldete sich auf einmal Ulli. »Lass mich da vorne an der Telekom-Kreuzung aussteigen.« Er zeigte auf den Neubau an der Kreuzung, dessen Fassade ein wenig gewölbt war und von einem »Telekom«-Zeichen geziert wurde.

Die Weiße gab mit keinem Ton zu verstehen, dass sie auf seinen Wunsch eingehen wollte. Stur blickte sie nach vorne, konzentrierte sich auf die nächtliche Straße. Ich wusste nicht, ob sie etwas getrunken hatte, aber sie hatte sich mustergültig unter Kontrolle. An ihrer Stelle wäre ich explodiert.

Lasse kicherte vor sich hin. »Ein Putzfrauengeschwader und ich, ich glaub's nicht«, wiederholte er in regelmäßigem Abstand. Und jedes Mal, wenn er das sagte, musste ich auch besoffen und albern mitlachen.

Ulli war das Ganze sichtlich peinlich; er wand sich neben uns auf dem Rücksitz, als wollte er sich in ein Loch verkriechen. Als die Ampel an der Kreuzung auf Rot schaltete, wartete er nicht lange ab. Kaum stand der Wagen, riss er die Tür auf und sprang ins Freie. Er knallte die Tür, sagte weder »Danke« noch sonst etwas, lief stattdessen los. Ich sah ihn noch über die Kreuzung rennen, die dünne Jacke flatterte in der warmen Luft, dann fuhr die Weiße bereits wieder los.

»Einen hab ich los«, sagte sie grimmig. Sie ignorierte unser besoffenes Lachen vom Rücksitz, bog stürmisch nach links ab, hielt sich nicht an die Geschwindigkeitsregeln, sondern fuhr zügig durch die Nebenstraßen. Mich wunderte sowieso, dass sie bis zur Eingangstür des »Mash« fuhr und uns nicht unterwegs an die frische Luft beförderte – aber da ich unbedingt noch mindestens zwei Bier trinken wollte, wehrte ich mich nicht gegen den guten Service.

Sie hielt mitten auf der Straße an. Links schimmerte das Licht durch die verdunkelten Scheiben des Clubs, rechts standen einige Nachtschwärmer am Straßenrand und schlossen ihre Fahrräder auf. »Raus jetzt!«, sagte die Weiße energisch und gab sich Mühe, ihre Stimme gefährlich klingen zu lassen. »Sonst bleibt ihr halt im Auto, und ich schmeiß euch heute Nacht irgendwann in der Pfalz aus der Karre.«

Lasse lachte wieder los. »Mit dem Putzfrauengeschwader in die Pfalz – dass ich das noch erleben kann.« Brüllend schlug er sich mit der flachen Hand auf den Oberschenkel.

Ich gab ihm einen Stoß in die Seite. »Na, komm schon – wir steigen jetzt aus. Da drin gibt's noch ein Bier. Oder auch zwei.«

Keine Minute später standen wir auf der Straße. Mit quietschenden Reifen fuhr die Weiße an, viel zu schnell rollte sie durch die Tempo-30-Zone. »Bis die in der Pfalz ist, kann sie schon in die Sonne schauen«, murmelte ich.

Von der anderen Straßenseite warf uns ein Typ, den ich nicht kannte – er sah aus wie ein Student – einige Scherzworte zu. Wir ignorierten ihn, grinsten uns an und gingen in Richtung Eingang. Wie immer standen vor der Tür gut zwei Dutzend Leute herum, die tranken und rauchten und sich offenbar noch nicht entscheiden konnten, ob sie schon heimgehen oder ein weiteres Mal ins Innere treten sollten.

»Lasse und Klaus«, sagte der riesenhafte Türsteher, der sich uns in den Weg stellte, und es klang wie ein tiefes Seufzen. Er blickte auf uns herunter, als könnte er den Anblick nicht verkraften. »Es ist schon nach vier Uhr. Wir machen um fünf zu, dass wisst ihr.« Aus der Tür hinter ihm drang gedämpfte Musik, irgendwelcher elektronischer Kram, zu dem eine Sängerin irgendwelches Zeug piepste.

»Ja ja«, gab Lasse zurück, seine Stimme klang erstaunlich klar. »Und dann kann man bis sechs saufen. Wir sind nicht zum ersten Mal hier, und wir sind gute Umsatzbringer.«

Der Türsteher hob die schaufelartigen Hände, jede von ihnen so groß wie mein Kopf. »Ich weiß, ich hab euch von meinem Vorgänger geerbt. Ich lasse euch rein, wenn ihr euch benehmt. Okay?«

»Großes Indianerehrenwort«, sagte ich und hob die Schwurhand.

Er seufzte erneut. »Besoffene Punks. So weit ist es mit mir schon gekommen.« Er trat zur Seite und winkte uns. »Geht schon durch, bevor ich's mir anders überlege.«

Lasse und ich gingen an ihm vorüber, der Türsteher klopfte uns noch kräftig auf die Schulter. Im Inneren empfing uns stickige Luft, eine Mixtur aus Schweiß, Alkohol, Zigarettenrauch und Parfüm, die im Rhythmus der Bässe zu vibrieren schien. Links von uns war die normale Bar, an der dichtes Gedränge herrschte, rechts kam die kleine Tanzfläche, keine neun Quadratmeter groß, spiegelndes Metall auf dem Boden, zwei Frauen mit knappen Kleidern darauf. Wir quetschten uns an den gaffenden Männern vorüber, die den Frauen auf die Hintern starrten, und kamen in den Teil des Clubs, der eigentlich direkt an der Straße lag, wenngleich ohne direkten Blick.

Die kleine Theke wurde von einem jungen Mann bewirtschaftet, den Lasse kannte. Ich wusste, dass er eigentlich Maler war und keine schlechten Bilder produzierte. Weil die keiner kaufte, arbeitete er an der kleinen Theke und versorgte vor allem am Wochenende das Strandgut der Stadt mit Alkohol. So verdiente er genug Geld für seinen Traum. Ich hatte Respekt vor ihm, seinem Engagement, seinen Träumen und seinem Job.

Lasse und ich quetschten uns auf die Bank, die in Form eines riesigen Quadrats die kleine Theke umgab; rechts von uns saßen zwei Anzugtypen, die schon besoffen waren, uns gegenüber stierte eine in die Jahre gekommene Blondine mit extrem tiefem Ausschnitt in ihr Cocktailglas. Wir mussten kein Wort sagen, kommentarlos stellte der Maler jedem von uns ein Bier vor die Nase.

Ich grinste und hob das Glas an, dann stieß ich es gegen Lasses Glas. »Prost«, sagte ich.

»Weißt du was«, sagte Lasse, »wir sind keine echten Punks. Wir sind Disco Punx, und discopunkiger geht's echt nicht.«

»Hauptsache, wir kriegen nie Ärger mit einem Putzfrauengeschwader.«

Eine Reise ins Mutschelland

An diesem Samstagmorgen benötigte ich lange, bis ich in die Gänge kam. In der Nacht zuvor war ich zu lange auf Sauftour gewesen, wieder einmal in der »Katakombe« und später sogar auf einer Techno-Party. Ich wusste, dass ich eigentlich früh aus dem Bett musste, aber ich schaffte es nicht, vor zehn Uhr aufzustehen.

Wie ein Schatten schlich ich durch die Wohnung. Ich frühstückte mit viel Kaffee und einem Teller Müsli, dazu dröhnte RAZZIA aus den Boxen. Nachdem ich mich gesättigt fühlte, packte ich meinen lahmen Körper ins Auto und fuhr zu Jakob.

Jakob war schon völlig genervt, als ich bei ihm eintraf. »Verdammt, jetzt ist schon bald zwei Uhr, und wir müssen um vier Uhr in Ulm sein. Das schaffen wir nie.«

Ich blieb cool, was angesichts meiner Kopfschmerzen nicht weiter überraschend war. »Selbst schuld«, brummelte ich in meinen Viertagesbart hinein. »Aber wir schaffen's schon in dieses Möbel-Zentrum.«

Nachdem Jakob zwei Millionen Punkte in Flensburg erhalten hatte (»dabei bin ich nur ein paar Mal ein bisschen zu schnell gefahren, na ja, und die rote Ampel, und, na ja, das Stoppschild, nun ja, und da war noch der Polizist, dem ich den Stinkefinger gezeigt habe«), hatte ihm die brutale Staatsmacht seinen Führerschein abgenommen. Jetzt brauchte der arme Kerl jemanden, der ihn zu seinen Jobs als »Ton-Ingenieur« fuhr – und an diesem Samstag sollte es nach Neu-Ulm gehen. In einem Möbel-Zentrum gab es ein Rock-Konzert, für das er die Anlage zu liefern hatte.

Als Bezahlung winkten mir ein Abendessen und Freibier; vor allem Letzteres war angesichts der Tatsache, dass ich zu fahren hatte, eher heikel. Aber ich hatte richtig Lust auf die ganze Angelegenheit und freute mich schon darauf, eine Expedition ins Unbekannte starten zu können.

Mit meinem Auto fuhren wir zum »Rock-Shop«, einem großen Fachgeschäft für Musik aller Art. In den vergangenen Jahren hatte sich das Unternehmen unter anderem darauf spezialisiert, die Backline für große Konzerte und ganze Festivals zu stellen; Jakob hatte dabei schon mehrfach sein Geld verdient. Niemand im »Rock-Shop« wusste, dass er derzeit seinen Führerschein nicht hatte. Wer ich war, interessierte niemanden; vielleicht hielten sie mich für jemanden, der die Boxen durch die Gegend schleppte und den Helfershelfer spielte. Ich hielt mich im Hintergrund und sah zu, wie Jakob sich mit den Verantwortlichen unterhielt. Listen wurden durchgeschaut, Hände wurden geschüttelt, und dann waren wir allein. Mein Auto hatte ich längst auf dem Parkplatz abgestellt.

Als wir vor dem riesengroßen Mercedes Sprinter standen, wurde mir ein wenig mulmig. »Du weißt sicher, dass ich noch nie mit so einer Karre gefahren bin?«, fragte ich.

»Das wird schon.« Jakob grinste. »Das ist wie ein normales Auto, nur ist der Sprinter ein Stück höher und vor allem auch noch schneller.«

Wir checkten das Auto; der Laderaum war perfekt gepackt, ein riesiger Berg von Boxen und Elektronik stand dort bereit. Dummerweise funktionierte der CD-Wechsler nicht; immerhin gab es einen Kassettenrekorder. Jakob fummelte in seiner Jacke herum und zog eine Kassette hervor – »ein Tape für die ganze Fahrt, das muss dann eben reichen«.

Ich fuhr los und sorgte schon hundert Meter weiter für den ersten Aufreger. Ich bekam die Kurve nicht so, wie es angebracht gewesen wäre, und rasierte fast einen Randstein ab. Danach spielte sich mein Verhältnis zu dem Sprinter immer besser ein, und wenige Minuten später waren wir auf der Autobahn.

Es ging erstaunlich flott, die ganze Zeit lief Jakobs Kassette, bis ich schon fast jedes MADBALL-Stück auswendig kannte. Wir hatten keine Staus auf der Strecke, kamen gut an den Baustellen bei

Stuttgart vorbei, und ich erzählte Jakob, während wir über die Schwäbische Alb rollten, ständig uralte Punkergeschichten à la »Und da sind wir immer nach Geislingen gefahren, um uns HERESY und so Zeug anzuschauen«. Irgendwann tauchte das Ortsschild von Ulm auf, und dann konnte ich meinem gequälten Mitfahrer sogar noch dumme Bundeswehrgeschichten erzählen.

Nach einigen Kilometern stellten wir fest, dass die Wegbeschreibung, die man Jakob gegeben hatte, nicht ganz stimmte. Frustriert rollten wir an den Straßenrand und betrachteten die Notizen, die uns direkt zu unserem Veranstaltungsort führen sollten. »Hoffentlich gibt's bald diese satellitengestützten Navigationssysteme, von denen sie immer wieder schreiben«, sagte ich sehnsüchtig.

Jakob winkte ab. »Du mit deinen Science-Fiction-Geschichten. Komm, wir fragen die Leute.«

»Ach was.« Jetzt winkte ich ab. »Wir sind echte Männer, oder? Und echte Männer fragen nicht nach dem Weg; die schaffen es doch auch so, oder?«

Wir warfen die Wegbeschreibung weg, beschlossen, einfach frei Schnauze in Richtung Neu-Ulm zu fahren und nach Industriegebieten und großen Möbelhäusern Ausschau zu halten. Es war noch hell, und wir würden sicher bald einen Hinweis finden. Tatsächlich ging alles ganz leicht: Kaum waren wir auch nur in der Nähe von Neu-Ulm, also auf der bayerischen Seite, wiesen uns zahlreiche Schilder den Weg zum sogenannten Mutschler Center.

»Hier in Ulm heißen anscheinend verdammt viele Leute Mutschler«, meinte Jakob, nachdem wir gut das vierzigste Mutschler-Schild gesehen hatten. Künftig hieß die Stadt für uns nur noch »das Mutschelland«, wir unterhielten uns über die vorbeiflanierenden »Mutscheln« und überlegten, wie die sich daheim vor dem Fernseher in den Schlaf »mutscheln« würden.

Unsere Gespräche wurden absurder und noch absurder, obwohl wir beide nüchtern waren, und wir lachten die ganze Zeit. Wie ich es letztlich schaffte, trotzdem einen Parkplatz direkt vor der Tür des Mutschler Centers zu finden, wunderte mich selbst.

Ich wies auf die Uhr im Armaturenbrett. »16 Uhr exakt«, sagte ich trocken. »Wenn das mal keine Punktlandung ist.«

»Schon recht«, brummte Jakob. »Alles nur Anfängerglück.«

Da standen wir nun: Das Mutschler Center erwies sich als ein riesengroßes Einkaufszentrum, das offensichtlich nach dem Vorbild amerikanischer Malls errichtet worden war. In Deutschland kannte man so etwas noch kaum, wenngleich die meisten Städte fieberhaft daran arbeiteten, ihren Innenstädten ebenfalls solche Einkaufszentren zu verpassen.

»Schau mal«, sagte ich zu Jakob, »hier sind wir richtig.« Ich wies auf ein Schild am Haupteingang, Es erklärte ausführlich, dass Betteln, Lagern und andere unanständige Dinge verboten waren; auf diese Weise hielt man sich in diesem Laden bestimmt Bettler, Punks, Drogensüchtige und andere Untermenschen vom Leib. *So kann aus Deutschland glatt noch was werden*, dachte ich, während ich mir den ekligen Laden anschaute.

Jakob und ich gingen einige Meter in das Center hinein, ohne uns darum zu kümmern, dass ich den Sprinter direkt neben dem »Parken verboten«-Schild abgestellt hatte. Ich war ziemlich beeindruckt: Das Einkaufszentrum war gut gefüllt, es wimmelte von Familien mit Kindern, einkaufenden Gruppen junger Frauen und schlendernder Jungmänner mit Jogginghosen.

Die Kunden starrten uns irritiert an, und erst nach einiger Zeit verstand ich, dass wir mit unserem Outfit wirklich auffielen: Jakob sah mit seiner Glatze aus wie ein bösartiger Skinhead aus einer Vorabendserie, ich trug das komplette Punkrock-Ornat mit stacheligen Haaren, zerrissener Hose, Stiefeln und Lederjacke. Wir zwei sahen richtig scheiße aus.

Wie mir Jakob erzählte, war eigentlich geplant, dass mitten in diesem Einkaufszentrum um Punkt 16 Uhr eine Bühne bereitstehen sollte. Aber noch wimmelte es von zahlreichen Bürgern der unerträglichen Art. Man zog sich schick an, man schwätzte schwäbisch oder bayerisch, und ich hasste die Ansammlung von Spießbürgern vom ersten Moment an.

Jakob bekam irgendwie auf die Reihe, wohin er sein Zeug laden sollte, organisierte sich einen Hubwagen und zwei Helfer und begann mit seiner Arbeit. Ich suchte nach einer Toilette, verrichtete meine gepflegte Aufgabe und fühlte mich danach um Längen besser.

Während Jakob den Aufbau begutachtete, den jetzt örtliche Techniker erledigten, hatte ich nichts weiter zu tun. Ich war ja schließlich nur der Fahrer. Sicherheitshalber hatte ich etwas zu lesen eingepackt und sogar meinen Laptop dabei. Nach einem kurzen Gespräch mit dem Soundmann konnte ich meinen kleinen Computer an das Mischpult anschließen und wenigstens ein bisschen schreiben; dazwischen blätterte ich in diversen Fanzines. So bekam ich die Zeit gut herum.

Irgendwann stand ein Mann vor mir, vielleicht Anfang der vierzig. Schleimiger als dieser Kerl mit seinem dünnen Schnauzbart konnte man kaum aussehen; er trug einen geschmacklosen, aber teuer aussehenden Anzug mit dämlicher Krawatte. Ich sah sofort, dass ich den Chef vor mir hatte. Solche Menschen hatte ich zu meiner Supermarkt-Zeit Anfang der achtziger Jahre zu Genüge kennengelernt.

»Was machen Sie denn hier, junger Mann?«, fragte er.

Ich überlegte kurz, ob ich ihn über mein wahres Alter informieren sollte. Nur weil ich nicht gerade seriös aussah, war ich aus dem Alter eines Jugendlichen längst hinaus. Aus Rücksicht auf Jakob und dessen Job verzichtete ich darauf, den asseligen Punker zu spielen, und gab in aller Höflichkeit meine Antwort. »Ich bin der Fahrer, ich habe die Boxen von Karlsruhe hierher transportiert und derzeit nichts zu tun. Also arbeite ich ein wenig an meiner Diplomarbeit.« Wenngleich ich noch nie in meinem Leben den Hörsaal einer Universität von innen gesehen hatte, wusste ich doch, dass es schlau klang, solche Sätze von sich zu geben.

Der Mann sagte mir seinen Namen und stellte sich als Marktleiter vor. Also hatte ich richtig geraten. »Ich will, dass wir heute Abend die Bude rocken«, sagte er und reckte die rechte Faust in die Höhe, als wollte er damit zeigen, dass er auch ein echter Rocker sei. Nach einigem Smalltalk spazierte er weiter.

Das Einkaufszentrum leerte sich mittlerweile rasch, die Handlanger bauten die Bühne mit Disziplin auf, und Jakob regelte seinen Job ebenfalls in aller Windeseile. Die Boxen und der Verstärker wurden verdrahtet, die Mikrofonständer kamen an ihren Platz, das Schlagzeug und alles andere hatten bald die üblichen Kabelverbindungen.

Langsam bekam ich Hunger; die kleinen Läden hatten alle geschlossen, und es gab keine Möglichkeit, sich in der Nähe des Einkaufszentrums mit Junk-Food zu versorgen. Ich sprach Jakob darauf an, der informierte sich bei einem der Arbeiter, und man schickte uns in den sogenannten Backstage-Raum.

Dieser entpuppte sich als leeres Büro im Verwaltungstrakt des Einkaufszentrums. Ein Tisch und einige Stühle standen im Zentrum des Raums, an einer Wand war das Büffet aufgereiht. Ich hatte schon genügend Backstage-Räume gesehen, ich hatte schon Konzerte veranstaltet, aber so etwas hatte ich noch nie gesehen: Es gab eine Leberknödelsuppe, fingerdick geschnittene Wurst und ebenso dick geschnittenen Käse und haufenweise trockenes Brot in unmöglichen Größen. Immerhin gab es Messer und Gabeln, mit denen ich den Käse und das Brot ein wenig kleiner bekam; dafür allerdings stand keine Butter bereit. In einem Kühlschrank türmten sich Bier und Säfte, aber keine Cola; zum Ausgleich gab es Sekt und Cognac.

»Ich fass es nicht«, meinte Jakob, »die haben echt noch nie ein Catering für eine Band aufgebaut.«

»Dann kann ich vielleicht gleich mal ein Konterbier trinken«, überlegte ich. Zwar hatte ich die Reste meines Vollsuffs vom Vorabend mittlerweile ausgeschwitzt, aber ich fühlte mich nach wie vor nicht fit. Eigentlich hätte ich mich gründlich ausschlafen müssen, aber ich stand geradezu unter Strom, freute mich auf den Abend. Das alte Mittel, auf einen Kater erst einmal »ein Bier dagegen« zu trinken, hatte in früheren Jahren zumindest gelegentlich funktioniert. Aber ich wollte nicht schon so früh mit dem Saufen beginnen.

Jakob und ich setzten uns hin und füllten uns die Wänste. Einige langhaarige Männer, die alle Schnauzbärte trugen, kamen ebenfalls herein und setzten sich zu uns. Es waren die Roadies der Vorgruppe, und ich hasste sie gleich aus vollem Herzen. Dabei gaben sie sich richtig Mühe, nett zu uns zu sein; man merkte allerdings, dass sie mit uns nicht so viel anfangen konnten.

Eine Viertelstunde später setzte sich ein Mann zu uns, der sich als Moderator herausstellte. Ich fand ihn ziemlich witzig, er klopfte lockere Sprüche und erzählte von seinen bisherigen Auftritten. Offensichtlich verdiente er kein schlechtes Geld damit, in irgendwelchen Möbelhäusern und Einkaufszentren auf der Bühne zu stehen. Nachdem er sich ein Bier aus dem Kühlschrank gefischt hatte, beschloss ich, meine abstinente Phase zu lassen, und holte mir ebenfalls eines.

Saufen wollte ich nicht, aber ich musste irgendwie die Zeit herumbekommen. Es dauerte sicher noch Stunden, bis ich die Rückfahrt antreten konnte, und in dieser Zeit würde ich das Bier sicher gut verdauen.

Bis irgendwann mal eine Frau in der Tür stand und etwas verschüchtert eine Frage stellte: »Entschuldigen Sie, gehört einem von Ihnen der Bus mit dem Karlsruher Kennzeichen?« Wir schauten uns irritiert an. »Der steht nämlich ganz arg im Weg«, fügte sie hinzu.

»Das kann eigentlich nicht sein«, behauptete ich im Brustton der Entrüstung, »den habe ich ganz ordentlich abgestellt.«

»Mag sein«, sagte die verschüchterte Dame, »aber jetzt steht er anscheinend im Weg, und unten in der Halle wird er seit einer halben Stunde über Lautsprecher ausgerufen.«

Natürlich ließ ich mich nicht hetzen. Ich futterte in aller Ruhe zu Ende, trank mein Bier aus und ging gemütlich die Treppe hinunter. Als ich erkannte, wo das Problem lag, beeilte ich mich dann doch: Jakob und ich hatten den Bus in unserer unendlichen Intelligenz direkt vor den eigentlichen Eingang gestellt – die Menschen sollten nämlich nicht durch die übliche Pforte, sondern durch eine andere Tür ins Gebäude kommen.

Zuerst sah ich den Bus gar nicht, so viele Leute standen um ihn herum. Ich schätzte, dass es mehrere hundert Menschen waren, und die Situation hatte etwas Irrwitziges. Ich hatte unseren Sprinter wirklich so geparkt, dass er die größtmögliche Behinderung darstellte.

Ich drängte mich durch die Menge, versuchte krampfhaft, ein Lachen zu verkneifen, und setzte mich in den Wagen. Danach begann ich mit einer echten Millimeterarbeit. Weil überall Leute standen und die meisten nicht kapierten, was ich eigentlich vorhatte, musste ich vorsichtig nach vorne und nach hinten manövrieren, ebenso vorsichtig das Steuer einschlagen und mich dann ganz langsam aus der genialen Situation befreien.

Vielleicht war es ganz gut, dass ich schon ein Bier im Kopf hatte. So war ich locker genug, um nicht in Stress zu geraten und ruhig zu bleiben. Ich bekam den Sprinter vom Eingang weg, ohne auch nur einen Menschen anzufahren. Dann rollte ich zu einem Parkhaus auf der anderen Straßenseite, wo ich mich auf einen völlig unfähigen Einweiser verließ. Der Mann lotste mich auf einen Platz, auf den ein Fiat Uno vielleicht gut gepasst hätte, nicht aber ein Mercedes Sprinter. Aber irgendwie schaffte ich es doch.

Leicht genervt ging ich zum Einkaufszentrum zurück. Nachdem die Seitentür geöffnet worden war, strömten die Menschen in Scharen ins Innere. Der hohe Eintrittspreis schien niemanden davon abzuhalten, sich das Konzert anzuschauen. Ich kam mir vor, als sei ich ein Darsteller in einem der Zombie-Filme: Die letzten Menschen flüchten sich in ein Kaufhaus, und immer mehr Zombies bevölkern die Gänge zwischen den Läden und die Parkplätze rings um das Gebäude.

Immerhin redeten die Besucher miteinander; sie gaben nicht nur Zombie-Grunzgeräusche von sich. Ein unaufhörliches Summen und Brummen, ein Sausen und Brausen waberte durch die Gänge, die Stimmen von Hunderten Menschen. Ich machte, dass ich wieder in den Backstage-Raum kam und mir dort ein weiteres Bier in den Schlund kippte.

Dort schüttete ich Jakob mein Herz aus. »Hätte ich gewusst, dass das alles so schreckliche Leute sind, wäre ich nie und nimmer mitgefahren«, klagte ich.

»Zieh nicht so ein Gesicht«, sagte Jakob. »Das wird ein superlustiger Abend. Wir schauen uns nach einigen flotten Frauen um die dreißig um, baggern die an und lassen uns von denen den ganzen Abend freihalten. Die stehen vielleicht auf Leute, die ein bisschen aus dem Rahmen fallen.«

Ich lernte eine aufgeregte Dame in roter Kleidung kennen; sie trug ein Kostüm, hatte hellblond gefärbte Haare und war Mitte vierzig. Es war offensichtlich das erste Rock-Konzert, das sie überhaupt besuchte. Ihren Job hatte sie bekommen, weil sie anscheinend als einziger Mensch im ganzen Mutschelland Englisch konnte; damit konnte sie zwischen den internationalen Bands, den örtlichen Kapellen und uns vermitteln. Sie gab sich wirklich Mühe, redete streckenweise ununterbrochen, und es kam mir vor, als ob sie ihre eigene Nervosität durch viel Geschwätz zudecken wollte.

Nacheinander trafen andere Musiker ein und machten sich im Backstage-Raum breit. THE HURRICANES waren eine Band aus Stuttgart und Umgebung, alternde Rocker, die schon grauhaarig waren, aber immer noch lange Haare und Schnauzbärte trugen. Die EQUALS aus England, die ihre großen Hits in den späten sechziger und frühen siebziger Jahren gehabt hatten, erwiesen sich als nett und schweigsam.

Ich schaute mir das Infoblatt der Vorgruppe an und fand folgenden durchschlagenden Satz: »Die Musik ist gesellschaftsfähig und heizt die Stimmung an.« Das war's, dazu war die Rock-Musik in den neunziger Jahren endgültig verkommen: zu einer gesellschaftsfähigen Unterhaltungsmusik für biedere Angestellte.

Noch während wir uns miteinander bekannt machten, stürmte bereits der Marktleiter in den Raum. Er hatte eine Zigarette im Mundwinkel, wirkte aufgeregt und verschwitzt, und dann gab er in bestem Bessere-Leute-Schwäbisch seine Anleitungen an die erste Band. »I will, dass der Saal noch oiner Vierdelschdunde kocht, verschdanden?« Da schluckten die Herren Musikanten der HURRICANES. Ich war gebührend beeindruckt, Jakob ebenso. Er veranstaltete, wenn er nicht gerade für den »Rock Shop« unterwegs war, an den

Wochenenden in Karlsruhe mit anderen Leuten zusammen Konzerte mit amerikanischen Hardcore-Bands. Wahrscheinlich überlegte er sich, ob er bei seinem nächsten Konzert mit den Leuten von SICK OF IT ALL oder MADBALL ebenso locker umspringen könnte.

Zu Beginn der Veranstaltung verließen wir den Backstage-Raum und gingen nach unten. Wir hatten nichts zu tun, wir waren schlichtweg neugierig. Nebeneinander spazierten wir durch die Menschenmenge, die sich mittlerweile angesammelt hatte.

Die Eingangshalle des Möbelzentrums war gut gefüllt. Rund 1500 Menschen hatten – so hatte uns die Dame im roten Kostüm erzählt – den horrenden Eintrittspreis von 28 an der Vorverkaufs- und 35 Mark an der Abendkasse bezahlt, um sich dieses Oldie-Festival zu gönnen. Es gab Kinder, Erwachsene und Rentner und eine Handvoll junger Menschen. Wir registrierten erneut die skeptischen Blicke, mit denen sie uns musterten, während wir herumgingen.

Der Marktleiter und der Moderator begrüßten das versammelte Volk; der Sound war so schlecht, dass man in den hinteren Reihen kein Wort verstehen konnte. Das aber schien dem Publikum nichts auszumachen, das Volk jubelte. »Zombies, alles nur Zombies«, flüsterte ich, während ich die Meute genauer betrachtete.

»Und wir Idioten haben keinen Fotoapparat dabei«, sagte Jakob und seufzte laut. »Die Leute sollten wir fotografieren, das wäre doch was für die Nachwelt, das glaubt uns eh keiner.«

»Meiner liegt daheim«, sagte ich trocken. »Und eine Videokamera wäre noch besser.«

»Ich hab 'ne geniale Idee: Es muss doch in diesem scheiß-gottverdammten Mutschelland eine Tankstelle mit angeschlossenem Shop geben, wo man so eine verfickte Billig-Kamera zum Hinterher-Wegschmeißen kaufen könnte.«

»Dann nix wie los!«, sagte ich. »Wir haben hier doch eh nichts zu tun.«

Wir holten den Bus aus dem Parkhaus und klapperten zwei Tankstellen in der näheren Umgebung ab, die entsprechend groß waren. Eine Kamera gab es nirgends; die Angestellten musterten uns nur irritiert, verkauften aber nichts. Nach einigem Hin und Her fuhren wir zurück. Jakob schaute auf die Uhr, während wir auf das Gelände des Möbelzentrums einbogen. »Schon ganz schön spät«, meinte er.

»Wir müssen trotzdem noch gut fünf Stunden im Mutschelland zubringen«, murrte ich.

»Dann lass uns schauen, dass wir ein wenig Spaß haben.«

»Okay.« Ich fing damit an, dass ich den Sprinter nicht wieder ins Parkhaus stellte. Konsequenterweise parkten wir den Bus wieder rotzfrech direkt neben der Hauptpforte, allerdings an einer anderen Stelle. »Von hier wird mich so schnell keiner vertreiben«, schwor ich mir. »Nicht mich!«

Als Jakob und ich wieder in der Halle waren, spielte die erste Band bereits. Es waren die HURRICANES, die fünf älteren Herren, mit denen wir uns im Backstage-Raum unterhalten hatten. Wie sie uns erzählt hatten, kamen sie aus Stuttgart und spielten allerlei Rock-Klassiker nach. Wie man allerdings 1997 den ROLLING-STONES-Klassiker »Jumping Jack Flash« mit einer dermaßen lahmarschigen Anmutung runterspielen konnte, war mir absolut schleierhaft. Wir schauten uns das Geschehen eine Weile lang kopfschüttelnd an, begutachteten die peinlichen Gitarrenläufe und das eher behäbige Schlagzeugspiel und bewunderten das Publikum, das tatsächlich eifrig mittanzte und klatschte.

»Die tun alle so, als ob sie in den sechziger Jahren einmal wild gewesen seien«, murrte Jakob.

»Das kann ich mir angesichts der rumtanzenden Fratzen nicht so richtig vorstellen«, gab ich zurück.

»Aber man kann an solchen Abenden wohl eh nicht alles haben.«

»Nicht einmal die Dreißigjährigen, die du mir versprochen hast.«

»Ja ja.« Jakob grinste. »Die anwesenden Damen um die dreißig Jahre lösen bei mir gerade mal eingeschlafene Füße aus und sind so erotisch wie dein Außenklo in Karlsruhe.«

Ich schüttelte den Kopf. »Zudem kann man unter der Spachtelmasse, die sich manche der Damen in die Fresse geklatscht haben, ohnehin keine normalen Gesichtszüge mehr ausmachen.«

Wir verzogen uns wieder nach oben in den Backstage-Raum, lasen Fanzines, tranken Bier, unterhielten uns ein bisschen. Die HURRICANES waren irgendwann fertig, gesellten sich zu uns. Sonderlich zufrieden waren sie mit ihrem Auftritt nicht.

»Mir henn halt no nie so weit weg g'schbielt«, lamentierte der eine.

Ich wurde hellhörig und fragte nach. Wenn ich alles richtig verstand, was der schwer angetrunkene Herr mir verkündete, waren die Profi-Musikanten noch nie sonderlich weit über den engeren Raum rings um Stuttgart hinausgekommen. Ob Liederhalle oder Sommerfest, man buchte sie stets im Umfeld der schwäbischen Landeshauptstadt; nördlich kamen sie maximal bis Heilbronn und südlich höchstens bis nach Reutlingen. Ulm, das rund 80 Kilometer von Stuttgart entfernt lag, war also sehr weit entfernt für Profi-Musikanten vom Schlag der HURRICANES.

Jakob und ich, die es gewohnt waren, mit Bands umzugehen, die ständig um die halbe Welt tourten, waren gebührend beeindruckt. Die HURRICANES, das waren eben echte Männer von Welt.

Danach wurde es richtig lustig. Der Sänger war schon total besoffen, trank ständig weiter und brabbelte viel Unfug vor sich hin. Er sei aus Bietigheim, und da seien auch die legendären PUR her. »PUR – die kennt ihr doch?«, fragte er, um uns dann die Leidensgeschichte der schwäbischen Rock-Kapelle zu verkünden.

Wir wussten nicht, ob wir weinen oder lachen sollten, während er seine Geschichten erzählte, sich in Erinnerungen aus den siebziger Jahren verlor und allerlei Bands nannte, die früher mal in Stuttgart in den Festzelten und Bierhallen rumgerockt hatten. Von all diesen Bands hatte man seitdem nichts mehr gehört.

Werde ich auch so, wenn ich in dieses Alter komme?, überlegte ich. Der Sänger mochte um die fünfzig Jahre alt sein; er hatte dreißig Jahre Erfahrung hinter sich und tingelte als Musiker durch die Festzelte und Möbelhäuser der Region. Ich hoffte für mich, in diesem Alter nicht den ganzen Tag lang über vergangene Geschichten zu lamentieren, und trank noch ein Bier.

Den Auftritt der nächsten Band ersparte ich mir. Die BLUE DIAMONDS wollte ich mir nicht anschauen. Bei denen handelte es sich um zwei Brüder, die in den sechziger Jahren unter anderem mit Hits wie »Ramona« ihre großen Erfolge gehabt hatten. Ich hatte von den beiden noch nie etwas gehört, sie auch nicht von mir, also war ich ganz zufrieden.

Im Gespräch hatte ich sie nett gefunden, ihre Musik mochte ich nicht. Die zwei Männer, die schon recht alt wirkten, traten mit einer Playback-Show auf – das war dann auch preiswerter für die Veranstalter. In derselben Nacht wollten sie nach Amsterdam zurückfahren, wo sie eine Platte aufnehmen wollten. Das klang nach Ehrgeiz, reizte mich trotzdem nicht.

Jakob musste noch während ihres Auftritts in die Halle hinunter. Ich konnte im Backstage-Raum bleiben, weil ich eh nichts zu tun hatte. So saß ich da, trank Bier, futterte Käse und Tomaten in rauen Mengen und las Fanzines und Comics.

Immerhin kam ich so in den Genuss, die legendären EQUALS kennenzulernen. In den späten sechziger Jahren hatte die Band einige echte Hits gehabt, die sogar ich kannte; ihr »Baby, Come Back« hätte ich sogar mitsingen können, wenn ich ein Textblatt erhalten hätte.

Wir saßen an dem Tisch, aßen miteinander und plauderten ein wenig. Die alten Herren waren freundlich und hatten keinerlei Star-Allüren. *Wahrscheinlich darf man das nicht mehr haben, wenn man seine restlichen Tage damit verbringt, in Einkaufszentren zu spielen*, dachte ich sarkastisch. Die Kerle waren echte Profis, die sich für diesen einen Gig tatsächlich von England aus hatten einfliegen lassen.

Der Moderator war aufdringlicher als ich. Er verwickelte die Band in ein intensives Gespräch. Immerhin sollte er sie entsprechend ankündigen. Seine erste Frage irritierte mich allerdings: »Spielt ihr eigentlich live oder ist alles Playback?« Die Fragen und Antworten waren interessant; das Geschäftsmodell hätte ich gern nachgerechnet. Aber solche Konzerte schienen sich für alle zu lohnen: Wenn über 1000 Leute im Schnitt dreißig Mark Eintritt hinblätterten, blieb bei allen Beteiligten genug Geld hängen – und das Mutschelland hatte sogar zusätzliche Werbung.

Als Jakob nicht mehr auftauchte, sondern weiter seiner Arbeit nachging, verließ ich den Backstage-Raum. Auf Dauer wurde es mir doch zu langweilig, ständig zu futtern und zu lesen. Mit den Musikern wollte ich nicht mehr viel reden, die EQUALS waren sowieso eher wortkarg. Und nachdem ich eine halbe Stunde zuvor einige Takte mit der nächsten Band gewechselt hatte, wollte ich sie zumindest sehen.

Auf der Bühne standen mittlerweile MIDDLE OF THE ROAD. Die Band hatte in den siebziger Jahren einige Hits gehabt, unter anderem »Chirpy Chirpy Cheep Cheep«; ich erinnerte mich daran, weil ich zu der Zeit schon viel Radio gehört und gelegentlich in der »Bravo« über die Band gelesen hatte. In meiner Erinnerung stand die Band allerdings für langweilige, uninspirierte Pop-Musik, eben »middle of the road«, mitten auf der Straße, um für alle Geschmäcker passend zu sein.

Und so was sollte ich mir anschauen? Aber bei Jakob war's sicher auch interessant; er hatte einen speziellen »Backliner«-Platz hinter der Bühne, wo eine Ecke für mich frei war. Ich setzte mich hin und schaute von hinten auf das Konzert.

Die Band stand auf der Bühne, die Sängerin, die sich uns zuvor als Lorraine vorgestellt hatte, sang irgendwelche Lieder, und das fand ich auf einmal nicht mal schlecht. Effekte kamen vom Band, doch die Truppe auf der Bühne brachte ihre Sachen tatsächlich live rüber. Die alten Säcke spielten zwar langsam, jede 77er-Punk-Band wäre schneller gewesen, aber es war in Ordnung.

Dafür fand ich das Publikum ohne Ende klasse. Jakob jubelte vor Begeisterung und wies nach vorne. »Warum hast du Depp deine Kamera nicht dabei?« Lachend verlangte ich nach einem Videorekorder.

Erste Sahne war ein Typ mit Schnauzbart, schwarzen, an den Schädel geklatschten Haaren, einer orange-roten Jeans und einem schwarzen »Calvin Klein«-T-Shirt. Mit grenzdebilem Grinsen in der

Fresse tanzte er vor der Bühne hin und her, klatschte in die Hände, wiegte sich in den Hüften, drehte sich im Kreis, applaudierte, grinste, freute sich wie ein kleines Kind. Auch eine Truppe von blondgefärbten Damen zwischen 40 und 45 Jahren, die neben ihm herumtänzelten, war ziemlich klasse, fast so gut wie der schnauzbärtige Herr Ende der vierzig, der mit fröhlichem Grinsen über der Krawatte und dem Jackettkragen jedes Lied mitsingen konnte. Grandios!

Mittlerweile wurde ich neugierig, also spazierte ich durch das Publikum. Der Großteil des Saals schwofte. Einige tanzten sogar richtig, Hand in Hand, wie in der Tanzschule gelernt, einige schunkelten, aber die meisten trugen das fröhliche Grinsen zur Schau, das ich ebenfalls in der Fresse hatte, wenn ich ein großartiges Punk-Konzert besuchte. Andere Besucher saßen an Biertischen, tranken fleißig, schunkelten ab und zu, sangen mit und applaudierten kräftig. Es herrschte eine bombastische Stimmung.

Lorraine ging ins Publikum, hielt das Mikro irgendwelchen Leuten vor die Nase, die dann eifrig mitsangen: zwar nicht unbedingt im richtigen Ton, auf jeden Fall aber mit dem richtigen Text. Mich beeindruckte das immer, war ich doch nicht einmal in der Lage, die Texte irgendwelcher Deutschpunk-Bands richtig mitzusingen. Der Anblick vor mir war auf jeden Fall herzerfrischend. Die Bürger im Mutschelland gingen voller Begeisterung mit; davon würden die versammelten Hausfrauen, Büroangestellten und Friseurinnen noch in zehn Jahren erzählen. Endlich konnten sie die Revolution der sechziger Jahre, für die sie damals keinen Mumm gehabt hatten, in ihrem ganz privaten Einkaufscenter nachholen. Revolution für 30 Mark am Abend. Das war schon was wert.

Seien wir fair. Mir gefiel MIDDLE AUF THE ROAD an diesem Abend tatsächlich. Die Musiker und die Sängerin waren einfach nett; sie brachten ihre alten Stücke und andere Oldies gekonnt rüber, und ich hatte sogar das Gefühl, dass sie richtig Spaß dabei hatten, ihren alten Kram zu spielen. Auf mich sprang der Funke insofern über, dass ich irgendwann dastand, mit dem Kopf wackelte und zum Rhythmus die Füße bewegte, ganz behutsam zwar, aber immerhin. Die Band war meilenweit vom Hardcore-Punk entfernt, den ich in diesem Jahr bevorzugt hörte, aber das machte in dieser Stunde überhaupt nichts aus.

Unter tosendem Applaus verließ die Band die Bühne. Ich wollte den Musikern und der Sängerin in den Backstage-Raum folgen, um mit ihnen ein Bier zu trinken, doch Jakob hielt mich zurück.

»Komm, hilf mir!«, forderte er mich auf. »Du sollst ja auch was tun für dein Geld.«

»Welches Geld denn?« Entsetzt starrte ich ihn an.

Er winkte ab. »Wir haben vereinbart: Freigetränke, lustiges Konzert und Abendessen. Dafür kannst du mir doch helfen, einige Kisten zu schleppen.«

Ich lachte. »Hast ja recht.«

Achselzuckend half ich ihm, Kram zusammenzupacken und Kisten durch die Gegend zu schleppen. Immer wieder musste ich ihn fragen, was wohin gehörte; die meiste Zeit stapelte ich Kisten, öffnete sie oder trug Boxen über die Bühne. Die Konzertbesucher ignorierten uns und unterhielten sich; durch die Gänge des Einkaufszentrums waberten die Stimmen der Leute wie ein summender Bienenschwarm.

Jakob und ich waren recht schnell; der Geschäftsführer des Mutschellandes hätte seine wahre Freude an uns gehabt. Aber ich sah ihn überhaupt nicht mehr. Stattdessen kamen die EQUALS aus dem Backstage-Raum. Keine Ahnung, ob die alten Herren sich etwas eingepfiffen hatten. Waren sie vorher noch umgänglich gewesen, wirkten sie jetzt richtig cool. Sie schnappten sich ihre Instrumente, legten los, und das Publikum veränderte sich in eine tobende Meute.

Jakob und ich stierten eine Weile entgeistert auf das entfesselte Publikum. »Die rasten gleich aus«, sagte ich andächtig.

»Die Frauen stürmen gleich die Bühne und zerren den armen Kerlen die Klamotten vom Leib«, fügte Jakob hinzu.

Ich lachte. »Dann lieber weg, bevor sie uns als Opfer ansehen.«

Wir verzogen uns in den Backstage-Raum. Dort saß der Moderator, eine halbvolle Whiskyflasche und ein randvolles Wasserglas mit

Whisky vor sich. Die Leute von MIDDLE OF THE ROAD unterhielten sich in einer Ecke, sie tranken Bier und wirkten eher ruhig. Aber der Moderator redete auf einmal ununterbrochen auf uns ein.

Bis zu diesem Zeitpunkt dachte ich, ich sei eine Labertasche und würde bei jeder Gelegenheit zu viel quatschen – aber der Kerl redete mich in Grund und Boden. Jakob und ich saßen mit großen Augen da und hörten uns eine irrwitzige Abfolge total schräger Geschichten über München, die gute alte Rockmusik, die eigentliche Arbeit des Moderators im Bürgerhaus Garching und andere Themen an.

Der Kerl hatte echt was zu erzählen, alles klang glaubhaft, und es war vor allem super-unterhaltsam. Zeitweise dachte ich echt, ich müsste vor Lachen sterben. Der Mann schrieb sogar Gedichte, die er in bayerischem Dialekt abfasste und in bayerischen Theatern auf der Bühne vortrug.

»Ich kann sofort ein Liebesgedicht auf Bayerisch sagen«, behauptete er. »Damit habe ich dreimal das ›Herzblatt‹ gewonnen.« Er meinte die Fernsehsendung, die ich noch nie gesehen hatte, die aber viele Menschen begeisterte. Ich schaute ihn irritiert an. »Na komm!«, forderte er mich auf. »Sag mir ein Wort, und ich mache dir ein bayerisches Liebesgedicht dazu.«

Ich schaute mich hilflos um. Jakob lachte höhnisch. *Verräter!* dachte ich. Dann blieb mein Blick auf den Getränken hängen. »Mineralwasser!« sagte ich entschlossen.

Der Moderator stierte mich an, Trunkenheit umflorte seinen Blick. »Willst du ein derbes oder ein sanftmütiges Gedicht?«

Ich überlegte kurz. »Dann doch lieber ein sanftes«, sagte ich, »weil ich so ein schüchterner Mensch bin.«

Er beugte sich zu mir herüber und flüsterte in mein Ohr. Er bekam es zumindest einige Zeilen lang fertig, ein sanftes Liebesgedicht in mein Ohr zu flüstern, ohne sofort einen Lachkrampf zu bekommen. Dann unterbrach er sich, klagte lauthals, »ich kann nicht mehr, ich hab zu viel gesoffen« und schüttete sich einen weiteren Whisky hinein. Ich saß nur da und war fassungslos. Der Mann war gut, ein echtes Multitalent, witzig und unterhaltsam, und da saß er im Hinterraum eines Möbelhauses, wo er sein Talent damit verschwendete, alternde Rockstars für ein ebenso überaltertes Publikum anzukündigen. Was machte so ein Mann in so einem Rahmen?

Weil ich nicht wusste, was ich tun sollte, und nicht in der Lage war, weiter Bier zu trinken, schnappte ich mir wieder etwas zu lesen und verzog mich in eine Ecke. Ich trank Cola, das sollte mich wach halten.

Keine halbe Stunde später stand eine der Damen des Mutschellandes in der Tür. Wir kannten sie noch nicht, aber ihre blondierte Dauerwelle, ihre grellroten Fingernägel und das nachtblaue Business-Kostüm erinnerten mich an die Dame, die vor Stunden so getan hatte, als ob sie für alles verantwortlich sei.

»Die EQUALS sind gleich fertig«, verkündete sie mit strahlendem Zahnpasta-Lächeln. »Wir brauchen dann noch eine Abschlussmoderation, und dann muss zusammengepackt werden.« Auffordernd klatschte sie in die Hände, drehte sich auf dem Absatz herum und verschwand.

Ich starrte ihr nach, Jakob lachte leise, und der Moderator seufzte. »Dann muss ich wohl«, sagte er mit leichtem Lallen in der Stimme. »Den Laden bringe ich noch mal zum Beben, dann ist Feierabend.«

Mir war das nicht unrecht. Wir hatten fast zwei Uhr nachts, und mir war klar, dass Jakob und ich noch zusammenpacken und vor allem bis Karlsruhe fahren mussten. Es würde spät werden, und ich war jetzt schon müde.

Wir gingen hinunter zum Konzert. Der Lärm aus den Boxen dröhnte durch das Treppenhaus, es hallte zwischen den Glasfronten des Einkaufszentrums. Wer sauber gespielte Akkorde hören wollte, war hier an der falschen Stelle. Aber das interessierte niemanden.

Die EQUALS rockten gerade ihre letzten Stücke herunter. Sie standen auf der Bühne, hielten die Instrumente in der Hand, bewegten sich zum Takt der Musik, wirkten aber ziemlich lasch. Ich hatte das Gefühl, dass die alten Herren überhaupt keine Lust hatten, vor diesem Publikum und in diesem Rahmen zu spielen. Trotzdem ging das Volk mit, wenngleich nicht mehr so viele wie vor zwei

Stunden anwesend waren. In die deutlich gelichteten Reihen kam ein letztes Mal Bewegung; es wurde getanzt, gejohlt und geklatscht, viele sangen die Lieder mit. Die Band gab eine allerletzte Zugabe, das war's dann.

Während der Moderator auf der Bühne noch einmal eine kurze Rede hielt und sich bei allen möglichen Leuten bedankte, verzog sich die Menge recht zügig. Der Bereich zwischen den Ladenzeilen leerte sich. Seine letzten Sätze sprach der Moderator buchstäblich gegen die Wand. Ich bewunderte seine Professionalität: Man merkte weder etwas davon, wie besoffen er war, noch, dass er sein Publikum eigentlich verachtete.

Ich blickte den Menschen nach, die in Scharen den Raum vor der Bühne verließen. Es sah aus wie eine Flucht. »Wo wollen die alle so schnell hin?«, fragte ich, an niemanden direkt gerichtet. »Die könnten doch jetzt gemütlich ein Bier trinken oder mit der Band reden, wenn sie wollten.« Ich wies auf die Musiker der EQUALS, die in aller Ruhe ihren Kram auf der Bühne zusammenpackten.

»Die Lösung ist doch einfach«, sagte Jakob, der auf einmal neben mir stand. »Im Mutschelland muss man sonntags früh aufstehen, um in die Kirche gehen zu können.«

Ich lachte. Das leuchtete sogar mir ein.

In der Folge tat ich so, als würde ich Jakob helfen. Ich trug einige Becken und Kabel über die Bühne, blieb ansonsten aber eher faul und tat nur so, als ob ich wichtig sei. Schließlich stand mir gleich die Rückfahrt bevor, also sollte Jakob erst einmal allein im Schweiße seines Angesichts seine Brötchen verdienen. Am liebsten hätte ich »Arbeit ist Scheiße!« durch die Hallen des Mutschellandes gerufen, aber das wäre wohl unpassend gewesen. Die schweren Boxen wurden von Arbeitern zu unserem Bus getragen, sofern sie von uns stammten und nicht einem örtlichen Verleiher. Darum musste ich mich nicht kümmern, eigentlich war ich sogar überflüssig.

Also ließ ich jegliches unnötige Arbeiten bleiben und schaute lieber zu, wie der Moderator auf einmal mit einer jungen rothaarigen Frau flirtete, die wie aus dem Nichts erschienen war. Das Zusehen frustrierte mich, und ich stellte fest, dass das Bühnenabbau-Proletariat in Sachen Frauen schon deshalb das Nachsehen hatte, weil es arbeiten musste oder zumindest so zu tun hatte, als ob es schwer beschäftigt sei.

Während ich irgendwelche Kisten im Schlenderschritt durch die Gegend trug, spähte ich immer wieder zu dem Moderator hinüber. Mittlerweile schwankte der Mann, aber er schäkerte eifrig mit der schönen Frau. Sie tauschten offensichtlich Telefonnummern aus, sie lachten viel, und sie verabschiedeten sich mit Küsschen-links-Küsschen-rechts. Fassungslos schaute ich der Frau nach, als sie allein durch den mittlerweile menschenleeren Gang zwischen den Schaufensterfronten ging; sie wackelte mit dem Hintern, als wollte sie damit eine Botschaft speziell für mich zurücklassen.

»Hammer, was?« Der Moderator stand neben mir. Er roch nach Whisky und Zigarettenrauch, hielt sich aber erstaunlich gut auf den Beinen. Seine Augen waren weit offen, und ich hatte auf einmal den Verdacht, dass er sich irgendwelches Nasenpulver eingepfiffen hatte.

Ich nickte. »Hammer, echt.«

»Ich hab ja auch eine Band«, erzählte er mir auf einmal. »Ich geb dir da gleich mal eine CD, dann kannst du dir das in Karlsruhe anhören. Vielleicht organisiert ihr beiden ...« Er wies mit dem Kopf auf Jakob, der gerade das Mischpult verpackte. »Ich meine ... immer nur amerikanische Punk-Bands, das ist auf Dauer ja auch nicht das Wahre.«

Ich nickte erneut. »Das höre ich mir gern an.«

Er wandte sich um. »Ich komme gleich wieder«, versprach er. »Ich muss zum Chef, die wollen mir weniger Gage geben. Ich hätte nicht alle Anforderungen erfüllt. Arschgeigen, alle miteinander.« Ohne sich noch einmal zu mir umzudrehen, ging er davon; jetzt schwankte er wieder. Ich nahm an, nie wieder von ihm zu hören.

Es ging jetzt schnell. Ich holte unseren Transporter her, war dabei einigermaßen verwundert, wie fit ich doch war, und stellte ihn vor den Eingang. Gemeinsam mit den Arbeitern verluden wir alles, was wir mitgebracht hatten. Jakob stand daneben und führte eine

Strichliste. Nachdem alles erledigt war, verabschiedeten wir uns mit einem Handschlag von den Arbeitern. Ein übernächtigt wirkender Hausmeister verriegelte vor unserer Nase die Tür, dann ging das Licht aus und wir standen im Dunkeln.

»Na super«, sagte ich. »Das nennt man raschen Rausschmiss.« Weder der Manager noch die wichtige Dame, die am Anfang so großkotzig getan hatten, waren noch einmal aufgetaucht, um sich von uns zu verabschieden. Offenbar hatten sie sich klammheimlich verzogen und uns die Arbeit allein erledigen lassen.

»So ist das mit dem Bühnenarbeiter-Proletariat«, spottete Jakob. »Wir arbeiten am meisten, und wir sind am wenigsten wert.«

»Aber dann verschwinden wir jetzt auch.«

»Nicht gleich.« Er lachte. »Ich finde, das Mutschelland hat einen Abschied ersten Ranges verdient.« Er trat an die Hauswand, direkt neben der verschlossenen Tür, machte seine Hose auf und begann zu pissen. Lachend stellte ich mich neben ihn, gemeinsam verunzierten wir die weiße Fassade des Möbelzentrums. Ein Auto raste heran, Reifen quietschten, wir zuckten beide zusammen. Keinen halben Meter vor der Mauer kam der Wagen zum Halten. Der völlig besoffene Moderator stieg heraus, torkelte auf uns zu und drückte mir ohne weitere Worte eine CD in die Hand. Dann murmelte er etwas, das wohl ein Abschiedsgruß sein sollte, drehte sich um, stieg wieder in sein Auto. Knirschend und krachend legte er den Rückwärtsgang ein, und mit aufheulendem Motor jagte er vom Gelände.

»Immerhin das hat geklappt«, sagte ich und wiegte die CD in meiner Hand. »Ich bin echt gespannt, was das jetzt ist.«

»Das hören wir unterwegs aber nicht«, warnte Jakob. »Wir haben eine lange Strecke vor uns, und es gibt nur Hardcore.«

»Und Oi! Und das von einer einzigen Kassette.«

»Meinetwegen sogar Saufen, Ficken und Oi! auf einmal.«

Wir lachten beide. Ich schaute auf die Uhr. Es war nach drei Uhr, es wurde Zeit, dass wir loskamen.

»Sag mal«, fragte mich Jakob auf einmal, »wie würdest du denn deine Kinder nennen, wenn's welche gibt?«

Auf die Schnelle fiel mir nichts ein. »Ficken Oi!«, sagte ich trocken. »Mit Zweitnamen Saufen.«

Jakob fand das klasse. »Stell dir mal vor, der geht dann in die Schule, und die Lehrerin sagt zu ihm: Saufen Ficken Oi! komm doch mal bitte vor zur Tafel und löse diese Rechenaufgabe.«

Ich verdrehte die Augen. Das konnte ja eine lustige Rückfahrt werden. Nach einem Tag im Mutschelland noch eineinhalb Stunden dämliche Punkrockwitze ...

Pizzicato Punkrock

An der viel zu weichen Matratze stellte ich fest, dass ich nicht im eigenen Bett lag. Ich sah mich um. Links stand eine Tür offen, rechts drang Tageslicht durch ein großes Fenster in den Raum. An der Wand mir gegenüber hing ein buntes Plakat mit abstraktem Motiv, darunter kam ein Regal, bis zum letzten Millimeter vollgestopft mit Vinyl-Schallplatten und CD-Hüllen. An einem der zwei Plattenspieler, die auf einem Sideboard standen, blinkte eine grüne Leuchtdiode, er lief noch. Keine Ahnung, welche Musik auf der Platte war, die sich träge und leicht eiernd im Leerlauf drehte.

Vorsichtig drehte ich den Kopf nach links. Meine Kleidungsstücke lagen als unordentlicher Haufen zwischen dem Bett und einem Nachttisch, die Lederjacke hing schräg über einer Sessellehne, und darunter hatte ich wohl die Springerstiefel befördert. Ich war unterwegs gewesen, und aus den leichten Schmerzen hinter der Stirn schloss ich, dass ich zu viel getrunken hatte. Deshalb drehte ich ebenso vorsichtig wie vorhin den Kopf in die andere Richtung.

Sie hatte sich in die weiche Daunendecke gekuschelt und den Kopf so in die Decke geschoben, dass ich ihr Gesicht nicht erkennen konnte. Aber es war eindeutig der nackte Rücken einer Frau; struppige lange Haare fielen ihr auf den Rücken, der von einer großen Tätowierung geziert wurde: ein riesiger Drache, dessen Kopf auf der einen Schulter begann und dessen Gliedmaßen unter der Bettdecke verschwanden.

Im Reflex tastete ich nach meinem Schwanz; das Schamhaar war verklebt, also hatten wir in dieser Nacht miteinander geschlafen. Offensichtlich war ich wieder einmal so besoffen gewesen, dass ich mich kaum an Details erinnern konnte. Vielleicht ging es mir besser, wenn ich mich genauer orientiert hatte.

Langsam erhob ich mich und streifte die Bettdecke ab, ignorierte das Bedürfnis, sofort aufs Klo zu rennen. Ich wollte die Frau nicht wecken, wollte erst einmal wissen, wo ich mich eigentlich aufhielt. Meine Kleidungsstücke ließ ich liegen, nackt ging ich um das Bett herum, ohne auf dem weichen Teppich auch nur das geringste Geräusch zu machen.

Die Hüllen der Vinylscheiben, die neben dem Plattenspieler lagen, sagten mir nichts; ich kannte weder die Bands noch hatte ich bei den bunten Darstellungen eine Assoziation. Ich hob eine Hülle an, betrachtete die grellen Farben und die zerlaufende Schrift und legte das Stück Pappe mit einem Gefühl der Verwunderung zur Seite.

Nachdenklich ging ich zum Fenster und schaute hinaus. Ich erkannte die fünfstöckigen Mietshäuer auf der anderen Straßenseite sofort, ebenso den türkischen Supermarkt an der Ecke und vor allem die schräg gestellten Parkplätze. Alles klar: Ich war nicht weit entfernt von meiner Wohnung in der Leopoldstraße.

Direkt unterhalb des Fensters stand mein grüner VW-Jetta. Der zerkratzte Lack oberhalb der Fahrertür schimmerte rötlich; dort hatte ich bei der Terl-Fete in Mendig und anderen Punk-Veranstaltungen zu oft meine Bierflaschen abgestellt. Das Auto stand korrekt am Straßenrand, ich hatte tatsächlich eine Parklücke gefunden, an einer Stelle, wo sonst nie etwas frei war.

Wie hatte ich das geschafft? Ich erinnerte mich auf einmal düster, dass ich fast aus dem Wagen gefallen war. Sie hatte mich gestützt, und wir hatten gemeinsam gelacht und gekichert, während wir auf den Eingang zuschwankten, und noch bevor die Haustür aufgeschlossen war, hatte sie meinen Schwanz in der Hand und ich meine Hand in ihrer Bluse.

Wie Blitzlichter zuckten Erinnerungen durch meinen Kopf. Das Klirren der Schlüssel, als sie auf den Boden fielen, ihr albernes Kichern, als sie beim Hochkommen mit dem Gesicht an der Innenseite meiner Schenkel entlangfuhr, meine Hände auf ihrem prallen Hintern, als wir langsam die Treppe hochwankten ... Ich hatte nur gesoffen, das wusste ich genau, vielleicht noch der eine oder andere

Zug an einer »Spaßzigarette«, aber bei ihr war sicher ein bisschen Chemie im Spiel gewesen.

Meine Blase drückte, ich fühlte mich nicht sonderlich sauber, und ich hatte Durst. Es wurde Zeit, dass ich aufs Klo und ins Bad kam. Ruckartig wandte ich mich vom Fenster ab, dann blickte ich auf die nackte Frau hinunter.

Sie drehte sich um, die Bettdecke rutschte zur Seite. Ich sah zwei große Brüste, die sich im Schlaf aufrichteten, die Brustwarzen keck nach oben gerichtet, und ich bekam einen trockenen Mund, während sich die unbekannte Nackte weiter drehte, im Tiefschlaf sanft lächelnd, bis sie auf dem Rücken lag und die Brüste, den Gesetzen der Schwerkraft folgend, zur jeweiligen Seite fielen. Der trockene Hals blieb, und ich überlegte, ob ich gleich wieder ins Bett steigen sollte.

Aber zuerst wollte ich ins Bad. Möglichst geräuschlos tappte ich aus dem Schlafzimmer hinaus in den Flur. Die Wohnung war nicht groß; sie bestand im Wesentlichen aus dem Schlafzimmer, einer geräumigen Küche mit Sitzecke und einem Badezimmer, in dem auch ein Klo stand. Nachdem ich das Klo benutzt hatte – im Sitzen, wie ein Hinweisschild »extra für Männer« erläuterte –, putzte ich mir notdürftig die Zähne: Zahncreme auf den Zeigefinger und dann kräftig scheuern.

Ich war am Abend blöd genug gewesen, ohne Zahnbürste aus dem Haus zu gehen. In Gedanken beschimpfte ich mich dafür, während ein weiterer Teil meiner Erinnerung zurückkam. Mit dem Auto war ich in die Nordstadt gefahren, hatte dort einige Leute ins Auto gepackt, und dann waren wir in die Südstadt geeiert. Dort hatte eine Handvoll Studenten ihre großzügige WG mithilfe von Decken und allerlei Zwischenwänden in ein Labyrinth aus Schatten, Wärme und kuscheligen Sitzecken verwandelt.

Und irgendwann hatte ich die Blondine, mit der ich auf die Party gekommen war und mit der ich gern noch einmal ins Bett gestiegen wäre, aus den Augen verloren und war bei der anderen Frau »gestrandet«, ziemlich besoffen schon, aber immer noch wild auf eine ausschweifende Nacht.

Mannomann, dachte ich und schüttelte den Kopf. *Irgendwann geht das schief.*

Als ich ins Schlafzimmer zurückkam, im Mund den Geschmack von Leitungswasser und Zahnpasta, ging es mir besser. Zwar hatte ich noch leichte Kopfschmerzen, aber die würden irgendwann verschwinden. Wichtig war, dass ich viel trank, dann ging alles von selbst; entsprechende Erfahrungen hatte ich in den letzten Jahren zuhauf gesammelt.

Ich trat näher an das Bett heran. Sie atmete gleichmäßig, ein leichtes Lächeln umspielte die vollen Lippen und das runde Gesicht; die rechte Hand lag geöffnet neben ihrem Kopf. Was sollte ich tun? Sie wachküssen oder mich einfach wieder neben sie legen? War es besser, meinen Kram zu packen und still und heimlich zu verschwinden? Wir kannten uns nicht besonders, ich wusste nicht einmal, wie sie richtig hieß. »Sanne« hatte sie sich nennen lassen.

In diesem Augenblick schlug sie die Augen auf. Das Lächeln auf ihren Zügen vertiefte sich. »Schon wach?«, fragte sie. Dann richtete sie sich auf, die Decke fiel herunter, und ich sah auf den gerundeten Bauch und die Tätowierung, die sich in Form einer ornamentierten Schlange um den Nabel zog.

»Hast du gut geschlafen?«, fragte ich, weil mir nichts Besseres einfiel.

»Na klar.« Sie grinste. »Ich hab nicht so viel getrunken wie du.« Sie streckte die Arme in die Höhe; es knackte in den Gelenken, und die Brüste spannten sich bei der Bewegung an.

Ich spürte, wie sich mein Schwanz regte, und sie sah es. »Dein Kumpel ist auf jeden Fall schon da«, meinte sie trocken. »Was macht eigentlich der Kopf?« Sie wirkte überraschend munter, kein Vergleich zu mir.

Achselzuckend schaute ich sie an. »Tut etwas weh, geht aber.«

»War ja auch 'ne heiße Nacht.« Sie grinste. »Mein Pizzicato-Punkrocker.«

Ich spürte selbst, dass ich keinen sehr intelligenten Gesichtsausdruck hatte. »Was heißt denn das?«

»Du erinnerst dich echt nicht mehr daran?« Sie lachte laut. »An die Nacht, meine ich.«

»Na ja, Sanne«, sagte ich verlegen und hoffte, dass der Name auch wirklich stimmte. »Schon ein bisschen, aber es war halt doch lang und spät und ...«

»... und überhaupt. Schon klar.« Sie wies auf die zwei Plattenspieler, die nebeneinander standen, und lachte erneut. »Ich bin DeeJane, schon vergessen? Weiblicher DJ also, und ich verdien unter anderem damit Geld, dass ich Platten auflege.«

»Ja ja, ich weiß schon, was 'ne DeeJane ist, und ...«

»Und heute Nacht habe ich dir PIZZICATO FIVE vorgespielt, und dir fiel nichts Besseres ein, als dazu ficken zu wollen.«

»Aha.« Jetzt fiel mir wirklich nichts ein. Ich erinnerte mich daran, wie sie in der Dunkelheit vor dem Plattenspieler gestanden hatte, splitterfasernackt; der Schein der Leuchtdioden und einer kleinen Lampe ließen den Schweiß auf den Brüsten und auf dem Hintern zu glitzernden Punkten werden, während die Tätowierung zu leben schien, eine einzige Abfolge von Bewegungen aus der Haut heraus und wieder in sie hinein.

Sie lachte erneut. »Immerhin kommt ein Teil der Erinnerung.« Grinsend schwang sie sich aus dem Bett und stand auf. Sie war für meinen Geschmack ein bisschen zu rundlich, gleichzeitig fand ich sie absolut scharf. Die Tätowierungen, die struppigen Haare, die runden Brüste und die dunkle Schambehaarung – das alles passte wunderbar zusammen. Ich merkte, wie sich mein Blick auf den schwarzen Schatten am Ansatz der Oberschenkel richtete.

Ich winkte ab. »Nicht so viel«, sagte ich.

Mit schwingenden Brüsten kam sie näher, blieb kurz vor mir stehen. Sie war über einen Kopf kleiner als ich, und sie roch nach Schweiß und Sex. Am liebsten hätte ich ...

Sie zeigte auf meinen Schwanz und grinste zu mir hoch. »Der Kleine will wohl gleich wieder, oder?« Mit der flachen Hand klatschte sie gegen meine Brust. »Später vielleicht. Ich geh mich jetzt erst mal frisch machen.«

Eine Viertelstunde später saßen wir uns in der Küche an dem kleinen Tisch gegenüber. Die Kaffeemaschine röchelte vor sich hin, aromatischer Duft stieg auf. Ich hatte meine Unterwäsche, meine schwarze Jeans mit den geflickten Löchern an den Knien sowie den Innenseiten der Oberschenkel und mein T-Shirt übergezogen und nahm mir fest vor, mich zu Hause sofort unter die Dusche zu stellen. Sanne trug eine Art Jogginghose und einen weit ausgeschnittenen Pullover, der die schweren Brüste zur Hälfte entblößte; auf Unterwäsche hatte sie verzichtet, und geduscht hatte sie auch noch nicht.

»Magst du ein bisschen MASSIVE ATTACK hören?«, fragte sie. »Passt zur Aufwachstimmung, finde ich. Oder AIR? Ist nicht so stressig wie PIZZICATO FIVE, keine Japaner, die irgendwelchen Quatsch singen, den niemand versteht.« Sie schob mir eine Packung mit dänischen Butterkeksen zu, die bereits offen stand. »Hier, falls du Hunger hast.«

»Danke.« Ich nahm mir einen Keks. »Mir wär jetzt lieber nach ein bisschen Punkrock«, sagte ich mit vollem Mund.

»Hey, das ist out. Techno und House sind in, kein Mensch will mehr Gitarren hören.«

»Das ist doch auch nichts Neues mehr«, sagte ich mit einer abwehrenden Geste. »Wir schreiben 1997, den Elektro-Kram gibt's schon seit acht Jahren.«

»Na ja, und Punk ist mindestens zwanzig Jahre alt. Älter geht nicht.«

Wir lachten beide. Sie stand auf, holte zwei Tassen aus einem Schrank. Dabei musste sie sich strecken, die Hose spannte sich über dem Hintern, und ich dachte sofort an Sex. *Das macht die nur, um mich wahnsinnig zu machen*, dachte ich. Sie stellte die Tassen auf den Tisch, holte die Kaffeekanne und goss ein.

Dabei beugte sie sich so weit vor, dass ihre Brüste fast aus dem Oberteil fielen. Ihr Kopf war nur knappe dreißig Zentimeter von mir entfernt, sie grinste mich an, und ich stand auf, umfasste mit der rechten Hand ihre volle Brust und steckte ihr die Zunge in den Mund. Irgendwie schaffte Sanne es, die Kaffeekanne abzustellen, ohne dass die heiße Flüssigkeit jemandem über die Finger lief oder auf den Boden tropfte.

Mit ihrer Hand tastete sie nach meiner Hose, während ich sie so umfasste, dass ich mit der einen Hand an der Brust bleiben und mit der anderen in ihre Hose rutschen konnte. Und während sie meinen Reißverschluss auffingerte, schob ich meine Finger durch ihr Schamhaar hindurch an die Möse. Sie war feucht, meine Finger stießen auf keinen Widerstand, während wir uns küssten und dabei aufpassen mussten, dass wir nicht das Gleichgewicht verloren.

Das Telefon klingelte. Sanne hielt inne, ihr Gesicht ein einziger Ausdruck von Überraschung, ihr ganzer Körper in der Bewegung erstarrt. Das Telefon klingelte ein zweites Mal. Sie löste sich von mir und drückte sich in einer unwillkürlich erscheinenden Bewegung von mir weg. Das Telefon klingelte ein drittes Mal. Sanne entwand sich meiner Umarmung, drehte sich zur Seite, ein verlegen wirkendes Lächeln um die Lippen, und eilte aus der Küche.

Ich blieb zurück, einen angeschwollenen Schwanz in der Hose und den Duft ihres Körpers in der Nase, überlegte in einem seltsam trägen Gefühl, was ich denn eigentlich als Nächstes tun sollte, und sackte auf den Stuhl zurück. Mit der Rechten griff ich nach der Kaffeetasse und nahm einen kräftigen Schluck.

Sanne telefonierte bereits, ich hörte ihre Stimme aus dem Schlafzimmer. Sie sprach leise, als ob ich nicht hören sollte, um was es ging, aber wenn sie lachte, war es laut und deutlich zu vernehmen. Sie lachte viel, und ab und zu verstand ich, dass es tatsächlich um Musik ging, vielleicht um einen Auftritt, vielleicht um einen gemeinsamen Abend oder eine Nacht, die bevorstand.

Der Kaffee schmeckte gut, und während ich darauf wartete, dass Sanne vom Telefonieren zurückkam, blätterte ich in den Zeitschriften, die sie in einem Ständer neben dem Esstisch aufbewahrte. Neben diversen politischen Magazinen fiel mir vor allem das »Frontpage« auf, ein professionell gestaltetes Fanzine, das sich an die Fans elektronischer Musik richtete. Ich kannte kaum eine der Bands oder »Projekte«, die darin abgefeiert wurden, und empfand das Layout als recht anstrengend: Manche Textzeilen waren in unterschiedlichen Farben angelegt und liefen praktisch ineinander hinein, was schwer zu lesen war. Gleichzeitig fand ich die Art und Weise, wie Texte und Bilder sich ergänzten, ziemlich ansprechend. Im Gegensatz zum Schnipsel-Layout der meisten Punk-Fanzines sah das originell und modern aus.

Nebenan beendete Sanne das Telefonat mit einem schwungvolllauten »Tschühüss!«. Ich wartete vergeblich darauf, dass sie wieder auftauchte, und hörte irgendwann, wie die Dusche im Badezimmer rauschte. So saß ich da, trank Kaffee, stellte die noch halbvolle Kanne wieder auf die Warmhalteplatte und sah zu, wie ihr Kaffee langsam kalt wurde, während ich in den Zeitschriften blätterte.

Wieder überlegte ich, ob ich sang- und klanglos gehen sollte. Das Ganze fühlte sich auf einmal an, als wollte sie mich loshaben und wüsste noch nicht, wie sie mich hinauswerfen sollte.

Als aus dem Badezimmer das dumpfe Wummern von Techno-Musik drang, stand ich auf. Im Schlafzimmer zog ich die Stiefel an, warf den Kapuzenpullover über und ging mit der Lederjacke wieder in die Küche.

Kaum saß ich, tauchte Sanne auf. Ihre Haare waren feucht, sie hatte ein Handtuch um den Kopf geschlungen und roch frisch. Sie trug eine enge Jeans und einen die Figur betonenden Pullover, eindeutig mit BH darunter. Sofort wurde mir bewusst, dass ich in den schmuddeligen Klamotten des Vortages vor ihr saß und wahrscheinlich aussah, als käme ich direkt von irgendwelchen Chaostagen.

»Du bist ja immer noch da.« Sie strahlte mich an. »Ich dachte, du nutzt die Gelegenheit und haust gleich ab.«

»Hättest du das gewollt?«, fragte ich trocken. Auf einmal war die gesamte Stimmung der letzten Stunde verschwunden, als seien wir zwei Fremde, die sich zufällig in einer ihnen unbekannten Wohnung trafen.

»Nein, nein«, wehrte sie ab. »Ich freue mich, dass du da bist.«

Irgendwie vermisste ich am Ende des Satzes ein »aber ...«, doch das wollte ich nicht sagen. Ich zog meine Lederjacke an und lächelte.

»Na ja, wird auch Zeit, dass ich daheim mal in die Dusche steige«, log ich, »wir laufen uns garantiert mal wieder über den Weg.«

Kaum hatte ich den Satz beendet, klingelte es an der Tür. Mir fielen alle möglichen Geschichten von enttäuschten Liebhabern und betrogenen Ehemännern ein, die mir mit dem Hackebeil, dem Schlachtermesser oder gleich mit einer Maschinenpistole den Schädel wegpusten würden. Ich starrte Sanne an.

»Das ... das ist ...« Sie stotterte und holte tief Luft. »Verdammt noch mal, das ist mein Vermieter. Der hatte sich angekündigt, aber ich dachte, der käme ein bisschen später. Ich muss mit ihm wegen der Renovierung der Wasserleitung reden. Mist, verdammter.« Sie schaute mich an, jetzt wirkte sie ernsthaft verlegen. »Kannst du bitte in der Küche bleiben? Ich will nicht, dass er dich sieht.«

»Bitte?«

»Ja, ich ...« Es klingelte erneut, diesmal länger, als sei der Mann vor der Tür schon ein wenig hektisch. Sie drehte sich zum Eingang und rief, »ich komme gleich!«, bevor sie sich wieder mir zuwandte. »Hey, keine Sorge, das hat nichts mit dir persönlich zu tun.« Sie grinste. »Bleib einfach hier, okay?«

Ohne meine Antwort abzuwarten, verließ sie die Küche und zog die Tür hinter sich zu. Ich setzte mich wieder an den Tisch, schnappte mir ein »Frontpage« und goss den restlichen Kaffee in die Tasse.

Der Vermieter stellte sich als Typ mit leicht quäkender Stimme heraus. Er überschüttete Sanne mit einem Schwall von Worten, die ohne Pause auf sie herunterbrandeten; ich verstand nur die Hälfte, aber es ging um Wasserleitungen, das überraschend kühle Wetter, die noch laufende Saison des Karlsruher SC und das bald anstehende Weihnachtsgeschäft. Alles Zeug, das mich nicht interessierte.

Seine Stimme näherte sich, während die Wohnungstür mit einem satten »Klack« ins Schloss fiel. Ich hatte das Gefühl, dass er in Richtung Küche ging.

»Sie müssen da nicht hin ...«, sagte Sanne noch halblaut.

Aber er konterte ziemlich forsch. »Ach, in der Küche ist es für uns beide doch viel bequemer.« Die sich anschließende Lache kam mir schmierig und feist vor. »Dann können Sie mir einen leckeren Kaffee hinstellen.«

Wahrscheinlich hättest du gern, dass sie dir sonst was stellt, dachte ich mit einer Wut, die mich für einen Augenblick verblüffte.

Die Tür zwischen Küche und Flur öffnete sich, und ich erhob mich in einem Reflex von Höflichkeit von meinem Stuhl. Vor mir stand ein schmächtiger Mann mit dünnen schwarzen Haaren, eine Handbreit kleiner als Sanne, dafür deutlich schmaler. Seine dunkelbraune Bundfaltenhose war sauber gebügelt, das gelbe Hemd und die dunkelblaue Winterjacke sahen neu und frisch aus. Ich merkte, wie unangenehm ihm mein Anblick war; er gefror geradezu in seinen Bewegungen, sein Mund stand offen. Hinter dem Mann stand Sanne, sie verzog das Gesicht und machte eine auffordernde Geste, während der Kleine einen kleinen Schritt näher trat. Höflich lächelte ich ihm entgegen, er sah irritiert zu mir auf.

Er schien sich zu fangen. »Merkesberger«, sagte er und streckte mir die Hand entgegen. »Guten Tag, ich bin der Vermieter.«

Ich verbiss mir ein Grinsen. »Frick«, brummte ich und gab ihm die Hand. »Ein alter Bekannter, ich kam zum Kaffee vorbei.«

Er gab sich Mühe, kräftig zuzudrücken, als wollte er mir damit imponieren. Dann ließ er los. Sein Blick wanderte über die Lederjacke, die geflickte Jeans und die abgeschabten Stiefel. »Schön, Herr Frick«, quäkte er, »und was machen Sie so?«

Ich wusste, auf was er hinauswollte, und gab ihm eine trockene Antwort. »Mal dies, mal das. Was halt anfällt.« Meinetwegen konnte er mich für einen arbeitslosen Proleten oder einen herumstreunenden Punk halten; es war mir gleichgültig. Ich wollte nicht, dass Sanne meinetwegen irgendwelche Schwierigkeiten bekam, weshalb ich höflich blieb.

Er kniff die Augen zusammen und richtete seinen Blick auf den Anstecker am Revers meiner Lederjacke. »Was heißt denn das?«, fragte er. »Kann ja keiner lesen.«

»STIFF LITTLE FINGERS«, sagte ich freundlich. »Eine alte Rock-Band aus den achtziger Jahren.«

»Ah, die achtziger Jahre.« Er strahlte kurz. »Da habe ich auch viel Musik gehört. Als ich noch jung war, wissen Sie. Aber von dieser Band habe ich nie gehört.«

»Muss man auch nicht«, tröstete ich. »Man kann nicht alles wissen.«

»Ja.« Er nickte traurig.

Für einige Sekunden herrschte Schweigen. Sanne stand hinter Merkesberger und wirkte unschlüssig; er und ich hatten uns nichts zu sagen. Der Bedarf an Smalltalk war bereits aufgezehrt, jeder weitere Versuch hätte die peinliche Situation nur verstärkt. Dem kleinen Mann war selbstverständlich klar, was in der Nacht zwischen Sanne und mir gelaufen war.

»Ich geh dann mal«, sagte ich so fröhlich wie möglich und zwinkerte Sanne zu. »Wir telefonieren später.« Ich hatte keine Telefonnummer von ihr, aber das schien jetzt zweitrangig.

Sie nickte. »Ja, ich bringe dich zur Tür.«

Ich schob mich an Merkesberger vorbei. Sein Rasierwasser erinnerte mich an das Pitralon, das mein Vater immer benutzt hatte. »Schönen Tag noch«, wünschte ich und ignorierte seine Reaktion.

An der Tür hielt Sanne einen Abstand von gut einem halben Meter zu mir, keine vertrauliche Geste, keine Umarmung oder dergleichen. Durch die halb geöffnete Küchentür sah ich Merkesbergers Rücken; er konnte jedes Wort hören, das wir sagten. Sanne und ich wünschten uns abwechselnd einen »schönen Tag« und verabschiedeten uns mit einem Händeschütteln. Sie folgte mir ins Treppenhaus. Strahlendes Sonnenlicht spiegelte sich im gebohnerten Holz der Stufen, nur einige Kratzer an den Wänden minderten den bürgerlich-ordentlichen Eindruck. Sanne beugte sich zu mir vor. »Nimm's nicht persönlich«, flüsterte sie so leise, dass Merkesberger es sicher nicht hören konnte. »Es ist nicht gut, dass er dich gesehen hat. Jetzt hat er einen falschen Eindruck von mir. Der denkt, ich verkehre mit Rockern. Mein Nachtleben ist ihm eh schon suspekt.«

Ich verkniff mir einen Kommentar ebenso wie eine letzte vertrauliche Geste. Grüßend hob ich die Hand und ging die hölzernen

Stufen hinunter. Meine Stiefel hallten in dem Treppenhaus von den Wänden wider, und ich unterdrückte den Impuls, gegen eine Sprosse des Geländers zu treten. Hinter mir fiel die Tür ins Schloss, und ich machte, dass ich schneller ging.

Es war nicht mein erster One-Night-Stand, und es würde sicher nicht der letzte sein. Aber diesmal hatte ich die Empfindung, dass irgendetwas fehlte. Achselzuckend ging ich zur Haustür, öffnete sie und stand im kalten Novemberwind, der sich in meinen zerzausten Haaren fing.

Vielleicht sollte ich mir eine Platte von PIZZICATO FIVE kaufen, überlegte ich, bevor ich meinen Heimweg antrat. Es könnte mein Weltbild erweitern.

Auf in die Bronx

Als es an der Tür klingelte, steckte ich gerade mit beiden Händen im Spülbecken und schrubbte mir die Finger blutig. Ich ignorierte das nervtötende Geräusch, das meinen Rücken mit schrillem Getöse bombardierte, und putzte weiter. Das dauernde Chaos in meiner Wohnung gefiel mir derzeit noch weniger als sonst, und an diesem Samstag musste zumindest mal die winzige Spüle in der Küche dran glauben. Wer immer jetzt an der Tür stand, hatte sich eindeutig den falschen Abend ausgesucht.

»Keine Lust heute Abend«, knurrte ich, »egal wer es ist.« Ich schüttelte das Wasser von den Händen, schnappte mir das Geschirrtuch und verließ die Küche, drehte im Wohnzimmer die Lautstärke ein Stück höher und ging an meine Arbeit zurück.

Der Mensch an der Tür war hartnäckig. Er klingelte noch einmal, dann wiederholte er es. Als ich immer noch nicht reagierte, verlegte er sich auf rhythmisches Klingeln. Dreimal kurz, zweimal lang, dreimal kurz, einmal lang. Es nervte, und ich gab auf. Kurzerhand schmiss ich den Putzschwamm ins Becken und trocknete die Hände.

Ich ging an eines der Fenster, die auf die Straße wiesen, öffnete es und guckte nach unten. Jakob stand auf dem Gehsteig, eine Flasche Bier in der Hand, und grinste mich an.

»Ich bin nicht da«, behauptete ich, bevor er einen Ton sagen konnte, »und überhaupt hab ich heute zu nichts Lust.«

»Scheißdreck«, gab er trocken zurück. »Wenn du nicht da bist, mach dein Licht aus, die Scheiß-Stereoanlage auch, und am besten legst du dich ins Bett und stirbst. Dann lass ich dich in Ruhe.«

»Okay. Ich lass dich rein.«

»Halt!«, rief er, als ich das Fenster schließen wollte. »Du musst das Tor aufmachen.«

»Scheißdreck. Stimmt.«

Im ganzen Haus waren altmodische Schlüssel üblich. Der Vermieter, der über der Werkstatt im Hinterhof hauste, trug gelegentlich einen riesigen Schlüsselbund spazieren, der aussah, als sei er zwei Kilo schwer und hätte seine ersten Dienstjahre zwischen den Kriegen erlebt. Ich fischte den Wohnungs- und Torschlüssel vom Bund und eilte die Treppe hinunter. Die Nachbarn hatten tatsächlich das Eingangstor zum Innenhof verriegelt, über das man auch ins Treppenhaus und damit zu den Wohnungen kam.

»Super«, schimpfte ich und öffnete das Tor. Ich guckte Jakob an, der sich offensichtlich mal wieder den Kopf zu einer sauberen Glatze geschnitten hatte, zum Ausgleich aber sich seit Tagen nicht mehr rasierte. Auf dem Schädel spiegelte sich das Licht der Straßenlaterne. »Komm rein!«, sagte ich und schlug ihm freundschaftlich die Faust gegen die Schulter.

Wir stapften die Treppe hoch, jeder Schritt ließ die alten Stufen knarren. Der schnelle Hardcore-Punk drang aus meiner Wohnung in den Flur, knallig und auf den Punkt gebracht.

Jakob lachte auf. »Ah, GORILLA BISCUITS«. Er gehörte zu den Leuten, die bei jedem Stück nach den ersten drei Takten schon wussten, welche Band es wann eingespielt hatte und welcher Gitarrist bei den Aufnahmen geholfen hatte. »Hören wir heute PosiCore, oder was? Hat aber noch nicht auf die gute Laune abgefärbt.«

»Du siehst ja selbst, was ich mache«, gab ich zurück und wies auf das Spülbecken. »Ich muss endlich mal wieder putzen, der verdammte Kalk wuchert alles zu. Hier sieht's bald aus wie in einer Tropfsteinhöhle.«

»Du wirst aber jetzt nicht behaupten, dass du den Abend daheim bleiben willst?« Jakob stellte die Bierflasche auf den Küchentisch, den ich von meinen Vormietern übernommen hatte; ein riesiges Ding aus schwerem Holz. »Mit fröhlich-lauter Musik und schlechter Laune?«

»Heute ist nicht mal ein g'scheites Konzert in der Stadt, dann kann ich auch daheim bleiben.«

»Und was machst du, wenn du keinen Bock mehr auf Putzen hast? Du hast nicht mal einen Fernseher.«

Ich wies auf meinen Computer, der auf dem Arbeitstisch am Fenster stand. »Langweilen werde ich mich schon nicht.«

»Das alte Ding? Der ist doch superlahm, da sind nicht mal Spiele drauf.«

»Oder ich les halt ein gutes Buch, ist doch egal.«

»Gutes Buch? Irgendwelche Schundromane wirst du lesen, gib's zu.« Er wies auf den Stapel mit »Utopia«-Heftromanen, die ich einige Monate zuvor billig erstanden hatte und die seitdem überall in der Wohnung zu finden waren.

»Die da sammle ich ja nur, die sind uralt«, gab ich kleinlaut zu, »aber manche von den alten Geschichten gehen immer noch. Sturgeon zum Beispiel kann man auch heute gut lesen.« Ich merkte, dass Jakob schon abschaltete. »Vergiss es. Was führt dich denn hierher?«

Jakob stöberte in der Innentasche seiner Bomberjacke und zog eine zusammengefaltete Zeitung hervor. »Da«, sagte er. Er warf die Zeitung auf den Tisch. »Guck mal hier.«

Es war eines der örtlichen Käseblätter, die wöchentlich in die Briefkästen gestopft wurden. Da ich die Tageszeitung nicht las, waren die Wochenzeitungen meine Hauptinformationsquelle zum allgemeinen Geschehen in der Stadt. »Die ganz normale Bronx von Karlsruhe«, verkündete die Schlagzeile; darunter war eine Tankstelle zu sehen, nur einige hundert Meter von meiner Haustür entfernt.

»Das hab ich auch schon gelesen.« Ich wies auf den Karton mit Altpapier, der neben meinem Arbeitstisch stand. »Hab's gleich weggeschmissen.«

»Und weil du mitten in der Bronx wohnst, hab ich mir gedacht, besuch ich dich mal in deinem Elend und komme aus meinem bürgerlichen Wohnviertel hierher.«

»Bürgerliches Wohnviertel.« Ich lachte. »Du wohnst gerade mal drei Straßen von hier entfernt.«

»Es sind mindestens acht.« Jakob tat, als ob er ernsthaft beleidigt sei. »Und bürgerlich ist die Gegend auf jeden Fall.«

»Wenn du im Zickzack läufst, kommst du vielleicht auf deine acht Straßen, sonst nicht. Und bürgerlich ist die Ecke doch auch nur, weil du so einen schönen Ausblick hast. Auf Natur mit Kröten, verschlammten Wasserlöchern und Unkraut.«

Jetzt lachte Jakob. »Das Brachgelände ist bald nicht mehr da. Die wollen da jetzt ein Arbeitsamt oder so was in der Richtung hochziehen. Bald hab ich keinen freien Blick durch die Botanik mehr.«

»Auch gut. Wenn sie mich dann in der Firma rausschmeißen und ich beim Arbeitsamt antanzen muss, kann ich hinterher gleich bei dir ein Bier trinken. Oder meinetwegen einen Kaffee.«

Jakob lachte erneut. »Wenn du noch magst, nachdem du bei den Arbeitsamtdeppen warst.« Er mochte das Arbeitsamt nicht. Seit Jahren ging er keiner geregelten Arbeit nach und schlug sich mit Gelegenheitstätigkeiten durch. Er war zu stolz, sich arbeitslos zu melden. Noch weniger Lust hatte er darauf, monatelang beim selben Arbeitgeber zu ackern, also nahm er einen Job nach dem anderen an. Seine Eltern hatten Kohle, soweit ich wusste, das hielt ihm den Rücken frei. Wenn er Geldprobleme hatte, übernahmen sie seine Miete. Kein schlechtes Geschäft, fand ich.

Jakob hielt die Zeitung hoch. »Sieht aber gut aus, oder?« Er wies auf die Schlagzeile und das Foto. »Glaubt man dem Artikel, ist hier richtig der Teufel los.«

»Meinen Vormietern hat's gereicht.« Ich war an die Wohnung gekommen, weil die dreiköpfige Familie, die zuvor darin gewohnt hatte, geradezu aus der Innenstadt geflüchtet war. Seit der Drogenhandel auch in unserer Straße ablief, hatte gelegentlich Spritzenbesteck in der Durchfahrt zwischen der Straße und dem Innenhof gelegen; kein schöner Anblick, vor allem nicht für ein kleines Kind. »Und manchmal nerven die Typen auch mit ihrem ›willsch was, brauchsch was?‹ und anderen Sprüchen.«

Der Hardcore-Sound, der aus den Boxen bollerte, hörte auf; die Schallplatte war zu Ende. Kurz überlegte ich mir, die LP umzudrehen, dann ließ ich es. Ich ging die paar Meter hinüber in mein Schlafzimmer, vorbei an der Matratze, die in einer Ecke auf dem

Fußboden lag, und den Stapeln von Büchern und Comics, und schaltete die Stereoanlage aus. Vielleicht wäre G.G. Allin die passendere Musik zu dem Gespräch, aber ich unterließ es, im Plattenregal nach der Scheibe zu stöbern.

Jakob hatte seine Bierflasche mittlerweile geleert; er öffnete meinen Kühlschrank. »Willst du auch?« Als ich nickte, holte er zwei Flaschen hervor und öffnete sie routiniert mit einem Feuerzeug. »Da!« Er reichte mir eine.

Ich bedankte mich, wir stießen an, dann nahm ich einen kräftigen Schluck. »Eigentlich wollte ich heute Abend daheim bleiben«, sagte ich, »keinen Alkohol trinken und meinen Saustall aufräumen.« Ich wies auf den Berg Gerümpel in der Ecke der Küche: Elektroschrott, leere Flaschen, ein schmutziger Overall und anderes Zeug, das darunter lag. »Gestern war zu viel.«

»Klappt ja schon mal gut mit dem ›keinen Alkohol trinken‹«, spottete Jakob. »Da räumt sich der Dreck gleich von selber aus. Und so schlimm war es gestern ja doch nicht.«

Am Vorabend hatten wir uns in der »Haifischbar« getroffen, im Keller des besetzten Hauses, das ebenfalls in meiner Nachbarschaft lag, keinen Kilometer zu Fuß entfernt. Es war kein spezieller Abend gewesen, es hatte keine Band gespielt, aber das Bier war sensationell preiswert, und es lief meist Punkrock; dort an der Theke oder an einem der Biertische im Keller konnte ich es stundenlang aushalten.

Die nächsten fünf Minuten verbrachte ich damit, mich ausgehfertig zu machen: Während sich Jakob ein Punk-Fanzine aus einem Papierstapel fischte, der auf dem Küchentisch lag, ging ich noch mal aufs Klo und stellte mir dann die Haare. Wie immer nahm ich mir dafür so wenig Zeit wie möglich, so dass die hinterher entstandene Frisur weniger nach Stacheln als vielmehr nach einem verfilzten Dornbusch im Winter aussah.

Mit den Bierflaschen in der Hand verließen Jakob und ich das Haus. Der Abend war lau, typisch für den Frühsommer: Wenn es später wurde, war eine Jacke unverzichtbar, die dicke Lederjacke allerdings trieb einen unweigerlich ins Schwitzen – also trug ich mein altes Jackett, an dessen Revers seit gut zehn Jahren immer wieder neue Buttons steckten.

Wir schlenderten die Straße hinunter. Keine Drogenhändler waren unterwegs, vielleicht deshalb, weil sich die örtliche Türken-Gang an der Ecke zur Bäckerei herumdrückte. Die Jungs, alle um die 15 oder 16 Jahre alt, winkten freundlich von der anderen Straßenseite herüber, als wir vorbeigingen, und wir hoben grüßend unsere Bierflaschen.

»Gut erzogen«, meinte Jakob.

»Noch«, gab ich zurück. »Der eine hilft bei dem türkischen Laden vorne an der Ecke, den treffe ich regelmäßig beim Einkaufen, vom anderen wohnt ein Onkel oder so was zwei Stockwerke über mir. Ich gehöre also zur Familie.«

»Praktisch.«

»Stimmt. Im Gegensatz zu irgendwelchen Drogenvercheckern, die eben kein Arsch in der Straße kennt.«

Am unteren Ende »meiner« Straße kam eine Schule, deren Hof leicht zugänglich war. Hier trieben sich nachts gelegentlich Junkies herum und drückten sich das Gift in die Adern. Es hieß, dass die Stadtverwaltung mittlerweile den Zaun um den Hof besser absichern wollte. Um diese Zeit – die Dämmerung wich endgültig der Nacht – war der Platz menschenleer; am Morgen lagen garantiert wieder einige Spritzen auf dem Asphalt.

Wir bogen in die Straße ein, die zu der Aral-Tankstelle führte. Einige Autos rollten langsam an uns vorüber, in jedem saß ein einzelner Mann am Steuer; einige spähten auffällig aus dem Fenster, andere schauten gelangweilt nach vorne. Dann kamen wir an der ersten Prostituierten vorbei: eine dünne junge Frau, knapp über zwanzig Jahre, die eine knallenge Jeans und eine dunkle Jacke trug, die Haare auftoupiert, das Gesicht stark geschminkt. Sie schien uns einige Augenblicke lang zu taxieren und erkannte schnell, dass wir keine Kunden waren; ihr Blick wanderte weiter und richtete sich auf die Straße.

»Die ist drauf«, sagte Jakob, nachdem wir vorüber waren. »Hast du die Augen gesehen?«

Ich nickte. »Sahen ziemlich tot aus.«

»Scheiß-Heroin. Oder was immer die sich reindrückt.«

Von der Existenz des Drogenstrichs in meiner unmittelbaren Nachbarschaft wusste ich selbstverständlich, seit ich in diese Straße gezogen war. Der Handel mit harten Drogen sowie der Strich hingen unmittelbar zusammen, und ich ignorierte beides soweit wie möglich. Fuhr ich abends mit dem Rad in die Innenstadt oder spazierte durch die Straßen, machte ich meist einen Bogen um die Tankstelle und ihre direkte Umgebung. Tagsüber sah alles sowieso anders aus: eine Straße mit großen Wohnhäusern, in deren Erdgeschoss sich Kneipen, ein Supermarkt, ein Reisebüro sowie andere Geschäfte befanden. Alles ganz normal, ein wenig langweilig und mit viel Autoverkehr.

Wir schlenderten an einer Kneipe vorbei, in die ich nie meinen Fuß setzen würde. In einem Glaskasten neben der Eingangstür hing ein großer Zettel in oranger Farbe, auf dem mit einem dicken Filzstift für »Böhse Onkelz Cocktail's nur 5,00 Mark« geworben wurde. Ich überlegte mir nicht zum ersten Mal, welches Publikum sich wohl in diesem Laden aufhielt und ob die Cocktails konsequenterweise in brauner Farbe schillerten. Andererseits wollte ich es auch nicht so genau wissen.

Die Tankstelle leuchtete hellblau durch die Nacht wie ein Leuchtfeuer, das um diese Zeit alle möglichen Leute anzog. Vor allem nach Einbruch der Dunkelheit profitierte die Tankstelle von den Besuchern der umliegenden Kneipen und Clubs. Bevor diese sich für teures Geld irgendwelche Getränke bestellten, die sie am Rand der Tanzfläche in den Händen balancieren würden, tranken sie sich mit Bier oder Schnaps aus der Tankstelle erst einmal warm. Entsprechend sahen die Hauseingänge und Gehsteige nachts in der direkten Nachbarschaft aus.

Als wir ankamen, stand gerade ein tiefergelegter Golf GTI an einer Zapfsäule. Trotz der verschlossenen Tür war das Wummern der Bässe gut zu hören. Auf dem Beifahrersitz erkannte ich eine Blondine, ein breitschultriger Typ im Jogginganzug stand an der Zapfsäule.

Er schenkte uns einen Blick, dann konzentrierte er sich wieder auf die Tankanzeige; wir waren ihm offensichtlich nicht wichtig genug.

Jakob und ich leerten unsere Flaschen. Zeit für Nachschub.

Der bullige Tankwart hinter dem Tresen musterte uns mit einem grimmigen Blick, sagte aber kein Wort. Er verzog auch keine Miene, als wir nacheinander bezahlten, und sagte nur das Nötigste. In einer Nacht wie dieser hatte er mit derart viel Straßenabfall zu tun, dass wir wahrscheinlich zu den harmlosesten Kunden zählten. Die Tankstelle war schon mehrmals überfallen worden, und ich hatte die Gerüchte gehört, dass der Mann einen ordentlichen Knüppel hinter seinem Tresen stehen hatte. Gegen Jungs mit einer Knarre reichte das allerdings nicht aus.

Jakob bezahlte, ließ unsere leeren Flaschen am Tresen zurück, und wir gingen wieder auf den Platz vor der Tankstelle hinaus. Mittlerweile standen mehrere Autos an den Zapfsäulen; der breitschultrige Golf-GTI-Besitzer unterhielt sich lautstark mit zwei jungen Männern, die ebenfalls neben tiefergelegten Fahrzeugen standen. Ich überlegte kurz, über welche Themen sie sich wohl unterhielten. Sprachen sie über den bevorstehenden Disco-Besuch, ging es um die aktuellen Umbauten am Auto, besuchten sie dieselben Fitness-Studios? Mich interessierte immer wieder, was andere Leute dachten, vor allem solche, mit denen ich nichts anzufangen wusste – aber es beschäftigte mich nicht so sehr, dass ich sie jetzt von mir aus angesprochen hätte.

Der Platz vor der Tankstelle wurde durch hohe Blumenkübel aus Waschbeton begrenzt, die eine Trennung zwischen Tankstelle und Gehweg symbolisierten. Jakob und ich drückten unsere Hintern auf den Rand eines Kübels: Der Beton war an dieser Stelle zu schmal, um sitzen zu können, aber so konnten wir uns einigermaßen bequem anlehnen und hatten einen halbwegs guten Platz. Jeder öffnete eine Dose, die zwei anderen legten wir zur Seite; wir stießen an und tranken.

Anfangs war alles sehr harmlos. Autos fuhren vorüber, mal schnell, mal langsam; manche Fahrer hatten ihre Seitenfenster heruntergekurbelt, und so bekamen wir einen gründlichen Einblick in aktuelle Musikgeschmäcker unserer Heimatstadt. Zu hören gab es viel Umpf-Umpf-Umpf, Bässe dröhnten dumpf zwischen den Häusern, gelegentlich kamen stumpfe Uffta-Uffta-Rhythmen. Passanten spazierten über den Gehsteig, die meisten von ihnen jüngere Leute, entweder in unserem Alter oder noch jünger. Viele rauchten, die Zigaretten locker im Mundwinkel, einige hatten Bierflaschen in den Händen; praktisch alle waren aufgekratzt und fröhlich. Es war ein ganz normaler Samstagabend.

Sah man nicht genau hin, bemerkte man nicht das eigentliche Geschäft, das auf der Straße ablief. Unauffällig schlenderten junge Männer über den Gehsteig, ein großer Teil von ihnen afrikanischer Herkunft, verschwanden in Seitenstraßen oder blieben in einem Hauseingang stehen. Sie sprachen manchmal Passanten an, meist ebenfalls junge Männer; nach einer kurzen Unterhaltung wechselten Geldscheine und kleine Päckchen ihre Besitzer.

Ich wies auf einen der Händler. »Schau dir mal den an. Dem sieht man doch auf hundert Meter an, dass er dealt.« Der Mann, den ich meinte, war mittelgroß und ziemlich dürr; ein schwarzer Bart verdeckte große Teile seines Gesichts. Ich wusste, dass er auf die Entfernung älter wirkte als aus der Nähe.

Jakob winkte ab. »Das sagst du bloß, weil du ihn kennst.«

»Kennen. Pah! Nur, weil er ständig bei mir vor der Haustür steht und mich anlabert.«

»Ich kenne den Spruch.« Jakob nahm einen Schluck Bier. »Willsch was, brauchsch was? Nur echt mit badischem Dialekt. Den hat er wohl als ersten gelernt, als er hier ankam.«

»Gekauft hab ich nie was. Vielleicht sollte ich mal.«

Er hob die Schultern. »Keine Ahnung, ob das Zeug was taugt. Die verkaufen alles von H über Koks bis hin zu stinknormalem Gras.«

Wir wussten beide, wovon wir redeten. Im letzten Jahr waren die Preise für Drogen derart in den Keller gegangen, dass sich jeder einen Joint oder das Nasenpulver leisten konnte. Man bekam mittlerweile auf Partys in einer beliebigen Studenten-WG Kokain angeboten,

»just for fun« und natürlich kostenlos. Aber sowohl Jakob als auch ich ließen die Finger davon, ohne dass wir das Ganze moralisch bewerteten. Ohne darüber jemals diskutiert zu haben, war uns beiden unwohl beim Gedanken, sich härtere Drogen einzuwerfen. Wir tranken Bier, wir kifften, er rauchte zudem normale Zigaretten; das genügte.

Lief der Drogenhandel einigermaßen heimlichtuerisch ab, galt dies für den anderen Geschäftszweig an dieser Stelle der Innenstadt nur bedingt. Auf der anderen Straßenseite spazierten junge Frauen über den Gehsteig, teilweise recht leicht bekleidet, mit knappen Kleidern und Röcken; einige waren ausgestattet, als wollten sie Werbung für »sexyhexy« machen, manche aber stolperten in Jeans und T-Shirt und mit eher kaputtem Aussehen herum. Für beide Arten von Mädchen schien es Kunden zu geben, und diese kamen alle mit dem Auto.

Immer wieder hielt ein Wagen am Straßenrand. Der Fahrer ließ die Scheibe an der Beifahrertür herunter, eine junge Frau beugte sich zum Fenster hinab. Es wurde kurz verhandelt, meist stieg sie nach kurzer Zeit ein, und die beiden fuhren weiter. Diese Anbahnung des Geschäfts dauerte nie lange, das Ganze verlief in einer recht ruhigen, fast professionellen Atmosphäre.

Seit es den Straßenstrich vor der Aral-Tankstelle gab, von Anfang an gepaart mit der offenen Drogenszene, hatte sich die Lage ringsum verändert. In den Nebenstraßen saßen immer öfter Junkies in den Hauseingängen und drückten sich das Gift vor den Augen der Nachbarn in die Adern, während die Dealer – häufig selbst Leute, die sich ihren Dreck durch den Verkauf gestreckter Mengen an andere finanzierten – durch die Straßen spazierten, um ihren Stoff auch möglichen neuen Kunden anzudrehen.

Die Prostituierten mit dem kaputten Aussehen kauften sich von ihrem frisch verdienten Geld sofort den nächsten Stoff. Auf Parkplätzen oder in Hofeinfahrten hielten die Autofahrer und ließen sich von den Nutten einen runterholen oder blasen; nur selten wurden die Zimmer in einigen drittklassigen Hotels in der Nähe der

Fußgängerzone benutzt. Innerhalb eines Jahres hatte sich die ganze Gegend verändert.

Daher kam die Schlagzeile in der Zeitung, die von der »ganz normalen Bronx« sprach. Diese Aussage war selbstverständlich übertrieben, sie hatte sogar einen leicht rassistischen Unterton, aber sie war nicht vollkommen falsch – mitten in der Innenstadt hatte sich eine Art Drogenviertel herausgebildet, das die Polizei entweder nicht wahrnahm oder aus nicht nachvollziehbaren Gründen duldete.

Viele der Händler stammten aus afrikanischen Ländern und lebten im Asylbewerberheim am Stadtrand, aber über die Hintermänner wurde gemunkelt, dass es die Gleichen seien, die auch für die Versorgung der Bordelle in der Stadt mit neuen Prostituierten verantwortlich waren. Das wusste ich nicht, aber ich hatte das Gerücht so oft gehört, dass ich es für wahrscheinlich hielt.

»Schau mal!«, sagte Jakob nach gut einer Stunde, die wir vor der Tankstelle herumlungerten. Er wies auf eine junge Frau, die auf der anderen Straßenseite herumstöckelte: knallenge Jeans, hochhackige Schuhe, ein rotes Oberteil, darüber ein leichtes Jäckchen. Die langen Haare waren blondiert und fielen ihr in den Nacken. »Die kenn ich doch.«

»Warst du bei ihr schon Kunde?« Ich lachte albern, das mittlerweile dritte Bier spürte ich bereits.

Er stieß mir die Faust in die Seite, teils aus Spaß, teils mit mehr Wucht, als bei einem fröhlichen Hieb angebracht gewesen wäre. »Du Idiot. Das ist doch die Kati.«

»Kati? Muss ich die kennen?«

»Nein.« Er winkte ab und löste sich von der Mauer. »Ich war mit der in der Schule, wir kommen aus demselben Kaff. Was treibt die hier?«

Bevor ich noch etwas sagen konnte, trat er auf die Straße hinaus. Ich folgte ihm spontan, die Bierdose in der Hand. Rasch überquerten wir die Fahrbahn.

Jakob stellte sich neben die Blondine und sprach sie an. Weil ich einige Meter hinter ihm lief, verstand ich seine Worte nicht. Ihr stark geschminktes Gesicht verzog sich zu einer Grimasse, die Antwort kam klar und deutlich.

»Ihr nervt, ihr Assis!«, schnauzte sie zuerst Jakob an, dann wies sie auf mich. »Und jetzt bringst du noch irgendwelche Punkerkumpels mit. Ich kann euch nicht brauchen, was wollt ihr hier?«

»Na komm.« Jakob grinste breit, als hätte er einen besonders gelungenen Scherz gehört. »Was willst du denn? Wir sind Punks, wir müssen nerven.«

»Der da vielleicht, dein Kumpel«, spuckte sie ihm entgegen und zeigte noch mal auf mich. »Der ist vielleicht ein Punker, aber du doch nicht, du mit deiner Scheißglatze, du bist doch ein Skinhead.«

»Ja ja.« Jakob winkte ab. »Ist ja schon gut. Aber ...« Er breitete die Arme aus, als wollte er das Viertel umspannen. »Was zum Teufel machst du hier? Das ...« Er suchte nach den richtigen Worten. »Arbeitest du neuerdings hier auf der Straße?«

Ich sah ihm an, wie sehr er sich bemühte, die Worte »Strich« oder »anschaffen« zu vermeiden. Wenn die Blondine wirklich eine ehemalige Schulfreundin von ihm war, musste das für beide eine nicht gerade ideale Situation sein. Kati schien ähnlich zu empfinden.

»Das geht dich nichts an«, schnauzte sie und trat einen Schritt näher an Jakob heran. Mit dem rotlackierten Fingernagel des Zeigefingers stieß sie ihm unsanft gegen die Nasenspitze. »Das ist meine Privatsache, mein Job, mein Leben, und ihr geht lieber wieder zurück in euer Assipunkerloch.«

»Scheiße.« Jakob sah sie an, die Nagelspitze immer noch vor den Augen. Dann wanderte sein Blick zu mir.

»Wir verziehen uns«, schlug ich vor.

Er nickte, und wir wechselten wieder die Straßenseite. Vor der Tankstelle lehnten wir uns wieder gegen den Beton. Ohne ein Wort zu sagen, trank jeder aus seiner Bierdose.

»Scheiße«, sagte Jakob noch einmal, mehr nicht.

»Stimmt«, sagte ich und hielt ihm meine Dose entgegen. Wir stießen an, tranken und schwiegen.

»Was für eine Scheiße«, sagte er nach einiger Zeit. »Die war echt mal so eine Nette bei uns auf dem Dorf, und jetzt das. Was macht man da?«

»Keine Ahnung.« Ich schüttelte den Kopf. »Ich kenne mich da überhaupt nicht aus.«

»Auf jeden Fall hab ich wieder was gelernt«, sagte er rau. »Leider nichts Gutes.« Er starrte auf die andere Straßenseite, den Blick auf die blonde Frau gerichtet, ein Ausdruck von Fassungslosigkeit im bartstoppeligen Gesicht. Ich kapierte, dass er über das Thema nicht reden wollte, und hielt die Klappe, obwohl mir ein halbes Dutzend naheliegender Fragen auf der Zunge lagen.

Die nächste Viertelstunde tat sich nicht viel. Wir tranken Bier und schauten zu; wir holten uns pro Nase eine neue Dose und plauderten mit einem Berber, der uns unbedingt ein Bier abschnorren wollte, sich dann aber verzog, als wir ihm endlich zum Ausgleich ein Geldstück aufschwatzten. Die üblichen Geschäfte auf der Straße änderten sich nicht, der Verkehr nahm sogar zu.

Kati verschwand recht schnell. Keine fünf Minuten nach unserem kurzen Gespräch hielt ein dunkelblauer VW Passat neben ihr, schick und neu und tiefergelegt, genau die Art von Auto, die Vertreter fuhren. Sie redete mit dem Mann im Inneren des Wagens, den wir nicht erkannten, und stieg ein.

Jakob sagte nichts, sondern schaute nur auf die Szene und schnaubte zwei-, dreimal. Seine Hände ballten sich, lockerten sich wieder. »Was für ein Rotz!«, flüsterte er.

»Bleib ruhig!«, mahnte ich. »Du kannst eh nichts ändern.« Ich hielt ihm meine Dose vor die Nase.

Er grunzte und spuckte aus. Dann stießen wir an. Jakob stierte wieder auf die Straße.

»Und schon sehe ich die nächste Fresse, die ich kenne«, sagte er halblaut. »Was geht hier ab?« Er wies zur Straßenkreuzung schräg gegenüber der Tankstelle. Am Eingang zu einer Kneipe, die vor allem von Studenten frequentiert wurde, lungerte ein Mann herum, der mir sofort bekannt vorkam. »Guck dir den an – was macht der hier?«

»Stimmt.« Ich überlegte, woher ich das Gesicht kannte. Dann fiel es mir ein. »Der ist ab und zu in der ›Kombe‹, hängt immer im oberen Bereich herum.« Die »Katakombe« war eine Keller-Diskothek am Rand der Weststadt, wo von Donnerstag bis Sonntag eigentlich nur Metal, Hardcore, Punkrock und krachiger HipHop liefen und wir uns sehr häufig aufhielten. »Was treibt der hier?«

Der Kerl war fast einen Kopf kleiner als ich und ziemlich schmal; kurze schwarze Haare, immer mit zu viel Geld, dazu ein schmaler Schnauzbart – in die »Kombe« passte er rein optisch nie, aber wir hatten ihn stets ignoriert. Jetzt stand er am Rand der Straße, ging hin und her und beäugte die Szenerie, als sei er an dieser Stelle auf einmal wichtig und nicht der langweilig aussehende Typ am Rand eines Pogo-Mobs. Ich fand den Typen schon immer schmierig, wenngleich ich ihn in der »Kombe« kaum registriert hatte. Er gehörte zu jenen, die am Rand der Tanzfläche standen, unauffällig und mit einem Bier in der Hand, die mit keinem redeten, aber die ganze Zeit die tanzenden Mädchen anstierten.

»Scheiße«, sagte Jakob. »In dem hab ich mich getäuscht. Ich dachte immer, das sei so ein Dauerlutscher. Aber entweder ist er Zuhälter oder Dealer, eins von beidem.« Er wiegte den Kopf. »Kannst du dir vorstellen, dass er dick im Drogengeschäft ist oder Nutten auf die Straße schickt?«

»Keine Ahnung.« Ich betrachtete den Typen eine Weile, trank von meinem Bier und sagte erst einmal nichts.

Der Mann schien keine große Nummer im Straßengeschäft zu sein, aber genügend Leute zu kennen. Er unterhielt sich mit einigen dunkelhäutigen Männern, die mir als Händler auffielen, sowie zwei muskulösen Männern in Lederjacken, die ihre schweren Motorräder an der Ecke abgestellt hatten und zu Fuß zu ihm gekommen waren. Alles in allem war es ein Geschäft, mit dem ich nichts zu tun haben wollte. Ich wunderte mich nur, wo die Polizei blieb. Gammelten zwei Punks in der Innenstadt herum, hatten die innerhalb einer Viertelstunde die Beamten am Hintern. Direkt vor unseren Augen liefen Drogenhandel und Straßenstrich parallel ab, mitten in einem Wohngebiet, keine 500 Meter vom Bundesgerichtshof entfernt, einem der wichtigsten Gerichte im gesamten Land, und es schien niemanden zu interessieren.

»Seltsame Welt«, sagte ich halblaut. So langsam reichte es mir.

»Hast du was gesagt?«, fragte Jakob.

»Ach nichts.« Ich winkte ab. Dann sah ich Kati. »Guck mal, da ist sie wieder!«, rief ich halblaut und wies über die Straße. Noch während ich es sagte, bereute ich meinen Satz bereits.

Wir hatten nicht mitbekommen, wie Kati zurückgekommen war. Sie hatte offensichtlich ihren aktuellen Job erledigt, und der Freier hatte sie wieder an der Straße abgeliefert. Vielleicht war sie auch mit öffentlichen Verkehrsmitteln aus irgendeinem Vorort gekommen, ich wusste es nicht.

Sie stakste auf ihren Schuhen über den Gehsteig, ein wenig unsicher im Gang, als ob sie etwas getrunken hätte oder schon bekifft wäre. Der schmale Typ mit den schwarzen Haaren ging auf sie zu, und ich bemerkte, wie Jakob die Luft anhielt. Es war eigentlich ein skurriles Bild: Kati war gut einen halben Kopf größer als der Typ, und sie musste sich zu ihm hinunterbeugen, um ihn zu küssen.

»Ich glaub's nicht«, sagte Jakob leise und mit einem Ton, als müsste er gleich kotzen. »Die haben was miteinander. Das kann doch nicht ...«

»Das ist rein geschäftlich, glaub ich«, unterbrach ich ihn. »Schau mal.«

Der Kuss war kurz, es war mehr ein Hauch auf den Mund. Der Typ sagte etwas zu Kati, sie verzog das Gesicht, dann wich sie von ihm zurück. Er sagte erneut etwas, diesmal wirkte es heftig, fast wütend. Sie nickte, griff in die kleine Handtasche und fischte etwas heraus, das ich nicht erkennen konnte. Wahrscheinlich war es Geld. Sie drückte ihm das in die Finger, was sie in der Hand hielt, und er schnauzte sie an.

»Wahrscheinlich ist es nicht genug«, sagte Jakob, der offensichtlich auf denselben Gedanken gekommen war wie ich. »Das gibt gleich Stress.«

»Und du hältst dich bitteschön zurück«, warnte ich leise. »Du gehst jetzt nicht über die Straße und fängst ein Gestresse an.«

»Wie kommst du auf die Idee?«

»Ich kann Gedanken lesen. Schon vergessen?«

Er winkte ab. »Scheißdreck. Hast ja recht.«

Kati und ihr Zuhälter – zumindest schien er es zu sein – redeten miteinander, dann gingen sie nebeneinander die Straße hinunter.

Nachdenklich begaben wir uns zu einem kleinen Platz in der Nähe, wo wir hinter der Bushaltestelle gegen ein Gebüsch pissten. Dann besorgten wir uns wieder Bier und setzten uns an die Mauer. Es war ein fauler Abend, fast langweilig, denn es passierte nichts mit uns, während wir da saßen, tranken und den Leuten zusahen.

Später sahen wir Kati allein auf der Straße herumstehen; sie redete mit niemandem und wirkte auch nicht gerade, als ob sie darauf hoffte, von einem Autofahrer mitgenommen zu werden. Immer noch flutete der Verkehr an uns vorüber, dasselbe Spiel setzte sich fort. Nutten standen am Straßenrand, Drogenchecker direkt daneben, Autos hielten an, kleine Drogenpäckchen wechselten den Besitz.

»Ich glaub's trotzdem nicht«, sagte ich nach einer Weile.

»Was?«

»Das da.« Ich wies auf die Szenerie vor unseren Augen. »Bei fünf besoffenen Punks fährt die Stadt ein riesiges Aufgebot in die Straßen, und hier gibt es weit und breit keine Bullen.«

»Wär's dir lieber, wenn die Bullen da wären? So mit Schild und Knüppel, Wasserwerfer und Tatütata?«

»Das nicht. Aber es ist schon seltsam.«

Er nickte trübsinnig, dann hob er die Bierdose an. »Und zu trinken haben wir auch nichts mehr. Du?«

»Ebenfalls nichts.«

Wir wechselten zwei Blicke, schauten uns noch mal die Straße an, dann war es klar: Auf den Platz vor der Tankstelle hatten wir keine Lust mehr. Ich verspürte längst das angenehme Gefühl von Besoffensein in mir, wie eine sanfte Watte, die sich um mich legte. Als Jakob und ich ziellos in Richtung Bundesgerichtshof spazierten, wussten wir nicht einmal, was wir vorhatten. Es war ein Abend, an dem nichts geplant war, und entsprechend verhielten wir uns.

An der nächsten Straßenecke blieb Jakob stehen. »Wir gehen ins ›Mash‹ und gucken dort Arschlöchern beim Tanzen zu«, schlug er vor und wies in die Seitenstraße. Sein Gesicht verzog sich zu einem breiten Grinsen. Ich kannte den Gesichtsausdruck. Er setzte ihn gern auf, wenn er den »Gefahrensucher« spielte und an Orte ging, wo die Gefahr groß war, in eine Schlägerei oder anderen Ärger verwickelt zu werden. Ich hatte ihn bei Chaostagen gesehen und bei Scherben-Demos, bei kurzen hässlichen Auseinandersetzungen am Rande von Punk-Konzerten oder irgendwo in der Südstadt.

Keine 200 Meter von uns kam der Musik-Club, den er meinte: ein Laden, der seine besten Zeiten in den frühen achtziger Jahren gehabt hatte und in den immer noch nachts eine bizarre Mischung aus Straßenschlägern, abgehalfterten Dorfschönheiten und organisierter Halbwelt strömte. Vom besetzten Haus oder von der »Kombe« aus waren wir oft morgens gegen fünf Uhr noch ins »Mash« gestolpert, die Iros schon halb zerzaust vom Pogo, um dann zwischen Frauen in Leopardenhosen und Männern in schlecht sitzenden Anzügen einen Schnaps und ein Bier zu kippen. Die Frauen tanzten in diesen Nächten zur Disco-Musik, die Männer standen und saßen herum. Ein riesenhafter Türsteher, der uns erstaunlicherweise gut leiden konnte, sorgte für Ruhe und Ordnung, so dass es an normalen Abenden zu keinen großen Unruhen kam.

Ich schaute Jakob zweifelnd an. »Muss das sein? Es ist viel zu früh, wir sind da nie vor fünf Uhr morgens rein, und ich bin bereits gut angesoffen.«

»Was willst du denn sonst machen? Daheim weiterputzen? Früh ins Bett? Heimlich wichsen?« Er lachte hämisch.

»Arsch. Ich hab gesagt, dass ich keine Lust hab und eigentlich nicht aus dem Haus will. Da hat sich eigentlich nicht viel dran geändert.«

»Aber das Drei-D-Fernsehprogramm auf der Straße war bisher nicht zu verachten, oder?«

»Als ob ich Vergleichsmöglichkeiten hätte.« Ich besaß keinen Fernseher, was viele Leute seltsam fanden. Manchmal war das ärgerlich, vor allem bei wichtigen Fußballspielen, die ich mir bei Freunden anschauen musste. Aber ich hatte keine Ahnung von der »Lindenstraße«, von »Dallas« oder sonst irgendeiner Fernsehsendung, ich hatte noch nie in meinem Leben »Wetten daß« oder »Verstehen Sie Spaß« gesehen, und ich hatte in all den Jahren nie das Gefühl gehabt, wirklich etwas verpasst zu haben.

Aber Jakob hatte recht. Was sollte ich daheim tun? Jetzt war ich sowieso in der Stimmung, irgendwelchen Unfug anzustellen; ich war noch nicht streitlüstern, aber angesoffen genug, um im Zweifelsfall einen Fernseher durch eine geschlossene Scheibe werfen zu können. Wir gingen die Straße hoch. Manchmal standen die parkenden Autos so weit auf dem Gehsteig, dass wir nur hintereinander gehen konnten.

Vor einem Jahr war ich an genau der Ecke mit einer Gruppe aggressiver Jungtürken in einen kurzen Streit geraten, weil zwei Leute nicht aneinander vorbeikamen und ich einen aus der Bande mehr oder weniger versehentlich angerempelt hatte. Es war glimpflich ausgegangen, aber seither passte ich auf, mit wem ich zusammenstieß, wenn ich mit besoffenem Kopf in der Innenstadt unterwegs war. Bei den »Russen« saßen die Fäuste noch lockerer als bei den Türken, und als Punkrocker galt man bei beiden Gruppierungen als eher abseitig.

Das »Mash« hatte eine Außenfront mit seltsam kreisförmigen Fenstern zur Straße, die der Fassade einen relativ »coolen« Anstrich gaben, sein Eingang lag in einer Hofeinfahrt. Als wir näherkamen, sah ich gleich, dass etwas nicht stimmte. Vor der Tür stand eine Gruppe von gut zwei Dutzend Männern sowie einigen wenigen Frauen; sie wirkten angespannt und sagten kein Wort, blickten auf den Hof. Auf den ersten Blick ganz normal: Vor dem »Mash« lungerten immer Leute herum, die Nachbarn beschwerten sich regelmäßig bei der Polizei, und ganz selten kam ein Streifenwagen vorbei und ermahnte die Leute. Angesichts des geduldeten

Drogenhandels einige hundert Meter davon entfernt wäre es allerdings peinlich, wenn die Bullen wegen der kleinen Ruhestörung einen Aufstand machten.

»Scheiße, da geht's richtig rund«, sagte Jakob auf einmal und hielt an. Wir waren nur noch einige Schritte von der Gruppe entfernt.

In der Hofeinfahrt wurde gekämpft. Zwei Männer hielten sich umklammert, beide schon angesoffen, beide in schweren Jacken. Sie lösten sich gerade voneinander. Keuchend und schwer atmend standen sie sich gegenüber, die Gesichter vor Wut und Anspannung verzerrt. Ich erkannte den Typen, den ich als Katis Zuhälter eingestuft hatte; den anderen hatte ich noch nie gesehen. Weshalb die beiden sich prügeln wollten, erkannte ich nicht, und ich würde es garantiert nie erfahren. Denn noch während ich versuchte, mir einen Reim auf die ganze Angelegenheit zu machen, entwickelte sich auf einmal alles richtig schnell.

Der Typ, mit dem der Zuhälter kämpfte, hielt ein Messer in der Hand, eine schmale Klinge, die im Schein des »Mash«-Logos leuchtete. Er fuchtelte mit dem verdammten Ding herum, zwei-, dreimal, und sein Gegner reagierte nur langsam, fast träge. Dann trat der Typ mit dem Messer in einem raschen Ausfallschritt nach vorne, ich hörte das hässliche Geräusch, mit dem sich das Messer durch die Jacke in den Bauch bohrte, gefolgt von dem Gurgeln aus dem Mund des Angestochenen, dann die Schreie der Umstehenden.

Der Messerstecher ließ seine Waffe los, während der Angestochene zusammensackte, wollte fliehen. Ausgerechnet an der Stelle quetschte er sich durch die Menge, an der wir standen. Bevor ich oder sonst jemand reagieren konnte, griff Jakob zu. Mit seinen Pranken hielt er den Kerl fest, er drückte eine Spur kräftiger zu, als nötig gewesen wäre. »Du bleibst hier, du Arsch«, sagte er in einem Tonfall, der erstaunlich wenig aggressiv klang.

Der Kerl schien zusammenzuschrumpfen. Er war noch dünner als sein Gegner, ein Schweißfilm bedeckte sein hageres Gesicht; die rechte Hand, mit der er zugestochen hatte, zitterte leicht. *Ein Junkie*, dachte ich, *oder der nimmt sonst irgendeinen Dreck*. Fast tat er mir leid, wahrscheinlich war es bei der Auseinandersetzung um irgendwelche Drogen gegangen. Aber wer mit einem Messer auf andere losging, seien diese noch so bescheuert, war in meinen Augen gemeingefährlich; mit solchen Leuten wollte ich nichts zu tun haben.

Auf einmal war der Türsteher aus dem »Mash« da, den die Schlägerei vorher offensichtlich nicht interessiert hatte, und schubste alle aus dem Weg, die seiner Ansicht nach nichts mehr vor dem Eingang verloren hatten. Zwei junge Männer, die ich noch nie im Leben gesehen hatte, kümmerten sich um den Liegenden, während sich mehrere Leute rasch verzogen; sie hatten keine Lust, mit der bald auftauchenden Polizei in einen zu engen Kontakt zu kommen.

Der Messerstecher muckte nur einmal kurz auf, ließ es dann aber sein, als Jakob kräftiger zudrückte. »Benimm dich, du Arsch«, sagte Jakob und nickte mir zu. »Behalt mal den Türsteher hier. Ich hab keine Lust, für die Bullen den Hilfspolizisten zu spielen.«

Das verstand ich gut; das wollte ich an seiner Stelle auch nicht. Wenn die Polizei unsere Personalien aufnahm – und das würde sie garantiert tun –, mussten wir mit auf die Wache und uns stundenlang dämlicher Fragen erwehren. Ich wusste, dass ich in der sogenannten Störer-Kartei geführt wurde, was sogar bei schnöden Verkehrskontrollen lästig sein konnte, und auch Jakob war der örtlichen Polizei nicht unbekannt.

Der Türsteher war kurz noch einmal verschwunden, hatte wohl aus dem »Mash« heraus mit einem Krankenwagen und der Polizei telefoniert. Kaum war er wieder da, eilte ich zu ihm. »Der da«, ich wies auf den Messerstecher, »war's. Wenn du willst, halt ihn fest, bis die Bullen kommen. Dann können wir abhauen.«

Er grunzte bestätigend, was bei ihm als positive Aussage zu verstehen war. »Mach ich.« Wir gingen beide zu Jakob, der den schmächtigen Typen sofort losließ. Der Türsteher griff sich den Kerl und betrachtete ihn von oben bis unten. »Hätte mich auch gewundert, wenn so einer sich hätte richtig prügeln können.« Mit seiner Pranke schüttelte er den Kerl kräftig durch. »Der fällt ja gleich um, wenn man ihn richtig anpackt.«

Der Platz im Eingangsbereich des »Mash« leerte sich immer mehr. Nur noch wir standen direkt vor der Einfahrt, während sich neben uns die zwei Männer um den Angestochenen kümmerten. Eine Blutlache breitete sich um ihn aus, schwarz glänzend in der Dunkelheit. Gut zwei Dutzend Schaulustige blieben in der Nähe und schauten interessiert zu uns herüber, hielten aber Distanz. Aus der Ferne ertönte das typische Signal eines Krankenwagens, das sich rasch näherte.

Jakob und ich wechselten einen raschen Blick. »Es ist wohl besser, wenn wir verschwinden«, sagte ich zu dem Türsteher. »Du hast ja gesehen, wer sich hier mit wem geprügelt hat, und uns brauchst du nicht.«

Mit der freien Hand winkte er ab. »Keine Sorge.« Er verzog das Gesicht zu einer Grimasse; vielleicht sollte es ein Grinsen sein. »Ich hoffe ja nur, dass die Bullen den Laden in Ruhe lassen und nicht alles auf den Kopf stellen.« Noch einmal schüttelte er den Messerstecher durch. »Scheiß-Drogendeppen, machen echt alles kaputt.«

Ich fand sein Gemaule reichlich scheinheilig; das »Mash« lebte schließlich unter anderem davon, dass sich die Halbwelt hier zu später Stunde traf. Jeder wusste, welche Leute hier verkehrten, und jeder ahnte zumindest, dass Drogen im Spiel waren. Auf dem Klo wurde mehr oder weniger offen mit weißem Pulver gehandelt, und die glasigen Augen mancher Gäste waren sicher nicht nur mir aufgefallen.

Jakob und ich redeten nicht mehr viel, weder mit dem Türsteher und den Umstehenden noch miteinander. Wir gingen in die andere Richtung, weg von der Tankstelle, weg vom »Mash«, weg vom Drogenstrich und all seinen Begleiterscheinungen und weg von dem Mann, der im Dreck auf der Straße lag. Eine zweite Sirene mischte sich in das nächtliche Krachkonzert; auch die Bullen waren jetzt in der Nähe, und es wurde Zeit, dass wir endgültig verschwanden.

Jakob und ich verabschiedeten uns an der Straßenecke, jeder ging nach Hause. Ich fühlte mich angesoffen und ernüchtert zugleich, und ich hatte nicht die geringste Ahnung, was ich jetzt tun sollte.

Weiterputzen war sicher keine Alternative, ins Bett legen konnte ich mich nicht; vielleicht schnappte ich mir mein Rad und fuhr eine Stunde lang ziellos durch die Gegend.

Mir war auf jeden Fall klar, dass an dieser Ecke der Spaß zu Ende war. Ich würde nie wieder harmlos und lachend an der Aral-Tankstelle sitzen und Dosenbier trinken.

Straßenwahlkampf

Der Mann machte einen freundlichen, aber bestimmten Eindruck. »Ihre Wahlhelfer versperren uns den Eingang«, sagte er mit einem Gesichtsausdruck, bei dem ich mir nicht sicher war, ob er nicht gleich loslachen wollte. »Unsere Kunden können unser Kaufhaus nicht betreten, und deshalb möchte ich Sie bitten, hier für Ordnung zu sorgen.« Er trug die Dienstkleidung, die für alle Angestellten des Kaufhauses vorgeschrieben war, inklusive einer sauber gebundenen Krawatte, auf seiner Brust glänzte ein Namensschild.

»Hätte ich nur nicht diesen Stand angemeldet«, murrte ich. »Ich kümmere mich darum, Herr ...« Ich entzifferte den Namen. »... Herr Breitler.«

Er lächelte. »Sie wollten ja unbedingt eine politische Aktion am Europaplatz durchführen. Bitte kommen Sie mit mir.«

Weit hatten wir nicht zu gehen, keine zehn Meter entlang der Schaufensterfront des großen Warenhauses. Eine Gruppe von fünf Punks hatte sich direkt am Eingang niedergelassen, zwei von ihnen lagen so auf dem Boden, dass die Kunden über sie hinwegsteigen oder sich neben ihnen durchquetschen mussten. Alle wirkten müde und besoffen, sie schliefen oder waren kurz davor, in den tiefen Schlummer der Glückseligen zu fallen.

Ich kannte einen aus der Gruppe, er trug einen improvisierten Anstecker auf der Brust. »Wahlhelfer – APPD« stand darauf, seine Legitimation an diesem Tag, sich überhaupt in der Innenstadt aufzuhalten. Ich bückte mich vorsichtig zu ihm hinunter und stieß ihn mit der Faust an der Schulter an. »Na komm, Fuchsi«, sagte ich ruhig, »hier ist es doch unbequem. Vorne haben wir ein Sofa, das ist netter und angenehmer.«

Er wurde wach, rekelte sich im Halbschlaf, streckte und dehnte seine Glieder. Als er laut rülpste, dünstete er eine fürchterliche Wolke aus. Ich zog meinen Kopf zur Seite. Aus meiner gebückten Position schaute ich den Kaufhausangestellten an. »Das wird schon, Herr Breitler«, versprach ich, »die sind bald weg.«

»Das wäre sehr freundlich.« Jetzt grinste er über das ganze Gesicht. Die Situation fand er wohl selbst witzig. »Meine Vorgesetzten machen Druck, und ich bin für die Sicherheit rings um das Gebäude verantwortlich. Wir wollen ja beide nicht, dass ich die Polizei rufen muss.«

»Nein. Das wollen wir beide nicht.« Ich nickte ihm zu und schubste Fuchsi erneut an. »Na komm schon! Aufstehen. Wir haben auch noch Bier am Informationsstand. Hier ist es viel zu unbequem.«

Eigentlich fand ich das Verhalten der Straßenpunks konsequent. Nichts ärgerte die braven Bürger von Karlsruhe mehr als Leute, die asozial auf der Straße herumlungerten, in der Öffentlichkeit Bier tranken und vor allem schlecht rochen. Wenn sich die Punks dann zudem direkt vor den Eingang eines Warenhauses legten, sorgten sie zumindest für Irritation bei den konsumgeilen Bürgern. Wenn das nicht Punkrock war!

»Was'n los?«, krächzte Fuchsi. Er stank nach Bier und Schnaps und schlechtem Essen; ich atmete flach und vorsichtig.

»Na komm schon!«, drängte ich. »Heb deinen Arsch vom Eingang hier weg. Das Sofa ist bequemer, und da kannst du locker ein Bier trinken.«

Murrend erhob er sich, taumelnd stand er vor mir. Sein grüner Iro hing schlapp an den Seiten herunter, die Bartstoppeln waren voller Straßendreck, aber die Nieten auf seiner Lederjacke wirkten, als hätte er sie unlängst erst poliert. »Scheiße«, sagte er, »mir ist echt schlecht.«

»Du wirst weder hier noch sonst wo kotzen«, warnte ich. »Wir machen hier ernsthaften Wahlkampf, da muss ein wenig Ordnung herrschen.«

»Wahlkampf?«, echote der Kaufhausangestellte und verkniff sich ein Lachen. »Das machen Sie echt gut.«

»Wir sind eine offiziell zugelassene Partei«, argumentierte ich stolz. »Wir Pogo-Anarchisten treten zur Bundestagswahl an und möchten in den Bundestag einziehen. Wenn Sie wollen, können Sie nachher Informationsmaterialien haben.«

»Danke.« Jetzt lachte er laut und wies auf die anderen Punks. »Ihr Wahlkampfmaterial liegt ja immer noch im Eingangsbereich unseres Kaufhauses herum.«

Mit Fuchsi schaffte ich es, die Punks auf die Beine zu bringen. Sie kämpften mit sich, mit mir und mit der Schwerkraft, aber es klappte. Nacheinander schubste ich sie vom Eingang weg und in Richtung unseres Standes, entlang an dem riesigen Tapeziertisch, den wir aufgeklappt und mit Plakaten behängt hatten, auf denen »Arbeit ist Scheiße!« und »Saufen, Saufen, jeden Tag nur Saufen!« proklamiert wurde. Auf dem Tisch selbst lagen haufenweise Flugblätter, dazu einige Wahlkampfbroschüren der Anarchistischen Pogo-Partei Deutschlands und anderer Papierkram, sogar einige Konzerthinweise für Punk-Konzerte in der näheren Umgebung.

Das Sofa daneben, ein riesiges Ungetüm aus hellblauem Stoff, das wir uns für diesen Tag ebenso geliehen hatten wie den Tapeziertisch und das Transportfahrzeug, sah zwar wenig vertrauenerweckend, aber dafür gemütlich aus. Ich schubste die Punks weiter in die Richtung. Die zwei Punketten, beide keine zwanzig Jahre alt, legten sich ab und schliefen sofort ein. Lange Beine in zerfetzten Strumpfhosen und mit roten Stiefeln, darüber kurze Hosen, die einen knackigen Hintern zeigten – auf einen Schlag war unser Sofa ein Hingucker. Vorbeigehende Rentner bekamen Stielaugen, andere Männer blieben stehen und starrten auf die jungen Frauen.

»Ihr sollt nicht glotzen!«, rief ihnen Pihnat zu, der mit mir den Wahlkampfstand betreute. »Informiert euch lieber über die Pogo-Anarchie und erfreut euch des Lebens.«

Die angesprochenen Männer gingen weiter, wir lachten. Es war ein schöner Tag auf dem Europaplatz in Karlsruhe; wir hatten einen offiziellen Informationsstand angemeldet, mit allen Formularen der Stadtverwaltung, und wiesen auf die Anarchistische Pogo-Partei

Deutschlands hin, auf »den parlamentarischen Arm der Chaostage«, wie wir die Partei gelegentlich bezeichneten. Kurz vor der Bundestagswahl waren wir nicht die Einzigen, die ihre Interessen in der Innenstadt propagierten. Einige Straßenecken weiter hatte die CDU oder die SPD ihre Stände aufgebaut; ich war mir aber sicher, dass nur unserer so bunt und chaotisch war.

Seit einem halben Jahr war ich im Wahlkampffieber. Für die APPD hatte ich Unterstützerunterschriften gesammelt, an Veranstaltungen in Hamburg, Mannheim und Frankfurt teilgenommen, Flugblätter auf Punk-Konzerten und Partys verteilt. Die wesentlichen Argumente hatte ich alle parat, und wenn mir ein Wahlkampfslogan nicht einfiel, erfand ich einfach einen neuen. Die APPD war für mich, wie ich oft erzählte, »die Fortsetzung von Punkrock mit anderen Mitteln«.

Zumeist fand ich die Aktivitäten sehr lustig, eine Verbindung aus viel Bier, lauter Musik und einer permanenten Überschreitung irgendwelcher Grenzen. Staatliche Autoritäten waren verwirrt, Polizisten mussten auf einmal Punk-Veranstaltungen »schützen«, weil diese als Demonstrationen angemeldet wurden, und wir hatten immer viel zu lachen. Die APPD schien eine gute Möglichkeit zu sein, den Punkrock-Geist in die Neuzeit zu retten, ohne sich allzu sehr verbiegen zu müssen. Eine Partei, die von alternden Ex- und Immer-Noch-Punks gesteuert wurde, war etwas, das ich mir noch vor einigen Jahren nicht hatte vorstellen können.

Allerdings sollte das Ganze nicht nur darin gipfeln, dass wir mit einer Horde besoffener Punks auf dem Europaplatz standen und von den Bürgern mit viel Ekel betrachtet wurden. Ich stiefelte zu Fuchsi hinüber, der mit einer Gruppe anderer Punks auf dem Boden saß. Sie hatten einen Kassettenrekorder dabei, aus dem Musik drang, immerhin in erträglicher Lautstärke. Fuchsi hielt bereits eine Dose Bier in der Hand, Kondenswasser perlte auf dem Blech.

»Du musst mal was für dein Bier tun«, sagte ich. Dann schaute ich die anderen an. »Ihr auch, denke ich. Fuchsi weiß selbst, wieso das so ist.«

Fuchsi brachte sein zugesoffenes Hirn auf die Reihe, was einige Sekunden dauerte. »Immerhin dürfen wir uns heute in der Innenstadt aufhalten«, sagte er dann langsam. Er bezog sich auf den Versuch der Stadt Karlsruhe, die Innenstadt von unerwünschten Elementen zu reinigen. Man hatte den Angehörigen der Straßenpunk-Szene verboten, die Einkaufsstraßen zu betreten, und sie damit in andere Stadtteile vertrieben. Man wollte den braven Bürgern bei ihrem Einkaufsbummel nicht den Anblick besoffener Punks zumuten und hatte es lieber, wenn die in ärmeren Vierteln wie der Südstadt auf der Straße herumlungerten.

Unsere Polit-Veranstaltung hatte ganz nebenbei das Ziel, dieses Verbot zu umgehen. Es war eine Idee von Pihnat gewesen, die Straßenpunks zu unseren Wahlhelfern zu ernennen, ganz offiziell, und sie mit schriftlichen Bestätigungen, Ansteckern und allem anderem Kram auszustatten. Und jetzt hing die ganze Bande mit sichtlicher Freude an unserem Stand herum, trank Bier, das wir gespendet hatten, und tat ansonsten nichts.

»Wer saufen will, muss arbeiten«, sagte ich trocken, holte einen Stapel Flugblätter vom Tapeziertisch und hielt sie ihm vor die Nase. »Das haben wir doch vereinbart: Du gehst durch die Fußgängerzone und drückst jedem so ein Ding in die Finger, der nicht bei drei auf den Bäumen ist.«

Fuchsi nahm den Stapel Papier und stierte auf die Slogans. »Arbeit ist Scheiße!« stand in riesigen Buchstaben quer über dem A4-Blatt. Darunter war schlichtweg »Darum APPD wählen« geschrieben. »Einfacher Spruch«, sagte er.

Ich nickte. »Klar. Gute politische Aussagen sind immer einfach. Ich hab auch noch andere Flyer für dich und die anderen.«

»Darf ich die Leute auch in Diskussionen verwickeln?« Er stand auf, wackelig auf den Beinen.

»Sicher. Hauptsache ist ja, dass die mitkriegen, dass es die APPD gibt.« *... und dass das verdammte Punkverbot für die Innenstadt für heute aufgehoben ist*, fügte ich in Gedanken hinzu.

Irgendwie schaffte es Fuchsi, einige andere Punks auf die Füße zu bringen. Ich gab ihnen unterschiedliche Flugblätter, die ich alle in den vergangenen Tagen in der Firma kopiert hatte, während langer Überstunden, in denen ich als Einziger auf dem Flur an der Arbeit gewesen war. So hatte ich zumindest während dieser Zeiten das Angenehme mit dem Nützlichen verbinden können.

Alle Flugblätter zeichneten sich durch extrem schlichte Formulierungen aus, ich hatte mir auch beim Layout keine große Mühe gegeben. Ich hatte vorhandene APPD-Plakate genommen und die wesentlichen Aussagen so zusammenkopiert, dass einige klare Aussagen entstanden waren. »Saufen« wurde auf ihnen ebenso proklamiert wie die »Balkanisierung« Deutschlands oder »Rückverdummung jetzt!« – ich war gespannt, welche Reaktionen kamen, wenn die Wahlhelfer in die Fußgängerzone zogen.

Mit breitem Grinsen machten sich die Punks auf den Weg, schon nach den ersten Metern verwickelte Fuchsi einen Jugendlichen in ein Gespräch. Ich öffnete eine Dose Bier, es war die erste an diesem Tag. Zwar wurde es immer wärmer, und ich hatte Lust, mehr zu trinken, aber ich war für den Transporter verantwortlich, den wir in einer Nebenstraße abgestellt hatten. Irgendwann mussten wir schließlich unseren Wahlkampfstand abbauen, und da sollte ich nüchtern sein.

Meine Jacke mit dem »Disco Punx Karlsruhe«-Aufnäher platzierte ich so an der Seite des Wahlkampftisches, dass sie garantiert jeder Passant wahrnahm. Ansonsten sah ich an unserem Stand sicher am harmlosesten aus: Jeans, Stiefel und T-Shirt, dazu ein extrem strammer Haarschnitt, der mit »fünf Millimeter« ausreichend umschrieben war. Mich wunderte nicht, dass ich von manchen Leuten gelegentlich für einen Skinhead gehalten wurde.

Das hielt einen Mann aber nicht davon ab, direkt auf mich zuzusteuern. Er war korpulent, trug einen dunkelbraunen Anzug mit Krawatte, trotz der Hitze, und er wirkte ernsthaft sauer. Ich schätzte ihn auf Mitte vierzig. Als er mit dem Zeigefinger der Rechten in meine Richtung durch die Luft stocherte, blitzte ein Ehering auf.

»Leute wie euch sollte man in ein Arbeitslager schicken!«, tobte er. »Dass so ein arbeitsscheues Gesindel überhaupt auf der Straße stehen und Werbung für seine Faulheit machen darf. Ein Skandal!« Er riss beide Hände voller Empörung in die Luft, sein Gesicht verfärbte sich rot.

Normalerweise war es am besten, solche Leute zu ignorieren, und auf eine Diskussion hatte ich keine Lust. Da aber bereits die ersten Schaulustigen stehen blieben, gab ich ihm Konter. »Warum nicht gleich vergasen?«, fragte ich höflich. »Normalerweise wünschen uns die Leute immer gleich in die Gaskammer.«

»Das … das ist eine Frechheit!«, schrie der Mann.

»Ach ja.« Ich winkte ab. »Vergasen ist in Deutschland ja verboten, sonst würden es Leute wie Sie sofort wieder einführen.«

»So etwas habe ich nicht gesagt, das ist eine Frechheit!« Die Gesichtsfarbe des Mannes verfärbte sich in ein noch dunkleres Rot; ich befürchtete schon das Schlimmste. »Solche Nazi-Vergleiche verbitte ich mir, ich bin ein Demokrat und …«

Eine Frau, ebenfalls rundlich und gut einen Kopf kleiner als der Mann, eilte von der Straßenbahnhaltestelle auf ihn zu. Sie griff ihn am Ärmel seiner Jacke. »Komm, Erwin!«, drängte sie ihn. »Die sind's nicht einmal wert, dass du dich über sie aufregst.«

Er gehorchte, ließ sich zur Seite zerren. Noch einmal wandte er sich um, öffnete den Mund, als wollte er eine Tirade voller Beschimpfungen auf mich abfeuern, aber die Frau zog ihn mit sich, ohne viel Kraft einzusetzen. »Ist doch wahr …«, hörte ich ihn vor sich hin schimpfen. »Das ist eine Unverschämtheit, das alles … dieses faule Gesocks … liegt uns auf der Tasche, will nicht arbeiten …«

Ich verbiss mir jeglichen Kommentar, sondern genoss es, dass unser Stand auf einmal viel mehr Aufmerksamkeit bekommen hatte. »Kommen Sie näher!«, rief ich den Passanten zu, die stehen geblieben waren, und hob die Bierdose. »Wir sind die Anarchistische Pogo-Partei Deutschlands, wir treten zur Bundestagswahl an. Wir werben um Ihre Stimmen. Informieren Sie sich.«

Ein anderer Mann trat näher, hielt aber Abstand zum Sofa mit den dekorativ schlafenden Punketten und zu unserem Informationsstand. Mit Jeans, Hemd und Halbschuhen sah er aus wie ein

Büroangestellter, schätzungsweise um die fünfzig Jahre alt; er trug einen angegrauten Oberlippenbart.

»Ihr seid ja nur eine Spaßpartei« sagte er ernsthaft. »In diesen Zeiten muss man aber ernsthafte Politik betreiben und seine Energie nicht für irgendwelchen Blödsinn verschwenden. Ich sehe ein, dass ihr Punks für eure Anliegen auch werben wollt, aber ...«

»Wir sind keine Spaßpartei!« unterbrach Pihnat mit empörter Stimme. Wie er es immer wieder schaffte, den todernsten Pogo-Anarchisten hervorzukehren, fand ich bewundernswert. »Unser Anliegen ist, die Bundesrepublik zu verändern. Arbeit ist Scheiße, und das muss man den Leuten klarmachen.«

»Das kann man doch nicht ernst meinen.«

»Wieso nicht? Das muss man sogar sehr ernst nehmen. Sinnentleerte Arbeit macht die Menschen fertig und vor allem dumm. Deshalb ist dieses Land auch so krank, weil sich so viele Leute krankarbeiten. Wenn sie das wollen, ist das allerdings ihr gutes Recht – wir wollen niemandem die Freude am Arbeiten nehmen.« Er grinste. »Nur wollen wir halt nicht arbeiten, und wir finden, dass es ein Recht darauf gibt, nicht arbeiten zu wollen.«

»Es ist doch so«, sprang ich ihm zur Seite. »Es gibt nicht genügend Arbeit für alle, und das weiß jeder, und so wachsen die Arbeitslosenzahlen. Wir würden uns da gern komplett rausziehen.«

»Das ... das ist doch Unfug!« Jetzt wuchs die Empörung sogar in diesem Mann. Der Oberlippenbart zitterte, und ich sah ihm an, wie er nach ernsthaften Argumenten suchte.

»Unsere Lösung ist die Balkanisierung von Deutschland«, erläuterte Pihnat so laut, dass es alle Umstehenden mitbekamen. »Damit der Anblick von faulem Gesindel, das nicht arbeiten will, die arbeitsgeilen Leute nicht stört, sind wir für eine Zergliederung von Deutschland.«

»Was? Und das nach der Wiedervereinigung?«

»Genau«, bestätigte ich. »Wir brauchen die drei Zonen für jede Gruppe von Menschen, nur dann herrscht Gerechtigkeit.«

»Was?« Der Mann starrte mich an, als sei ich völlig benebelt.

Ich erklärte ihm das Dreizonenmodell so einfach wie möglich. »Wir von der APPD haben eingesehen, dass es unterschiedliche Pogo-Rassen gibt. Das hat nichts mit der Hautfarbe oder anderem Kram zu tun, sondern nur mit der Einstellung zu bestimmten Dingen. Soweit kapiert?«

»Ja schon. Aber ...«

»Wir sind der Ansicht, dass das Zusammenleben so unterschiedlicher Rassen in einem Gebiet wie Deutschland nicht artgerecht ist«, schnitt ich ihm das Wort ab. »Deshalb werden wir nach dem Machtantritt für die unterschiedlichen Rassen jeweils eigene Lebensräume einrichten. Wenn Sie wollen, können Sie als Leistungswilliger in die SBZ ziehen oder eben in dieser bleiben. Damit meinen wir die Sichere-Beschäftigungs-Zonen. Für Leistungsunwillige wie uns werden die Asoziale-Parasiten-Zonen eingerichtet, in denen wir den ganzen Tag unseren Vergnügungen frönen werden.« Ich hob den Zeigefinger. »Für Neonazis, Schwerkriminelle und andere gibt es dann die Gewalt-Erlebnis-Parks. Dort können sie dann ihre Gesellschaft so aufbauen, wie sie wollen, ohne dass wir uns einmischen.«

Der Mann wirkte auf einmal müde. »Das ist doch blühender Unsinn. Und das in diesen Zeiten, in denen man ...«

»Sehen Sie's doch so: Wollen Sie auf Ihrem Weg zur Arbeit wirklich ständig arbeitsscheue Punks sehen? Sicher nicht. Und wir wollen, wenn wir uns mit Schundromanen, Kabelfernsehen und anderem Scheiß amüsieren, auch nicht die ganze Zeit mitbekommen, wie Sie sich für ein bisschen Geld langsam totarbeiten.«

»Aber ... wir müssen Helmut Kohl ablösen. Es kann doch nicht so weitergehen mit diesem Land, es muss endlich etwas geschehen. Es ...« Er holte tief Luft. »Wenn Sie nur so eine Spaßpartei machen, wird sich nie etwas ändern in diesem Land.«

»Als ob diese Wahl was ändern würde«, spottete ich. »Verliert der Dicke, kommt die SPD ans Ruder. Wollen Sie ernsthaft diesen Schröder als Kanzler haben, und glauben Sie, dass sich dadurch etwas ändert?«

Ich merkte, dass ich in einen seriösen Modus gefallen war und auf einmal ernsthaft argumentierte. Das durfte nicht sein. Wenn ich einen APPD-Stand machte, hatte ich so zu reden, wie es sich für einen Pogo-Anarchisten gehörte. Ich wollte nicht über das »kleinere Übel« der SPD debattieren oder mir anhören, die Grünen zu wählen, hälfe dabei, dem irgendwann kommenden Kollaps der Gesellschaft vorzubeugen.

»Nur wenn wir Deutschland vollständig rückverdummen, wird alles gut«, sagte ich. »Der unbekannte Affe ist das Leitbild der APPD, und die Rückverdummung ist unser großes Ziel.«

Der Mann starrte mich an, zwinkerte mir zu, als wollte er von mir jetzt wissen, dass alles nur ein großer Spaß war. Ihm machte sichtlich zu schaffen, dass ich so nüchtern argumentiert hatte.

Ich grinste und nahm einen Schluck aus der Bierdose. »Uh ... uh ... uh ... unbekannter Affe!«, skandierte ich, allerdings so leise, dass nur er es verstand. Wenn ich allein die Parolen der APPD brüllte, kam ich mir selbst so vor, als sei ich bereits rückverdummt; das machte mir nur Spaß, wenn genügend Leute dabei waren.

Der Mann drehte sich wortlos um. Kopfschüttelnd ging er weiter. »Ihr seid völlig bescheuert«, sagte er noch.

Pihnat lachte, ich grinste. Die anderen Menschen vor dem Informationsstand verliefen sich, der normale Verkehr auf dem Europaplatz ging weiter. Straßenbahnen hielten direkt vor uns, Menschen stiegen aus und ein. Sie fluteten in die Fußgängerzone und in das Kaufhaus, sie trugen Einkaufstaschen mit dem Aufdruck der Konzerne, fast alle wirkten gehetzt und gestresst.

Die beiden Punketten wurden irgendwann wach und gingen zu »McDonald's«, die nächste Filiale war keine hundert Meter von uns entfernt. Eigentlich wollten sie nur pissen, aber sie kamen nicht zurück. Pihnat und ich setzten uns selbst auf das Sofa, Fritz kam dazu und übernahm den Dienst hinter dem Tapeziertisch.

Die Sonne verschwand hinter immer dicker werdenden Wolken, es wurde langsam düster. Der Nachmittag schritt voran, die Temperaturen sanken.

Als es nach einer halben Stunde zu nieseln anfing, packten wir zusammen. Wir hatten viele Flugblätter unter die Leute gebracht; was übrig geblieben war, stopften wir in Kisten. Pihnat hatte sogar einen Besen besorgt, mit dem wir den Müll zusammenfegten, der sich um den Stand angesammelt hatte.

»Was ist mit den Wahlhelfern?«, fragte Fritz, nachdem er alle leeren Dosen und Flaschen in eine Kiste geworfen hatte. »Unsere Flugblattverteiler, die noch in der Stadt unterwegs sind?«

»Keine Ahnung.« Ich winkte ab. »Die sind seit einer Stunde weg und haben garantiert alle Flugblätter verteilt. Und mittlerweile wissen einige von denen sicher schon gar nicht mehr, dass es uns gibt.«

»Die sind wahrscheinlich am Kronenplatz«, ergänzte Pihnat. Das war glaubhaft. Wahrscheinlich waren die besoffenen Punks durch die Innenstadt getrottet, hatten unterwegs hoffentlich dazu beigetragen, viele Passanten zu verwirren, und waren zu ihrem alten Stammplatz gegangen. Dort saßen sie jetzt wohl herum, schnorrten Passanten an und warteten darauf, dass sie von der Polizei in die Südstadt vertrieben wurden.

»Hauptsache, die verteilen die Flugblätter«, sagte Fritz, der die Straßenpunks mit Inbrunst ablehnte, der Punkrock nicht verstand und uns nur half, weil er die APPD für eine witzige Aktion hielt.

»Verlass dich darauf!«, gab ich zurück. »Bessere Wahlhelfer kriegst du nicht.«

Das Antifa-Pony

»Habt ihr auch wirklich nichts dabei, das die Bullen als Waffe einstufen könnten?«, fragte ich meine Mitfahrer, als wir uns der Stadtgrenze näherten. »Und wenn's nur ein ...«

»Ja ja«, unterbrach mich Tobi, »und wenn's nur ein Schraubenzieher ist. Ich kenne deine Wackersdorf-Geschichten echt alle.« Er lachte. »Keiner von uns hat was dabei, wir sind buchstäblich nackt. Wenn die Bullen uns anhalten, werden sie uns aus lauter Mitleid laufen lassen.«

Wir rollten mit meinem Auto durch die Dörfer nördlich von Karlsruhe; die nächste Kleinstadt war Bruchsal, bekannt durch seine Bundeswehrkaserne und ein großes Gefängnis. In diesem Knast saß Günther Deckert ein, der ehemalige Bundesvorsitzende der NPD, der öffentlich den Massenmord an Juden im Zweiten Weltkrieg geleugnet hatte und dafür verknackt worden war. Zu diesem Thema hatten die Nazis eine Demonstration angemeldet, ausgerechnet für diesen Pfingstmontag, an dem wir unterwegs waren. Als Thema hatte der Aufmarsch tatsächlich »50 Jahre Grundgesetz«, es sollte also in erster Linie um »Meinungsfreiheit« gehen – was immer Nazis unter einem solchen Schlagwort verstanden.

Wir näherten uns dem Ortsrand von Bruchsal, ich bog von der Bundesstraße ab. Rechts und links des Ortsschildes standen Polizeifahrzeuge, neben ihnen warteten einige Beamte in entspannter Körperhaltung. Sie beäugten den Verkehr, machten aber nichts und schienen uns nicht zu beachten.

»Die sind ja richtig locker drauf«, sagte Tobi. »Ob die den Nazi-Aufmarsch verschoben haben und nichts los ist in der Stadt?«

»So locker sehen die nur aus.« Ich wies im Vorbeifahren auf einen Einsatzwagen der Polizei. Durch die Fenster waren Schilde und Helme zu sehen. »Wenn nötig, rüsten die gemütlichen Bullen ruckzuck auf und dreschen unsere Köpfe zu Brei.«

Tatsächlich ignorierte uns die Polizei. Keiner der Beamten wandte auch nur den Kopf, als ich an ihnen vorüberfuhr. Manchmal war es schon sinnvoll, mit einem gewöhnlich aussehenden Auto unterwegs zu sein, das nicht durch Bekenntnis-Aufkleber – politische Botschaften und Band-Logos, die auf den meisten Autos meiner Bekannten prangten – verziert worden war. Zudem hatten wir alle durchschnittliche Frisuren, der Wagen hatte außerdem ein lokales Kennzeichen; wahrscheinlich hielten uns die Beamten für ganz harmlose Leute, die eben nach Bruchsal unterwegs waren.

»Na super«, spottete Tobi. »Jetzt war der ganze Stress, das Auto von allem zu säubern und die Klamotten neutral zu gestalten, völlig umsonst.«

Wir stellten das Auto am Rand der Innenstadt ab und gingen schnurstracks zum Treffpunkt der Gegendemonstration: ein großer Platz zwischen Häusern, die aussahen, als seien sie im 18. Jahrhundert für die wohlhabenden Bürger der Stadt erbaut worden. Über dem Platz flimmerte die Sonne, einige Polizisten hatten sich neben ihre Fahrzeuge postiert und wirkten gelangweilt.

Verwundert blieb ich stehen und wies auf das Häuflein Menschen, das sich im Zentrum des Platzes versammelt hatte. »Das ist alles?«

Die angeblich so »machtvolle Gegendemonstration« bestand aus höchstens vier Dutzend Leuten: einige wenige Bürger, einige Hippies, einige wenige Punks, einige Antifa-Leute. War ich sehr wohlwollend, zählte ich die Leute hinzu, die am Rand des Platzes herumlungerten und ebenso wie ich auf die Gruppe starrten. Aber selbst bei dieser Zählung kam ich auf keine hundert Personen.

»Wir können froh sein, dass die Nazis zu einer friedlichen Kundgebung aufgerufen haben«, knurrte ich. »Was für ein Desaster!« Am liebsten wäre ich gleich heimgefahren und hätte mich in meinem warmen Bett verkrochen.

Zwei langhaarige Mädchen, beide um die 17 oder 18 Jahre alt, schienen einiges verwechselt zu haben; in ihren Hirnen dürften sich

Punkrock, Hippietum und Antifa in einer Weise vermischt haben, die ich nicht nachvollziehen konnte. Sie hatten tatsächlich ein Pony dabei, ein kleines Pferd mit braunem Fell, das den Kopf hängen ließ und die ganze Zeit von einem der Mädchen gestreichelt wurde. Auf der einen Seite des bemitleidenswerten Tieres war mit roter Farbe »Antifa« vermerkt worden, auf der anderen Seite fand sich neben einem durchgestrichenen Hakenkreuz zu allem Überfluss noch der Schriftzug »APPD« für die Anarchistische Pogo-Partei.

»Ist das peinlich«, sagte ich leise. »Wenn uns die Nazis sehen, lachen die uns nur aus.« Ich schämte mich und hätte mich gerne in irgendeinem Erdloch verkrochen.

Als wir näher an den kleinen Pulk von Demonstranten herangingen, stellte ich fest, dass sich doch einige Leute darunter befanden, die ich kannte und für fähig hielt. Die erste Person, die ich begrüßte, war Mike, der bei einer örtlichen Hardcore-Band als Chefschreihals tätig war.

»Schon was passiert?«, fragte ich grinsend.

Er winkte ab. »Ich hab bereits den ersten Platzverweis von den Bullen erhalten«, erzählte er schlecht gelaunt. »So ein Scheiß. Wie komm ich jetzt wieder zu meinem Auto? Das steht genau an dem Platz, wo ich Platzverweis hab.«

Ich lachte ihn ein wenig aus und wunderte mich gleichzeitig. Er sah nicht wesentlich »punkiger« oder gefährlicher aus als die Mitfahrer meiner kleinen Reisegruppe. Bei der Gruppe von Bunthaarigen aus Mannheim und Oi!-Skins aus dem Umland leuchtete mir schon eher ein, dass sie von der Polizei besonders kontrolliert worden waren.

Insgesamt aber bildeten wir ein bescheidenes Häuflein. Die größeren Antifa-Gruppierungen aus Mannheim, Heidelberg, Stuttgart oder gar Karlsruhe waren so gut wie gar nicht vertreten; zumindest sah ich niemanden. Vielleicht steckten die organisierten Antifa-Leute in irgendwelchen Kontrollen fest.

»Wir können ja froh sein, dass die Bullen da sind«, orakelte ich. »Die Nazis würden uns sonst plattmachen.«

»Lass uns mal ein wenig durch die Gegend stromern«, schlug Tobi vor. »Dann sehen wir, wo die sind. Vielleicht gibt's doch Gelegenheit für die eine oder andere sportliche Aktion.«

Wie wir gleich feststellten, war das nicht so einfach: Jetzt zählten wir trotz unseres harmlosen Aussehens zu den Demonstranten und wurden abgewiesen. Jede Gasse und jede Seitenstraße wurde von Polizisten kontrolliert, die Kerle standen wirklich überall, es war absolut nervig. Wo immer wir hingingen, wurden wir sofort zurückgeschickt, und nach einigen Minuten gaben wir auf.

»Hammer!«, sagte ich. »Die haben einige Hundertschaften aufgeboten, mindestens. Und das für unseren lahmen Haufen hier und für die vielleicht zweihundert Nasen, die sich angekündigt haben.«

Frustriert kehrten wir zu der Kundgebung zurück, die mittlerweile um einige Dutzend Menschen angewachsen war. Meiner Schätzung nach waren wir jetzt zwischen 200 und 300 Leute, gut ein Drittel davon Punks. Wo aber waren die Autonomen aus Karlsruhe und Stuttgart, aus Mannheim und Heidelberg, mit denen ich gerechnet hatte? Waren die schon so transusig, dass sie keinerlei Lust mehr darauf hatten, in die Provinz zu fahren, um sich einem Nazi-Aufmarsch in den Weg zu stellen?

Und dann begannen schon die Reden ... Irgendwer hatte ein Mikrofon, einen Verstärker und zwei Lautsprecherboxen organisiert, die anfangs recht verloren auf dem Platz herumstanden. Dann schnappte sich ein Mann mit angegrauten Haaren das Mikrofon, einen Packen Papier in der Hand, und hielt seine Rede. Ich hörte kaum hin. Es war das übliche Gerede, das bei Demonstrationen dieser Art gesagt wurde.

Ich gähnte auffällig. »So langsam wissen wir ja wirklich alle, dass Nazis doof sind«, maulte ich. »Das muss ich mir doch nicht von einem Podium herunter erzählen lassen.«

Mit meiner Reisegruppe aus Karlsruhe und einigen Punks aus Mannheim stand ich in einer lockeren Gruppe zusammen. Wir gaben uns Mühe, die Rede zu ignorieren, und vertrödelten die Zeit. Wir tauschten mehr oder weniger amüsante Geschichten aus oder diskutierten darüber, wie wir es schaffen konnten, zum Veranstaltungsort des Nazi-Aufmarsches vorzustoßen. Und wir machten uns Gedanken darüber, wo denn eigentlich die Autonomen waren. Sonst zeichneten sie sich immer durch große Sprüche und martialisches Auftreten aus.

Und jetzt hatten wir es mit verwirrt-linksradikalen Rednern zu tun, wie mir immer mehr bewusst wurde. Der erste Sprecher hörte auf, dann trat ein zweiter Mann ans improvisierte Rednerpult. Rein optisch hätten die beiden Brüder sein können: dieselben angegrauten Haare, dieselbe verbeulte Jeans, derselbe Pullover. Ob man solche Redner aus dem linksgrünen Spektrum klonte oder für Demonstrationen buchen konnte?

Die zweite Rede hatte es in sich, wie ich rasch bemerkte. Nachdem der Redner gerade mal drei Sätze auf den Aufmarsch verschwendet hatte, kam er zu den eigentlichen Themen, die ihn wohl betrafen: Es ging ihm um den Kosovo-Krieg. In den folgenden zehn Minuten kamen nur noch Wörter wie »imperialistische Machenschaften« und »Nato-Willkür«; mir rauchte der Kopf angesichts des Parforce-Rittes durch die große weite Welt der linken Themen.

Ganz nebenbei informierte uns der Mann über die sicher sehr wichtige Tatsache, dass »in Sarajewo die laizistischen Schulen geschlossen« worden seien. »Das berechtigt dann dazu, dass man mit Granatwerfern und Gewehren auf die Bevölkerung der Stadt schießt«, murrte einer aus unserer Gruppe nach diesem Satz.

Wieder einmal wurde eine Antifa-Demo in das übliche Spiel »Linke gegen den Rest der Welt« umgewandelt. Wieder einmal hatte ich das Gefühl, dass irgendwelche Linken vor allem ihr eigenes Spiel betreiben wollten. Es ging ihnen nicht um die Nazis und ihren Aufmarsch, sondern es ging ihnen darum, ihre »revolutionären Ideen« zu verkünden.

»So ein Schwätzer«, maulte Mike, der bei unserer Gruppe stand. »Ich scheuch den gleich von seinem Podium weg.«

Und Manne ergänzte mürrisch: »Da geht man mal auf eine Demo, und prompt kann man sich die linken Schwätzer anhören.«

Ein langhaariger Typ kam vorbei und hielt uns eine Zeitung vor die Nase. Ich erkannte die »Rote Fahne« mit ihren dicken schwarzen und roten Lettern; die Schlagzeile las ich erst gar nicht. »Wollt ihr eine gute Zeitung kaufen?«, fragte er.

Ich musterte ihn wütend. »Ich bin hier, weil ich was gegen Nazis hab. Das heißt aber noch lange nicht, dass ich euren Kommunistenscheiß mag.«

»Aber wir müssen die Revolution vorantreiben«, wandte der Mann ein. »Nur gemeinsam kann die Arbeiterklasse etwas gegen Faschismus und Kapitalismus tun, und nur wenn wir zusammenhalten ...«

»Hau ab!«, schnauzte ihn Mike an. »Noch ein Ton, und du fängst eine.« Er hielt dem Langhaarigen die Fäuste vor die Nase. »Ich kann das Geschwätz jetzt echt nicht brauchen.«

Es half tatsächlich. Der Langhaarige verzog sich. Murrend ging er zu einer anderen Gruppe weiter. Der Redner hatte von alldem nichts mitbekommen und schwätzte von »geostrategischen Erwägungen« und anderen Dingen, die nicht das Geringste mit der NPD und dem Aufmarsch der Nazis zu tun hatten.

»Das fehlt gerade noch«, maulte Mike. »Die Linken brauchen die Punks noch als Prügeltruppe gegen die Nazis. Ansonsten sollen wir die Klappe halten, uns ihr Gerede anhören und allem zustimmen.«

Ich musterte ihn kritisch. »Bisher hat uns noch niemand aufgefordert, jemanden zu verprügeln«, wandte ich ein.

»Aber nach all den Jahren weißt du, dass die scheißblöden Linken im Prinzip auch was gegen Punkrocker haben, uns aber deshalb dulden, weil wir gegen Nazis sind.« Mike spuckte aus. »Wenn solche Arschgeigen an die Macht kämen, würden sie uns zu den Rechten in ihr schickes Umerziehungslager stecken.« Er war ernsthaft wütend, und ich konnte ihn verstehen.

Um den Redner zu ignorieren, ging ich einige Meter zur Seite und setzte mich in den Schatten. Von dort ließ sich der Haufen an müden Demonstranten, die sich um das Antifa-Pony und den Redner versammelt hatten, ebenso gut überblicken wie die Polizisten, die auf dem Platz herumstanden und sich offensichtlich langweilten.

Irgendwann waren die Reden vorüber. Glücklicherweise verzichtete man auf einen Demonstrationszug durch die Innenstadt von Bruchsal. Darüber war ich erleichtert. Das hätte mir gerade noch gefehlt: Durch den einen Teil der Stadt liefen 200 disziplinierte Nazis, durch den anderen Teil gerade mal genauso viele demoralisierte Antifa-Jugendliche, einige Punks und Sozialarbeiter, dazu die Antifa-Kavallerie mit Pony und Hippies. Ich wollte nur noch heim und in mein gemütliches Bett.

Wieder stand ein Redner an dem Mikrofon. Ich fragte mich mittlerweile, wo die alle herkamen: Alle waren sie Männer, alle wirkten sie, als seien sie Sozialarbeiter oder Studienräte. »Unsere Kundgebung ist hiermit offiziell beendet«, sagte er. »Ihr könnt jetzt heimgehen, wenn ihr wollt. Wir haben ein klares Zeichen gegen die menschenverachtende Ideologie der Nazis gesetzt.«

Wir schauten uns an. »Das heißt doch, dass die Bullen jetzt den Platz räumen können, wenn sie es drauf anlegen«, sagte Mike langsam.

»Und das bedeutet im Zweifelsfall ebenso, dass sie uns keinen Schutz mehr geben würden, falls die Nazis uns angreifen«, ergänzte ich trocken. »Eine reizende Vorstellung.«

Tobi wies auf das Pony und einige der Jugendlichen, die um das Tier herumstanden. »Notfalls hilft uns ja die Antifa-Kavallerie.« Er lachte humorlos.

Keiner von uns hatte Lust, auf dem Präsentierteller stehen zu bleiben. Die Veranstaltung löste sich tatsächlich schnell auf, nach wenigen Minuten war der Platz leer. Nicht einmal mehr die Verstärkeranlage erinnerte an die peinliche Kundgebung. Der Wind trieb ein zerzaustes Exemplar der »Roten Fahne« über die Pflastersteine.

»Mal schauen, was man so gegen die Nazis machen kann«, wurde zum inoffiziellen Motto der Punks. In Gruppen bewegten wir uns in die Stadt, ich war mit Tobi und einigen anderen unterwegs.

Ich wollte nicht von der Polizei kontrolliert werden. Zwar spottete Tobi über meinen »paranoiden Sicherheitswahn«, aber ich blieb stur. »Ich stehe jetzt so häufig in diversen Akten und Computern, da habe ich nicht die geringste Lust darauf, von den Cops vorsorglich in ›Sicherheitsverwahrung‹ gesteckt zu werden.« Also schlug unsere kleine Gruppe allerlei Umwege ein, um den Nazi-Aufmarsch gewissermaßen von hinten zu erreichen. Zu dritt brauchten wir nicht einmal versuchen, die Kundgebung zu stören.

Recht schnell waren wir in der Nähe des NPD-Aufmarsches, wenngleich uns Polizeisperren immer wieder dazu brachten, die Richtung zu wechseln. Wir hörten durch die Nebenstraßen den Trommelwirbel der marschierenden Nazis und ihre Sprechchöre: »Deutschland den Deutschen – Ausländer raus!«, war noch die häufigste Parole. Mir lief es kalt den Rücken hinunter.

Bezeichnend fand ich die Reaktionen der Bruchsaler Öffentlichkeit. Es waren nur wenige Menschen auf der Straße unterwegs, und die meisten, die ich sah, gaben sich Mühe, jegliche klare Meinungsäußerung zu unterlassen. Zumindest die älteren Leute konnte ich verstehen: In den Tagen davor hatten die örtlichen Tageszeitungen ein Szenario gemalt, in dem von Straßenschlachten zwischen Autonomen und Nazis fabuliert wurde, von brennenden Barrikaden und Chaostagen, von Hubschraubern im Landeanflug und zerborstenen Scheiben.

Doch es gab keine Antifa. Das Einzige, was ich immer wieder sah, waren die Jugendlichen mit ihrem Antifa-Pony. Und jedes Mal, wenn die Gruppe in Sichtweite war, drehte ich den Kopf zur Seite, um mir die Peinlichkeit zu ersparen.

Erst eine halbe Stunde später erblickten wir die Antifa. An einer Kreuzung hatte die Polizei eine Gruppe junger Leute eingekesselt, gut drei Dutzend in »szenetypischer Kleidung«, mit schwarzen Jacken und schwarzen Hosen, einige mit bunten Haaren oder Dreads. Die Szenerie wirkte ruhig, fast doppelt so viele Polizisten standen um die Gruppe herum. Da ich von einer Antifa-Mobilisierung nichts mitbekommen hatte, konnte ich nicht beurteilen, was vorgefallen war; ich wusste nicht einmal, wo der Treffpunkt gewesen war. Aber was sich vor meinen Augen abspielte, sah nicht so aus, als hätte diese Antifa-Truppe eine ernsthafte Chance gegen einen Mob von Nazis gehabt.

Bis wir die Nazis endlich erreichten, hatten die längst ihre offizielle Kundgebung begonnen. Vor der Post der Kleinstadt standen gut zweihundert Nazis zusammen; ein großer Teil von ihnen im wunderschönsten Skinhead-Outfit, das ich mir nur vorstellen konnte. Schwarze T-Shirts zeigten Schriftzüge in Frakturschrift und Logos von Bands, die ich nicht kannte; frisch rasierte Glatzen schimmerten in der Sonne. Stiefel und Fahnen in schwarz und rot – es war die komplette rechtsradikale Polit-Folkore vorhanden.

Hunderte von Polizisten schirmten das Gelände weiträumig ab, was ich für völlig übertrieben hielt: Gerade einmal hundert Leute standen außerhalb der Kette von Uniformierten. und schauten sich das Schauspiel teils entsetzt, teils fasziniert an. Ein Wagen, der mit Plakaten in schwarz und rot und weiß geschmückt war, diente als Tribüne und Verstärkeranlage. Irgendein Redner mit strammem Scheitel schrie in ein Mikrofon, ich verstand kein Wort.

»Was nun?« Unschlüssig starrte ich auf die Szenerie. Mein Interesse daran, zum Zuschauer einer Nazi-Kundgebung zu werden, hielt sich in Grenzen. Ich hatte den Aufmarsch zumindest stören wollen, wenngleich ich keinen konkreten Plan gehabt hatte. Und jetzt? Vielleicht sollte ich tatsächlich heimgehen.

Eine Gruppe von Oi!-Skins trudelte an; ich kannte die drei jungen Männer, die aus einer Kleinstadt zwischen Karlsruhe und Heidelberg stammten. Durch ihre »Gegen Nazis!«-Aufnäher machten sie eigentlich jedem klar, dass sie nicht zu den strammen Nationaldemokraten gehörten, sondern sich zur Gegendemonstration zählten.

»Die spinnen hier in Bruchsal«, erzählte mir einer der drei. Ich kannte seinen Namen nicht, was mir einigermaßen peinlich war. Seit Jahren liefen wir uns über den Weg, wir redeten miteinander, er hatte auch schon mein Heft gekauft – und ich wusste nicht einmal seinen Spitznamen. »Wie viele Aufnäher muss man sich denn auf die Jacke pappen, damit man nicht für einen Bonehead gehalten wird?«

»Was ist denn passiert?«, fragte ich spöttisch. »Gab's ausgerechnet bei euch den antifaschistischen Widerstand?«

»So in etwa.« Er zog eine Miene, als wüsste er nicht, ob er lachen oder weinen sollte. »Der Aufstand der Anständigen wurde an drei harmlosen und unpolitischen Glatzen ausgelassen. In so einer Seitenstraße hat uns eine Gruppe von Automaten für Nazis gehalten und gleich mal mit Steinen beworfen. Die haben nicht auf uns gehört, als wir was gerufen haben, und dann haben wir uns halt verzogen.« Er lachte trocken. »Wahrscheinlich steht morgen im Internet, dass heldenhafte Antifas in Bruchsal gegen eine riesige Übermacht von Skinheads gesiegt haben. Das waren dann wir, also die Skinheads.«

Die drei Glatzen waren nicht ohne eine politische Meinung, sie positionierten sich vor allem klar gegen Nazis. Ich hatte selbst schon einige körperliche Auseinandersetzungen mitbekommen, an denen sie auf unserer Seite beteiligt gewesen waren. Lust auf die oftmals dogmatische Antifa hatten sie allerdings nicht.

»Und jetzt?«, fragte ich. »Was macht ihr jetzt?«

»Wir gucken eine Weile zu und spazieren durch die Gegend. Vielleicht können wir uns dem einen oder anderen Kameraden in sportlicher Weise nähern.« Er lachte, und wir verabschiedeten uns voneinander.

Die drei Skinheads bummelten in aller Seelenruhe in eine Seitenstraße hinein, vorbei an einer Gruppe von Polizisten, die sich angeregt mit der Verkäuferin eines Blumengeschäfts unterhielten. Vielleicht würden die drei an diesem Tag noch irgendeine Art von Erfolg haben, ich wusste es nicht, gönnte es ihnen aber.

Und ich? Unschlüssig drückte ich mich mit meinen Begleitern am Rand des Platzes herum. Ein Gutes hatte die Position schon: Noch nie war ich bei einer Kundgebung so nahe an »den Feind« herangekommen. Nicht einmal mehr die Polizei trennte uns von dem Nazi-Aufmarsch. Tobi nutzte die Chance, um ein Foto nach dem anderen zu schießen; hierfür war die Perspektive hervorragend geeignet. Wenn alles gut ging, hatten wir hinterher brauchbare Bilder der örtlichen Nazi-Kader.

Ich nutzte vor allem die Chance, den Rednern zuzuhören. Es war nicht das erste Mal, dass ich das Geschwätz von Nazis mitbekam;

was in Bruchsal ins Mikrofon geschrien wurde, erwies sich aber als härter als viele Reden, die ich in den achtziger Jahren mitbekommen hatte. In brüllendem Ton wurde über »Negerschlampen« im Fernsehen gewettert, gegen »sexuelle Abnormitäten« auf dem Bildschirm, es wurde über die »Kulturschande« räsoniert und »harte Arbeit« für den politischen Gegner nach der Machtübernahme gefordert.

Gegen meinen Willen war ich beeindruckt: »Das ist brauner Dreck ersten Ranges«, schimpfte ich, »ungebremst und ohne jeglichen Mundschutz.« Ich war irritiert und ratlos zugleich; die Polizei schritt bei den groben Sprüchen und Beleidigungen nicht ein, das braune Publikum applaudierte kräftig, und ich war fassungslos, dass sich die Kerle mittlerweile öffentlich einer solchen Sprache bedienten. Früher hatten sie sich zurückgehalten und sich manche Dinge nicht getraut. Oder lag es an Bruchsal, seinen schlappen Bürgern und der ebenso schlappen Antifa-Aktion?

Nach einiger Zeit verzogen wir uns. In der Nähe eines Eiscafés, das mitten in der Bruchsaler Innenstadt lag, hockten wir uns mit einigen Leuten hin, futterten Eis und warteten ab. Unsere Absicht war, zumindest lange genug zu bleiben, um mitzubekommen, ob sich eine Chance für Aktionen ergab. Vielleicht marschierten die Nazis in kleinen Gruppen zu ihren Autos, so dass wir ihnen die Abreise zumindest ein bisschen erschweren konnten. Aber irgendwie ging gar nichts.

Wir saßen herum und redeten dummes Zeug. Die Sonne schien, das Eis schmeckte, und es schien eines der langweiligsten Pfingstwochenenden aller Zeiten zu werden. Meine schlechte Laune wuchs, und sie wurde so stark, dass ich den anderen in der Runde auf die Nerven ging.

»Jetzt mach mal keinen Stress«, sagte Mike. »Es hätte ja auch ganz anders ausgehen können. Vielleicht können wir heute noch ...« Er hielt inne und fing zu lachen an.

»Was ist?«, fragte ich.

Mike wies auf einen Punkt hinter mir. »Die Speerspitze der örtlichen Antifa ist wieder da.«

Ich wandte mich um. Das Antifa-Pony kam in Begleitung von zwei Hippie-Mädchen und einer Gruppe anderer Jugendlicher auf den Platz. Kurz überlegte ich, ob ich schreien oder lachen sollte, dann schüttelte ich nur noch den Kopf.

»Können wir jetzt endlich gehen, bitte?«, fragte ich so ruhig wie möglich.

Jetzt stimmte mir jeder der anderen zu.

Punks gegen Punks

Wieder flog eine Flasche, wieder zersplitterte sie auf dem Vorplatz. Zwei, drei Steine folgten, glücklicherweise schlecht gezielt und planlos geschleudert. Ich stand hinter der Säule, einigermaßen geschützt gegen die Würfe, und verstand die Welt nicht mehr.

»Klaus, komm rein«, hörte ich rechts von mir. »Wir ziehen uns zurück und machen die Tür zu. Dann hören die Deppen irgendwann von selbst auf.«

Ich nickte, reagierte ansonsten aber nicht. Hinter mir war die Eingangstür des Autonomen Zentrums von Mannheim, vor mir der Platz mit den Bierbänken, auf denen man bei schönem Wetter sitzen konnte, dahinter kamen der Zaun und die Straße. Und auf der anderen Seite des Zauns standen die Gegner, die uns mit Flaschen und Steinen bewarfen. Keine unbekannte Situation für mich: Nicht nur einmal war ich in den vergangenen Jahren in ähnlicher Lage gewesen, wenn es gegen Nazis oder andere Idioten gegangen war. Diesmal aber waren die Idioten die »eigenen Leute«, eine Meute von Punks, die nichts anderes zu tun hatten, als den Ort anzugreifen, in dem sie vor einer Stunde noch selbst ein Konzert besucht hatten.

»Scheiß Automaten!«, brüllte jemand von der anderen Seite des Zauns. Wieder flog eine Flasche und zerplatzte gut zwei Meter von mir entfernt.

»Da meint wohl einer dich«, kam von hinten eine Stimme.

»Scheißdreck«, gab ich zurück. »Wenn ich ein Autonomer bin, sind das aber Nazis.«

»Ja ja, grenz du dich ruhig ab.« Von hinten ertönte ein leises Lachen. »Aber komm jetzt rein, dann machen wir die Tür zu.«

»Und wenn die mein schönes Auto zerdeppern?«, jammerte ich theatralisch.

»Bei der alten Rostkarre kann man nicht mehr viel kaputtmachen.«

Ich gab auf. Zusammen mit einigen anderen Leuten, die sich noch im Freien aufgehalten hatten, eilte ich ins Haus. Hinter uns wurde die Tür zugezogen und abgeschlossen. Ich hörte, wie Steine gegen die Hauswand prallten.

»Idioten!«, schimpfte ich. »Alles nur Idioten.«

»In der Punk-Szene ist nicht immer so viel Hirn vorhanden«, lästerte Ulli, der auf einmal neben mir stand. »Das hab ich dir schon immer gesagt, und du hast mir nie geglaubt.«

Seufzend hob ich die Schultern. Wir standen im Vorraum des Autonomen Zentrums. Grelles Licht flutete die Szenerie, an der Decke waren alle Neonlampen eingeschaltet. Die Veranstalter waren an der Arbeit: Einige Leute sammelten die herumstehenden und -liegenden Flaschen ein, andere fegten den Müll zusammen. Hinter der Theke wurde ebenfalls aufgeräumt.

An der Tür standen einige Punks und Autonome, alle in Lederjacken und mit Kapuzenpullovern. Sie trugen Knüppel in den Händen, um nötigenfalls ins Freie zu stürmen und die Lage zu klären. Dass es Angriffe von örtlichen Nazis oder auch irgendwelchen »Ausländerbanden« gab, war in Mannheim fast schon normal; mit randalierenden Punks hatte man diese Erfahrung bislang nicht gemacht.

Dabei hatte es in diesem März im Jahr 2000 ganz gut angefangen. Unsere fröhliche Reisegruppe war in aller Ruhe von Karlsruhe losgefahren, hatte im Autonomen Zentrum den Eintrittspreis abgedrückt und sich dann die Bands angeschaut. Im Saal wimmelte es von jungen Leuten, viele von ihnen wirkten eher »normal«, andere trugen ein klassisches Punkrock-Aussehen zur Schau. Kein Wunder: Es spielten einige Bands, die vor allem jüngere Leute ansprachen und nicht nur für Menschen waren, die sich seit Jahren in der Szene herumtrieben.

Den Einstieg hatten wir mit SUPERNICHTS erlebt, einer neuen Band aus Köln, die eher ironische Texte in deutscher Sprache hatte und die meine Begleiter viel zu harmlos fanden. Es folgte TAGTRAUM aus Schweinfurt, die mir zu lasch vorkam, vor allem, was die Texte anging. Die jungen Leute im Publikum hüpften herum, es war ein netter und entspannt wirkender Pogo.

Ich fand den Sänger peinlich. Er appellierte an sein völlig harmloses Publikum, es sollte nicht »so brutal tanzen« und friedlich bleiben: »Passt auf euch auf!« Ich kam mir vor wie bei der Christlichen Jugend.

Trotzdem war zu diesem Zeitpunkt meine Laune richtig gut. Die jungen Punks euphorisierten mich, und ich übersah die Gruppen von besoffenen und heruntergekommenen Straßenpunks, die sich ebenfalls im Autonomen Zentrum aufhielten. Ich trank zwei Bier, mehr ging nicht, weil ich der Fahrer war, unterhielt mich mit vielen Bekannten, die ich antraf, und schaute mir später BAMBIX an.

Die holländische Band hatte ich bislang bei jedem Auftritt in meiner Nähe verpasst, zum Ausgleich mochte ich ihre Platten. Ich stand vorne neben der Bühne, rings um mich ein Dutzend Teenager-Mädels, die mindestens einen Kopf kleiner waren als ich, vor mir tobte der Pogo-Kessel auf Hochtouren, und von der Bühne herunter heizten die Holländer ein, dass alles zu spät war und mir die Brühe in Strömen unter der Lederjacke herunterlief.

Danach stand ich die meiste Zeit im Vorraum herum, trank in kleinsten Schlückchen die Bierflasche leer, laberte mit Bekannten und verpasste auf diese Weise komplett den Auftritt der WOHLSTANDSKINDER. Irgendwie war mir nicht danach, eine auffallend fröhliche Punk-Band mit ebenso fröhlichen Texten in deutscher Sprache anzuschauen, obwohl ich die Band »auf Platte« ganz gern mochte.

Rings um mich herum wurde mittlerweile immer stärker aufgeräumt. Leute aus dem Umfeld des »VEB Laut & Lästig«, wie sich die Konzertveranstalter nannten, hantierten mit Besen, Schaufeln und Eimern. Gemeinsam gaben sie ihr Bestes, um Glasscherben und anderen Unrat zusammenzufegen und zu beseitigen.

Vor der Tür rummste es weiter. Ich bekam mit, wie gegen die Tür getreten wurde, wie es krachte und schepperte. »Scheiß-Automaten!«, wurde gebrüllt. Ich kam mir vor, als stünde ein Mob von

Nazis vor dem Autonomen Zentrum und wollte es stürmen. Aber es waren Punks, die nichts anderes vorhatten, als anderen Punks Schwierigkeiten zu bereiten.

»Ich versteh's nicht«, murmelte ich. »Auf meine alten Tage werde ich noch mit den Autonomen in einen Topf gesteckt.«

In Karlsruhe hatte ich meine Probleme mit den Autonomen und ihren strengen Regeln, die mir den Aufenthalt im Autonomen Zentrum verdorben hatten. Ich galt als unpolitischer, vielleicht sogar als ein wenig blöder Punkrocker. In Mannheim wurde ich nun auf einmal selbst zu den »Automaten« gezählt.

»Verkehrte Welt, aber echt.« Murrend begab ich mich zur Theke, wo ich überlegte, ob ich doch noch ein Bier trinken sollte. Es könnte eine lange Nacht werden.

Mit dem Aufräumen hatte es vor höchstens zehn Minuten begonnen. Einige ziemlich besoffene Punks, wohl aus Heidelberg, sahen es überhaupt nicht ein, aus dem Haus zu gehen, und wollten sich mit ihren Hunden inmitten der Scherben und Dreckberge häuslich niederlassen. Aus der wilden Diskussion mit den Veranstaltern wurde sehr schnell ein Handgemenge mit viel Geschubse.

Beschimpfungen flogen hin und her. »Ihr seid schlimmer als die Bullen!« brüllte einer, keine schlechte Beleidigung. Gut war auch: »Schneid dir deinen Iro runter, du bist doch kein Punk!«

Kurz verlor ich den Überblick. Die Mannheimer begannen auf jeden Fall damit, einige der fremden Konzertbesucher zur Tür zu drängen, dort begann ein derberes Gerangel, und einer der Mannheimer Punks wurde plötzlich von mehreren Leuten massiv angegriffen. Und dann krachte es: Einige Mannheimer klärten die Angelegenheit mit Knüppeln, es schepperte, und der ganze Mob stand vor der Tür.

Anfangs hatte ich vor der Tür zugeschaut, wie sich die besoffenen Punks vom Gelände entfernten, sich außerhalb sammelten und dann damit begannen, uns mit Flaschen zu bewerfen. Was sollte das alles? Und nun stand ich an der Theke und kapierte nicht so richtig, was hier eigentlich geschah. Jemand trat mit voller Wucht gegen die

Tür. Was mehrere Nazis bei ihren Angriffen nicht geschafft hatten, schaffte der Punk: Er zertrümmerte die Scheibe aus verstärktem Sicherheitsglas, als ob das irgendein billiger Scheiß wäre.

Die Lage wurde endgültig unübersichtlich, als einige der Veranstalter sich gegenseitig Kommandos zuriefen. Einer riss die Tür auf, gemeinsam stürmten sie ins Freie, die Knüppel in der Hand. Ich hörte, wie es krachte, wie gebrüllt wurde, wie Flaschen klirrten und Schläge klatschten – aber ich sah nichts.

Auf einmal entdeckte ich, dass neben mir auf dem Boden zwei Knüppel lagen. Ich bückte mich, um sie aufzuheben und aufzuräumen, und hielt sie dann unschlüssig in der Hand. Sollte ich sie einfach auf die Theke legen? Ich wandte mich zu den Leuten um, die eigentlich hinter der Theke die Getränke verkauften; prompt sah ich niemanden. Was nun?

Den schlanken Mann neben mir nahm ich erst wahr, als er mich ansprach. »Kommst dir wohl stark vor mit den Knüppeln?« Er deutete auf die Prügel in meiner Hand, sein hageres Gesicht zeigte eine höhnische Grimasse. »Du siehst aus wie ein Bulle.«

»Ich hab die Knüppel eben vom Boden aufgehoben«, antwortete ich lahm und merkte selbst, wie blöd das klang. »Und ein Bulle bin ich natürlich nicht. Was soll das?«

»Kannst du nicht mit mir diskutieren, oder warum brauchst du Knüppel?«, reagierte der Typ. Er baute sich vor mir auf, fuchtelte mit den Händen und brabbelte auf mich ein. »Na los!«, schrie er. »Schlag mich schon, wenn du so gern die Knüppel in den Händen hast. Ich bin dein Opfer, prügel auf mich ein, sei ein Bulle, lass mich die Gewalt in dir spüren.«

Ich versuchte es mit Geduld. »Ich hab die Knüppel nur aufgehoben, weil sie blöd auf dem Boden herumlagen. Geh jetzt bitte, damit die Veranstalter aufräumen können.«

»Blöd? Auf dem Boden?« Der Typ schrie schon. Während er vor mir fuchtelte, konnte ich ihn genauer wahrnehmen. Seine Klamotten waren zerschlissen, seine Finger voller Kratzer. Wenngleich weder seine Haare noch seine Jacke sonderlich »punkig« aussahen, machte er auf mich den Eindruck, zur »Straßenszene« zu gehören, entweder in Heidelberg oder in Ludwigshafen, wo diese sich in den vergangenen Jahren besonders stark ausgebreitet und »verasselt« hatte.

»Das war nur so dahergesagt«, versuchte ich es weiter. »Ich will keinen Stress machen, ich will ...«

»Du führst dich auf wie ein Bulle!«, schrie der Typ. »Du bist ein feiges Stück Scheiße, das mit Knüppeln auf andere Leute eindrischt. Ich hasse Leute wie dich.«

Langsam wurde ich sauer. Wenn er so weitermachte, zog ich ihm irgendwann wirklich den Knüppel über. »Mann, hau ab!«, schnauzte ich ihn an.

»Wenn das so ist ...« Ohne ein weiteres Wort drehte er sich zur Seite und ging in Richtung Ausgang.

Ich kümmerte mich nicht weiter um ihn. Die Knüppel gab ich an der Theke ab, wo mittlerweile wieder aufgeräumt wurde, dort bestellte ich mir eine Cola. Ich hatte Durst, aber vor der Fahrt mit dem Auto wollte ich nicht noch ein Bier trinken. Womöglich kontrollierte die Polizei alle Fahrer, die das Gelände direkt verließen.

Vor der Tür ging der Lärm weiter. Das Gebrüll, die zerplatzenden Bierflaschen und die Steine, die irgendwo gegen Wände krachten – das alles musste im halben Stadtviertel zu hören sein. Es war nur eine Frage der Zeit, bis die Polizei aufkreuzte und alles einsackte, was sich auf der Straße herumtrieb. Auch deshalb war es einigermaßen schlau, im Gebäude zu bleiben.

Der Typ von vorhin tauchte wieder auf. »Fühlst dich wohl stark, wenn du mit dem Knüppel auf Leute losgehen kannst?«, laberte er auf mich ein. »Wie so ein Bulle, der gerne Leute verprügelt, oder ein Nazi oder sonst ein Arsch. Wärst du gern ein Bulle?«

Ich sagte nichts, zeigte ihm meine leeren Hände und drehte ihm die Seite zu, trank lieber einen Schluck. Kurz überlegte ich mir, den Typ wegzuklatschen, dann ließ ich es. Die Lage war angespannt, überall herrschte schlechte Laune, und ich hatte keine Lust, nachher als einer der Unruhestifter dazustehen und auch rausgeworfen zu werden.

»Verzieh dich«, knurrte ich nur, als er nicht aufhörte. »Irgendwo wird es doch jemanden geben, den du zutexten kannst.«

»Leck mich!«, blaffte er mich an und verschwand wieder. Keine Ahnung, wohin. Vielleicht ging er die Treppe hinunter, wo es im Untergeschoss weitere Räumlichkeiten gab, oder er verzog sich aufs Klo.

Vor der Tür versuchte man, sich zu unterhalten. Eine Unterhaltung klang für meinen Geschmack anders, aber immerhin wurden keine Steine und Flaschen mehr geworfen, sondern man beschimpfte sich gegenseitig. Die Punks, die hinausgeschmissen worden waren, warfen den Mannheimer Punks erneut vor, sie seien doch gar keine »echten Punks« und »viel schlimmer als die Bullen«.

»Warum gehen die nicht einfach heim?«, fragte ich den Typen hinter der Theke, der angespannt zur Tür schaute.

»Keine Ahnung«, gab er zurück. »Ich will auch irgendwann mal Schluss machen hier. Unter einer fröhlichen Punkrock-Party hab ich mir was anderes vorgestellt.«

Wohin sich wohl die Bands, die an diesem Abend gespielt hatten, verzogen hatten? Mir fiel auf einmal auf, dass außer den Veranstaltern und einigen versprengten Besuchern wie mir nicht mehr viele Leute anwesend waren. Wahrscheinlich hatten die Bandmitglieder das Gebäude durch den Hintereingang verlassen. Oder sie saßen im Backstage-Bereich, tranken Bier, aßen etwas und bekamen von dem ganzen Unsinn gar nichts mehr mit.

Immerhin schien sich die Lage vor der Tür wieder etwas zu beruhigen. Die Veranstalter öffneten die Verriegelung, spähten hinaus ins Freie. Keine Steine prasselten, niemand tobte. Bei zur Hälfte geöffneter Tür wurde weiter aufgeräumt und geputzt. Männer mit Knüppeln in den Händen standen bereit, um notfalls einen Angriff abwehren zu können.

Wieder tauchte der streitlustige Typ auf. Er hatte eine Bierdose in der Hand, wo auch immer er die organisiert hatte, und schüttete mir ihren Inhalt ins Gesicht. »Hey, du willst ein Punk sein?«, rief er. »Leute wie du sind doch schlimmer als Nazis.« Bevor ich reagieren konnte, rannte er an mir vorbei, direkt zum Ausgang. Einer

Punkette, die dort gerade mit dem Besen Müll zusammenfegte, goss er den Rest des Biers über den Kopf, dann war er im Freien.

»Ich verstehe gar nichts mehr«, sagte ich.

Vor der Tür wurde wieder gebrüllt und geschrien, aber die Idioten von vorhin hatten sich wohl weiter vom Gebäude entfernt – ihre Stimmen klangen, als ob sie aus der Ferne kämen. Ich traute der Situation nicht, es kam mir vor wie eine Ruhe vor dem Sturm. Langsam ging ich in Richtung Ausgang, ich wollte mir selbst ein Bild von der Lage machen.

Wieder stand mein ganz spezieller Freund vor mir. Er stürzte zur Tür herein, bevor jemand reagieren konnte, sah mich und sprang auf mich zu. Er trug einen Knüppel in der Hand, schwenkte ihn wie blöd und schrie: »Wenn du nicht mit mir reden willst, komm ich jetzt auch mit 'nem Knüppel!«

Micha, einer der Mannheimer, packte ihn von hinten und riss ihn zurück, während die Punkette ihren Besen fallen ließ und ihm mit einer schnellen Bewegung den Knüppel entriss. Dann war er endgültig weg.

»Es reicht«, knurrte Micha. Er musterte die anderen Männer mit den Knüppeln. »Wir klären das jetzt final.«

Die Gruppe verließ das Autonome Zentrum, hinter ihnen wurde die Tür zugezogen. Ich hörte, wie es schepperte. Flaschen klirrten erneut, wütende Befehle wurden gebrüllt. Die Mannheimer trieben den Mob endgültig aus dem Gelände und schlossen die Gittertür; dann kamen sie zurück. Die nervenden Deppen-Punker standen auf der anderen Seite des Zauns, schrien wieder ihre Beleidigungen und schleuderten erneut Flaschen und anderen Kram auf die Fassade.

Ich kam mit der ganzen Situation nicht zurecht. Im Verlauf der vergangenen Jahre war ich schon gelegentlich auf verschiedenen Seiten irgendwelcher Zäune gestanden ... Aber ich stand noch nie hinter einem Zaun, wurde von Punks als »Bullenschwein« oder »schlimmer als Nazis« beschimpft und mit Flaschen und Steinen beworfen. Auch die Mannheimer waren mehr als irritiert; zeitweise wussten wir nicht, ob wir lachen oder weinen sollten.

An der Theke traf ich auf die Mitglieder der Bands aus Köln und Holland. Die hatten sich tatsächlich damit beschäftigt, etwas zu essen, ihren Kram abzubauen und ihre Autos zu beladen. Jetzt wollten sie natürlich wissen, was los war, und ich konnte ihnen keine vernünftige Antwort geben.

»Blöde Punks halt«, versuchte ich es einigermaßen hilflos.

»Aber wir sind doch auch Punks«, kam die irritierte Antwort eines Gitarristen.

»Das sehen die vor der Tür jetzt anders.«

Es dauerte noch fast eine Stunde, bis endlich Ruhe eingekehrt war. Wir fuhren los, und als wir an der Tankstelle in der Nähe vorüberkamen, sahen wir den Mob aus besoffenen Punks, der sich dort eben aufhielt. Und von der Neckarbrücke kam uns eine Kette von Polizeifahrzeugen entgegen.

»Gib Gas!«, mahnte Ulli. »Für die Bullen sind wir auch Punks, und ich hab keine Lust, mit den Assis in einer Zelle zu sitzen.«

Ich nickte ihm zu. Eine Zelle in Mannheim hatte ich schon einmal von innen gesehen; ich war keinen Kilometer von der Stelle entfernt verhaftet worden. Das wollte ich mir nicht noch einmal antun. Da lockten ein kühles Feierabendbier und das warme Bett in Karlsruhe tatsächlich viel mehr. Ich gab Gas und rollte an den Assi-Punks vorbei.

Stuttgart bei Nacht

Aus den Boxen drang noch Punkrock: eine Band, die ich nicht erkannte, die aber schwer nach den frühen achtziger Jahren klang. Der Sound passte zum gesamten Abend, fand ich und trank den letzten Schluck Bier. Es war spät genug, und es wurde Zeit, dass wir auf die Autobahn kamen – am nächsten Tag wartete die Arbeit auf uns. Auch Ulli, der im Gegensatz zu mir – ich war der Fahrer – einiges mehr getrunken hatte, sah nicht so aus, als wollte er noch Stunden im »Limelight« in Stuttgart ausharren.

»Dann also los!«, sagte ich, stellte das Bier auf die Theke und nickte ihm zu. Ich schaute zur kleinen Bühne des Clubs hinüber, wo die Instrumente aufgeräumt wurden, und erinnerte mich noch einmal an das Konzert.

Es war kein echtes Highlight gewesen, zumindest nicht für mich, aber ich war an diesem Abend vielleicht zu müde, um richtig in Stimmung zu geraten. Im überschaubar gefüllten Musik-Club der Stuttgarter Innenstadt hatte aber auch sonst nicht gerade ein Pogo-Mob getobt. Zuerst hatten die BITCH BOYS aus Stuttgart gespielt: eine Bande Punkrocker, die ich seit vielen Jahren kannte und die nicht unbedingt originell waren, von Mal zu Mal aber ihren klassischen Früh-Achtziger-Sound immer flotter und prägnanter raushauten. Dann waren RED LONDON aufgetreten, alte Engländer, die Skinhead-Sound der frühen Schule spielten, die mich noch nicht komplett begeistert hatten, aber stets ordentlich unterhielten und für einige Hits gut waren.

Und so fühlte ich mich echt bedient: von den zwei Bieren und von den zwei Bands. Es war eine gute Grundlage, um heimzufahren und mich auf die Arbeitswoche einzustellen. Für eine kurze Tour nach Stuttgart lag das »Limelight« optimal: direkt an einer Ausfallstraße, durch die man die Landeshauptstadt rasch verlassen konnte, dennoch im Zentrum der Schwabenland-Metropole.

Mit Ulli ging ich zum Ausgang, die Jacken hielten wir locker unter dem Arm. Am Ausgang beugte ich mich über den Tisch, an dem sonst die Leute von der Kasse saßen; stapelweise waren Flugblätter darauf verteilt. Ich stöberte den Haufen Papier rasch durch und nahm mit, was mir interessant erschien. Zwar bekam ich mittlerweile immer mehr Konzert-Informationen per E-Mail, aber ich mochte nach wie vor die Flyer, die kurz und prägnant auf eine Veranstaltung hinwiesen.

Ein junger dürrer Punk drängte sich an mir vorbei; er kam von außen und wirkte nervös. »Draußen stehen die Bullen«, berichtete er hektisch, »die wollen angeblich gleich den Laden stürmen.«

In Gedanken winkte ich bereits ab. Es war nicht das erste Punk-Konzert, bei dem solche Meldungen umgingen. Seit den frühen achtziger Jahren gehörte es geradezu zur Folklore, dass hektische Warnungen vor Zugriffen der Polizei oder Neonazi-Angriffen geäußert wurden. Selten nur war wirklich etwas passiert.

Auch Ulli grinste. »Wir sind in Stuttgart«, sagte er locker und ging am Kassentisch vorbei. »Was soll hier schon passieren? Hier sind doch sogar die Bullen brav, spießig und bürgerlich, eben schwäbisch und ordentlich.«

Auf der Treppe, die schmal und steil zur Straße hinaufführte, standen Gruppen von Punks und Skinheads und unterhielten sich. Wir quetschten uns hindurch und hielten keine Minute später auf der obersten Stufe an. Von hier aus hatten wir einen guten Blick auf die Umgebung.

Blaulicht flackerte durch die Nacht, ich sah Polizisten mit Knüppeln und Helmen, ich hörte die laufenden Motoren von wartenden Autos. »Scheiße«, murmelte ich, »was wollen die denn?« Gut zwei, drei Dutzend Polizisten warteten auf der anderen Straßenseite, ein Pulk aus Uniformen, Helmen und Schilden, noch zurückhaltend, aber in offensichtlicher Anspannung.

Dann ertönte eine Lautsprecherdurchsage: »Sie haben noch eine

Minute Zeit, das Gelände zu verlassen. Wenn Sie dann nicht gehen, werden Sie vorläufig festgenommen.«

Ulli und ich schauten uns an. »Fuck!«, sagte er. »Auf eine Festnahme hab ich gar keine Lust.«

»Meinst du, ich schon wieder?«

»Na ja, dir kann nicht so viel passieren.« Da hatte er nicht unrecht. Ulli stand kurz davor, das Staatsexamen abzulegen; dann wäre er Lehrer, damit auch Beamter und als solcher dazu verpflichtet, sich auf den Staat und seine Gesetze zu verpflichten. Landete er im Gefängnis oder war er vorbestraft, konnte er seinen Lehrerberuf vergessen und hatte – wenn das Pech entsprechend groß war – schlichtweg umsonst studiert.

Direkt neben dem Eingang stand Marek, den ich vom Sehen her kannte. »Keine Ahnung«, gab er zurück. »Die Bullen stressen halt mal wieder rum. Das haben sie kürzlich bei ELECTRIC FRANKENSTEIN auch gemacht, obwohl auch nicht viel los war. Bei dem Konzert wurde die Straße ebenfalls abgesperrt.«

Ein danebenstehender Langhaariger mischte sich ins Gespräch. »Das gehört zur aktuellen Stuttgarter Politik«, sagte er trocken und in lupenreinem Hochdeutsch, das überhaupt nicht passen wollte. »Die wollen die Stadt sauber halten, endlich mal so eine richtige Spätzle-Metropole haben. Kürzlich sind die Bullen auch massiv gegen irgendwelche harmlosen HipHopper vorgegangen, die sich auf der Königstraße getroffen haben.«

Auf einmal hatte ich keine große Lust mehr, sofort heimzufahren; meine kurz zuvor verspürte Müdigkeit war wie weggeblasen. Das war jetzt spannender als eine langweilige Fahrt über die nächtliche Autobahn – bisher standen die Polizisten ja nur herum, taten aber sonst nicht viel. Ich blieb stehen, unterhielt mich mit einigen Bekannten.

In kleinen Gruppen verließen die meisten Konzertbesucher das »Limelight« und verzogen sich in die Nebenstraßen, zur Straßenbahn oder zu ihren geparkten Autos. Andere blieben vor Ort und versorgten sich in der Kneipe oberhalb des »Limelight« mit frischem und vor allem einigermaßen preiswertem Bier. Das mit dem Bier konnte ich mir aus dem Kopf schlagen, ich war immer recht sorgsam, wenn ich mit dem Auto unterwegs war.

Immer mehr Polizisten tauchten auf, die ganze Straße schien aus Uniformen, Helmen und blitzendem Blaulicht zu bestehen. Immerhin hatten sie keine Pferde und keine Hunde, sie schienen also nicht auf eine komplette Konfrontation zu setzen. Vielleicht wollte man uns nur einschüchtern.

»Das ist eine ganze Armee«, staunte Ulli.

Ich nickte. »Das sind mehr als wir; auf jeden von uns kommen zwei Bullen. Die müssen uns ja für wahnsinnig gefährlich halten.«

Erneut ertönte eine Durchsage: »Wenn Sie nicht sofort gehen, räumen wir das Gelände.«

Ich stieß Ulli an. »Na komm! Lass uns gehen.«

»Heim? Jetzt auf einmal?«

»Das hatten wir ja eigentlich vor.« Ich grinste ihn an. »Aber wir können in der Nähe bleiben und ein bisschen zugucken. Mal schauen, was noch passiert.«

Vorbei an den Beamten verließen wir die kritische Region und überquerten die Hauptstraße. Wir hielten an der Straßenbahnhaltestelle an; von dieser erhöhten Position aus konnten wir die Szenerie direkt vor dem »Limelight« gut beobachten. Neben uns sammelten sich andere Konzertbesucher, die noch keine Lust auf den Heimweg hatten, sowie abenteuerlustige junge Leute aus der Nachbarschaft.

Immer mehr Polizisten tauchten auf: anfangs normale Straßenpolizisten, dann aber auch mehrere Fahrzeuge der Bereitschaftspolizei. Die rollten mit flackerndem Blaulicht an uns vorbei, hielten aber nicht an und fuhren den Berg hoch in Richtung Autobahn.

»Die riegeln das Gelände von hinten ab«, meinte ein Stuttgarter Punk, der neben uns stand und die Sache mit grimmiger Miene beobachtete. »Wer bislang dahinten rauskonnte, schafft das jetzt auch nicht mehr ohne Probleme.«

Vor dem »Limelight« entwickelte sich auf einmal eine hektische Aktion. Die Polizisten rannten ohne erkennbaren Anlass los,

Befehle wurden gebrüllt. Punks, Skinheads und andere, die direkt vor dem Eingang standen, flüchteten ins Innere des Gebäudes; andere wollten über die Straße weglaufen, wurden aber sofort aufgehalten.

Das Handgemenge entwickelte sich zu einer handfesten Rauferei, die komplett unfair ausgetragen wurde: Knüppel und Schutzausrüstung gegen Leute ohne Waffen, die einfach nur angesoffen in der Gegend herumstanden. Direkt vor der Kneipe wurde ein korpulenter Skinhead auf den Boden geschmissen, Knüppelschläge und Tritte aus allen Richtungen trafen ihn.

»Scheiße!«, flüsterte ich entsetzt und sah wie erstarrt zu, als der Glatzkopf weggeschleppt wurde, blutend und gefesselt. »Was sind das für Arschlöcher, wie sind die denn drauf?«

Die Umstehenden in meiner Nähe reagierten ebenso schockiert, aber niemand unternahm etwas. Einige umklammerten Bierflaschen, um diese im Zweifelsfall als Wurfgeschosse zu benutzen, aber sonst herrschte angespannte Stille.

»Das ist ja unglaublich hier!«, zeterte eine junge blonde Punkette auf hochdeutsch. »Gibt's hier wenigstens einen EA?«

»Wieso denn das? Ich meine ... das war bis vor einer halben Stunde ein stinknormales Punk-Konzert.« Ich schaute sie fragend an. »'nen Ermittlungsausschuss gibt's hier natürlich keinen, und in Stuttgart braucht man so was normalerweise nicht.«

»Bei uns in Potsdam ist das normal, da gibt's immer einen, bei jedem Scheiß-Konzert«, behauptete sie. Sie regte sich noch eine Weile lautstark über uns »Schlaffis« auf und forderte uns ebenso lautstark auf, doch endlich »die Bullen anzugreifen«, aber selbst unternahm sie nichts. Kurze Zeit später kam ihre Bahn, und sie verschwand mit einigen anderen Leuten.

»Na großartig«, sagte Ulli, »das kann ich leiden. Große Klappe, dann aber verschwinden.«

»In Potsdam gibt's bei jeder Party einen Ermittlungsausschuss«, äffte Tine die Blondine nach. Tine war eine Punkette mit grellrot gefärbten Stacheln, die in der Gegend von Karlsruhe wohnte und mit Ulli und mir zurückfahren wollte. »Und ich bin so wichtig und blond.«

Das Handgemenge vor dem »Limelight« ging weiter. Die Bullen zerrten Holle mit sich, einen der älteren Stuttgarter Punks. Ein Uniformierter sprühte ihm aus nächster Nähe Pfefferspray ins Gesicht, dann schlugen sie auf ihn ein, bevor sie ihn gefesselt zu einem Transporter schleppten.

Ich war fassungslos, konnte mich aber immer noch nicht rühren.

Der junge Punk aus Stuttgart neben mir reagierte immerhin. »Ihr Arschlöcher!«, schrie er und schleuderte seine halbvolle Bierflasche in Richtung Polizei. Er zielte wirklich gut, das Ding zerplatzte direkt neben einigen Beamten. Danach flitzte er davon.

Einige Polizisten waren erstaunlich schnell. »Die da waren's!«, schrie einer und zeigte ausgerechnet auf mich. »Der Blonde da!« Ich starrte ihn an, er starrte zurück, über die Straße hinweg, über die im Augenblick wieder der spätabendliche Verkehr rollte.

Irgendjemand schien bei der Polizei neue Befehle zu geben. Unsere Gruppe an der Haltestelle wurde ignoriert, stattdessen stürmten gut zwei Dutzend Männer das »Limelight«, die Knüppel zum Prügeln bereit. Andere sprühten die Punks und Skinheads, die zwischen ihnen und dem Club eingekreist waren, mit Pfefferspray ein. Diese rannten weg, versuchten irgendwie aus der Umklammerung zu entkommen, und dummerweise rannte ein Polizist in sein eigenes Spray hinein.

Ich sah, wie er stehen blieb, wie er rotzte und keuchte. »Der ist erledigt«, sagte ich trocken.

»Stimmt«, sagte Ulli. »Der lässt sich morgen krankschreiben, und dann heißt es wieder, bei einem Einsatz seien Polizisten verletzt worden. Die sind einfach zu blöd zu allem.«

Mir wurde unsere Lage ein wenig zu unsicher. Ständig fuhren Polizeiwagen an uns vorbei, teilweise mit Blaulicht, teilweise ohne. Es sah aus, als hätte die Polizei zwei oder drei Hundertschaften aufgeboten, um ein kleines Club-Konzert mit vielleicht 150 Besuchern abwürgen zu können.

»Irgendwann gehen wir denen so auf die Nerven, dass sie uns auch angreifen«, sagte ich. »Lass uns jetzt endlich abhauen!«

Wir verließen unseren Platz an der Haltestelle und wechselten die Straßenseite. Dort trafen wir auf andere Punks, die wir seit Jahren kannten und die ebenfalls zu ihrem Auto wollten. »Wir müssen eigentlich auf die andere Seite des Viertels«, sagte Ralle, »und ich hab keine Ahnung, wie wir das machen sollen. Überall sind die Bullen, und ich hab keine Lust, von denen eingeknastet zu werden.«

»Vor allem für nix und wieder nix.« Ulli zündete sich eine Zigarette an. »Ich meine: Da vorne sind doch alle superfriedlich, es gibt keinen Stunk und nichts. Warum machen die Bullen so eine Welle?«

»Vielleicht ist bald wieder Wahlkampf oder so was.« Ralle kam ebenso wenig aus Stuttgart wie wir. Die Lokalpolitik der Landeshauptstadt war uns allen egal, die dauernden Streitereien irgendwelcher Politiker nervten nur. Ob die überzogene Polizeiaktion gegen ein harmloses Punk-Konzert jetzt einen politischen Grund hatte oder nicht, war mir allerdings auch gleichgültig.

»Ihr müsst komplett außenrum«, schlug ich vor. »Runter ins Tal, dann fünfhundert Meter latschen und auf der anderen Seite wieder hoch. Oder gleich ins Taxi setzen und sich hinfahren lassen; da kann eigentlich nichts schiefgehen.«

»Vielleicht sollten wir das auch tun«, meinte Tine.

Ich winkte ab. »Quatsch. Wir sind nur ein paar hundert Meter vom Auto entfernt. Was soll jetzt noch passieren?«

Gemeinsam gingen wir alle in die Seitenstraße hinein, dann trennten wir uns. Zweimal fuhren Polizisten in ihren Autos vorbei; sie spähten durch die Seitenfenster, hielten aber weder an noch machten sie durch Gesten auf sich aufmerksam. Es war still in der Straße, die dunklen Häuser ragten wie schwarze Riesen in die Höhe; die Fenster schienen schwarze Löcher aus Rechtecken zu sein.

»Siehst du«, sagte ich zu Tine, »die Bullen sehen, dass wir harmlos sind, die wollen uns einfach nur aus der Stadt haben. Dann ist Ruhe im Viertel.«

»Meinst du?« Sie wirkte besorgt und unruhig.

Zwei Transporter der Polizei rollten durch die nächtliche Straße langsam auf uns zu. Ich sah, dass sie voller Polizisten waren. Jetzt wurde ich doch ein wenig nervös, aber nicht lange. Wir hatten nichts getan. Schlimmstenfalls würden die Polizisten unsere Ausweise kontrollieren, wahrscheinlich würden sie einfach vorbeifahren.

»Cool weitergehen!«, warnte ich meine Begleiter, »wenn wir jetzt wegrennen, machen wir uns ja nur verdächtig.«

Ich verkniff mir, ihnen meine Erlebnisse von den Chaostagen in Bremen zu erzählen. Dort war ich genau deshalb festgenommen worden – zumindest war das die offizielle Begründung gewesen –, weil ich versucht hatte, vor der Polizei wegzulaufen. Daraufhin hatte man mich als Gewalttäter eingestuft und mit zwei Dutzend anderen Leuten in eine völlig verdreckte Garage ohne Licht und Frischluft gesperrt.

Die Fahrzeuge hielten an, die Türen öffneten sich, Polizisten mit Knüppeln in der Hand sprangen aus den Wagen. *Was für eine Scheiße!*, dachte ich noch, wandte mich um und wollte losrennen. In diesem Augenblick sah ich, dass auch hinter uns eine Gruppe von Polizisten aufgetaucht war. Gut ein Dutzend Uniformierter vor uns, ein weiteres halbes Dutzend hinter uns – für drei gemütlich durch die Nacht spazierende Personen mit kurzen oder bunten Haaren boten die erstaunlich viel Personal auf.

»Halt, stehen bleiben!«, schrie einer der Polizisten und fuchtelte mit seinem Knüppel herum.

»Schon gut«, sagte ich. »Nur keinen Stress. Wir sind gerade auf dem Weg zum Auto, alles kein Problem.« Ich klang wie ein Hippie, das merkte ich selbst, aber ich wollte die genervt wirkenden Polizisten nicht noch weiter in Aufregung versetzen.

Als sie näherkamen, fiel mir auf, wie jung sie waren, die meisten waren deutlich jünger als ich. Zwei Frauen mit langen blonden Haaren schätzte ich auf maximal zwanzig Jahre, die männlichen Begleiter auf nicht viel älter.

Der Polizist, der sich direkt vor uns stellte, wirkte als Einziger der Gruppe, als hätte er etwas mehr Erfahrung. Er musterte uns, dann ließ er den Knüppel sinken und blickte sich um. »Da vorne!«, sagte er und wies auf die Einfahrt zu einer Tiefgarage. »Dort gehen Sie jetzt hinüber, dort kontrollieren wir Sie.«

»Wieso nicht hier?«, fragte Tine. »Geht doch schneller.«

»Sie machen jetzt, was ich sage!«, schrie der Polizist los, als hinge sein Leben davon ab. »Sonst kracht es gleich.«

»Ist ja gut.« Sie hob die Hände und ging los; Ulli und ich folgten ihr.

Mit einem Dutzend Polizisten im Schlepptau standen wir keine Minute später in der Einfahrt. »Stellen Sie sich an die Wand!«, ordnete der ältere Polizist an. »Na los, machen Sie schon! Die Beine breit, die Hände breit und gegen die Wand gedrückt. Los schon!«

Ich kam mir vor wie im Film. Es war nicht meine erste Verhaftung, ich war bei Demonstrationen und Chaostagen eingesperrt und auf die Wache verschleppt worden, ich hatte Nächte im Unterbindungsgewahrsam und in der Ausnüchterungszelle verbracht. So ein Verhalten kannte ich nicht, und »den Adler machen« müssen hatte ich nicht einmal am Rand der Straßenschlachten von Hannover.

Seufzend folgten Ulli, Tine und ich den Anordnungen. Ich kam mir reichlich albern vor, und es leuchtete mir alles nicht so richtig ein. Wir waren nicht gewalttätig, wir sahen auch nicht so aus, was also sollte der ganze Aufstand?

Ulli war der Erste, der es kapierte. »Sie sind Polizeischüler, oder?«, sagte er höflich zu dem jungen Beamten, der ihn gegen die Wand drückte. »Das ist wie ein Test für Sie, oder?«

Er bekam keine Antwort, stattdessen ließ ihn der Beamte ohne jegliche Kontrolle stehen. Ich wurde ziemlich gründlich untersucht. Der junge Mann durchstöberte meine Lederjacke, blickte in meine Geldbörse – in der reichlich Geld steckte, das ich mir kurz zuvor beim Automaten geholt hatte – und befummelte mir die Eier und den Arsch. Immerhin unterließ er es, mir die Hose herunterzuziehen. In Mannheim hatte ich mich mal komplett ausziehen müssen, weil die Polizisten wohl glaubten, ich hätte Drogen oder Waffen in der Unterwäsche oder unter dem Sack versteckt.

Tine, die neben mir stand, verdrehte die Augen. Eine Polizistin mit Pickeln im ganzen Gesicht befummelte sie dilettantisch, checkte die Lederjacke, ignorierte aber ihre Umhängetasche. »Die sind so blöd«, formulierte Tine lautlos und verkniff sich ein Lachen.

Ulli hatten die Polizisten mittlerweile vergessen. Er stand allein an der Wand, verließ kurzerhand seine »Adler«-Position und sprach die Polizisten an. »Könnt ihr uns mal sagen, was das soll?«, sagte er und wechselte in die lockere Anrede. »Das ist doch komplett albern, was ihr hier treibt.«

»Das sagen Sie vielleicht«, sagte die Polizistin, die neben mir stand und gerade unsere Ausweise durchstöberte. Ihr Ton war streng, als müsste sie beweisen, wie ernsthaft sie auftreten konnte. »Aber wir mussten hier eingreifen. Sie kamen ja aus ganz Deutschland zu diesem Treffen. Sogar aus Sachsen sind welche angereist.«

»Moment mal!«, sagte ich. »Was denn für ein Treffen?« Mir war klar, dass hier etwas gründlich falsch lief, und langsam fügten sich einige Puzzlesteine zusammen. Hatte man den jungen Beamtinnen etwa eingeredet, hier habe gerade ein kleiner Chaostag stattgefunden, den sie jetzt im Keim erstickt hätten? Hatte man ihnen Geschichten von brennenden Barrikaden und Steine werfenden Punks erzählt, damit sie wussten, was auf sie zukam?

»Welches Treffen?«, fragte nun auch Ulli. »Entschuldigen Sie mal, das war ein Punk-Konzert, ein ganz normales, und wir sind hergefahren, haben Eintritt bezahlt, haben das Konzert gesehen und wollen gerade zum Auto gehen.«

Der etwas ältere Beamte, der uns vorhin zur Einfahrt geschickt hatte, mischte sich ein: »Wir haben Sie mehrfach ermahnt, das Gelände zu verlassen, und Sie haben das nicht getan. Die Folgen haben Sie jetzt zu tragen.«

»Jetzt machen Sie mal halblang«, polterte Ulli los. »Wir sind schon seit Ewigkeiten von dem Gelände weg, wir haben keinerlei Verbrechen begangen, und wir sind auf dem Weg zum Auto. Was soll denn der Unfug?«

Niemand reagierte auf seine Tirade. Es war eine unwirkliche Situation. Wir standen zu dritt in der Einfahrt; die Polizeischüler schrieben unsere persönlichen Angaben von den Ausweisen ab, langsam und mühsam, als ob sie sich das Schreiben erst vor einigen Tagen selbst beigebracht hätten. Hinter uns ragte das Gitter auf, das den Zugang zur Tiefgarage versperrte, und auf dem Weg zur Straße standen gut zehn junge Polizisten herum. Sie unterhielten sich halblaut oder betrachteten uns. Hinter ihnen flackerte erneut Blaulicht durch die Dunkelheit. Ich kam mir vor wie in einer Kulisse für einen »Tatort«, drei billige Statisten für einen dilettantisch gefilmten Polizeieinsatz.

»Okay«, sagte der ältere Beamte zu uns. »Sie drehen sich jetzt wieder mit dem Gesicht zur Wand. Wir müssen Sie absichern.«

»Was?«, entfuhr es mir. »Das ist doch völliger Unfug!«

»Wenn Sie sich weigern, bekommen Sie eine Anzeige wegen Widerstandes gegen die Staatsgewalt und Beamtenbeleidigung«, drohte der Polizist. Er winkte den jungen Polizisten. »Legt ihnen jetzt die Handschellen an. Aber schön sorgsam.«

Gehorsam drehte ich mich zur Wand. Der Jungbulle, der vorher meine Eier befummelt hatte, legte kühles Metall um meine Handgelenke.

»Immerhin kein Plastik«, sagte ich erleichtert und seufzte. »Das ist ja fast schon angenehm.«

»Du kennst dich wohl aus«, sagte der junge Polizist.

»Wahrscheinlich besser als Sie.« Mit Polizisten siezte ich mich, wann immer es ging. Ich hatte noch nie verstanden, warum Punks im Gespräch mit Polizisten so schnell auf die persönliche Ebene gingen. Ich wollte mich nicht mit jedem duzen, die persönliche Anrede war für Leute bestimmt, mit denen mich etwas verband.

Nachdem man uns die Handschellen angelegt hatte, kontrollierte der ältere Polizist den korrekten Sitz der Fesseln. »Alles in Ordnung«, konstatierte er. »Wir bringen Sie jetzt zu den anderen. Kommen Sie mit!«

Wir wurden zu einem ganz normalen Polizeifahrzeug gebracht und auf den Rücksitz bugsiert. »Und jetzt?«, fragte ich. »Was soll das Ganze denn?«

»Beruhige dich!«, sagte der Fahrer, ein rundlicher Polizist mit Schnauzbart. »Wenn du ruhig bleibst, sind wir schnell fertig. Ich hab auch keine Ahnung, was jetzt kommt.«

Ein anderer Polizist ließ sich neben ihm nieder. »Das ist jetzt nichts Schlimmes«, versuchte er uns zu trösten. »Ihr kommt mit auf die Wache, wir überprüfen eure Identität, und in zwei Stunden seid ihr wieder raus.«

Das soll glauben, wer's will, dachte ich finster. In der Nacht kamen wir nicht so schnell aus der Wache heraus, das war so sicher wie das Amen in der Kirche.

»Sie haben doch eben schon unsere Identität überprüft«, versuchte Ulli zu argumentieren, »das müssen Sie doch nicht noch einmal tun. Es gibt kein Gesetz, dass Sie verpflichtet, uns weiter festzuhalten.«

»Schnauze dahinten!«, maulte der Beifahrer, dann fuhren wir los.

Die Fahrt ging durch einige Nebenstraßen, ein umständlicher Zickzack-Kurs, und führte zurück zum »Limelight«. Dort war die Straße, auf der ich nach vielen Konzerten herumgelungert hatte, in ein offenes Gefängnis umgewandelt worden. Überall standen Polizisten, martialisch mit Knüppeln und Helmen bewehrt, gefesselte Punks lagen auf dem Boden, überall flackerte Blaulicht, dazwischen sah ich sogar einen Krankenwagen. Unser Fahrer stieg aus, wir blieben im Wagen zurück, nach wie vor die Handschellen an den Gelenken.

Durch die Fenster des Fahrzeugs bekam ich mit, wie einige Punks und Skinheads aus dem Keller getrieben wurden. Jeder von ihnen hatte die Hände auf dem Rücken gefesselt, einige bluteten. Man führte sie zu einem Gefangenentransporter; durch die vergitterten Fenster nahm ich die abstehenden Haare und die Glatzköpfe wie Schattenrisse wahr.

Ein Polizist, der bei unserer Festnahme nicht dabei gewesen war, streckte den Kopf in den Wagen. »Alle raus!«, kommandierte er barsch. »Personenkontrolle!«

»Schon wieder?« Ich seufzte laut, während ich ausstieg. »Wir wurden doch schon vor einer Viertelstunde ausgiebig kontrolliert.«

»Schnauze!« Der Mann fuchtelte mit seinem Knüppel vor meinem Gesicht herum. »Du kannst auch eine auf die Fresse haben.«

Ich hielt ausnahmsweise die Klappe. Ulli, Tine und ich stellten uns in einer Reihe vor dem Auto auf.

Erneut standen uns junge Polizistinnen gegenüber und schrieben unsere Daten auf, stellten verschiedene Rückfragen und notierten alles. »Schreiben Sie jeweils auch Ihren Namen zu der jeweiligen Verhaftung«, ordnete der ältere Polizist an. »Es soll alles seine Richtigkeit haben.«

Ich war fassungslos. So etwas hatte ich noch nie erlebt. Prügel ja, unnötige Verhaftungen sowieso, Schikanen der Polizei gab es seit vielen Jahren ständig – aber dass die Beamten zu blöd waren, eine Verhaftung mit allen Details abzuwickeln, das war mir neu.

»Das ist echt eine Übung für Polizeischüler, damit die mal lernen, wie man eine Verhaftung durchführt«, spottete Ulli. Sofort richtete sich ein Knüppel in seine Richtung, und er war still.

Unsere Metallhandschellen bekamen wir abgenommen, stattdessen zogen uns die Polizistinnen Kabelbinder um die Handgelenke. Ich hasste diese Kunststofffesseln; sie schnürten die Handgelenke derb ein, wenn man nicht aufpasste. Nicht zum ersten Mal bekam ich solche Dinger um die Gelenke geschnürt. Ich spannte die Muskeln an, weil ich hoffte, dadurch ein wenig mehr Raum zu gewinnen, aber ich bekam die Fesseln trotzdem viel zu eng angelegt.

Dann stießen mich zwei Polizisten – diesmal waren es Männer – in Richtung eines Gefangenentransporters. Ein Skinhead, ein normal aussehender Typ mit kurzen schwarzen Haaren und zwei Bunthaarige saßen bereits darin, allesamt mit den Händen auf dem Rücken. Auf dem Boden lag Holle, den die Polizisten zusammengeschlagen und mit Pfefferspray besprüht hatten; er stöhnte, Wasser lief ihm übers Gesicht. Nachdem auch Ulli und Tine in den Wagen geschubst worden waren, schloss ein Polizist die Tür hinter uns zu.

»Scheiße«, flüsterte Holle von unten, »das brennt alles wie verrückt.«

»Haben die dich nicht versorgt?«, fragte ich. »Zumindest mit Wasser oder so.«

»Ein bisschen«, gab er zurück. »Im Prinzip haben sie mir einen Eimer Brühe ins Gesicht geschüttet, und ich kann's nicht mal irgendwie abwischen.«

»Soll ich's versuchen?« Ich drehte mich so, dass ich mit meinen Händen zu seinem Gesicht kommen konnte. »Ich muss nur an dein T-Shirt oder an ein Taschentuch rankommen.«

»Gib mir lieber 'ne Zigarette.«

Die Tür ging wieder auf. Ein Polizist schaute in den Wagen hinein, zwei andere standen hinter ihm. An den Wänden der umstehenden Häuser flackerte das Blaulicht hoch und runter. Er zählte uns stumm durch, dann nickte er. »Sieben Männer, eine Frau«, meldete er seinem Kollegen. »Der Wagen ist voll.«

»Eine Frau?«, kam es von hinten zurück. »Nicht nur Kerle?«

»Ja, scheint so, kann man bei denen ja nicht so genau erkennen«, kam die Antwort, die wohl lustig gemeint war. Die Polizisten lachten laut, dann knallten sie die Tür wieder zu.

»Was für Arschlöcher«, sagte Tine und spuckte auf den Boden des Wagens. »Alles Scheißbullenarschlöcher, alles kleine Wichser und Nichtskönner.«

»Kann ich jetzt eine Zigarette haben?«, fragte Holle.

Einer der zwei Stuttgarter Punks kletterte von hinten durch den Wagen nach vorne und schaffte es, trotz seiner gefesselten Hände, eine Zigarette aus Holles Jacke zu fischen, sie ihm in den Mund zu stecken und anzuzünden. Die Luft in dem engen Wagen, die sowieso schon schlecht war, wurde noch stickiger. Ich war Nichtraucher, protestierte aber nicht – in einem Gefangenentransporter hielt man zusammen.

Es war nicht das erste Mal, dass ich in einem solchen Fahrzeug saß, und ich empfand die Situation wie immer als befremdlich. Man wusste nicht, was draußen passierte, die Luft im Inneren war absolut schlecht, und die miese Laune der Inhaftierten sorgte nicht für bessere Stimmung. Zudem ging jeder anders mit der Situation um, eingesperrt, gefesselt und hilflos zu sein.

Wir blieben relativ ruhig, einige wenige Sätze wurden gewechselt, und Holle rauchte gemütlich seine Zigarette. Jeder versuchte, es sich einigermaßen bequem zu machen, soweit das in der Enge und mit gefesselten Händen ging. Ich war froh, dass ich im »Limelight« noch auf dem Klo gewesen war und nicht dringend pissen musste, aber ich hatte Durst. Trotzdem blieb ich ruhig. Es nutzte in einer solchen Situation nichts, durch Krach und Geschrei auf sich aufmerksam zu machen.

Die Polizisten taten ohnehin, was sie wollten oder was man ihnen befohlen hatte, und übten im Augenblick die absolute Kontrolle über uns aus. Durch Beschimpfungen oder Rufe ließen sie sich nicht zu einer Änderung ihres Verhaltens hinreißen. Niemand kümmerte sich um inhaftierte Punks, wir mussten froh sein, wenn sie uns nicht aus Spaß an der Freude verprügelten. Kein Rechtsanwalt würde uns helfen, ein Mobiltelefon konnte sich in diesem Jahr noch keiner von uns leisten – also würde auch niemand um Hilfe rufen können.

Ich nahm mir vor, mich möglichst wenig zu ärgern. *Irgendwann lassen sie mich raus*, dachte ich, *es wird schon nichts passieren.* Wir hatten kein Kapitelverbrechen begangen, sie konnten uns maximal vorwerfen, dass wir auf der Straße herumgelungert hatten. *Wobei die Bullen immer erfinderisch sind, wenn es darum geht, jemanden was anzuhängen*, überlegte ich und merkte daran, dass ich mir doch Sorgen machte.

Der normal aussehende Typ hielt sich leider nicht an die goldene Regel, im Polizeigewahrsam die Klappe zu halten. »Das kriegen die Bullen heimgezahlt«, schrie er auf einmal. Sein Gesicht verzerrte sich, und er wurde von Wort zu Wort lauter. »Das Maß ist jetzt voll. Ich gehe zu einem Rechtsanwalt, dann machen wir eine Massenanzeige gegen die Bullen, und dann kriegen die dermaßen eine übergebraten, dass ihnen Hören und Sehen vergeht. Das können die doch nicht machen. Dann machen wir halt eine Demo gegen Polizeiterror, das geht so nicht weiter in Stuttgart, die drehen hier doch langsam durch.«

»Jetzt halt mal die Klappe«, sagte einer der Punks aus Stuttgart ruhig. »Das bringt doch nichts.«

»Das sind keine Bullen mehr!«, schrie der Kerl weiter. »Das sind Faschisten, und sie üben Terror aus, und gegen diesen Terror muss man etwas machen.«

Jemand klopfte von außen gegen die Tür, sicher ein Polizist. »Schnauze da drin!«, rief er. »Wir fahren jetzt los. Je schneller wir's hinter uns haben, desto besser für uns alle.«

»Was sollen wir hinter uns haben?«, schrie der Schwarzhaarige, »Die Lagerhaft, das KZ oder was?«

Niemand antwortete. Ich sah durch die vergitterte Scheibe, dass vorne zwei Polizisten einstiegen, dann startete der Motor. Langsam rollte der Wagen durch die Straße, immer noch flackerte das Blaulicht rings um uns. Als die Polizisten die Hauptstraße erreichten, fuhren sie schneller.

Der Schwarzhaarige schrie weiter. »Das ist ein Nazi-Regime hier, und da muss man was dagegen machen. Die Scheiß-Stuttgart-Nazi-Polizei wieder mal, ich hasse sie.« Er zeterte unaufhörlich weiter, als ob ihm die Puste nicht ausgehen konnte: die ganze Fahrt hinunter in den Talkessel der Schwaben-Metropole und dann wieder auf der anderen Seite den Berg hoch. Auch als wir im Hof einer Polizeiwache anhielten, gab er keine Ruhe. »Das ist die Wache auf dem Pragsattel, die kenne ich«, erläuterte er, jetzt endlich in einem vernünftigen Tonfall, »da schmeißen die uns entweder in zwei Stunden gleich wieder raus oder eben morgen früh um sechs Uhr, wenn sie einen Wachwechsel haben.«

Die Polizisten verließen den Transporter, wir warteten. Weitere Fahrzeuge rollten in den Hof, ich hörte ein halbes Dutzend Hunde, die wie blöd bellten, dann herrschte wieder Stille. Sogar der Schwarzhaarige in unserem Transporter hielt die Schnauze. Ich schloss die Augen und drückte mich so in den Sitz, dass die Fesseln nicht schmerzten. Schlafen konnte ich sicher nicht, aber es brachte auch nichts, wenn ich die ganze Zeit durch die Schlitze an den Seiten des Fahrzeugs starrte, um wenigstens teilweise mitzubekommen, was außerhalb los war.

Aus einem Transporter, der hinter uns stand, wurden Gefangene geführt. Ich hörte die Kommandos der Polizisten und die schlurfenden Schritte, wieder bellten Hunde, als ob sie sich gleich auf die Gefesselten stürzen wollten.

Der Schwarzhaarige trat mit beiden Füßen gegen die Seitentür. »Wir wollen auch raus!«, schrie er. »Wir haben ein Recht darauf, aus diesem Scheiß-Auto rauszukommen. Ihr Scheiß-Nazis – lasst uns sofort raus.« Er schrie und tobte, aber es kam keinerlei Reaktion.

»Wenn du jetzt nicht still bist, trete ich dir eine rein«, sagte Ulli gelassen. »Ich will auch aus dem verdammten Bus raus, aber die Bullen lassen sich bei uns jetzt extra Zeit.«

Immerhin hielt sich der Typ jetzt zurück. Er murmelte etwas Unfreundliches vor sich hin, stellte aber das Geschrei ein. Das schien zu helfen: Keine fünf Minuten später öffnete sich die Tür des Gefangenentransporters.

Zwei Polizisten zerrten zuerst Holle hoch und schubsten ihn zu anderen Beamten, die ihn zu einem Gebäude eskortierten. »Dann das Mädel«, sagte einer der beiden und wies auf Tine. »Die muss ja nicht ewig bei dem Gesindel sitzen.« Er winkte ihr. »Komm schon!«

»Aha, Bullen mit Herz«, spottete sie, erhob sich aber und verließ den Wagen.

Nacheinander holten sie uns alle aus dem Wagen. Als nur noch Ulli, der Schwarzhaarige und ich zusammen waren, wechselte dieser seinen Tonfall. Hatte er zuvor ununterbrochen geschimpft und markige Sprüche geklopft, bekam er jetzt das große Heulen: »Die Fesseln schnüren mir die Handgelenke ab, das tut so weh. Lasst mich doch raus, ich will jetzt in eine Zelle, ich krieg hier drin keine Luft.«

Ulli verdrehte die Augen. »Entweder einen auf cool machen oder heulen – beides hintereinander ist peinlich.« Er trat dem Schwarzhaarigen gegen das Schienbein. »Sei doch wenigstens jetzt still. Du nervst echt.«

Kurze Zeit später waren wir dran. Wieder machten sich Polizeischüler an mir zu schaffen. Gleich drei Mann auf einmal standen hinter mir und versuchten die Fesseln zu lösen. Sie operierten mit einer Drahtschere und einem Messer, sie brauchten alle Tricks. Ich war heilfroh, dass sie mir nicht die Handgelenke aufschlitzten.

Verdammte Deppen, dachte ich, sagte aber nichts. Nachdem ich die Fessel los war, massierte ich stumm meine Handgelenke. Das Blut floss jetzt besser, der rote Abdruck würde aber noch Stunden zeigen, wo der Kunststoff meine Haut gepresst hatte.

Ulli und ich wurden in eine Wachstube geführt, wo es ebenso chaotisch weiterging. Als wir den Raum betraten, den eine hölzerne Theke in zwei Hälften teilte, führte gerade ein Polizist einen offensichtlich stark betrunkenen Punk durch den Seitenausgang ab. Der Punk trug noch seinen Nietengürtel und seine Stiefel, die Lederjacke war gespickt mit Nieten und sah ziemlich gefährlich aus.

»Sie da!« Der Polizist hinter dem Tresen, wo altertümliche Schreibtische mit ebenso altmodischen Computern standen, zeigte auf Ullis Brust. »Das hier machen Sie mal weg!«

Ulli guckte an sich hinunter. »Was? Das hier?« Er tippte mit dem Finger auf die Buttons auf dem Revers seiner Jacke.

»Genau die! Die müssen weg, da sind Sicherheitsnadeln drin, und mit denen könnten Sie sich verletzen!«

»Was?« Ulli lachte auf. »Mit einem Anstecker von ...« Er schaute erneut hinunter. »... von AGNOSTIC FRONT werde ich das wohl kaum schaffen.«

»Schnauze!«, rief der Beamte und wechselte in die vertrauliche Anrede. »Mach den Scheiß runter, oder es gibt richtig Ärger. Ihr nervt uns alle schon viel zu lange, Scheiß-Gesindel.« Er schob eine durchsichtige Plastiktüte über den Tresen. »Da muss alles rein. Und die Uhr nimmst du auch ab, mit der kann man auch Unfug anstellen. Aber mal zack-zack!«

Kopfschüttelnd legte Ulli alles ab, was den Polizisten störte. Den Hinweis darauf, dass keine zwei Minuten vor uns ein Punk mit Nietenlederjacke – und damit konnte man sich ernsthaft wehtun – ohne Probleme weitergeschubst worden war, verkniff er sich. Er packte alles in eine Tasche, die der Polizist mit einer Nummer versah. Anschließend gab er zum wiederholten Mal seine Personalien an, die erneut aufgeschrieben wurden, dann wurde er weitergeschleust. Bei mir ging es ähnlich unstrukturiert ab. Ich durfte meine Uhr behalten, dafür musste ich die Schnürsenkel aus meinen Stiefeln lösen. Mit denen könnte man sich schließlich in der Zelle erhängen, erläuterte der Polizist, das sei gefährlich. Ich schwieg. Dann nahmen sie mir meine Geldbörse ab und steckten diese ebenfalls in eine Tüte.

Es war nicht meine erste Verhaftung, und ich kannte die »Regeln«. Normalerweise wurde sogar das Geld gezählt, dann erhielt man eine Liste, auf der alle beschlagnahmten Dinge standen, und diese hatte man zu quittieren. Die Polizisten entschieden offensichtlich willkürlich, was sie machten und was nicht. Aber da ich nach wie vor völlig verdattert war, protestierte ich nicht; es hätte sowieso nichts genutzt.

Na, hoffentlich lassen die mir meine Kohle, dachte ich und stellte mich auf eine Nacht ohne Schlaf ein. Auch wenn keiner der Polizisten eine klare Aussage getroffen hatte, war klar, dass wir jetzt inhaftiert wurden: ohne Angabe von Gründen, ohne auch nur den Versuch einer Anklage oder einer Schuldzuweisung. Ich hatte auf jeden Fall nie zuvor so konfuse Verhältnisse bei einer Verhaftung erlebt, ob das nun reine Willkür war oder persönliche Doofheit der Beamten.

Meine Personalien wurden ebenfalls aufgenommen, zum dritten Mal in dieser Nacht und wieder mit einer unendlich verlangsamten Arbeitsweise, die mich glauben ließ, dass die Polizisten weder lesen noch schreiben konnten. In einem weiteren Raum wurde ich mehrfach fotografiert, zudem musste ich meine Fingerabdrücke abgeben.

»Die haben Sie doch schon«, versuchte ich einen lahmen Scherz. »Ich bin seit Jahr und Tag in der Störer-Kartei.«

»Das findest du wohl witzig«, meinte der Mann, der die Fotos anfertigte. Er wirkte jung und frisch, und er war in Zivil. Auf mich machte er den Eindruck eines freien Mitarbeiters, der von der Polizei bei Gelegenheit für nächtliche Fotografen-Jobs eingesetzt wurde. »Aber du glaubst nicht, was ich mir hier ständig anhören muss.«

»Wenn Sie meinen«, sagte ich höflich und betonte das »Sie« ein wenig. Ich ließ mich auch von einem Polizeihelfer nicht duzen und wollte mit einem solchen kein freundschaftliches Verhältnis, nicht einmal angedeutet.

Über einen langen, kargen Gang wurde ich zu einer Tür geführt. Vor dieser musste ich meine Stiefel ausziehen und die Lederjacke ablegen. Ich könnte mir damit ja etwas antun, wie der Polizist wortreich erklärte.

Als ich in die Zelle gestoßen wurde, lag ein Jung-Punk mit Nietenlederjacke zu meinen Füßen; er hatte die Stiefel noch an, in denen alle Schnürsenkel steckten.

Die Zelle sah noch schlimmer aus als eine Ausnüchterungszelle irgendwo in der schwäbischen Provinz: viereckig, betoniert, schmutzig. In einer Ecke gähnte ein Loch im Boden, in das man pissen konnte und aus dem es fürchterlich hochstank; fließendes Wasser, um etwas hinunterzuspülen, gab es zwar nicht, dafür hatte ein fürsorglicher Beamter eine Rolle Toilettenpapier hingelegt.

Das einzige Möbelstück war eine braune Matratze, die an der Wand lag und vor Schmutz starrte. Auf ihr lagerten bereits der Schwarzhaarige, der im Transporter so genervt hatte, ein mir bekannter Skinhead aus Karlsruhe und der Jung-Punk. Wir stellten uns gegenseitig vor. Der Jugendliche war gerade mal fünfzehn Jahre alt, von zu Hause ausgerissen und »auf Platte«, wie er erzählte.

Ich hatte wenig Lust, mit den anderen zu reden. Mittlerweile war ich völlig müde, es war garantiert nach drei Uhr nachts. Es stank aus dem Loch in der Ecke, und ich wollte nicht auf der Matratze liegen; der Betonboden war allerdings unbequem, so dass ich darauf sicher auch keinen Schlaf finden konnte. Nervös ging ich hin und her, vielleicht konnte ich die Nacht irgendwie überbrücken.

»Was ist?«, fragte der Skinhead. »Bist du unruhig?«

»Das schon.« Ich hob die Schultern. »Ich hoffe, dass sie uns morgen früh gleich rauslassen. Also in einigen Stunden.« Ich lachte humorlos.

»Wie? Morgen früh?« Der Skinhead richtete sich auf. Da ich von oben auf ihn hinuntersah, erkannte ich, dass er dringend eine neue Rasur brauchte. Schwarze Stoppeln sprenkelten die Glatze, als ob jemand Schmutz darauf verstreut hätte. »Die haben zu mir gesagt, dass wir nach einer gründlichen Kontrolle wieder rauskönnten.«

»Na ja …« Ich hob die Schultern. »Sie haben dir aber sicher nicht gesagt, wie lange und wie gründlich sie kontrollieren.«

»Diese Arschlöcher! Diese Nazis!« Der Kerl, der vorher im Transporter schon genervt hatte, sprang auf und überwand in zwei Sätzen die Entfernung zur Tür. Mit beiden Fäusten trommelte er dagegen. »Hey, ihr verdammten Nazi-Arschlöcher! Lasst mich raus, ich hab nichts verbrochen. Ich will raus!«

Jetzt reichte es mir. Ich riss ihn an der Schulter herum und starrte ihn an. »Du hältst jetzt die Klappe«, sagte ich so drohend, wie es nur ging, »oder diese Nacht hier wird verdammt ungemütlich für dich.«

»Aber …« Er stotterte auf einmal. »Ich kann mir doch nicht alles gefallen lassen. Das geht doch nicht, was die Bullen da machen.«

»Du kannst ja hinterher Anzeige wegen Freiheitsberaubung stellen. Ich hab aber jetzt keine Lust darauf, dass die Bullen hier reinkommen und uns die Fressen einschlagen, weil wir sie beleidigt haben.«

»Feigling, verdammter!«, maulte er. Immerhin wandte er sich von der Tür ab und kauerte sich in der Mitte des Raums auf den Fußboden. »Man kann sich doch nicht alles gefallen lassen.«

Aber man kann einfach mal die Fresse halten, dachte ich und nahm meinen unruhigen Gang wieder auf. Der Boden der Zelle war kühl, und die Kälte drang durch die Strümpfe an meine Füße. Lange wollte ich nicht in dieser Weise hin- und hergehen, aber ich wollte mich ebenso wenig auf den Boden legen. Schlafen konnte ich sowieso noch nicht.

Der Schwarzhaarige kroch zu dem Loch im Boden, schnappte sich die Rolle Klopapier und zerfetzte und zerknüllte einzelne Blätter, bevor er sie ins Loch stopfte. Er machte es gründlich, und ich schaute ihm einige Sekunden lang zu.

»Was soll das denn?«, fragte ich irritiert.

»Das ist für die Bullen«, antwortete er. »Wenn das Loch zu ist, müssen sie morgen die Sauerei wegmachen.«

Ich seufzte. »Du wirst doch nicht etwa glauben, dass das die Bullen selbst machen. Außerdem: Was machst du, wenn heute Nacht noch einer scheißen muss?«

»Heute Nacht muss keiner scheißen«, machte mir mein Zellenkamerad klar, »und außerdem werden wir morgen in aller Herrgottsfrühe rausgeschmissen. Hast du doch selber gesagt.«

Ich gab auf, weiter auf ihn einzureden, und er hörte damit auf, das Loch vollzustopfen. Ich wanderte weiter hin und her, schaute abwechselnd auf die Tür und auf das Loch im Boden, auf meine dösenden und irgendwann schlafenden Mitgefangenen. Weil mir langweilig war, schaute ich mir jede der vielen PKK-Kritzeleien auf den Wänden an, die wohl von kurdischen Häftlingen stammten, versuchte aber die vielen Flecken auf dem Beton und auf der Matratze zu ignorieren. Keine Ahnung, ob das nun die Reste von Blut oder von Kotze waren.

Das Licht an der Decke war grell, die Luft wurde schlechter, und vom Flur her hörte ich immer wieder laute Stimmen. Was die Polizisten trieben, war unklar. Gelegentlich schrie jemand auf, es klang nach Wut und Ärger, dann kreischte einmal eine Frau, und nach einiger Zeit kam kein Ton mehr vom Flur in die Zelle herein.

Irgendwann legte ich mich auf den Rücken, zog die Kapuze so über den Kopf, dass ich den Boden nicht einmal mit dem Hinterkopf berührte. Ich war normalerweise nicht zimperlich, aber diese Zelle war mir schlicht zu ekelhaft.

Die Müdigkeit packte mich, aber ich fand keine Ruhe. Selbst wenn ich die Augen schloss, brannte das grelle Licht von der Decke durch die Lider. Immerhin döste ich auf dem Betonboden ein, träumte von einem warmen Bett und einem guten Essen, von einem gemütlichen Bierschiss auf einer sauberen Toilette und all den anderen Annehmlichkeiten des Lebens.

Nach einiger Zeit kroch ich näher an die dreckige Matratze heran und legte meinen Hinterkopf darauf, ließ die Augen weiterhin geschlossen und dämmerte irgendwann weg.

Ich erwachte, weil der schwarzhaarige Idiot in meiner Zelle

ebenfalls wach war. Durch das Milchglasfenster oben in der Ecke der Zelle drang bereits Licht herein; es musste schon früher Morgen sein. Der Typ stand direkt vor der Tür, er zappelte herum. »Aufstehen, Leute!«, rief er. »Die Bullen schmeißen uns jetzt gleich raus.«

»Boah, halt's Maul!«, sagte ich halblaut, während ich meine Benommenheit abschüttelte. Normalerweise benötigte ich morgens einen Kaffee, um die normale Betriebstemperatur zu erreichen, aber das war an diesem Tag wohl nicht möglich. Ich kroch von der Matratze weg, immer noch die Kapuze auf dem Kopf, und lehnte mich gegen die Wand. Bequem war das ebenso wenig, aber so kam ich wenigstens langsam zu mir.

»Hallooooooo!«, schrie der Typ an der Tür, beide Hände als Schalltrichter geformt. »Ist da jemand und kann mich hören? Hier ist der Stöff, wo sind denn die anderen?«

Niemand antwortete. Es hielt ihn nicht davon ab, weiter gegen die Tür anzuschreien. Er brüllte Namen von irgendwelchen Freunden, die er wohl kannte und von denen er glaubte, dass sie auch verhaftet worden seien. Es nervte unglaublich, und am liebsten hätte ich ihn nonverbal ruhiggestellt. Aber ich war zu erschöpft, hatte keine Lust auf Streit und wollte nur noch weg.

Mein Ziel war, ohne jeglichen Stress aus der Zelle zu verschwinden. Zudem musste jeder mit der ungewohnten Situation im Knast auf seine Weise fertigwerden. Als ich vor Jahren in Mannheim allein in einer Zelle saß und die Angst vor einer Anzeige wegen besonders schwerem Landfriedensbruch wuchs, hätte ich auch am liebsten gegen die Tür getrommelt und gebrüllt.

Langsam richtete ich mich auf und setzte mich so hin, dass ich mit dem Rücken gegen die Wand lehnen konnte. Mein ganzer Körper schmerzte; ich war es nicht gewöhnt, Stunden auf kaltem Beton zu liegen. Zudem hatte ich Durst, und ich musste eigentlich dringend auf die Toilette. Ein Blick auf das zugestopfte Loch machte mir aber klar, dass ich mir den Gedanken daran abschminken konnte.

Es war gegen zehn Uhr, als die Polizei sich endlich erbarmte. Ich hatte schon fiese Bauchschmerzen, weil ich nicht aufs Klo konnte, musste aber noch eine Weile länger durchhalten. Einzeln wurden wir aus den Zellen geholt, und ich ging kurz pissen.

Noch einmal wurde ich zu einem Fotografen geführt, wieder ein Zivilist. Er machte einen netten Eindruck. »Wieso seid ihr denn alle eingefahren?«, fragte er.

»Keine Ahnung.« Ich schüttelte den Kopf. »Wenn ich das nur selbst wüsste.« In Stichworten erzählte ich ihm die Geschehnisse der vergangenen Nacht.

Er schüttelte selbst den Kopf. »Uns haben sie natürlich was anderes erzählt. Voll die Räubergeschichte, mit Straßenschlachten und vielen verletzten Polizisten.«

Ich lachte bitter. »Einen verletzten Bullen habe ich selbst gesehen. Der war so blöd und rannte in sein eigenes Pfefferspray.«

Der Fotograf lachte auch. »Na ja, halt Pech gehabt«, sagte er trocken. »Es ist ja nichts Schlimmes passiert.«

»Mir nicht. Aber einigen Leuten wurde echt übel mitgespielt, und das war so unnötig wie sonst was.«

Ich verließ das Fotografierzimmer und wurde von einer höflichen jungen Polizistin über einen langen Flur geführt. Sie roch dezent nach Parfüm, und mir wurde bewusst, dass ich mich seit Stunden nicht gewaschen hatte, dass ich nach altem Rauch und dreckigen Klamotten stank und aussah, als hätte man mich durch einen Gully gezogen. Ich wollte heim und duschen, das war erstmal das Wichtigste. Und ich sollte vor allem mal bei meinem Arbeitgeber anrufen und den Kollegen mitteilen, dass ich an diesem Tag nicht mehr erscheinen würde.

In dem Wachraum, in dem ich vor Stunden kontrolliert worden war, bekam ich meine Unterlagen zurück, auch den Geldbeutel, in dem noch alles Geld steckte. Ich erhielt keine Entlasspapiere, auf eine Quittung oder dergleichen verzichteten die Beamten. Ich hatte keine Lust darauf, ihnen die Regeln ihrer Arbeit zu erklären, fragte nicht einmal nach dem Grund unserer Verhaftung.

Mit einigen anderen musste ich erneut warten. Mit drei Punks wurde ich in einen Gefangenentransporter gesetzt. Immerhin verzichteten die Beamten auf Fesseln, lächerlich genug war die folgende Fahrt sowieso. Es ging rund 500 Meter durch die Polizeikaserne, vorbei an parkenden Polizeifahrzeugen und einzelnen Polizisten. Die letzten paar Meter ging ich zu Fuß, dann stand ich vor dem Tor.

Ulli und Tine, die nebeneinander auf einem Randstein saßen, erhoben sich und kamen auf mich zu. Wir sagten kein Wort.

Es war Donnerstagmorgen, zehn Uhr, auf dem Pragsattel tobte der Verkehr, von der Anhöhe aus hatte ich einen wunderschönen Blick auf das sommerliche Stuttgart, das sich geradezu malerisch ins Tal schmiegte – und ich musste nur noch lachen ...

Einfach nicht dazugehören

Der Vorschlag klang nach einer guten Idee: »Am Donnerstag ist Feiertag, da müssen wir nicht zur Arbeit, sondern können ausschlafen. Also gehen wir am Mittwochabend um 19 Uhr in die ›Majolika‹, die machen da eine After-Work-Party. Gute Idee, oder? Das wird bestimmt lustig.«

»Stimmt«, sagte ich, »das könnte witzig werden.« Ich wusste aus Filmen und Zeitschriftenartikeln, dass es solche After-Work-Veranstaltungen gab, wo sich das Bürovolk nach Büroschluss einfand, um sich gepflegt zu besaufen. Selbst hatte ich noch nie eine solche Party besucht, weil ich bisher keine Gelegenheit dazu gesehen hatte. Ich arbeitete ebenfalls in einem Büro, und nach Feierabend hatte ich Lust, mir Alkohol in den Schlund zu schütten – das könnte also passen.

Ich eierte dennoch ein wenig herum. Die Gefahr sei doch groß, dass es mir nicht gefalle, und bei dem schönen Wetter könnte man auch einfach so im Schlossgarten sitzen und ein Bier trinken. »Nachher läuft da nur Scheißmusik«, jammerte ich herum. Andererseits juckte es mich doch. Warum nicht mal auf eine Veranstaltung der etwas anderen Art gehen?

»Jetzt stell mal den kleinen Punk in dir ruhig«, bekam ich vorgehalten. »Wir haben 2003, du wirst bald vierzig, und 1983 ist verdammt lang her. Es wird Zeit, dass du mal Dinge tust, die andere Leute in unserem Alter auch tun.«

»Na gut«, gab ich mich geschlagen. »Ich werde mit euch ein braver After-Work-Partygänger sein.«

Es wurde Mittwoch, es wurde ein richtig anstrengender Arbeitstag, und ich kam erst nach 20 Uhr aus dem Büro. Mit Punkrock hatte das alles nichts zu tun, mir wurde von Jahr zu Jahr bewusster, wie sehr ich mich von der »Arbeit ist Scheiße«-Einstellung früherer

Jahre entfernt hatte. Einigermaßen frustriert kam ich nach Hause, und eigentlich hatte ich an diesem Abend zu gar nichts mehr Lust. Es war Frühsommer, und es war warm, aber ich wäre am liebsten auf der Couch liegen geblieben und hätte mir irgendeinen Mist im Fernsehen angeschaut.

Ich vesperte etwas, Käse aus dem Kühlschrank und Brot, das ich auf Vorrat hatte, ich trank eine Flasche Bier, ich setzte mich mit der Zeitung aufs Klo, und so war es gegen zehn Uhr abends, als ich endlich marschbereit war. Längst war die Dunkelheit über der Stadt hereingebrochen, was den schönen Effekt hatte, dass es nicht mehr so heiß war. Ich holte mein Fahrrad aus dem Hinterhof, schob es auf die Straße und radelte los.

Die »Majolika« war eigentlich eine Fabrik, man bezeichnete sie gern als »Manufaktur«, in der allerlei Töpfe, Becher und Dekorationskram aus Steingut hergestellt wurden; gelegentlich produzierten die Werkstätten auch »richtige Kunst«, die ausgestellt und sogar mit Preisen bedacht wurde. Im Innenhof gab es eine hübsche Kneipe, in der man gut essen und trinken konnte; die Preise waren halbwegs gemäßigt und vor allem nicht so hoch wie in den wirklich schicken Läden der Stadt. Vielleicht lag es an der Besitzerin des Restaurants, die ich vom Sehen her kannte. Sie sah mit ihren blonden Stacheln und Tätowierungen ein wenig »punkig« aus, und angeblich war sie früher sogar Punkette gewesen, aber das musste schon ziemlich lange her sein und war mir vor allem reichlich egal.

Rasch überwand ich mit meinem Rad die Distanz von der Innenstadt zu dem kleinen Waldgelände, das sich zwischen dem Schloss der Stadt und dem Fußballstadion erstreckte. Beim Näherkommen bemerkte ich, wie viel an diesem Abend los war. Auf dem schmalen Weg fuhren fast ununterbrochen Autos, überall gingen Fußgänger, und jeder nur erdenkliche freie Platz war zugeparkt. Ich fädelte mich mit meinem Rad zwischen Menschen, Autos und Straßenlaternen hindurch und erreichte das Gelände der »Majolika«.

Mit einem Schwapp von Menschen kam ich dort an; unauffällig betrachtete ich sie. Sie trugen allesamt lockere Freizeitkleidung, die jungen Frauen in knappen Kleidchen und Röckchen, die jungen Männer in kurzen Hosen oder Jeans, darüber die Hemden aus Baumwolle, die in dieser Saison anscheinend so modern waren und die nur echt aussahen, wenn sie leger über dem Hosenbund getragen wurden. Einige der jungen Frauen trugen wieder Dauerwellen, wie sie meine Mutter schon in den sechziger Jahren bevorzugt hatte, während für junge Männer der Kurzhaarschnitt gerne mit blonden Strähnchen aufgelockert werden durfte.

Automatisch begann ich damit, die Leute in Schubladen zu stecken. *Das macht alles einen ganz arg flippigen Eindruck und signalisiert,* spottete ich in Gedanken, *dass der frisurbetonte junge Mann zwar in der Bank einen saublöden Langweilerjob hat, in Wirklichkeit aber ein ganz Wilder ist.* Langsam schob ich mein Rad durch das Tor der »Majolika«.

Bereits am Eingang vernahm ich Musik, die wohl irgendein DJ auflegte: die Stimme einer Sängerin, die ständig »Oh yeah« säuselte, dazu plunkerte ein elektronischer Bass, während sphärische Klänge durch die Gegend waberten; das Ganze mit einem gleichmäßigen Beat unterlegt, der meine Füße zum Einschlafen brachte. Nach meinen Begriffen handelte es sich um unerträgliches Disco-Gejaule, die Mischung aus Siebziger-Jahre-Schlonz und irgendwelchem elektronischen Gebolze, das man zu Beginn der nuller Jahre überall zusammenkippte, genau der Sound, der so stumpf und unerträglich war, dass er anscheinend der besonders breiten Masse gefiel. Wie allen Ernstes jemand glauben konnte, elektronische Musik sei prinzipiell origineller als beispielsweise der wirklich oft schlichte Punkrock, war mir in solchen Situationen völlig schleierhaft.

Ich merkte auf jeden Fall, wie mir jeder der Beats ein Stückchen Übelkeit bereitete. Und ich stellte mir zum ersten Mal an diesem Abend die Frage, was ich eigentlich hier sollte.

Ich kam in den Innenhof der »Majolika«. Zwei Autos standen im Hof, umringt von Menschen. Einige große Sonnenschirme waren aufgestellt, die um diese Uhrzeit nicht mehr sinnvoll waren, um die sich aber die »Party People« versammelt hatten. Ich hörte

Stimmengewirr, und alles wurde übertönt von der lauten Musik. Auch hier wirkten die Menschen, die ich auf eine große Bandbreite zwischen zwanzig und fünfzig Jahren schätzte, fröhlich und aufgeweckt, wohlhabend und modern. *Genau die Art Leute, die FDP wählt und heimlich Angela Merkel bewundert*, dachte ich und überlegte, ob ich gehen sollte, ohne jemanden zu begrüßen.

Die netten jungen Leute in ihrer lockeren Kleidung stellten sich alle in einer Reihe vor einer Kasse auf, wo sie treu und brav drei Euro Eintritt dafür bezahlten, dass sie unter freiem Himmel schlechte Musik anhören durften. Drei Euro waren kein Problem, aber ich fand das zu teuer für Musik, die ich nicht mochte. Rechts oder links von der Kasse konnte man problemlos vorbeigehen – auf jeder Seite blieben rund fünf Meter Platz, wo es weder eine Absperrung noch irgendwelche finster guckenden Wachleute gab.

Allerdings hatte ich auf einmal keine Lust mehr, mich auf die Partymeile zu begeben. Ich blieb stehen, stützte mich auf mein Rad und schaute mir das ganze Geschehen aus sicherer Distanz an.

In aller Ruhe lauschte ich den Gesprächen. Viele der Besucher waren Studenten, andere waren junge Angestellte, und sie sprachen über das, was man anscheinend in Discos und anderen Veranstaltungen dieser Art als Unterhaltungsgrundlage braucht: Es war Tratsch über Menschen, die sie kannten, nach dem Motto »Was macht denn die Susi?« und »Ach, das ist ja interessant«, all diese Worthülsen, die manche Leute offensichtlich im Sekundentakt aus sich hervorbrechen konnten.

Ich wollte nur noch gehen, aber ich hatte mich verabredet, und ich hielt normalerweise mein Wort. Wie schaffte ich es, mit meinen Freunden in Kontakt zu treten, ohne mich unter die Leute mischen zu müssen, bei deren Anblick mir bereits die Kotze hochkam? Ich fühlte mich komplett falsch, und dieses Falschfühlen wurde von Sekunde zu Sekunde schlimmer.

In diesem Augenblick sah ich einen Mann mit langen Haaren, den ich sogar ohne Brille an der Gangart erkannt hätte: Es war Thomms, ich winkte ihm, und er kam her.

»Wieso kommst du nicht rein?«, fragte er nach kurzer Begrüßung. »Es ist gar nicht so schlimm, ernsthaft, sind viele hübsche Frauen da.«

»Ja ja.« Ich winkte ab. »In schwarzen Miniröcken und mit Netzstrumpfhosen. Schon gesehen. Und du? Was hält dich nicht auf dem Platz?«

»Das Pissen. Die Schlangen vor dem Klo sind unendlich, ich hab keine Lust, mich da anzustellen. Also geh ich aus dem Gelände raus und piss an eine Hauswand oder gegen einen Baum; wo's mir halt gefällt.« Er wies auf die Leute, die vor der Kasse anstanden. »Keiner von denen tut das, die sind alle brav und sauber.«

»So sehen sie aus: locker, gut gekleidet und angepasst.«

»Und du bist ein Dauermiesfinder.« Er lachte. »Ich kann's ja verstehen. Die Musik da drin ist seit Stunden unerträglich, nur so Dancefloor-Zeug. Aber die Mädels sind hübsch, und die Klamotten sehen gut aus, und das macht den Abend sehr unterhaltsam. Ich kann gucken, und deshalb stört's mich nicht, dass lauter Spackos um mich herum sind.«

»Ich fühle mich in so einer Umgebung überhaupt nicht wohl«, sagte ich. »Ich komm mir vor wie Falschgeld. Keine Ahnung, wie du das aushältst.«

Er grinste mich an. »Du siehst aber nicht anders aus als die Leute hier.«

Als ich an mir hinunterschaute, war mir klar, was er meinte: Meine Turnschuhe waren vielleicht eine Spur zu ausgefranst, um modern zu sein, meine Jeans hatte vielleicht einige Abschabungen an der falschen Stelle, so dass sie kaum als modisch durchgegangen wäre, und mein T-Shirt, nur ein schwarzes Shirt ohne jeglichen Aufdruck, war sicher nicht das aktuellste – aber ich sah mit meiner stinknormalen Kurzhaarfrisur genauso aus wie einer von den vielen Leuten, deren Kommen und Gehen ich jetzt seit zehn, fünfzehn Minuten bei gleichbleibend stumpfsinniger Musik beobachtete.

»Der einzige Unterschied ist«, so fügte Thomms trocken hinzu, »dass du älter bist als die meisten, die hier vor uns rumstehen.«

»Hey, Mann«, sagte ich lahm, »ich werde bald vierzig, und da ziehe ich mich halt altersgerecht an.«

Er lachte auf. »Mit dem Aussehen passt du eher auf so eine Veranstaltung als auf ein Punk-Konzert, glaub mir.«

Ich schüttelte den Kopf. »Egal wie ich rumlaufe: Auf einem Chaostag würde ich mich jetzt wohler fühlen.« Ich wusste auf einmal wieder, wo ich hingehörte. Es mochte für einen Mann, der stramm auf die vierzig zuging, mittlerweile ein bisschen seltsam wirken, wenn er in unregelmäßigen Abständen mit jungen Leuten zu lauter Musik durch verrauchte Kellerlöcher hüpfte – aber ich fühlte mich noch nicht so alt und brav, dass ich gern auf einer Disco-Veranstaltung herumgelungert hätte.

Thomms, der auf einmal gar nicht mehr dringend pissen musste, blieb bei mir stehen. Wir plauderten, wir schauten uns die Leute an, und ich überlegte mir die ganze Zeit, ob ich nicht doch auf das Gelände der »Majolika« gehen sollte. *Es ist überhaupt kein Problem, sich so eine Veranstaltung zu geben*, dachte ich. *Ich kann's mir leisten, und Scheißmusik habe ich in den letzten Jahrzehnten schon genügend ertragen.*

Irgendwann verzog sich Thomms doch, weil er einen Baum aufsuchen musste, und ich blieb allein zurück. Gut gekleidete junge Leute gingen an mir vorüber, stellten sich an der Kasse an, bezahlten ihren Eintritt und betraten das Gelände. Niemand achtete auf mich und mein Fahrrad. Irgendwann kapierte ich es: Ich schaffte es nicht, die Veranstaltung zu besuchen und gute Stimmung zu simulieren, und ich wollte nicht mit einer Fresse auf einer Party herumstehen, die jedem Deppen sofort signalisieren würde, dass ich ihm am liebsten eine durchs Fressbrett ziehen würde.

Es war eindeutig: Ich war in der falschen Gesellschaft, im falschen Alter oder auf der falschen Veranstaltung. Auf einmal kam ich mir wieder vor wie mit zwanzig Jahren: Damals hatte ich stets dasselbe Gefühl gehabt, wenn ich auf irgendwelchen Veranstaltungen aufgekreuzt war, meist in der Kleinstadt oder auf irgendwelchen Dörfern, und ich hatte es damals durch unglaublichen Alkoholkonsum und saublödes Gerede kompensiert und nicht nur einmal Stress deswegen bekommen.

Frustriert radelte ich zurück, dieselbe Strecke aus dem kleinen Wäldchen hinaus und dann die Moltkestraße entlang, die in diesem Bereich zwischen der Pädagogischen und der Technischen Hochschule hindurchführte. Ich mochte diese ruhige Gegend vor allem abends, weil ich auf dem Radweg auch ohne Licht recht flott radeln konnte. Nicht einmal die allgegenwärtige Karlsruher Polizei kam in dieser Straße auf die Idee, einen einzelnen Radfahrer zu kontrollieren.

Ich passierte drei junge Leute, die auf dem Radweg standen, zwei Typen und eine Frau; ich schätzte sie auf Anfang zwanzig. Der eine kreiselte wie ein Besoffener über den Radweg, so dass ich nicht vorbeikam. Ich hielt an, bevor ich ihn über den Haufen fuhr. Er drehte sich und brabbelte vor sich hin, die Spitzen seiner blond gesträhnten Löckchen glänzten vor Schweiß, und aus der Bierflasche in seiner rechten Hand lief der Schaum. Als er mich wahrnahm, blieb er wie erstarrt stehen und stierte mich an.

Sein Begleiter eilte herbei, ein Typ von studentischem Aussehen, einen dünnen Bart im blassen Gesicht, eine Kette aus Holzkugeln um den Hals. »Passen Sie ja auf«, sagte er lallend. »Der hier ist rettungslos besoffen, da muss man einfach auf ihn achten.« Er zog seinen Kumpel zur Seite, so dass ich passieren konnte.

Ich stieg wieder aufs Rad und fuhr weiter. Hinter mir hörte ich besoffenes Kichern, das aber nicht mir galt, dann stießen zwei Flaschen klirrend zusammen.

Ich war tatsächlich beunruhigt. Studenten siezten mich mittlerweile, und das sogar nachts, zu einer Zeit also, in der man nicht unbedingt aufs Gesicht achtete und – so dachte ich – nicht auf den ersten Blick erkennen konnte, wie alt das Gegenüber war. Wieder schaute ich an mir hinunter, während ich gemütlich auf dem Radweg fuhr, strich mit der linken Hand verstohlen über den Bauch, der sich unter dem T-Shirt abzeichnete.

Ich beschloss, an diesem Abend vor dem Alter zu kapitulieren.

Zwar gab es hinter dem Hauptbahnhof an diesem Abend sogar in der »Ex-Steffi«, dem besetzten Haus der Stadt, irgendeine Veranstaltung mit lauter Musik, aber das wollte ich mir auch nicht antun. Junge Punks und anderes subkulturelles Gesocks, das bei dieser Party herumpurzelte, waren mir zwar garantiert lieber, aber an diesem Abend reichte es mir einfach. Nach der »Majolika« fühlte ich mich alt und zurückgestoßen, ein Ex-Punk mit Orientierungsschwierigkeiten, ein alter Mann, der mit der Welt nicht mehr zurechtkam.

Dann machen wir's doch richtig, dachte ich. *Heimgehen, alten Punkrock hören, Comics lesen und in Gedanken die Zeitmaschine in die achtziger Jahre anstellen …*

Seitenblick in Durlach

Es war ein warmer und schöner Sonntag, wie geschaffen dafür, den Tag mit Nichtstun und ein wenig Rumlatschen zu vertrödeln. Wir bummelten durch die Innenstadt, um den Karlsruher Bürgern dabei zuzuschauen, wie sie ihre zu eng geschnittenen Sommerklamotten durch die Kaiserstraße schleppten, und irgendwann saßen wir auf unseren Rädern und strampelten gen Osten, bis wir in Durlach eintrafen. Unser Ziel war, in der gemütlich-kleinen Innenstadt der ehemaligen Residenz einige andere Bürger bei ihren Sonntagsaktivitäten zu beobachten, unsere Hoffnung war darüber hinaus, uns den Wanst mit allerlei Leckereien vollzustopfen, und die Freude über all das trieb uns über die Autobahnbrücke hinweg bis in die »City« von Durlach. Dort landeten wir vor einem kleinen Straßencafé, das verkehrsgünstig lag, bestellten Kaffee und Kuchen, saßen da, hielten die Bäuche in die Sonne und redeten viel dummes Zeug.

Wir hatten das Gefühl, die Welt gehöre jetzt endlich einmal uns. Zumindest für einige Stunden, in denen niemand daran dachte, dass er am nächsten Tag wieder an die Malocher-Front musste.

Ich ließ meinen Blick streifen, während ich mit den Angehörigen meiner fröhlichen Reisegruppe plauderte und irgendwann vom Kaffee auf Spezi und noch später auf Bier umstieg. Auch hier gab es ausreichend viele Menschen mit viel zu engen Kleidungsstücken, was manchmal zwar ganz gut aussah, die meiste Zeit aber eher abschreckend wirkte.

Ein Mann allerdings war seriös gekleidet. Der hellgraue Anzug passte nicht zum warmen Wetter, die rötliche Krawatte auch nicht gerade zum hellblauen Hemd, aber eine straffe Körperhaltung vervollständigte das Bild und das ergab insgesamt schon einen praktikablen »Style«. Interessiert ließ ich meinen Blick auf ihm haften.

Der Mann schien nicht älter als 30, 32 Jahre zu sein; sein Gesichtsausdruck war freundlich, und er blickte mit hellen Augen in die Welt. Die Sonne strahlte vom Himmel, und er hatte sich strategisch günstig in den Schatten gestellt. Dort führte er seinen hellgrauen Anzug und die aufrechte Haltung vor, in den Händen einen Packen von Zeitschriften, die er vor seine Brust hielt, als könne er sich damit vor Selbstmordattentätern schützen.

Trotz meiner Brille war ich auf die Entfernung nicht in der Lage, seine Zeitschriften zu erkennen. Ich nahm aber an, dass es sich um christliche Fanzines handelte, womöglich der »Wachtturm« und das aktuelle »Erwachet!«. Der Mann sah beim besten Willen nicht aus, als wolle er eine Polit-Postille oder die örtliche Obdachlosenzeitung verkaufen.

Gibt's überhaupt ein Obdachlosenblatt in Durlach?, fragte ich mich in Gedanken, während ich einen Schluck aus dem Bierglas trank. In der blankgeputzten Residenz konnte ich mir nicht einmal Obdachlose oder Punks vorstellen, aber das wiederum war ein anderes Thema.

Ich beobachtete den Mann länger, und ich fand ihn richtig tapfer. Über eine Stunde lang stand er auf der Straße, stramm und aufrecht und stumm zugleich. Er schaute in unsere Richtung, die meiste Zeit zumindest, als ekelte er sich vor dem Anblick dekadent in der Sonne sitzender Menschen, verzog aber keine Miene.

Er sprach niemanden an und blieb ruhig, er stand nur auf der Straße und gab das Bild eines unerschütterlichen Christen ab. Doch dann fiel mir etwas an seinem Verhalten auf, das ich zuerst nicht glauben wollte. Immer wieder drehte er nämlich seinen Kopf zur Seite und neigte ihn ein wenig. Ich bemerkte ansonsten nicht die geringste Veränderung in seinem Gesichtsausdruck. Aber diese Veränderung seiner Kopfhaltung trat immer dann ein, wenn junge Frauen an ihm vorbeikamen und er seinen Blick auf deren Hintern richtete. Dort ließ er ihn hängen, lange und ausdauernd, und dann richtete er sich wieder auf, hielt seine Zeitungen brav vor die eigene Brust und schaute wieder stur geradeaus.

Ein echter Superchrist, dachte ich. *Will zwar, darf aber nicht, und das ist sein heldisches Leiden.*

Trotzdem fand ich ihn jetzt glatt sympathisch.

Der Super-Diver

Der Konzertort war angenehm voll, zwischen 200 und 300 Besucher hatten sich eingefunden, eigentlich optimal für ein Punk-Konzert. Ich stand weit vorne, am Rand der Pogo-Fläche, aber so, dass ich genug von der Energie vor der Bühne mitbekam. Meine Brille hatte ich sicherheitshalber abgenommen und in die Innentasche meiner Jacke gesteckt; so konnte sie mir niemand versehentlich vom Gesicht schlagen.

Dabei tobte gar kein Pogo, ganz im Gegenteil. Die meisten Leute in meiner Nähe wackelten ein bisschen mit dem Kopf und mit den Beinen, gelegentlich hüpfte einer auf und ab. Es hätte ein nettes Punk-Konzert sein können, eins von der Sorte, über die man nicht viel redete, die man abnickte, keines von denen, bei denen der Saal brannte, die zur Legende wurden, kein »Ich hab die SPERMBIRDS im Keller in Nagold gesehen«, kein »GREEN DAY vor sechzig Leuten waren super«, sondern einfach ein Konzert wie zahlreiche andere, die ich in all den Jahren besucht hatte.

Einige Besucher ließen sich von der angenehmen, fast gemütlichen Stimmung aber nicht anstecken. Fast im Minutentakt sprang irgendein Jungmann mit superweiten Hosen, gelverschmierten Haaren und der unvermeidlichen Schlüsselkette in den Mob hinein, um sich dann »cool« über die Köpfe der Menge tragen zu lassen. Ich hasste sie alle.

Wir hatten nicht mehr 1985, das war bald dreißig Jahre her, und Stage-Diven war nichts Besonderes mehr. Das war einmal anders gewesen. Ich wusste, dass allein schon der Gedanke etwas von »früher war alles besser« hatte.

Als es in den achtziger Jahren komplett neu war, als sich Turnschuh tragende Hardcore-Kids von dreißig Zentimeter hohen

Bühnen auf das davor slammende Publikum schleuderten. Als in der »Rätschenmühle« in Geislingen beim INFERNO-Konzert einige Leute tatsächlich von der Brüstung aus gut drei Metern Höhe in den Mob hinuntersprangen. Als man am Bühnenrand erst dafür sorgte, dass es eine Gruppe von Leuten gab, die einen auffing. Als es eine unausgesprochene Übereinkunft gab zwischen dem Mob im Saal, der tobte und slammte und pogte und schrie und hüpfte, der Band auf der Bühne, die nicht stillstand, sondern auf und ab rannte, sprang und spuckte, und den jungen Leuten am Rand der Bühne, die irgendwann Anlauf nahmen und sprangen.

Das war lange vorbei, ich wusste es, und es half nichts, von alten Zeiten zu faseln oder gar um die Tatsache zu trauern, dass sie vorüber waren. Die meisten Jungmänner sprangen zu Beginn der nuller Jahre in die Menge, um sich selbst und ihren Kollegen etwas zu beweisen. Es ging ihnen nicht um die Band, nicht um das Publikum. Sie sprangen, sie ließen sich fangen, dann traten sie zur Seite, klatschten sich mit ihren Kumpels ab, gingen erneut auf die Bühne, und das Spiel begann von Neuem. Warum sie nicht in einen Sportverein gingen und sich dort betätigten, war mir nicht klar; da hätte das Verhalten gepasst. Ich hasste sie tatsächlich.

Als mir ein besonders toller Diver über den Schädel schrabbelte, fast schon mit seinen Eiern an meinen Stoppeln hängen blieb und mir den Bund seiner Hose ins Gesicht schmiss, reichte es. Ich griff mit beiden Händen nach oben, packte den Kerl mit der einen Hand am T-Shirt, mit der anderen am Hosenbund, zerrte ihn nach unten und drückte ihn auf den Boden.

Verwundert sah er zu mir auf, ein Anflug von Panik in seinen hellen Augen, der blonde Fusselbart, der die Wangen bedeckte, zitterte auf einmal.

Ich schüttelte ihn unsanft. »Pass auf, du Wichser!«, schnauzte ich ihn an. »Wenn du mir noch einmal auf der Fresse landest, fängst du ein paar! Dann ist aus mit lustig.«

Der Typ schaute mich irritiert an, schien überhaupt nicht zu verstehen, warum ich mich ärgerte. »Aber das ist doch Punk!«, rief er hilflos zurück, eine dünne Stimme, die im Lärm der Boxen fast unterging.

Ich schnappte ihn an den dünnen Dreadlocks, zerrte ihn hoch und damit näher zu mir heran. Meine Nase war nur noch wenige Zentimeter von der seinen entfernt. Dann spuckte ich ihm direkt ins Gesicht, der Speichel tropfte ihm von der Nase. »Das ist Punk, du Arsch!«

Ich ließ ihn los, sein Kopf fiel nach hinten. Ich sah ihn nie wieder.

Der Punk vom Orange County

Warum es mich nach Anaheim verschlagen hatte, ist für diese Geschichte nicht unbedingt von Bedeutung. Es hatte etwas mit Science Fiction und einer Großveranstaltung im örtlichen Kongresszentrum zu tun. Dort hörte ich mir zahlreiche Vorträge an, war Redner bei einer Diskussionsrunde und versuchte ansonsten, so intellektuell und englischsprachig wie möglich zu sein. Es klappte erstaunlich gut, aber ich war dennoch froh, wenn ich aus dem Hotel oder aus dem Kongresszentrum hinauskam und auf die Straße konnte.

Wobei das in Anaheim nicht ganz so einfach war. Ich merkte es bei meinem ersten Spaziergang, als ich an einem späten Nachmittag das Kongresszentrum verließ. Anfangs bummelte ich noch auf einem Gehweg, der für Fußgänger eingerichtet worden war, später auf der Straße, möglichst nahe am Rand, damit ich nicht über den Haufen gefahren wurde.

Direkt hinter dem Kongresszentrum gab es Einfamilienhäuser, allesamt von Gärten umgeben, vor denen Autos parkten. Es kam mir vor wie in einem x-beliebigen amerikanischen Spielfilm, der das Leben in »Suburbia« zeigte, im unendlichen Meer der Vorstädte. Die Häuser sahen allesamt gleich aus, und sie schienen an diesem Nachmittag vor sich hin zu dösen. Nichts rührte sich, kein Mensch war auf der Straße unterwegs.

Der einzige Fußgänger war sowieso ich. Ab und zu rollte ein Auto auf der Straße an mir vorbei, die sogar in diesem Wohngebiet so breit war wie in Mitteleuropa eine Autobahn. Die Dimensionen hätten vollauf dafür ausgereicht, dass locker vier Autos nebeneinander fahren konnten.

Das also war Anaheim, eine Stadt im sogenannten Orange County, einem der wichtigsten Zentren der nordamerikanischen

Punkrock-Szene. Seit den frühen achtziger Jahren war mir diese Region ein Begriff, seitdem hörte ich mit großer Begeisterung die Musik der Bands aus dem riesigen Landstrich südlich von Los Angeles. Aus dem Orange County kamen viele Bands, die ich mochte: AGENT ORANGE und SOCIAL DISTORTION, später T.S.O.L. oder die VANDALS, ab den neunziger Jahren dann auch OFFSPRING.

Ich bummelte an den Straßen entlang, die sich durch Anaheim zogen, und bekam einen Eindruck von der traurigen Existenz vieler Menschen, die hier wohnten. Nach einer halben Stunde war ich aus dem Wohngebiet heraus; sechs- bis achtspurige Straßen schlossen sich an. Rechts und links standen Palmen, wuchsen herrlich grüne Büsche. Während ich an der Straße entlangspazierte, hörte ich in Gedanken die großen Hits der frühen kalifornischen Punk-Tage, einen Knaller nach dem anderen.

Kein Wunder, dass aus einer solchen Gegend die heftigen Bands der frühen Punk-Tage kommen mussten. Zwischen breiten Straßen und Einfamilienhäusern, zwischen Wohnblocks, Einkaufszentren und Industriegeländen entwickelten junge Leute ihren Hass auf alles, was aus dieser Mischung aus Größenwahn und Langeweile entstand. Die Bands sangen in den frühen achtziger Jahren gegen die Suburbs an, diese unendliche Ansammlung von Häusern zwischen Los Angeles und dem Nirgendwo, und genau in diesem Suburbia bewegte ich mich.

»Irgendwie ist das schon wieder cool«, sagte ich zu mir selbst, bemerkte, dass ich mit mir selbst redete, und schämte mich ein wenig.

Nach einiger Zeit, in der ich in Richtung Disneyland spazierte, bemerkte ich, dass ich nicht der einzige Fußgänger war. Allerdings war ich der einzige Weiße zu Fuß, und ich war der Einzige, der nicht arbeitete.

Ein Pick-up, auf dessen Transportfläche ein rostroter Tank befestigt war, parkte am Straßenrand, zwei Latinos mit dicken Schnauzbärten standen neben den Pflanzen. Mit Schläuchen pumpten sie das Wasser aus dem Tank auf die Pflanzen, während ein anderer

Latino gebückt an der Straße entlangging und den Müll einsammelte. Irritiert grüßten sie zurück, als ich die Hand hob.

Keine dreihundert Meter weiter sah ich einen Schwarzen, der ebenfalls an der optischen Verschönerung von Anaheim arbeitete. Auch neben ihm stand ein Fahrzeug mit Wassertank, doch er kümmerte sich um die grün angestrichenen Straßenlaternen. Mit einem Schwamm wusch er sie von Hand. Fassungslos sah ich dem Mann zu; das Ganze kam mir vor wie eine Arbeitsbeschaffung auf Amerikanisch.

Dann aber sah ich meinen ersten Punkrocker. Er kam mir auf der anderen Straßenseite entgegen, und er würdigte weder mich noch die arbeitenden Schwarzen eines Blickes. Der Junge, vielleicht fünfzehn Jahre alt, hatte einen ordentlichen Stechschritt drauf, und es sah so aus, als wollte er von einem Imbiss am Straßenrand zu Fuß zurück zu den Wohngebieten marschieren.

Der Junge trug eine schwarze Lederjacke mit Killernieten, dazu eine schwarze Jeans mit zahlreichen Löchern, die in hohen schwarzen Stiefeln steckte. Ein schwarzes »Anarchy«-Shirt und diverse Aufnäher vervollständigten die stilechte Erscheinung des Jungen. Er sah aus, als sei er japanischer oder chinesischer Herkunft und hatte seine Haare zu akkurat stehenden Stacheln geformt, eine Frisur, die bei meinen Haaren immer gezwungen gewirkt hatte.

Er machte einen so coolen Eindruck, so trotzig und wild, wie ein Fremdkörper, der nicht zu den Palmen und der breiten Straße zu passen schien. Das war also Punkrock im Orange County und in den nuller Jahren. Es sah auf jeden Fall punkiger aus als der Punkrock in meiner Jugend im Schwarzwald.

Allerdings wirkte sein Outfit völlig anders als das der Punks in den frühen achtziger Jahren. Glaubte man den Berichten in den alten Fanzines, lief man in Kalifornien zu jener Zeit gern mit Karohemden und Glatze, Turnschuhen und zerrissenen Klamotten herum, nicht aber so, als sei man direkt einem englischen Anarchopunk-Konzert entsprungen. Irgendwas schien an dem jungen Mann trotz aller Coolness nicht zu stimmen.

Ich bummelte eine weitere halbe Stunde durch Anaheim, dann reichte es mir. Im Hotel wartete ein Swimmingpool auf mich, dazu ein klimatisiertes Zimmer und eine Dusche, und wenn ich mich erfrischt hatte, wollte ich wieder zu der Science-Fiction-Veranstaltung gehen, wegen der ich mich überhaupt in den USA aufhielt. Das Programm für den Abend hatte ich mir bereits herausgeschrieben, und ich war gespannt auf die Leute, die ich treffen würde.

Als ich eine halbe Stunde später, nachdem ich mich entschlossen hatte, in den Pool zu hüpfen, mit kurzer Hose, T-Shirt und Badelatschen aus dem Fahrstuhl kam, sah ich den cool aussehenden Punk wieder. Er ignorierte mich ebenso, wie er mich vorher ignoriert hatte – kein Wunder, ich wirkte jetzt noch unpunkiger als bei unserer Begegnung auf der Straße. Wahrscheinlich hielt er mich für einen spießigen Mann, vielleicht einen Urlauber, vielleicht einen Geschäftsmann. Noch wahrscheinlicher war, dass er mich überhaupt nicht wahrnahm und sich deshalb auch kein Bild von mir machte.

Wir trafen uns auf dem Weg vom Fahrstuhl zum Pool. Seine Haare stachen immer noch wie eine Eins in die Luft, die Hose, die Lederjacke und das T-Shirt passten nach wie vor. Doch jetzt standen ein japanisch wirkender Mann im Anzug und eine ebenso japanische Frau in Business-Klamotten neben ihm, dazu wuselten zwei Mädchen in bunten Kleidern um sie herum: eine Familie mit drei Kindern also.

Der Jung-Punk sprach mit seinem Vater, sein Tonfall war gereizt, der Gesichtsausdruck wirkte trotzig. Ich verstand kein Wort, aber alles in dem Gespräch sah aus wie das typische Gespräch, das man als rebellischer Teenager mit seinem spießigen Vater führt; ich konnte den Jungen in diesem Moment richtig gut verstehen.

Wir gingen nebeneinander her, ich blickte immer wieder aus den Augenwinkeln zu der Familie hinüber. Der Junge sah derart cool aus, dass der Junge, der ich »damals« gewesen war, komplett neben ihm verblasste. Er war rein optisch mehr Punkrock, als es jeder Punkrocker gewesen war, den ich in den achtziger Jahren kennengelernt hatte.

Und gleichzeitig hatte er etwas von einem Ritter von der traurigen Gestalt, vor allem, nachdem sein heftiges Gespräch mit dem Vater beendet war. Er stolperte neben seinen Eltern her, blickte auf den Boden und zeigte einen Gesichtsausdruck, der nach Langeweile aussah und nach Frustration über sein Dasein, nicht aber nach Rebellion und Straßenschlacht.

Punk im Orange County war auch schon mal ein bisschen punkiger, dachte ich, als ich nach rechts in Richtung Pool abbog, während die Familie zum Haupteingang spazierte.

Der junge Leser

In der Dämmerung wirkte der Marktplatz groß, flach und tot. Die langen Schatten einiger Spaziergänger zitterten über die weißen Platten, mit denen der Platz bedeckt war; die Gehstöcke der Rentner klapperten leise und unregelmäßig. So fühlte ich mich auch, wenn ich meine alte Heimatstadt betrat, wenn ich durch die Straßen bummelte und versuchte, die Erinnerung an meine Jugend zurückzuholen: Ich kam mir vor wie ein Gehstock, den jemand auf Stein stieß, in einem Rhythmus, der langsam verebben wollte.

Mitten auf dem Platz blieb ich stehen und ließ meinen Blick schweifen. Die große Stadtkirche in der einen Ecke, der Turm des Rathauses in der Ecke gegenüber, die Arkadengänge, unter denen im Sommer die Spaziergänger flanierten. Wenn ich die Augen schloss, sah ich das Kopfsteinpflaster, mit dem dieser Platz in meiner Jugend bedeckt gewesen war, hörte ich die Autos, die in langsamem Tempo über die unebenen Steine rollten. Ich entsann mich an Kinderlachen, später an das alkoholbeseelte Sitzen auf den flachen Steinen und Sitzbänken, mit Blick auf die Hauptstraße.

Langsam ging ich weiter, und während ich versuchte, die Erinnerung abzuschütteln, sah ich, dass an der Mauer, die den oberen Marktplatz von der Straße trennte, jemand saß. Im Dämmerlicht wirkte der Mann zerzaust und gebeugt, ungewaschene Haare stachen struppig in die Höhe. Er hatte eine Bierflasche in der Hand, auf die er hinunterblickte; seine Lippen bewegten sich, als spreche er mit ihr.

Ich schüttelte den Kopf, das konnte eigentlich nicht sein. Nicht eine Sekunde lang hatte ich damit gerechnet, bei meinem Rundgang über den Marktplatz, den ich gelegentlich unternahm, nachdem ich meine alten Eltern besucht hatte, einen Bekannten von früher zu treffen. Schließlich hatte ich sie alle verdrängt und aus meiner Erinnerung geworfen, als hätten sie nie existiert, graue Schatten aus einer gruseligen Vergangenheit,

Der Mann blickte auf, als ich nähertrat. Das Gesicht war fleckig, im schäbigen Bart hingen Essensreste und Tabakkrümel. Er lächelte, wohl mehr aus Reflex, und entblößte ein schadhaftes Gebiss, graue Ruinen, zerborsten und halbtot.

»Leier?«, sagte ich langsam. »Du bist doch Leier, oder?« Ich duzte ihn, ohne mir Gedanken darüber zu machen. »Wir kennen uns von früher.«

»Früher.« Er verzog das Gesicht und hob die Bierflasche. Sie war leer. »Früher, das ist lange her.« Ein leises Lachen, heiser und kurz. »Ja, man nennt mich Leier. Woher kennen wir uns?«

»Wir ...« Ich schluckte. »Wir sehen beide nicht mehr so aus wie früher.« Meine Haare waren kurz und braun und farblos, an den Schläfen fielen sie aus; ich trug gewöhnliche Schuhe, eine gewöhnliche Jeans, ein noch gewöhnlicheres Hemd und darüber eine schwarze Jacke. Wie ich eben aussah, wenn ich nach der Arbeit losfuhr, um alte Erinnerungen im Haus meiner Eltern aufzufrischen. »Frick heiße ich, Klaus Frick.«

Ein Schimmer des Erinnerns zuckte über sein Gesicht. »Der alte Klaus, ich glaub's nicht. Das muss ja ewig her sein.« Er hielt mir die Flasche entgegen. »Gibst du mir einen aus? Wir waren doch früher so gute Freunde.«

Gute Freunde ... Die Erinnerung kroch in mir hoch. Unsere erste Begegnung im Jugendzentrum, als mir klar wurde, dass der Bursche zu meiner Schwester in die Klasse ging und zwei Jahre jünger war als ich. Unsere ersten Gespräche, dann unsere Rauferei im Spaß irgendwann Ende der siebziger Jahre: Mein Knie knallte gegen sein Auge, das Lid platzte auf, und er lag auf dem Boden, ganz ruhig und still, in einer Blutlache, die langsam größer wurde. Seine Mutter hasste mich danach, seine Schwestern schauten mich mit einer Mischung aus Faszination und Ablehnung an, ich fand mich selbst scheiße, und danach konnten wir uns ganz gut leiden.

Aber Freunde? Freunde waren wir nie gewesen. Wir hatten nebeneinanderher gelebt, wie man das so tut, wenn man in einer Kleinstadt groß wird und zu den Jugendlichen gehört, die am Rand stehen. Wir hatten Bier getrunken und gekifft, wir hatten hinter denselben Mädchen hergeschaut und waren mit den Rädern zum Stausee gefahren. Aber das hatte ich nie als Freundschaft empfunden.

»Na klar«, log ich. »Klar geb ich einen aus. Wo gibt's denn hier Bier?«

Er wies über meine Schulter, sein Zeigefinger ein schmutziger Strich in der Luft. »Wie früher«, sagte er trocken. »Die Flaschen an der Theke im ›Schwanen‹. Da hat sich nichts geändert.« Er lachte, und es klang wie ein verschleimter Husten. »Kannst ja mein Leergut abliefern.«

Ich nahm die Flasche und nickte, drehte mich zur Seite und ging die zwanzig Meter über den Platz. Mit jedem Schritt, den ich zurücklegte, kam ich mir jünger vor, hatte ich die Empfindung, in der Zeit zurückzureisen. Wie oft war ich diesen Weg in den frühen achtziger Jahren gegangen, wie oft hatte ich die Theke des Gasthauses »Zum Schwanen« angesteuert, hatte mein Kleingeld – damals noch eine Mark für eine Flasche Bier – auf den Tresen gelegt und mir das Getränk aushändigen lassen.

Und Leier ... Leier hatte oft dazugehört. Er hatte oft bei uns gesessen, hatte zu der lockeren Clique aus orientierungslosen Jugendlichen gehört, die sich zwischen dem Jugendzentrum und dem Marktplatz aufhielt, weil sich niemand von uns den Aufenthalt in einer Diskothek leisten konnte oder die Mitgliedschaft in einem der örtlichen Vereine antun wollte.

Im Eingangsbereich des »Schwanen« sah es aus wie vor einem Vierteljahrhundert: viel Holz, allerdings von Grund auf erneuert, wie mir schien. Eine Gruppe alter Männer saß an einem großen Tisch, an einigen Nebentischen hatten sich ältere Paare versammelt; man unterhielt sich in leisem Ton. Ich bestellte zwei Flaschen Bier, schob mein Leergut über den Tresen; der Mann hinter der Theke war einsilbig und korrekt, schien sich über meine Bestellung keine

Sekunde zu wundern und packte mir zweimal »Alpi« auf den Tisch.

»Wie früher«, sagte ich automatisch.

Er schaute mich an, mit einem Gesichtsausdruck, als wache er jetzt erst aus seinem Schlummer auf. »Macht drei Euro«, sagte er dann trocken.

Ich verkniff mir weitere Kommentare und schob ihm einen Fünfer zu. Der Preis war definitiv nicht »wie früher«, und einen zusätzlichen Spruch dieser Sorte hätte der Mann wohl kaum verstanden. Ich steckte mein Wechselgeld ein, nahm die Flaschen in die Hand und verließ mit einem kurzen Gruß das Gasthaus.

Zwischen der Gaststube und dem eigentlichen Ausgang gab es einen kleinen Flur, von dem aus der Treppenaufgang abging, zu den »Fremdenzimmern« im zweiten und dritten Stock, die seit Menschengedenken Reisende beherbergten. Ein großes Plakat kündigte das Konzert einer Volksmusik-Kapelle an, von der ich noch nie gehört hatte; kleinere Plakate verwiesen auf Marktplatz-Veranstaltungen und sogar ein Jazz-Konzert im Jugendzentrum.

Leier hatte irgendwann zum Inventar des Jugendzentrums gehört; er war bei allen Konzerten und Partys anwesend und bezahlte meist nichts, weil er hinterher ein wenig beim Aufräumen half. Eigentlich hieß er Markus Leiermann, aber so hatte ihn nie jemand genannt. Seinen Vater hatte jeder in der Stadt als »Leier« bezeichnet, also blieb für seinen Sohn nur das Wortspiel »der junge Leier« übrig.

Wir waren damals ein Haufen verunsicherter Jugendlicher, nach den Maßstäben seriöser Pädagogen eher gefährdet und sozial verwirrt, nicht gefährlich im Sinne des Strafgesetzbuches, aber doch blöd genug, immer wieder kleine Straftaten zu begehen. Leier und ich hatten darüber hinaus etwas Spezielles gemeinsam: Wir entstammten streng religiösen Familien, gegen die wir aufbegehrten, nicht unbedingt mit Ziel und Verstand, aber immer wieder.

Seine Eltern waren Adventisten, und als wir uns kennenlernten, ging er immer samstags in die Kirche. Während wir im Jugendzentrum herumlungerten oder Fußball spielten, zog er seinen Konfirmandenanzug über und trällerte Choräle. Wir bedauerten ihn sehr, und ich verheimlichte, dass mir dieselbe Prozedur immer sonntagmorgens bevorstand.

Ich stand wieder vor ihm. Mittlerweile war die Dämmerung fast der Nacht gewichen. Die zuckenden Scheinwerfer der vorbeifahrenden Autos ließen Leiers Bart noch zerzauster erscheinen. Er sah alt aus, fand ich, aber ich wollte lieber nicht genau wissen, wie ich auf Leute wirkte, die mich seit zwanzig Jahren nicht mehr gesehen hatten.

»Da«, sagte ich und drückte ihm das Bier in die Hand.

Er grinste mich an, murmelte etwas in seinen Bart, das ein »Dankeschön« sein konnte, und nahm einen kräftigen Zug. Auch ich setzte an und trank. Es war ein Ritual, fast wie früher, wenn wir als Jugendliche an derselben Stelle saßen.

»Schmeckt gut, was?«, sagte ich in dem Bemühen, wenigstens eine gewisse Kommunikation zu führen. »Wie früher.« Noch während die Worte über meine Lippen kamen, hätte ich mir am liebsten auf die Zunge gebissen. Was wollte ich hier eigentlich? Das war nicht »früher«, das war die graue Jetzt-Zeit, und ich traf mich mit jemandem, der mir nach über zwanzig Jahren nichts mehr bedeutete.

»Weißt du, Klaus«, begann Leier, »das finde ich gut, dass du hier auftauchst und mir sogar ein Bier ausgibst. Bist halt ein echter Freund, und das nach all der Zeit.« Seine Stimme wurde leiser, brach kurz und wurde zu einem verworrenen Brabbeln, bevor sie wieder lauter wurde. »... nicht so wie die anderen, alles Verräter, die nichts taugen, die einen nur hintergehen, die einen in den Arsch ficken, alles nur Fotzen, blöde Fotzen, Scheißweiber, und die schlimmsten Weiber sind die, die mit dir verwandt sind.« Er trank aus der Flasche und stierte mich an. »Wie geht's deiner Schwester?«

»Gut.« Sie war verheiratet, hatte zwei Kinder, lebte mit einem kreuzlangweiligen Handwerker in einem kreuzlangweiligen Reihenendhaus in einem der Dörfer der Region; sie gingen beide regelmäßig in die Kirche und sangen im Chor. Aber es ging ihr gut, da log ich nicht. »Ist verheiratet, mit zwei netten Kindern jetzt.«

»Schön. Das ist sehr schön.« Er trank erneut, dann rülpste er. »Ich hab ja auch zwei Schwestern. Weißt du noch?«

»Weiß ich.« Ich nickte. »Anne und Babse. Die kenne ich noch gut. Was machen die so?«

»Scheiß-Spießer sind sie geworden, alles blöde Fotzen. Anne wohnt in Stuttgart, will nichts mehr mit der Familie zu tun haben, hat keinen Bock auf mich.« Seine Stimme brach, dann spuckte er geräuschvoll auf den Gehsteig hinunter.

Anne war die jüngere der Schwestern gewesen, ein »wildes Ding«, das auf seine Art gegen die Religion der Eltern rebellierte. Im Jugendzentrum und im Pausenhof der Hauptschule hing sie ständig anderen Typen um den Hals und knutschte mit ihnen. Ich steckte ihr den Finger unten rein, als sie 15 Jahre alt war und ich selbst vielleicht 18. Das taten damals alle, sie war leicht zu haben, und jeder hatte viel Spaß.

Später verlor ich sie ein wenig aus den Augen, und als ich sie irgendwann Jahre später beim Trampen mitnahm – ich hatte längst ein eigenes Auto und war mal wieder zu Besuch bei meinen Eltern –, war sie zu einer zerzausten Hippie-Tante geworden, mit einem Rock aus Wolle und langen Haaren, die ihr verfilzt bis auf den Rücken hingen. Hübsch war sie nicht mehr, zugelegt hatte sie, aber sie klopfte einen lustigen Spruch nach dem anderen und wollte mich anschließend zum Kiffen einladen. Ich hatte abgelehnt, und seither hatte ich sie nicht mehr gesehen.

»In Stuttgart. So so.« Ich wiegte den Kopf. »Was macht sie da?«

»Keine Ahnung. Zuletzt hat sie so was Soziales gemacht.« Er lachte gehässig. »Wie alle, die zu doof sind, entweder was Richtiges zu schaffen oder nur zu saufen.«

»Und Babse?« Barbara Leiermann war die Ältere gewesen, ein eigentlich vernünftiges Mädchen, das auf dem Gymnasium hervorragende Noten erhalten hatte, dem Jugendzentrum fernblieb und in der Schule immer mit züchtig gesenktem Blick über den Pausenhof schlenderte.

»Scheiße. Weiß ich doch nicht!« Leier schrie diese Worte fast. »Ist auch weg. Keine Ahnung wohin. Hat mir seit Jahren nicht mehr geschrieben.«

Ich konnte es ihr nicht verübeln. Mit 19 bekam sie das erste Kind, weil sie nicht wusste, dass man beim Ficken schwanger werden konnte, dann folgte der Sprung in eine Ehe und damit raus aus der Enge der Adventisten. Der Ehemann war ein versoffener Vollidiot, der sie regelmäßig prügelte, und jeder von uns bekam es mit. Mit verheulten Augen schob sie den Kinderwagen durch die Straßen der Stadt, sie lebte vom kärglichen Geld der Eltern, weil der Alte alles versoff, und irgendwann prügelte er sie wohl halbtot. Da wohnte ich schon nicht mehr in dieser Kleinstadt, zog längst als Punkrocker durch schwäbische Dörfer und süddeutsche Kleinstädte, bekam die Geschichte aber brühwarm erzählt.

»Scheißleben.« Ich schob Leier die Flasche zu, und er stieß an. »Dafür geht's dir ja halbwegs gut.«

Er kicherte. »Arschloch«, sagte er. Es klang fast liebevoll. Dann sagte er nichts mehr, trank immer wieder in kleinen Schlucken aus der Bierflasche und blickte auf die Straße hinaus.

Ich setzte mich neben ihn, meinen Hintern auf der kalten Steinplatte. Ein Bus hielt vor uns, Menschen stiegen aus, die ich nicht kannte, und verteilten sich über den Marktplatz. Ein Jugendlicher in Jeansjacke ging vorüber, aus seinem Handy plärrte irgendwelche R&B-Musik; das aufgeregte Klappern zweier Gehstöcke folgte ihm, als zwei Rentner nach rechts über den Platz eilten.

Nach Leiers Eltern wollte ich erst gar nicht mehr fragen. Ich hatte nichts davon gehört, dass sie gestorben waren; das hätte man mir erzählt. Also lebten sie noch, aber ob sie immer noch mit Leier unter einem Dach wohnten oder er allein in irgendeiner Assi-Wohnung hauste, das wusste ich nicht, und das wollte ich nicht erfragen.

Ich erinnerte mich gut, wie sich Leier in den achtziger Jahren entwickelt hatte. Vom Jugendzentrum und dem wenigen Bier, das man dort bekam, hatte er bald genug, also trank er Schnaps, den er im Supermarkt kaufte und für den er überall Hilfsarbeiten erledigte. Ab 1983 sah ich ihn nur noch besoffen.

Sein Kumpel wurde Halle genannt, keine Ahnung, wie er wirklich hieß. Zwei bärtige Trottel, für die mit Ende zwanzig das Leben schon vorüber war, die gemeinsam im Stadtpark saßen und sich Bier und Schnaps ins Hirn schossen. Ein erbärmliches Leben, das zeitweise durch einen eifrig kläffenden Hund aufgefrischt wurde.

Er stupste mich an. »He, ich hab dich was gefragt!«

»'tschuldigung. Was denn?«

»Ob du dein Bier nicht willst.« Er zeigte auf die Flasche in meiner Hand, von der ich höchstens ein Drittel getrunken hatte. »Bevor es absteht und schlecht wird.«

»Nein, nein, ist schon gut.« Ich reichte ihm die Flasche. »Ich muss eh mit dem Auto weiter, das Murgtal runter und nach Karlsruhe.«

»Aha.« Er nickte beifällig und setzte meine Flasche an, nahm einen kräftigen Schluck. »Und was hast du so getrieben in den letzten zwanzig Jahren? So lange ist es doch her, oder?«

Ich nickte. Es war länger her, aber es war nicht nötig, ihm das auf die Nase zu binden. Mir kam es ohnehin wie Ewigkeiten vor. Ich sah den Jungen wieder vor mir, der vor gut dreißig Jahren auf dem Teppichboden des Jugendzentrums gelegen hatte, das Gesicht blutüberströmt, der mich angegrinst hatte und der von einer Zukunft geträumt hatte, die nicht von religiösen Zwängen bestimmt war.

»Zwanzig Jahre, ja.« Ich nickte und kam mir vor wie ein alter Mann.

»Scheißlange Zeit.« Er sah mich an. »Wie war's so?«

»Ich habe viel gearbeitet, zu viel, und mein Geld habe ich verplempert und versoffen.« Von Punkrock und Chaostagen und all den anderen Dingen wollte ich nicht reden. Ich war mir sicher, dass es ihn nicht interessiert hätte.

Er lachte. »Wie ich auch. Nichts Besonderes.«

Wir tauschten noch einige Floskeln aus, ich ließ ihm meine Flasche, dann stand ich auf und ging. Er wünschte mir eine »gute Fahrt«, bevor er wieder auf die Straße hinausblickte.

Als ich über den Marktplatz schlenderte, weg von Leier und weg von diesem Teil meiner Vergangenheit, war es bereits richtig dunkel. Niemand außer mir schien unterwegs zu sein; vom klaren Himmel glänzten die ersten Sterne auf mich herunter. Meine Schritte klangen hohl auf den hellen Platten, und ich blickte mit einem tiefen Gefühl von Wehmut zum Turm des Rathauses empor. Manchmal, so dachte ich, war es besser, die Vergangenheit weit hinter sich zu lassen.

Die Klasse von 1994

Schwungvoll bog ich in das Gelände des alten Schlachthofes ein. An diesem Abend war deutlich mehr los als sonst. Punkrock dröhnte über den Parkplatz, vor den abgestellten Autos standen Gruppen von Leuten, teilweise mit Bierflaschen in den Händen, die sich laut unterhielten. Die Temperatur war angenehm, für ein Wochenende im Mai nicht ungewöhnlich. Ich bremste mein Fahrrad ab und rollte an der »Alten Hackerei« vorbei. Gut zwei Dutzend Leute tranken vor der Kneipe ihr Bier, einige rauchten, und durch die schräg gestellten Fenster drang ein wütend-schrubbendes Hardcore-Stück ins Freie. Einige Meter weiter kettete ich mein Rad an einen Bauzaun.

Während ich zur Kneipe spazierte, fiel mir auf, dass ich von den Leuten vor der Tür praktisch keinen kannte. Die meisten waren bärtige Männer, teilweise mit kräftigem Wohlstandsbauch, und sie trugen die Kleidung, wie sie sich in den neunziger Jahren auf Hardcore-Konzerten verbreitet hatte: Schlüsselketten baumelten aus viel zu weiten Hosen; Bomberjacken und Stiefel, Converse-Schuhe und Band-T-Shirts gaben ein sehr bekanntes Bild ab.

Der Erste, den ich sah und kannte, war Mikke. »Na, willst auch alte Herren angucken?«, begrüßte er mich mit spöttischem Grinsen.

Ich grinste zurück. »Wie man's nimmt. Die alten Herren sind im Vergleich zu mir ja immer noch recht jung.«

Er reichte mir sein Bier, und ich nahm einen Schluck aus der Flasche. »Schon komisch«, sagte er dann nachdenklich. »Die sind alle so dick geworden.«

»Dick ist relativ. Ich meine ... einige haben einen Wohlstandsbauch, aber doch nicht alle.«

»Das sagst du auch nur, weil du selbst Bauch angesetzt hast.« Er wies auf mein T-Shirt, das über dem Hosenbund ein wenig spannte.

»Den Bauch hab ich seit zehn Jahren. Ich darf das, ich bin älter als die Burschen da.«

Er lachte mich aus. »Burschen ist gut. Das sind nicht mehr die Teenager, die damals auf den Bühnen herumgeturnt haben, das sind gestandene Männer.« Er wies auf einen Mann mit schütteren Haaren und strammem Backenbart. »Guck dir mal den an. Dass der mal in einer Hardcore-Band die Gitarre gehalten hat und strenger Straight-Edger war, sieht dem echt kein Mensch an. Verheiratet, ein Kind, sicherer Job in Frankfurt. Aber wenn HOOKA HEY spielen, kommt sogar er aus dem Loch.«

Das war tatsächlich der Grund, warum ich an diesem Abend in der Punkrock-Kneipe aufschlug. HOOKA HEY, in den neunziger Jahren ein Garant für knalligen Hardcore und rauschende Konzerte mit viel Bier und wüstem Pogo, spielten nach langer Pause mal wieder auf. Die Band hatte sich schon vor über einem Dutzend Jahren aufgelöst, die Mitglieder hatten sich in alle Himmelsrichtungen zerstreut, aber gelegentlich taten sie sich zusammen.

Wie viele Leute an diesem Abend in der »Alten Hackerei« waren, wusste ich nicht. 200 Besucher waren es sicher, für einen kleinen Punkrock-Schuppen ganz schön, und viele der Besucher hatte ich seit Jahren nicht mehr gesehen. Mit Mikke stand ich vor der Tür, guckte mir einzelne Leute an, und gemeinsam rätselten wir darüber, ob wir die jeweilige Person von früher her kannten und ob er oder sie in einer Band gespielt hatte.

»Im Jugendhaus in Karlsdorf haben die damals aufgespielt«, sagte Mikke auf einmal und zeigte auf zwei Männer, deren Gesichter ich nicht zuordnen konnte. »Da waren sie natürlich noch ganz dünn und machten die typischen Hardcore-Texte.«

»Vom harten Leben auf der Straße und so?«

»Genau das. Der Aufstand in Eggenstein oder der tägliche Straßenkampf in den Außenbezirken von irgendeinem Dorf in der Pfalz. Dazu ganz viel mit ›Unity‹ und ›Brotherhood‹ und was sonst so an Textblocks aus New York kam.«

Ich winkte ab. »Na komm, die waren jung, die durften das.«

»Aber blöde Witze hast du damals auch über die Bands gemacht.«

»Sie hatten es alle verdient.«

In der ersten Hälfte der neunziger Jahre war Karlsruhe eine Stadt, in der jeden Monat eine neue Band aus dem Boden zu sprießen schien, die rasanten Hardcore-Punk spielte. Viele der Musiker orientierten sich am New-York-Hardcore, der zu jener Zeit schwer angesagt war, inklusive der ruppigen Art, sich auf der Bühne und im Konzertsaal zu verhalten, und der Texte, die von Gewalt und Straßenkampf handelten. Musikalisch war das oft grenzwertig gewesen, für meinen Geschmack zu metallisch, aber ich hatte mich vor allem über viele Texte lustig gemacht: Wer aus einem kleinen Dorf zwischen Heidelberg und Karlsruhe kam und so tat, als würde man jede Nacht um eine brennende Mülltonne stehen, um anschließend am Straßenrand zu schlafen, machte sich meiner Ansicht nach einfach lächerlich. Die dümmste Deutschpunk-Kapelle war mir in dieser Zeit authentischer vorgekommen.

»Die waren damals alle so dünn«, fing Mikke wieder an. Wir tranken Bier aus seiner Flasche, die wir hin- und hergehen ließen, und plauderten ein wenig über alte Zeiten, wie das eben so war, wenn man sich nach einiger Zeit auf einem Konzert traf.

Mitte der neunziger Jahre hatte es die »Hartkern«-Festivals gegeben, sogar Kassetten, auf denen die Bands aus der Stadt präsentiert wurden, später ein Label namens Unity Records, das einige der Bands systematisch auf Platten veröffentlichte. In Karlsruhe und irgendwelchen kleinen Jugendzentren der Umgebung hatten zudem alle großen Hardcore-Bands der Welt gespielt – und Ende der neunziger Jahre war die Welle vorüber. Was blieb, war die Erinnerung an einige lustige Konzerte und vor allem an HOOKA HEY, die schon damals aus der Masse hervorgestochen hatten.

Irgendwann trennten wir uns, und ich ging hinein. Brav bezahlte ich meinen Eintritt und kassierte einen Stempel auf den Handrücken – wie in den achtziger Jahren, nur nicht mehr so preiswert. Im Inneren der Punkrock-Kneipe sah ich weitere Bekannte, die ich begrüßte. Am Tischkicker, der gleich rechts vom Eingang kam, wurde lautstark gespielt. Der Ball und die Figuren klackerten, Bierflaschen klirrten, immer wieder wurde gejubelt oder gestöhnt: Männer über vierzig, die ihre Duelle aus Jugendzentrumszeiten wiederholten.

Ich holte mir ein Bier an der »schnellen Theke«, traf Bekannte, hielt mich links und ging in die eigentliche Kneipe hinein. Zwischen der Theke und der Bühne platzierte ich mich so, dass ich einen guten Überblick hatte und möglichst viele Leute traf.

Manche hatte ich seit Jahren nicht mehr gesehen, viele nahm ich erst wahr, nachdem sie sich vorgestellt hatten. Mit manchen redete ich keinen Ton, weil wir uns damals nur vom Sehen her gekannt hatten, bei anderen freute ich mich richtig.

Aus dünnen Studenten und kiffenden Jugendlichen waren gestandene Männer geworden. Wer immer in den neunziger Jahren mit abrasiertem Kopf oder auch langen Haaren auf den Bühnen irgendwelcher Jugendzentren gestanden hatte, um Hardcore-Punk auf ein entsprechendes Publikum abzufeuern, schien ordentlich an Gewicht zugelegt zu haben. Das Gleiche galt für die Leute, die damals das tobende Publikum gebildet hatten; viele von ihnen hatten einen Bart und zumindest einen Bauchansatz.

»Warum tragen die eigentlich alle Bärte?«, fragte ich Mikke, der mit einem neuen Bier in der Hand neben mir angelangt war.

»Keine Ahnung. Liegt wahrscheinlich an den amerikanischen Bands. Da trägt doch mittlerweile auch die Hälfte einen Bart. Und zu dick zum Skateboarden sind sie sowieso alle.« Wir lachten, stießen die Bierflaschen zusammen und freuten uns auf die erste Band.

Die kam aus Zürich, nannte sich ÜBER YOU und kletterte wenige Minuten später auf die Bühne. Zwei Gitarren, ein Bass und ein Schlagzeug gaben ordentlich Pfeffer, und der Sänger wartete – wie es sich gehörte – mit einer großen Klappe auf; seine Ansagen im besten Schweizer Hochdeutsch waren witzig und von Selbstironie geprägt, die Musik knallte. ÜBER YOU präsentierten sehr gut gemachten Punkrock der modernen kalifornischen Schule, von der Sorte, wie er seit den nuller Jahren aus Metropolen wie Los Angeles kam, mit rauem Gesang und wuchtigen Gitarren.

Das gefiel mir sehr gut, ich applaudierte fleißig, johlte nach jedem Stück begeistert mit und wippte immerhin mit dem Fuß. Ähnlich machten es die meisten anderen auch: Es wurde gejubelt, die Band kam an, aber außer Arschwackeln war nicht viel drin. Das allerdings war in den neunziger Jahren schon nicht anders gewesen: Man hatte die Vorband gebührend ignoriert.

Ich erinnerte mich an ein Konzert in den neunziger Jahren, das im Keller der besetzten »Steffi« gelaufen war: Bei VERBAL RAZOR aus Konstanz, deren starker Hardcore-Punk inklusive eines amerikanischen Sängers eigentlich gut hätte ankommen sollen, stand zeitweise nur ein einziger Mensch in der vorderen Hälfte des Konzertraums – das war ich, und ich kam mir schon ein wenig blöd vor dabei. Doch als dann SHEER TERROR, der amerikanische Hardcore-Import, auf die Bretter des kleinen Kellerlochs kletterte, war der Raum auf einmal brechend voll und ein gnadenloser Slamdance entbrannte im Gewölbe.

Eigentlich konsequent, überlegte ich. Wenn HOOKA HEY schon die neunziger Jahre zurückholen wollten, mussten die in die Jahre gekommenen Hardcore-Kids dieser Tage sich auch entsprechend verhalten. Ich war nur gespannt, wie die Stimmung bei der Hauptband werden würde.

Es wurde im Verlauf der nächsten zwanzig, dreißig Minuten deutlich wärmer, weil sich der Konzertraum immer mehr füllte. Ich zog meinen Kapuzenpullover aus, den ich vor allem wegen der Rückfahrt dabeihatte, und deponierte ihn so neben der Bühne, dass er nicht verdreckt wurde.

Die Schweizer beendeten ihr Konzert mit einem letzten knalligen Stück, bevor sie »viel Spaß mit HOOKA HEY!« wünschten und von der Bühne kletterten. Ich bewegte mich nach vorne, stellte mich direkt vor die Bühne, aber weit genug am Rand, so dass ich alles sehen konnte, ohne gleich im Getümmel zu stehen.

Auf einmal stand der HOOKA-HEY-Sänger vor mir, grinsend über das bärtige Gesicht. »Geil, dass du auch da bist«, freute er sich glaubhaft. Wir stießen die Bierflaschen zusammen und tranken.

»Sag mal, du alter Sack, wie alt bist du denn?«, fragte er dann.

»Ich werde fünfzig. Noch in diesem Jahr.«

»Echt?« Er starrte mich an. »Was für ein Scheiß. Aber ich werd ja auch bald vierzig. Die Zeit rast wie Scheiße.«

»Wir können's nicht ändern.«

»Aber wir pogen heute. Kein Alte-Männer-in-der-Ecke-stehen-Ding.«

»Na klar.«

»Und Stagediving. Wie in den neunziger Jahren.«

»Das fand ich damals schon scheiße.«

»Ich erinnere mich.« Er lachte. »Dann aber Schnaps saufen.«

»Das geht noch, glaube ich.«

»Warte hier!«, sagte er und drückte mir sein Bier in die Hand. »Ich bin gleich wieder da.« Er drehte sich um, verschwand im Gewühl und ließ mich mit zwei Flaschen zurück.

»Hey!«, schrie der Bassist von der Bühne, der sich gerade verkabelte. »Wir legen gleich los, bleib da!«

Der Sänger kam zurück, jetzt hatte er eine Literflasche mit durchsichtigem Inhalt in der einen und einen Stapel mit Plastikbechern in der anderen Hand. Da sich der Konzertraum immer mehr füllte und es langsam eng wurde, drängten wir uns zur Theke durch. Ohne zu reden, stellte er zwei Plastikbecher hin und füllte sie randvoll. Wir stießen an und tranken das scharfe Gebräu in einem Zug.

Der Schnaps brannte, als er die Kehle hinunterlief, aber er schmeckte rauchig und gut. »Nicht schlecht«, lobte ich.

»Gell?« Er grinste und füllte die Becher erneut. Wieder kippten wir die Schnäpse, immer noch schmeckte es. »Jetzt muss ich aber los«, sagte er, »sonst krieg ich Haue.« Als er zur Bühne ging, hatte er in der einen Hand das Bier, in der anderen Hand balancierte er die Becher und die Schnapsflasche.

Er deponierte die Flaschen und die Becher, nachdem er noch einmal einen kräftigen Schluck Bier zu sich genommen hatte. Ein letzter Blick zu den Musikern, die sich bereits neben ihm aufgebaut hatten oder hinter dem Schlagzeug saßen, dann legten HOOKA

HEY los. In einer einzigen wütenden Geste griff sich der Sänger das Mikro, brüllte hinein, höchstens eine Sekunde danach spritzte Bier aus dem Publikum, und keine weitere Sekunde später begannen die ersten damit, voller Energie durcheinanderzuspringen, zu pogen, auf die Bühne zu rennen und mit Anlauf zurück in den Mob zu springen.

Von einem Augenblick zum anderen herrschte das Chaos in der »Alten Hackerei«; staunend sah ich zu, wie sich einige der so gemütlich wirkenden Männer mit Bart und Bauch in die slammenden und pogenden Hardcore-Kids ihrer Jugend zurückentwickelten. Bierflaschen zersplitterten im knallig-heftigen Pogo, Unmengen von Bier flogen durch die Luft, und mit einem furiosen Schlussakkord war das erste Stück vorüber.

Es war wie Elektrizität, die durch die überschaubare Menge ging. Keine 150 Personen waren im Konzertraum, nicht mehr als zwei, drei Dutzend bewegten sich im Pogo-Mob, aber die Energie erfasste alle. Ich sah grinsende Gesichter, Körper unter Spannung und eine Band auf der Bühne, die mit Begeisterung auf das alles hinuntersah.

»Geht schon mal gut los«, sagte der Sänger. »Ich will dann gleich mal vor zum Johnny, dort einen Schnaps trinken und dann wieder zurück.« Er zeigte auf das Johnny-Cash-Plakat im hinteren Drittel der Punkrock-Kneipe, und noch bevor alle verstanden, was er meinte, tobte die Band auf der Bühne erneut los.

Das Stück raste, das Publikum raste ebenfalls, wieder spritzte das Bier, und der Boden verwandelte sich in eine Soße aus Schweiß und Schaum. Ohne damit aufzuhören, seine Texte ins Publikum zu brüllen, wickelte der Sänger sein Mikrofonkabel um das Handgelenk, nahm Anlauf und sprang mit voller Wucht in die Höhe und nach vorne. Er landete auf einer Gruppe von Männern, die schon jetzt verschwitzt waren, wurde von ihnen aufgefangen und hochgeschleudert, und während er sang und schrie und wie ein Fisch auf dem Trockenen auf den Armen der anderen zappelte, bewegte er sich auf den Armen und Köpfen der anderen nach hinten.

Er schaffte es nicht bis zum Plakat; irgendwo unterwegs verlor er den Halt und stürzte auf den Boden. Ich sah den Tumult, eine Gruppe von Leuten, die auf einmal lagen, Springerstiefel und Turnschuhe, die durch die Luft schlugen, dann den Sänger, der immer noch in sein Mikrofon schrie, der aus dem Mob auftauchte, als habe er nur kurz den Boden geküsst, und sich zurück zur Bühne kämpfte. Es war unfassbar, ich war komplett beeindruckt. So hatte die Band in den neunziger Jahren auf den kleinen Bühnen der Stadt getobt, und das brachten sie jetzt wieder.

Sie spielten weiter, der Sänger versuchte erneut, zu seinem »Johnny« zu kommen, ließ sich unterwegs mit Bier begießen und war triefnass, als er auf der Bühne ankam. Und irgendwann hielt ich es nicht mehr aus, recht zurückhaltend am Rand zu stehen und mit dem Kopf zu wackeln, ich packte meine Brille ins Etui, schob sie in eine Ecke auf der Bühne und sprang ebenfalls in den Mob hinein.

Der Boden war glitschig, ein klassischer Pogo war kaum möglich, aber das störte nicht. Ich schubste und wurde geschubst, sprang nach oben und nach vorne, wehrte Stagediver ab, die plötzlich von allen Seiten auf mich einprasselten, schob Glassplitter zur Seite, die plötzlich auf dem Boden lagen, und merkte, wie ich zu einem Teil des verschwitzten Mobs um mich herum wurde. Ich trank Bier und sprang wieder in den Mob, zwischendurch gab es Schnaps aus kleinen Plastikbechern, und dann ging es weiter.

Beim Versuch, erneut »zum Johnny« zu kommen, stürzte der Sänger mit voller Wucht auf den Boden, blieb für einen Augenblick liegen, richtete sich nach einer Schrecksekunde wieder auf und sprang auf die Bühne, als sei nichts geschehen. In den wenigen Sekunden, die atemlose Stille herrschte – alle warteten ab, ob auch wirklich alles in Ordnung sei –, registrierte ich meine Umgebung, als betrachte ich sie durch ein Mikroskop mit glasklarer Optik.

Die »Alte Hackerei« war ein See aus Bier. Von der Decke tropften Bier und Kondenswasser, die Wände, die Körper, die Klamotten – alles war durchnässt von Bier und Schweiß. In meinem Gesicht strahlte ein überdrehtes Grinsen, und ich kam mir vor, als sei ich zwei Dutzend Jahre jünger.

Zeit zum Nachdenken blieb nicht, denn die Band stürzte sich in das nächste Stück. Wie die vier auf der Bühne es schafften, den Rhythmus zu halten, war mir unklar; auf musikalische Feinheiten konnte ich in meinem Zustand allerdings auch nicht mehr achten.

Und dann kam, was eigentlich schon die ganze Zeit kommen musste: Ich sprang hoch, als der Sänger zu »Right Or Wrong« ansetzte, wurde in der Aufwärtsbewegung gestoßen, spürte, wie ich durch die Luft flog, drehte mich zur Seite, ohne darüber auch nur einen Augenblick nachzudenken, und spürte, wie ich mit voller Wucht auf dem Rücken landete – direkt auf der Monitorbox, die vor der Bühne stand. Der Schmerz raste durch den Rücken, schnell und heftig, und war wieder verschwunden, verdrängt von dem Adrenalin, das in mir in Höchstgeschwindigkeit zirkulierte, weggedrückt von der puren Kraft der Musik.

Noch während ich zur Seite rutschte, in einer gleitenden Bewegung von der Bassbox herunter, den Rücken direkt auf der Kante, brach der Pogo-Mob unter der Last einiger Stagediver zusammen. Ich knallte von der Bassbox hinunter auf den Boden, direkt in eine Bierpfütze, einige Leute krachten auf mich drauf – aber wir lagen nicht lang, da uns sofort einige helfende Hände zur Seite rissen und hochzerrten. Und obwohl der Schmerz in meinem Rücken pulsierte, sprang ich erneut in den Pogo-Mob, schwitzend, verdreckt und mit Bier besudelt.

Als die Band auf der Bühne eine Pause einlegen musste – weil die Musiker zu besoffen waren oder weil sie alle Stücke gespielt hatten –, zog ich für mich die Notbremse. Irgendwie schaffte ich es, trotz meines vollgedröhnten Kopfes meinen Pullover und mein Brillenetui zu finden. Ich quetschte mich durch die Menge; viele Leute wichen angesichts meines verschwitzten und verdreckten T-Shirts ohnehin zur Seite, so dass ich keine Schwierigkeiten hatte, ins Freie zu gelangen.

Als ich an der frischen Luft war, fing die Band wieder an. Ich hörte das knallende Schlagzeug, die röhrende Stimme des Sängers, von dessen Texten keine Silbe mehr zu verstehen war, und atmete tief durch. Es war eine laue Nacht, ich war überdreht und überhitzt, und am liebsten wäre ich wieder in die »Alte Hackerei« hineingegangen. Doch jetzt merkte ich erst, dass mir mein Rücken wehtat.

Mich hatte es ordentlich auf den Boden geschleudert, und zuvor waren mehrere Flaschen zersplittert. Ein kleiner Albtraum tanzte durch mein Hirn: eine Blutvergiftung durch Glas und Dreck, der in eine offene Wunde getreten war. Mit den Händen fingerte ich unter dem T-Shirt auf meinem Rücken herum. Ich spürte kein Blut, nichts lief herunter, und alles, was ich fühlte, war feuchter Schweiß.

Ich wurde nervöser als zuvor, und als ich Mikke sah, der gerade mit einer Flasche Bier in der Hand ins Freie trat, gefolgt von einem Schwall warmer, feuchter Luft, rief ich ihn zu mir. »Guck dir mal meinen Rücken an«, bat ich. »Ist da alles in Ordnung? Ich hab das Gefühl, dass ich mich fürchterlich zerkratzt habe.«

Er stellte sein Bier zur Seite, lachte mich erst einmal aus und beschimpfte mich als »Weichei«; dann aber krempelte er mein T-Shirt hoch und begutachtete meinen Rücken. Als er das T-Shirt wieder hinunterzog, lachte er leise.

»Und?«, drängte ich. »Was ist?«

»Kaputt ist nichts«, sagte er und lachte erneut, »halt ein wenig abgeschabt. Da hängen ein paar Hautfetzen rum, nichts Schlimmes auf jeden Fall. Du wirst aber einen fiesen blauen Fleck haben. Der geht dann quer über den Rücken, du hast dich ordentlich hingelegt.«

Er beugte sich zur Seite, holte seine Bierflasche hoch und drückte sie mir gegen das T-Shirt, ohne mich vorzuwarnen. Ich zuckte zusammen, mit der plötzlichen Kälte hatte ich nicht gerechnet. Er ließ die Flasche an der Stelle, und ich merkte, wie ich mich an die Kälte gewöhnte.

»Ich bleib jetzt aber nicht die ganze Nacht über stehen und drück dir die Flasche da hin«, sagte er. »Tut's wenigstens gut?«

»Ja.« Ich seufzte übertrieben laut. »Das ist toll.«

»Dann ist ja gut.« Er nahm die Flasche wieder weg. »Such dir einen anderen Altenpfleger, sonst denken die Leute noch, ich hätt was mit dir.«

Nachdem ich wusste, dass mir nichts passiert war, konnte der Rest der Nacht gemütlicher weitergehen. Noch bevor die Band mit ihrem letzten Stück fertig war, zog ich mein verschwitztes T-Shirt aus und warf es so über den Bauzaun, dass es hoffentlich ein wenig austrocknete und es nicht gleich jeder klauen konnte. Sicherheitshalber hatte ich ein T-Shirt zum Wechseln dabei, das ich mir überzog; dann eilte ich ins Innere der »Alten Hackerei« und holte ein neues Bier.

Die Band hatte ihr Konzert beendet. Verschwitzte und zerkratzte Leute kamen aus der Kneipe heraus, die meisten besoffen und mit einem breiten Grinsen im Gesicht. Trotz des knalligen Pogos hatte sich niemand verletzt, und niemand schob schlechte Laune. Es kam mir vor »wie früher«, allerdings in einer idealisierten Weise und mit allen lustigen Begleiterscheinungen. Natürlich hatte das Ganze etwas von »retro«, mit einer »Oldie-Rock-Show« hatte es allerdings wenig zu tun.

Ich trank noch ein Bier und redete dummes Zeug, vergaß irgendwann meinen verbeulten Rücken, trank ein weiteres Bier, hörte der Musik von der Punkrock-Disco zu, die nach dem Konzert durch die Kneipe bollerte, trank ein weiteres Bier, schüttete einige Schnäpse darauf und genoss die sich steigernden intellektuellen Gespräche zwischen allerlei Leuten.

Als ich gegen drei Uhr morgens auf mein Rad stieg, um quer durch die Stadt heimzufahren, auf allen nur erdenklichen »Promillewegen«, fühlte ich mich ziemlich glücklich.